Bezaubernd verliebt

Liebesroman

Martina Gercke

1. Auflage 2013 erschienen unter
»Glücksstern mit Schwips«
Neuauflage 2016 erschienen unter
»Bezaubernd verliebt«
Copyright © 2016 by Martina Gercke,
Martina Gercke wird vertreten durch die Literatur-Agentur AVA
München

Covergestaltung: Catrin Sommer www.rausch-gold.com
Korrektorat und Lektorat Martina König

Herstellung und Verlag
BoD - Books on Demand, Norderstedt
ISBN 978-3-7504-1095-4

www.martinagercke.com
martinagercke@web.de

Besuchen Sie mich auf Facebook:
www.facebook.com/pages/martinagerckeautor

für Kay

Ein ganz normaler Tag

»Aufstehen!«.

Eine mir bekannte Stimme dringt in mein Unterbewusstsein.

»Was?«

Ich blinzele vorsichtig. Alles ist verschwommen und es dauert einen Moment, bis ich meine Umgebung einigermaßen klar erkennen kann. Zumindest das nähere Umfeld, denn ich bin schrecklich kurzsichtig und alles, was mehr als zwei Meter von mir entfernt ist, bleibt infolgedessen leicht unscharf.

»Sara, Schnuppelchen, es ist bereits kurz nach sieben. Wir kommen zu spät, wenn du jetzt nicht aufstehst.«

Mit einem Schlag bin ich hellwach. Schade eigentlich, denn ich hatte gerade meinen Lieblingstraum! Florian David Fitz hatte vor mir gestanden und wollte mich genau in dem Moment küssen, als mein Florian mich geweckt hat. Sehr bedauerlich.

Wahrscheinlich hat er unbewusst geahnt, dass ich gleich Sex mit einem fremden Mann haben würde, wenn auch nur im Traum. Florian ist nämlich schrecklich eifersüchtig. Was auf der einen Seite ja sehr schön ist, denn das bedeutet ja, dass er mich liebt. Auf der anderen Seite kann es manchmal ganz schön anstrengend sein, wenn er anfängt, mich ständig zu kontrollieren.

In meinen Träumen hatte ich schon mit einigen berühmten Persönlichkeiten Sex. Channing Tatum, Bradley Cooper, Johnny Depp, Brad Pitt, um nur einige von ihnen zu nennen. Aber Florian David Fitz ist mir immer noch der liebste von allen. Er ist einfach unglaublich sexy, auf ganz natürliche Art. Ich finde den Umstand, dass ich meinen Traum-Sex genieße, nicht schlimm, denn letztlich betrüge ich ja nicht wirklich.

»Du bist ja schon angezogen«, gähne ich. Vor mir steht mein Freund mit einem breiten Grinsen im Gesicht. Das weiße Hemd sitzt perfekt über seinen breiten Schultern und die Anzughose betont seine langen Beine und die schmale Hüfte. Seine Füße stecken in glänzenden schwarzen Lederschuhen, die wir letzte Woche zusammen gekauft haben. Florian legt sehr viel Wert auf gute Kleidung und kauft aus diesem Grund nur in Geschäften ein, die angesehene Marken führen. Sein welliges blondes Haar ist sorgfältig mit Gel zurückgekämmt, was ihn ein klein wenig wie einen Streber aussehen lässt. Seine blauen Augen funkeln vergnügt. Auch ein hübscher Anblick, mein Florian.

»Ich habe heute Morgen einen wichtigen Termin in der Kanzlei, da kann ich es mir nicht erlauben, zu spät zu kommen«, erklärt er und signalisiert mir damit, dass ich mich beeilen soll.

Ach, so ist er, mein Florian. Immer korrekt und immer pünktlich. Einer der Gründe, warum ich ihn liebe. Bis ich Florian kennenlernte, gab es in meinem Leben nur Chaos, ausgelöst durch meine Familie. Erst mit Florian hat die Normalität in meinem Leben Einzug gehalten.

Florian und ich sind seit knapp drei Jahren offiziell zusammen. Wir haben beide unsere eigene Wohnung, aber es ist nur eine Frage der Zeit, bis wir zusammenziehen werden. Faktisch gesehen leben wir schon zusammen, denn wir verbringen jede freie Minute miteinander und an den meisten Tagen übernachtet Florian bei mir.

Verschlafen taste ich auf dem Nachttisch nach meiner Brille.

»Hier«, kommt mir Florian zuvor und streckt mir das schwarze Gestell entgegen. Den Kauf habe ich nie bereut, auch wenn mich die Brille ein Vermögen gekostet hat. Sie verleiht meinem Gesicht so etwas Intelligentes. Nicht, dass ich mich selbst als dumm bezeichnen würde. Naiv trifft es vielleicht eher.

»Ich warte in der Küche «, sagt Florian und verschwindet.

»Ich beeile mich«, rufe ich ihm hinterher.

Müde tapse ich ins Badezimmer, einen im Verhältnis zum Rest der Wohnung kleinen Raum mit einer schmucklosen Badewanne darin, die gleichzeitig als Dusche dient. Das Waschbecken ist aus schlichtem weißen Porzellan und so groß wie ein Vogelbad.

Missmutig schaue ich in den Spiegel und unterdrücke nur mit Mühe einen Aufschrei. Leider gehöre ich nicht zu den Menschen, die morgens aufwachen und wunderschön aussehen. Ich frage mich häufig, wie die anderen Frauen das anstellen, dass sie so frisch und strahlend aus dem Bett steigen.

Ich habe Knitterfalten im Gesicht und meine Haare sehen aus, als ob ein Vogel darin über Nacht sein Nest gebaut hat. Ganz zu schweigen von meinen verquollenen Augen.

Missmutig greife ich zur Bürste und versuche zu retten, was noch zu retten ist. Ein sinnloses Unterfangen! Also schnappe ich mir kurzerhand einen Haargummi und binde das Chaos auf meinem Kopf zu einem unordentlichen Bun zusammen. Zum Wachwerden spritze ich mir eine Ladung kaltes Wasser ins Gesicht.

»Na, Schlafmütze?« Florian taucht im Türrahmen auf. »Bist du immer noch nicht fertig?«

»Ich beeile mich schon. Gib mir fünf Minuten«, bitte ich ihn.

»Einverstanden.«

Er drückt mir einen sanften Kuss auf die Wange. Sofort habe ich seinen wunderbar männlichen Geruch in der Nase. Er sieht zum Anbeißen aus. Ich schlinge meine Arme um seinen Hals und ziehe ihn zu mir.

»Dazu haben wir jetzt keine Zeit, Schnuppelchen«, wehrt Florian meinen Versuch, ihn zu küssen, ab. »Aber aufgeschoben ist nicht aufgehoben. Wir können uns ja morgen einen gemütlichen Abend zusammen machen. «Dabei betont er das Wort »gemütlich« wie ein Synonym für zügellosen Sex.

Florian ist sehr diszipliniert, wenn es um unser Liebesleben geht. Als ich ihn neulich auf das Thema Familie angesprochen habe, hat er nur mit den Schultern gezuckt und gesagt: »Wir haben doch noch so viel Zeit. Ich möchte das Leben mit dir erst einmal genießen, da würde ein Kind wirklich stören.« Man kann sicher verstehen, dass ich nach dieser Antwort etwas verstimmt reagiert habe. So wie er das gesagt hat, hat es sich ganz so angehört, als wäre ein Leben mit Kindern nicht mehr lebenswert.

»Nee, morgen Abend geht es leider nicht, da bin ich mit meinen Mädels verabredet.«

Ich starre auf meine Fußspitzen, was bei mir sofort eine Krise auslöst, denn meine Füße sind nicht unbedingt das, was man als schön bezeichnen würde. Ich habe kleine, knubbelige Zehen mit Haaren darauf, bei deren Anblick ich sofort an Bilbo Beutlin, den kleinen Hobbit, denken muss.

»Ach, kannst du dieses dämliche Treffen nicht mal absagen?«, brummt er. »Ich mag das nicht, wenn du allein weggehst und dich die ganzen Typen anglotzen.«

»Ach Flo.« Ich drehe mich zu ihm um. »Erstens bin ich ja nicht allein, und zweitens weißt du doch, wie wichtig mir die Treffen mit meinen Freundinnen sind. Es ist doch nur ein Mal in der Woche und außerdem quatschen mich nie fremde Männer an.«

Florian hat leider einen starken Hang zur Eifersucht, was so manches Mal zu Irritationen zwischen uns geführt hat. Deswegen habe ich es mir angewöhnt, die eine oder andere Information andere Männer betreffend lieber nicht mit ihm zu teilen. Das bringt gleich zwei Vorteile mit sich: Florian braucht sich keine Gedanken über etwas zu machen, das eventuell sein könnte, aber nicht ist, und ich habe meine Ruhe und brauche mich nicht für etwas zu rechtfertigen, das ich nie gemacht habe.

Florian verzieht das Gesicht. »Ein Mal ist ein Mal zu viel.«

Ich stelle mich auf die Zehenspitzen und gebe ihm einen Kuss. »Komm, sei nicht beleidigt. Ich esse nur eine Kleinigkeit und dann bin ich spätestens um elf Uhr wieder bei dir.«

»Versprochen?«

Ich nicke.

»Gut.« Florian lächelt versöhnt. »Kaffee?«

Ich bejahe seine Frage dankbar. In Momenten wie diesen frage ich mich manchmal, womit ich einen derart perfekten Mann verdient habe. Ich meine, Florian sieht nicht nur gut aus, sondern ist auch beruflich erfolgreich. Erst letzte Woche hat ihm sein Chef angedeutet, dass die Kanzlei ihn als Juniorpartner haben möchte.

Ich habe nämlich einen Job, der sich toll anhört, es aber nicht ist. Aber wer konnte schon ahnen, dass ausgerechnet Susanne Müller die Abteilung leitet, für die ich mich bei der Werbeagentur Rausch als Grafikerin beworben habe. Susanne ist ein echter Drachen, der es sich zur Aufgabe gemacht hat, mir das Leben zur Hölle zu machen.

Das Problem an der Sache ist, dass Susanne und ich uns schon seit der Schulzeit kennen. Susanne war eine Stufe über mir und hätte mich niemals beachtet, wäre da nicht Lennart gewesen.

Lennart war der Schwarm aller Mädchen in der ganzen Schule. Er war groß, hatte eine makellose Haut (was damals echt eine Seltenheit war) und war außerdem eine absolute Sportskanone, der bei »Jugend trainiert für Olympia« schon mehrfach durch gute Leistungen aufgefallen war. Warum sich Lennart damals ausgerechnet für mich entschieden hat, weiß ich bis heute nicht. Jedenfalls erwischte uns Susanne beim Knutschen. Seit diesem Tag herrscht zwischen ihr und mir eine Art Kriegszustand und es ist bis heute Susannes größtes Vergnügen, mich bei jeder Gelegenheit bloßzustellen. Nachdem Susanne ihr Abitur bestanden hat, haben wir uns aus den Augen verloren. Sehr zu meiner Erleichterung, wie ich zugeben muss.

Eigentlich hätte ich den Job sofort ablehnen müssen, als ich erfahren habe, dass ausgerechnet Susanne Müller meine Chefin sein würde. Aber bei der Agentur Rausch zu arbeiten ist eine Auszeichnung in der Branche und im Hinblick auf meine Zukunft ein absolutes Muss. Also habe ich in den sauren Apfel gebissen und den Job angenommen. Mittlerweile sind drei Monate vergangen und ich kann mit ruhigem Gewissen sagen, dass ich keinen Tag davon vermisse, zumindest nicht die, die ich im Büro verbracht habe.

Während Florian in die Küche verschwindet, trage ich einen Hauch getönte Tagescreme auf, denn ich neige zu Rötungen im Gesicht. Ganz besonders rot werde ich allerdings, wenn ich lüge. Das hat sich schon mehrfach ungünstig auf mein Leben ausgewirkt. Nicht, dass ich gern lüge, aber manchmal ist eine kleine

Notlüge von elementarer Wichtigkeit, wenn man es sich nicht mit seiner Umwelt verscherzen will. Welche Frau will schon hören, dass die neue Frisur, für die sie stundenlang beim Friseur gesessen und ein Vermögen hingelegt hat, absolut schrecklich an ihr aussieht? Oder dass der neue Freund ein totaler Idiot ist, der mit jeder Frau flirtet? Oder dass das Essen, für das man den ganzen Nachmittag in der Küche gestanden hat, furchtbar geschmeckt hat? Ich habe eine Studie gelesen, in der es hieß, der durchschnittliche Deutsche lüge im Schnitt bis zu zweihundert Mal am Tag. Das nenne ich mal eine ganz amtliche Zahl. Womit in meinen Augen bewiesen wäre: Jeder lügt, aber nicht allen sieht man es an. Wenn dies tatsächlich so ist, bin ich ganz klar im Nachteil.

Sorgfältig trage ich die Wimpern verlängernde, Volumen schenkende Wimperntusche auf. Man muss seine Vorzüge schließlich betonen, vor allem wenn man wie ich nicht gerade üppig damit bestückt ist. Ein Hoch auf die Kosmetikindustrie! Deshalb liebe ich es auch, mir diese Videos auf YouTube anzuschauen, wo sich junge Frauen ungeschminkt vor die Kamera stellen, um ihren Mitmenschen zu demonstrieren, was man mit wenigen Handgriffen und dem richtigen Make-up bewirken kann. Das hat mein Selbstwertgefühl ungemein verbessert.

Nachdem ich meine Augenbrauen mit etwas Spucke in die richtige Form gebracht habe, gehe ich zurück ins Schlafzimmer, um meine Klamotten einzusammeln. Wo ist denn nur meine Lieblingsjeans? Ich habe sie doch neben meinem Bett fallen gelassen, bevor ich gestern Abend hineingehüpft bin. Diese Jeans ist mir heilig, weil sie die einzige ihrer Art ist, in der ich nicht wie eine geplatzte Weißwurst aussehe.

»Wo bleibst du denn?« Florian steht mit zwei Bechern Kaffee bewaffnet im Türrahmen und mustert mich interessiert.

»Ich suche meine Jeans«, antworte ich hastig.

Florian zieht missbilligend die Augenbraue nach oben. »Ich habe deine Jeans ordentlich über den Bügel gehängt.« Er deutet mit einer Kopfbewegung auf meinen Kleiderschrank.

Florian ist der wahrscheinlich ordentlichste Mann auf der Welt. In seiner Wohnung sieht es immer so aus, als würde jeden Moment ein Fotografenteam auftauchen, um Bilder für die nächste Ausgabe von »Schöner Wohnen« zu machen. Die Wände sind so weiß, dass man eine Sonnenbrille aufsetzen muss, wenn die Sonne durch die Fenster scheint, um nicht schneeblind zu werden. Seine Anzüge hängen nach Wochentagen sortiert zusammen mit dem jeweils passenden Hemd und der Krawatte aufgereiht in seinem Ankleidezimmer. Seine geschätzt fünfzig Paar Schuhe stehen ordentlich nebeneinander in einem eigens dafür angepassten Schuhschrank. Auf seinem Bett liegt eine Tagesdecke, die derart glatt gespannt ist, dass man meinen könnte, es handele sich um ein Trampolin. Und in der Küche ist es so sauber, dass man dort jederzeit eine Notoperation auf dem Küchentisch durchführen könnte. Selbst wenn Florian kocht, sieht man keinen Spritzer. Alles ist steril in Weiß und Edelstahl gehalten.

Ebenso wenig Zustimmung fand mein Vorschlag, ein etwas sanfteres Licht über dem Bett anzubringen. So kommt es, dass wir uns im grellen Neonlicht lieben. Das ist weder vorteilhaft für mein Aussehen noch für mein Selbstbewusstsein. Auch in diesem Fall folgten Belehrungen über den hohen Energieverbrauch herkömmlicher Glühbirnen. Seitdem behalte ich derlei Vorschläge für mich.

Ich steige in meine Jeans und schwöre mir dabei einmal mehr, abzunehmen. Ein Vorsatz, den ich oft fasse, aber niemals einhalte. Ich bin eben nur eine schwache Frau und wenn ich Schokolade sehe, dann gibt es kein Halten mehr.

»Bist du so weit?« Florian mustert mich streng.

Ich schlüpfe rasch in meine Schuhe und schnappe mir meine Umhängetasche.

»Fertig!«

»Endlich«, kommt die prompte Antwort.

Ich werfe mir den Mantel über und gehe zu Florian, der bereits an der Eingangstür wartet. Sein Unmut über mein Trödeln ist ihm deutlich ins Gesicht geschrieben. Eilig verlassen wir die Wohnung.

Als ich im Büro ankomme, herrscht die übliche morgendliche Betriebsamkeit.

»Findest du, ich habe zugenommen?«, begrüßt mich Melanie und betrachtet sich mit kritischem Blick im Fenster. Melanie Womela ist meine Kollegin und Freundin. Wir teilen uns ein winziges Büro am Ende des Ganges, was bezeichnend für unsere Position in der Werbeagentur Rausch ist. Während die übrigen Kollegen aus der Werbeabteilung einen fantastischen Ausblick auf die Hamburger Innenstadt und den Hafen genießen, schauen Melanie und ich auf eine unschöne Häuserfront. Die Sonne bekommen wir praktisch nie zu Gesicht. Bei den Kollegen hat unser Büro deshalb den Spitznamen »Maulwurfshügel«.

»Och«, antworte ich zaghaft und lasse mich geräuschvoll auf meinen Stuhl fallen. Denn ehrlich gesagt hat Melanie genau wie ich ein paar Kilo zu viel auf den Hüften, was ihrem guten Aussehen aber keinen Abbruch tut. Im Gegenteil! Melanie ist eine ausgesprochen attraktive Frau mit lebhaften Augen, einem Busen, für den andere Frauen viel Geld bezahlen würden, und der Figur einer Marilyn Monroe. Einziges Manko ist ihr mangelndes Selbstbewusstsein, was uns zu Verbündeten macht. Ich habe nämlich das gleiche Problem.

»Wirklich nicht?« Melanie dreht sich fragend zu mir. »Warum wirst du dann rot?«

Mist!

»Na ja, vielleicht ... wenn man ganz genau hinschaut.« Ich lege den Kopf schräg. »So ein mini bisschen um den Bauch herum ...«

»Du siehst es also auch!« Melanie sieht aus, als würde sie jeden Moment losheulen.

»Nein! Also, wenn du nichts gesagt hättest, wäre es mir nicht aufgefallen. Ehrenwort!«, verteidige ich mich.

»Ich bin total unglücklich«, jammert Melanie.

»Brauchst du nicht. Sieh mich an.« Ich deute auf die kleine Wölbung unter meiner Bluse. »Ich habe auch einen Muffintop.«

»Ich meine doch nicht wegen meines Gewichts.«

»Ach nein?«

»Nein, ich bin unglücklich, weil ich Angst habe, dass Andreas mich nicht wirklich liebt.«

»Wie kommst du denn darauf?«, frage ich überrascht. Vor meinen Augen taucht das gutmütige Marzipanschweinchengesicht ihres Freundes auf.

Melanie zuckt mit den Schultern. »Ich weiß es nicht. Das ist so ein Gefühl, das mich in letzter Zeit immer wieder beschleicht. Andreas verhält sich so komisch.«

»Definiere ›komisch‹«, verlange ich. Ich habe nämlich schon ein paar Mal ordentlich danebengelegen, was die Interpretation von Gefühlen meiner Mitmenschen betrifft.

»Na ja, irgendwie nicht normal eben. Er ist nervös und flüchtet sich in Ausreden, wenn ich ihn darauf anspreche. Er sagt, er habe viel im Büro zu tun und außerdem würde ihn seine Mutter wegen der Hochzeit nerven.«

»Aber das wäre doch möglich, oder nicht?«

»Also wenn Andreas' Mutter nervig sein soll, dann frage ich mich, als was man meine Mutter bezeichnen soll. Hysterisch trifft es wohl am ehesten.«

»Sag mal, kann es sein, dass gar nicht Andreas das Problem ist, sondern du?« Ich gehe innerlich auf Tauchstation.

»Ich? Wie meinst du das denn?«

Ihre Augen funkeln angriffslustig.

»Na ja, es wäre doch durchaus möglich und mehr als natürlich, wenn du Panik wegen eurer bevorstehenden Hochzeit hast?«, sage ich vorsichtig. »Schließlich sind es nur noch drei Wochen und da kann man es schon mal mit der Angst zu tun bekommen.«

»Wie kommst du denn auf die blöde Idee?« Melanie dreht sich mit höchst erstauntem Gesichtsausdruck zu mir. »Panik vor der Hochzeit gibt es nur bei Männern! Genauso wie die Midlife-Crisis. Oder kennst du eine Frau, die sich mit vierzig plötzlich einen Porsche kauft und sich einen jüngeren Liebhaber zulegt?« Ich schüttele den Kopf. »Siehst du! Das hat nichts damit zu tun.«

»Aha«, äußere ich verblüfft.

»Nein, wirklich! Aber Andreas redet in letzter Zeit so viel davon, dass so eine Heirat auch ihre praktischen Seiten hat«, erklärt Melanie nachdenklich.

»Wirklich? Und die wären?« Von der praktischen Seite habe ich eine Heirat bisher nicht betrachtet, in dieser Hinsicht bin ich typisch weiblich emotional. Aber in meiner Argumentationsreihe zum Thema Heirat könnte sich dieser Aspekt gegenüber Florian durchaus als nützlich erweisen.

»Andreas behauptet, dass wir dadurch eine Unmenge an Steuern sparen können.«

»Das ist natürlich ein schlagendes Argument.«

Muss ich mir merken!

»Ja, findet er auch«, grübelt Melanie plötzlich. »Glaubst du, er will mich nur wegen des Geldes heiraten?«

»Quatsch! Wie kommst du denn auf die Idee? Das macht bei unserem mickrigen Gehalt wirklich keinen Sinn.«

»Da hast du auch wieder recht«, seufzt sie. »Es ist einfach nur so ein Gefühl!«

»Vielleicht stimmt mit deinem Gefühl etwas nicht?« Ich finde diese Frage durchaus berechtigt, denn jede Frau unterliegt gewissen emotionalen Schwankungen, die nicht immer mit Logik zu erklären sind.

»Damit ist alles in Ordnung«, beharrt Melanie. »Aber es wäre doch möglich, dass etwas mit Andreas' Gefühlen nicht stimmt.«

»Na dann frag ihn, wenn du dir so unsicher bist.«

»Bist du völlig wahnsinnig?«, schimpft sie. »Ich habe diesem Mann meine besten Jahre geschenkt, da werde ich doch nicht in letzter Minute einen Rückzieher machen.«

»Entschuldige, wenn ich deiner Logik nicht so ganz folgen kann.« Ich wickele eine Haarlocke um meinen Finger.

»Ich heirate um des Heiratens willen. Eine Hochzeit war schon immer mein Traum. Das schöne weiße Kleid, die Feier, die vielen Geschenke und so«, schwärmt Melanie.

»Also liebst du Andreas gar nicht?«, frage ich entsetzt.

»Natürlich liebe ich ihn.« Melanie greift nach einem Stift. »Darum will ich ja auch nicht mit ihm über seine Gefühle sprechen. Nachher habe ich recht und er liebt mich tatsächlich nicht mehr. Jetzt, so kurz vor dem Zieleinlauf!«

Ich seufze. Melanie ist manchmal wirklich etwas schwierig.

Mit einem Ruck wird die Tür zu unserem Büro aufgerissen. Unsere Chefin Susanne Müller steht im Raum. Sie trägt trotz des kühlen Wetters eine enge weiße Bluse, einen schwarzen Bleistiftrock und schwarze Pumps. Mit ihrer Kleidergröße 36, den hochgesteckten schwarzen Haaren und dem strengen Mittelscheitel sieht sie aus wie Popeyes magersüchtige Freundin Olivia. Melanie lässt vor Schreck den Stift fallen.

»Du, Brillenschlange ...« Susannes langer Zeigefinger zeigt auf meinen Kopf. »Wo bleibt der Entwurf für die neue Kampagne von *Frostglück*?«

Frostglück ist einer unserer größten Kunden. Es handelt sich um eine Tiefkühlkost-Firma, die ihre Kunden mit besonders kreativen Fertiggerichten locken will.

Ich wühle hektisch auf meinem Schreibtisch herum.

»Bist du etwa noch nicht fertig?«, giftet sie mich an. »Ich habe dir doch gesagt, dass ich den Entwurf bis heute brauche.« Sie leckt sich mit der Zunge über die Lippen. Dabei sieht sie aus wie eine Hyäne, die sich jeden Moment auf ihr sterbendes Opfer stürzen wird. »Na ja, aber schnell bist du ja nur, wenn es ums Essen geht.«

Das ist mal wieder typisch für Susanne! Immer baut sie kleine Sticheleien über mein Gewicht ein.

Ich schlucke meinen Ärger herunter. »Einen schönen guten Morgen, Susanne.« Das ist reiner Überlebensinstinkt, der da aus mir spricht.

Keine Reaktion. Mist.

»Und?« Susannes dünne Spinnenfinger trommeln ungeduldig auf der Tischplatte herum. »Bekomme ich denn heute noch eine Antwort?«

»Ja. Äh … ich bin fast ... na ja ... eigentlich bin ich ... fertig.«

»Wirklich?« Sie sieht mich ungläubig an. Ich nicke und versuche dabei, zuversichtlich zu wirken. »Na dann!« Susanne streckt den Arm aus und wedelt mit der Hand. »Her damit!«

Jetzt ist sie wütend. Susanne hasst es, wenn Mitarbeiter bessere Ideen haben als sie selbst. Aber ganz besonders hasst sie mich! Egal, was ich sage oder tue.

Endlich habe ich den Entwurf zwischen meinen übrigen Arbeiten entdeckt.

»Bitte.«

Meine Hand zittert, als ich ihn ihr reiche. Ich lächele tapfer.

Susannes Augen überfliegen das Papier.

»Eiskalt erwischt, kommt der Fisch frisch auf den Tisch.«

Der Satz hängt in der Luft. Susanne verzieht keine Miene. Es liegt so viel Spannung im Raum, dass ich befürchte, gleich in Flammen aufzugehen. Melanie wirft mir einen nervösen Blick zu.

»Du.« Susanne deutet auf Melanie. »Kaffee. Jetzt!«

Melanie springt wie von der Tarantel gestochen auf und hastet nach draußen. Die Glückliche!

Susanne wendet sich wieder meinem Entwurf zu. »Gar nicht so übel«, sagt sie schließlich.

Erleichtert atme ich aus. »Gar nicht so übel« bedeutet übersetzt: »Absolut spitze! Super!«

»Ich dachte, wir machen mal was Neues. Etwas, das es so in der Werbung bisher noch nicht gab«, freue ich mich.

»Was Neues?«, murmelt Susanne und kneift die Augen zusammen. »Und warum hängt da eine Meerjungfrau im Netz?«

»Die Meerjungfrau ist ein Symbol für die Frische des Meeres«, erkläre ich. »Dadurch soll der Kunde assoziieren, dass der Fisch freiwillig ins Netz gegangen ist.«

»Aha!«

Das ist alles, was Susanne zu meiner großartigen Idee sagt.

Ich nicke. »Und bei dem Piraten habe ich an *Fluch der Karibik* gedacht. Das spricht auch unsere jungen Kunden an.«

»*Fluch der Karibik*.« Susanne hat die Augen zusammengekniffen. »Das könnte funktionieren.«

»Wirklich?«, hauche ich ungläubig. Ich traue meinen Ohren nicht. Niemals hätte ich es für möglich gehalten, dass Susanne irgendetwas gefallen könnte, was von mir kommt.

»Ja!« Susanne bleckt die Zähne, was ich wohl als Lächeln deuten soll. »Diese Idee ist absolut genial!«

»Echt jetzt?« Ich halte vor Anspannung die Luft an.

»Wenn ich ›genial‹ sage, dann meine ich auch ›genial‹«, blafft sie mich von der Seite an.

Ich kann mir ein Grinsen nicht verkneifen. Vielleicht ist sie doch nicht so übel, wie ich dachte.

»Du, Susanne«, beginne ich meine kleine Rede. »Das finde ich echt nett, dass du das sagst. Ich meine, wir hatten ja in der Schule nicht immer das beste Verhältnis zueinander, und dass Lennart mich geküsst hat, war nicht meine Schuld. Ich wusste ja nicht, dass du und er ...«

»Ach Sara, diese alten Sachen sind doch schon lange her«, wischt sie meine Bedenken mit einer Handbewegung weg, als hätte ich etwas völlig Abwegiges gesagt. »Hast du echt gedacht, dass ich immer noch sauer bin, weil du mir damals Lennart weggeschnappt hast?« Ihre Mundwinkel kräuseln sich belustigt.

Ich schlucke. »Ja, ich dachte ... ich hatte den Eindruck ...«

»Sara, Sara.« Sie legt ihre manikürte Hand auf meine Schulter. »Jetzt bin ich aber enttäuscht. Wie konntest du nur denken, dass ich immer noch sauer deswegen bin? Das wäre doch echt kleinlich von mir, nach all den Jahren noch böse auf dich zu sein. Nein wirklich! Das ist ja absurd. Lennart war meine große Liebe, aber er hat sich damals für dich entschieden.« Sie grinst wie ein Haifisch, kurz bevor er zuschnappt. »Ich freue mich, dass du in meinem Team bist. Freundinnen?« Sie streckt mir die Hand entgegen. Ich kann mein Glück gar nicht fassen. Bestimmt steht mein Mund offen. Erleichtert schlage ich ein.

»Freundinnen!« Mir fällt ein Stein vom Herzen.

»So, jetzt aber genug geredet. Wir werden schließlich nicht fürs Nichtstun bezahlt. Also hopp, hopp, mein kleines fleißiges Helferlein. Ab an die Arbeit!«

Hastig drücke ich die Entertaste meines Computers. Melanie kommt mit zwei Bechern Kaffee in den Händen zurück. Ohne zu fragen, schnappt sich Susanne einen und lächelt zuckersüß.

»Und nicht vergessen: Das Leben ist kein Ponyhof.« Susanne wedelt mit meinem Entwurf in der Luft.

»Äh … Vorsicht mit dem Entwurf ...«, rufe ich, aber da ist Susanne schon verschwunden. Verwundert über ihren plötzlichen Sinneswandel, sinke ich auf dem Stuhl zusammen. Meine Hände zittern, als ich sie auf die Tastatur lege.

»Was war denn das gerade?«, fragt Melanie erstaunt und reicht mir den Kaffee.

»Stell dir vor, Susanne hat meinen Entwurf gelobt.«

Melanie rümpft die Nase. »Und das glaubst du?«

»Sie hat gesagt, sie finde ihn genial.« Ich kann es nicht fassen. »Das waren ihre exakten Worte.«

»Na, wer's glaubt, wird selig.« Melanie klappt den Laptop auf. »Aber wenn es so ist, gönne ich es dir von Herzen. Die blöde Kuh hat dich lange genug terrorisiert.«

Ich nicke. Gott sei Dank ist heute Freitag. Das Wochenende ist in greifbarer Nähe. Ich kann es kaum erwarten, mich am Samstag mit meinen Freundinnen zu treffen.

»Hey, wie war eure Woche?«, fragt Leonie, als wir uns auf den Stühlen unseres Lieblingsrestaurants niederlassen. Es ist brechend voll und dementsprechend laut. »Ich hoffe, besser als bei mir! Mein Chef nervt, und damit nicht genug, hatte ich gestern den schlechtesten Sex meines Lebens.«

Leonie ist achtundzwanzig Jahre alt, hat braunes Haar und einen Hang dazu, sich immer in den falschen Mann zu verlieben. Sobald ihr ein Kerl erzählt, dass er noch nie eine faszinierendere Frau als sie getroffen habe, ist es um Leonie geschehen.

»Ich kann nicht klagen, danke der Nachfrage!«, entgegnet Anna fröhlich.

Anna und ich kennen uns seit der Schulzeit. Annas Männergeschichten sind geradezu legendär! Langhaarige Typen in Lederjacken, Surfer, Musiker, Yogalehrer und seit Neuestem Internetdates. Von Anna habe ich alle wichtigen Informationen zum Thema Beischlaf bekommen.

Während meine Mutter etwas von der »universellen Liebe« faselte, brachte Anna die Sache auf den Punkt: »Wenn dir ein Kerl sagt, dass er dich liebt, will er dich nur ins Bett kriegen. Deshalb nimm lieber eine Packung Kondome mit!«

»Ich wünschte, ich hätte eure Sorgen. Hans schreit den ganzen Tag«, klagt Claudia. Hans ist Claudias zehn Monate alter Sohn und ein echter Satansbraten. Bevor Hans auf die Welt kam, hätte ich mir nicht vorstellen können, dass es Babys gibt, die ich schrecklich finden könnte. Hans ist ein solches Baby. Äußerlich sieht er wie ein blonder Engel aus – mit der Seele eines Teufels. Dieses Kind macht nichts anderes, als zu schreien, dabei ist Claudia die ruhigste und entspannteste Person, die ich kenne.

»Ich weiß gar nicht, wann ich das letzte Mal mehr als vier Stunden am Stück geschlafen habe, geschweige denn Sex hatte.«

Claudias Mann ist Koch und sieht aus, als wäre er geradewegs vom Hungerstreik in die Küche gekrochen. Der Mann ist lang und dürr. Ganz im Gegensatz zu Claudia, die seit der Geburt das eine oder andere Kilo zu viel auf den Rippen hat.

»Wenn ich jemals in eurer Gegenwart noch einmal den Wunsch äußere, schwanger zu werden, dürft ihr mich zwangssterilisieren.« Claudia nippt am Rotwein.

»Ach komm«, versuche ich sie zu trösten. »So schlimm wird es schon nicht sein.«

Claudia nickt. »Nein, du hast recht – es ist viel schlimmer!«

»Wenn ich dich so höre, bin ich gleich wieder froh, dass ich Single bin«, sagt Anna. »Ich sage nur *diegeheimeliebe.de*. Diese Plattform ist der absolute Geheimtipp, wenn man als Frau auch beim Sex auf seine Kosten kommen möchte. Ganz und gar diskret, keine Verpflichtungen, keine Tabus. Und das Beste daran: Man ist völlig anonym.« Anna leckt sich über die Lippen.

»Anonym?«, frage ich. »Wie soll denn das gehen? Äh … ich meine, man hat doch Sex miteinander, oder nicht?«

»Ja«, Anna nickt, »aber unter einem Pseudonym, das du dir selbst aussuchen kannst. Gesetzt den Fall, dass du willst, kannst du dich auch mit deinem richtigen Namen dort registrieren, das machen jedoch die wenigsten.«

»Und wie nennst du dich?«, fragt Claudia interessiert.

»Venusblüte29!«

Ich verschlucke mich am Rotwein und beginne zu husten. Anna klopft mir auf den Rücken.

»Findest du den Namen nicht gut?«

»Doch. Klar. Absolut super. Und so eindeutig«, grinse ich.

»Ja, nicht wahr?«, ruft Anna begeistert und leert ihr Glas mit einem Schluck.

»Nur interessehalber: Wie heißt dein neuer Lover?«, frage ich.

»Oliver!«

Anna spricht den Namen betont mit französischem Akzent aus.

»Ein Franzose?«, frage ich überrascht.

»Keine Ahnung.« Anna zuckt mit den Schultern. »Es törnt mich total an, zu glauben, er sei Franzose. Außerdem vögelt er wie ein junger Gott.«

»Das will ich gar nicht wissen«, sage ich.

»Spießer«, lacht Anna.

»Du Glückliche«, seufzt Leonie. »Carsten ... ich möchte den Namen lieber so schnell wie möglich vergessen.« Sie schüttelt sich mit angewidertem Gesicht. »Also der Typ von gestern Nacht war eine absolute Katastrophe. Ich meine, da baggert der Kerl nächtelang, als ob es kein Morgen gäbe, und dann so etwas. Es war armselig. Ich hätte gedacht, ein Mann in seinem Alter bringe etwas mehr Erfahrung mit – aber leider Fehlanzeige. Es war so langweilig, dass ich die ganze Zeit darüber nachgedacht habe, ob Til

Schweiger braune oder blaue Augen hat. Nur um dabei nicht einzuschlafen.«

»Wow. Das ist übel!« Anna prostet ihr lachend zu.

Leonie wühlt lautstark in ihrer Tasche.

»Suchst du was?«, frage ich irritiert.

»Einen Stift und Papier. Ich muss mir unbedingt den Namen von dieser Plattform aufschreiben.«

Leonie hält nichts von Smartphones und Tablets und trägt aus diesem Grund so einen megadicken Planer mit sich herum, der bestimmt ein Kilo wiegt.

»Hab ihn!« Sie wedelt mit dem Papierkoloss in der Luft.

»Mädels, man könnte meinen, wir kennen keine anderen Themen als Männer und Sex«, schimpfe ich. »Wie läuft es denn bei der Arbeit?«

»Nur weil du mit Super-Flo zusammen bist und Sex haben kannst, wann immer du willst, bedeutet das nicht, dass wir Übriggebliebenen nicht auch mal von einem heißen Fick träumen dürfen«, entgegnet Leonie und hebt ihr Glas. »Wie oft treibt ihr es eigentlich miteinander?«

Alle Blicke sind auf mich gerichtet. Ich verschlucke mich fast.

»Och ... äh ...«, stottere ich, »... so das Übliche.« Über mein Gesicht ergießt sich eine flammende Röte. Das kann ich zwar nicht sehen, aber ich spüre es.

»Soso, das Übliche also«, sagt Leonie. »Was soll das denn bedeuten? Da musst du schon etwas deutlicher werden.«

»Na ja, das Übliche eben. Ein bis zwei Mal die Woche.«

»Du bist ja das reinste Sexmonster!« Leonie lacht.

»Ihr treibt es nur zwei Mal in der Woche?«, ruft Anna laut. Aus dem Augenwinkel sehe ich, wie der Glatzkopf am Nachbartisch sein Gespräch unterbricht und interessiert zu uns rübersieht.

»Hey, geht es ein bisschen leiser?! Es muss ja nicht das ganze Restaurant mithören«, zische ich sie an.

»Jetzt sei doch nicht so prüde«, entgegnet Leonie. »Nimm dir ein Beispiel an deiner Mutter.«

»Ich bin nicht prüde. Das Thema Sex geht mir eben nicht so leicht über die Lippen, schon gar ich, wenn ich stocknüchtern bin.«

»Dann wird es Zeit, dass wir das ändern.« Leonie schenkt mir Weißwein in mein leeres Glas. »Trink!«

»Außerdem kannst du mich nicht mit meiner Mutter vergleichen. Die ist Sexualtherapeutin, da gehört es zum guten Ton, über Sex zu sprechen.«

Es ist nicht immer toll, die Tochter einer durchgeknallten Ex-Hippie-Frau zu sein, die irgendwann in ihrem Leben beschlossen hat, die Menschheit mit ihrem selbsterworbenen Wissen über Sex zu bereichern. Ich gebe der Bedienung ein Zeichen, mir die Karte zu bringen.

Wie jedes Wochenende herrscht hektisches Treiben in unserem Lieblingsrestaurant. Das Publikum ist bunt gemischt. Anzugträger, Eppendorfer Schickeria und Schanzenbewohner sitzen hier friedlich nebeneinander. Eine Mischung, die sich wunderbar zum Lästern eignet. Das Mobiliar sieht aus, als hätte es der Besitzer persönlich vom Flohmarkt erstanden. Rustikal zusammengezimmerte Tische und Stühle, keiner wie der andere. Die Bedienung ist freundlich und schnell. Und gelegentlich lässt sich auch der Chef persönlich hier blicken und wandert von Tisch zu Tisch, um sich nach dem Wohlbefinden der Gäste zu erkundigen.

Auf der Karte findet man hier lediglich ein paar einfache, aber sehr schmackhafte Gerichte. Der Burger ist mein absolutes Highlight. Aber der eigentliche Grund, warum wir uns jede Woche hier treffen, ist nicht das Essen, sondern die gemütliche Atmosphäre, die hier herrscht.

»Und ich dachte, du und Super-Flo treibt es den ganzen Tag miteinander«, sagt Claudia. »Na, dann besteht ja noch Hoffnung für Bernd und mich.«

»Das hängt damit zusammen, dass Florian ein totaler Langweiler und Spießer ist«, ergänzt Anna.

»Florian ist nicht langweilig, nur weil er sich nicht Oliver nennt!«, protestiere ich entrüstet. »Florian ist genau der Mann, mit dem ich mein Leben verbringen möchte. Ordentlich, zuverlässig und immer für mich da.«

»Uahhh!« Anna gähnt lauthals. »Da schlafe ich ja schon vom Zuhören ein. Hört sich für mich nach langweiligem Sex und billigem Wein an.«

»Jetzt übertreib mal nicht«, schaltet sich Claudia ein. Ich werfe ihr einen dankbaren Blick zu. »Das liegt doch in der Natur der Sache. Wilde Sexspielchen sind nur etwas für ein Abenteuer. Auf der Suche nach dem Mann fürs Leben setzt eine Frau meistens andere Prioritäten, da spielt Sex eher eine untergeordnete Rolle. Schließlich soll sich dein zukünftiger Mann auch mal um eure gemeinsamen Kinder kümmern, anstatt nur daran zu denken, wie man sie macht. Da musst du dich entscheiden, was dir wichtiger ist – heißer Sex oder Zuverlässigkeit«, seufzt Claudia. »Ich spreche da aus Erfahrung!«

»Hm.« So wie Claudia das sagt, klingt es irgendwie gar nicht gut. Dabei haben Florian und ich schönen Sex miteinander. Okay, vielleicht nicht so wild und leidenschaftlich, wie man es in Büchern liest, aber dafür sehr vertraut. Bei Florian weiß ich genau, was ich zu erwarten habe. Alles verläuft nach einem festen Schema. Das hat auch seine Vorteile! Die besten Werbesprüche sind mir bisher beim Sex eingefallen.

»Was macht die Wohnungssuche?«, fragt mich Claudia.

»Du suchst 'ne neue Wohnung?«

Anna sieht mich mit großen Augen an.

»Nein, keine Angst, ich ziehe nicht weg.« Ich schüttele den Kopf. »Ich suche eine neue Mitbewohnerin. Das weißt du doch.«

Anna und ich wohnen im selben Haus zur Miete. Um genau zu sein, wohnen wir sogar im selben Stock, Tür an Tür sozusagen.

»Puh!«, seufzt Anna erleichtert. »Erschreck mich nicht so.« Sie fasst sich an die Brust.

»Keine Sorge, sollte es jemals so weit sein, bist du die Erste, die davon erfährt«, lächele ich.

»Hast du jemanden gefunden?«, wiederholt Claudia ihre Frage.

»Nein. Es ist gar nicht so einfach, einen Ersatz für Lisa zu finden.« Claudia nickt mitfühlend. »Entweder sind die Leute WG-ungeeignet oder nicht bereit, den hohen Mietpreis in Eppendorf zu zahlen.«

Lisa hat in den letzten drei Jahren während ihres Studiums bei mir gewohnt. Das hatte den Vorteil, dass wir uns die Miete teilen konnten und immer jemand zum Quatschen zu Hause war. Seit Lisa nach Bremen gezogen ist, um dort als Lehrerin an einer Grundschule zu arbeiten, ist es in meiner Wohnung schrecklich ruhig und meine monatliche Belastung höher geworden.

»Hey, da hinten ist ja mein Lieblingskollege«, ruft Anna unvermittelt und wedelt freudig mit den Händen in der Luft herum. Ich folge ihrem Blick. Ein leicht untersetzter Mann mit schütterem Haar nähert sich unserem Tisch. Er trägt eine karierte Hose, dazu ein weißes T-Shirt und Chucks.

»Kennt ihr den?«, fragt Claudia.

»Ich glaube, das ist der schwule Chirurg, von dem sie uns ein paarmal erzählt hat«, erkläre ich, ohne den Mann aus den Augen zu lassen.

»Ein ganz klarer Fall von modischer Entgleisung«, flüstert mir Claudia ins Ohr. »Wahrscheinlich trägt er den ganzen Tag nur die grüne Uniform und abends steht er total überfordert vor dem Kleiderschrank und sucht den Mundschutz.«

Ich kann nur mit Mühe ein Kichern unterdrücken.

»Hallo!« Anna steht auf und gibt ihm einen Kuss auf die Wange. »Wo warst du letzte Woche? Wo ist dein Freund?«

Sie schielt über seine Schulter, als könne sich dahinter jemand versteckt halten.

»Der elende Mistkerl hat mich verlassen«, antwortet der Mops mit Grabesstimme. Er sieht aus, als würde er jeden Moment in Tränen ausbrechen.

»Das tut mir leid«, sagt Anna bedauernd. »Dabei warst du doch so verliebt!«

»Ja«, schluchzt er. »Er findet, ich bin zu sensibel.«

Schnief!

»Zu sensibel?« Anna runzelt die Stirn.

»Das muss ja ein ganz schön großer Idiot sein«, mische ich mich in das Gespräch ein. »Wenn du mich fragst, ist das eher als Pluspunkt zu werten und nicht als Trennungsgrund.«

Annas Kollege wirft mir einen dankerfüllten Blick zu.

»Möchtest du dich vielleicht zu uns setzen?«, fragt Anna.

»Hey«, protestiert Claudia. »Wir haben heute Mädelsabend. Keine Männer erlaubt ...« Sie lächelt den Mops entschuldigend an. »Nichts gegen dich.«

Der Mops nickt mit Tränen in den Augen. Irgendwie erinnert er mich an Baby Björn, eine Puppe, die mir meine Eltern mal zu Weihnachten geschenkt haben. Wenn man auf den Bauch der Puppe gedrückt hat, fing sie an zu weinen.

»Genau deshalb! Dieser Mann hier ist einer von uns – zumindest gefühlt«, entgegnet Anna grinsend.

»Na dann, herzlich Willkommen in unserer Mädelsrunde«, proste ich ihm zu.

Wir rutschen ein wenig auf der Bank zusammen. Anna und ihr Kollege sitzen mir gegenüber.

»Ich bin übrigens Sara«, stelle ich mich vor.

»Eigentlich heißt sie Saraswati Sananda Elisabeth«, mischt sich Anna feixend ein.

»Du Schlange! Wer dich als Freundin hat, braucht keine Feinde mehr«, grinse ich.

»Ach du meine Güte. Das ist allerdings ein ziemlich ausgefallener Name. Sind deine Eltern Schauspieler?«

Das Dickerchen wirft mir einen bedauernden Blick zu.

»Ne, warum?«, frage ich. »Meine Mutter ist Therapeutin.«

»Sexualtherapeutin«, fällt mir Anna ins Wort.

Ich seufze.

»Danke, Anna! Jetzt weiß es wirklich jeder!«

»Gern geschehen«, säuselt sie.

Miststück!

»Na, weil Schauspieler ihren Kindern auch immer so ausgefallene Namen geben müssen«, erklärt das Dickerchen und lächelt.

»Nein, meine Mutter ist ein ehemaliger Hippie und glühende Anhängerin der indischen Kultur.«

»Oje, du Arme.«

»Das kann man wohl laut sagen«, nicke ich.

»Und was hast du vor?«, fragt Anna ihn.

»Ich werde mir den nächstbesten Kerl schnappen und möglichst wilden Sex haben.«

Die Augen des Mops wandern über die Köpfe der Gäste und bleiben schließlich am Nachbartisch hängen, wo ein einzelner Mann sitzt.

»Das klingt alles andere als sensibel«, rümpfe ich die Nase.

»Liebelein. Ich bin zwar sensibel, aber nicht blöd«, entgegnet er und nippt an seinem Glas. »Wenn er wilden Sex haben kann, will ich es auch!«

In diesem Moment kommt die Bedienung.

»Vier Aperol Spritz.«

»Wir haben keinen bestellt«, sagt Claudia verdutzt.

Der Kellner macht eine Kopfbewegung.

»Der Herr am Nachbartisch möchte Sie gern einladen.«

Wir drehen uns um. Ein Mann im blauen Hemd lächelt uns breit an. Marke Banker. Er sitzt direkt hinter uns. Sein Gesicht ist markant geschnitten, mit dichten Augenbrauen und wulstigen Lippen. Die wenigen Haare, die er hat, sind hellbraun.

»Der sieht gar nicht so übel aus«, flüstert Leonie neben mir.

»Du bekommst nichts mehr zu trinken, so viel ist sicher. Hast du einen Knick in der Optik?«, schnaube ich. »Der Typ sieht steinalt aus, außerdem hat er eine Glatze.«

»Ach, Schnickschnack. Wenn man sich sonst gut versteht, spielt das Alter keine Rolle«, entgegnet Leonie. »Ich finde, dass eine Glatze bei den meisten Männern durchaus sexy aussieht.«

»Du weißt ja, was man über Männer mit Glatze sagt, oder?«, kichert Claudia. »Vorn eine Glatze, dann ist er ein guter Liebhaber.

Hinten eine Glatze, dann ist er ein großer Denker. Hat er eine Vollglatze, dann denkt er, er wäre ein großer Liebhaber.«

»Haha.« Leonie wirft ihr einen bösen Blick zu. »Schlimmer als die letzte Nacht mit Carsten kann es eh nicht werden.«

Die Bedienung stellt die Gläser auf den Tisch. Wir prosten dem unbekannten Spender zu.

»Köstlich«, sagt Claudia, als sie das Glas absetzt.

Leonie schenkt dem Glatzkopf ein breites Lächeln.

»Nicht«, sage ich. »Sonst kommt der Typ noch rüber.«

»Das ist ja genau das, was ich erreichen will«, entgegnet Leonie. »Außerdem hat er mir zugezwinkert.«

»Bist du sicher?«

»Na klar. Der Typ steht auf mich.«

»Mhm«, sage ich.

»Hey, heute ist unser Mädelsabend. Keine Männer«, warnt Claudia. »Ich bin gekommen, obwohl heute Bernds freier Abend ist. Ich hätte heute Sex haben können. Also bitte!«

»Ist ja gut«, murrt Leonie. »Man wird doch mal gucken dürfen.«

»Scheiße, er steht auf«, kommentiert Claudia.

»Das hast du nun davon«, zische ich. »Ich habe dich gewarnt, ihn nicht zu ermutigen.«

»Jetzt bin ich also schuld«, flüstert Leonie. Sie zieht einen Schmollmund.

»Meine Damen.« Der unbekannte Spender lächelt selbstgefällig. »Ich wollte mich bei Ihnen für einen äußerst aufschlussreichen Abend bedanken. Ich habe eine Menge über die weibliche Psychologie gelernt.«

Er nickt Annas Kollege mit einem Gesichtsausdruck zu, den ich eindeutig als Aufforderung zum Sex verstehen würde.

»Tja, Liebelein, ich mach mich dann mal auf den Weg«, sagt der Mops plötzlich und steht auf. Anscheinend deutet er den Gesichtsausdruck unseres Wohltäters so wie ich und eilt davon. Direkt in die Arme des Glatzkopfes.

Verdutzt blicken wir den beiden Männern hinterher.

»So kann man sich täuschen«, giggele ich.

»Jep!«, stimmt mir Anna grinsend zu.

Leonie starrt fassungslos auf den leeren Platz neben sich.

»Damit habe ich jetzt nicht gerechnet.«

»Meint ihr, der hat alles mitgehört, was wir gesagt haben?«, fragt Claudia nachdenklich.

»Ich glaube, darüber brauchst du dir keine Sorgen zu machen! Der Typ hat ganz andere Interessen.« Ich nehme mein Glas. »Auf einen fröhlichen Abend!«

»Oh nein, wie peinlich«, lacht Claudia noch immer, als wir das Restaurant verlassen.

Die frische Abendluft schlägt uns entgegen. Mir ist total schwindlig und der Boden unter meinen Füßen schwankt. Ich fühle mich beschwingt und giggele wie ein hysterischer Teenager. Normalerweise trinke ich nicht so viel. Ich vertrage nämlich keinen Alkohol. Das letzte Mal, als ich zu viel getrunken hatte, war ich einen Tag lang krank und konnte mich an nichts erinnern.

»Ich werde dein dämliches Gesicht nicht vergessen, als der Glatzkopf mit meinem Kollegen verschwunden ist«, kichert Anna, die wie ich Probleme mit ihrem Gleichgewichtssinn hat.

»Na ja, ich konnte ja nicht ahnen, dass der Typ auch schwul ist.« Leonie zieht einen Schmollmund.

»Ich fandz lussstig!« In meinem Kopf klang der Satz flüssiger und ich stelle fest, dass nicht nur mein Gleichgewichtssinn unter dem übermäßigen Alkoholgenuss gelitten hat. »Und wasss machen wir jetzt?«

Oh weia!

»Also ich bin nicht müde, und die Chance, dass Bernd um diese Zeit noch wach ist, ist gleich null«, gackert Claudia. »Von mir aus können wir beim *Goldfischglas* vorbeischauen. Was meint ihr?«

Das *Goldfischglas* ist eine beliebte Bar mit einer Miniaturtanzfläche direkt um die Ecke. Die Longdrinks in dem Schuppen sind absolut lecker und man trifft eigentlich immer nette Leute. Außerdem ist die Musik ganz nach meinem Geschmack. Nicht zu laut und trotzdem tanzbar.

»*Goldfischglas*?«, fragt Anna in die Runde.

»*Goldfischglas*!«, rufen Leonie, Claudia und ich wie aus einem Munde.

»It's raining men, halleluja«, singe ich lautstark, als wir das *Goldfischglas* zwei Stunden später verlassen.

Mein Gesicht glüht vom Tanzen und zwischen meinen Brüsten läuft kitzelnd ein Schweißtropfen hinunter. Wie meine Haare aussehen, möchte ich gar nicht wissen. Es ist kühl geworden und eine Gänsehaut huscht über meine Arme.

»... halleluja!«, fallen Anna, Leonie und Claudia mit in den Refrain ein. Arm in Arm untergehakt, laufen wir singend die Straße entlang. Es ist schon spät und die meisten Restaurants sind bereits geschlossen.

»Ich kann mich nicht daran erinnern, wann ich das letzte Mal so viel getanzt habe«, lalle ich.

»Ja, cool. Die Musik war Spitze«, pflichtet Anna mir bei.

Meine Beine fühlen sich an, als seien sie mit Pudding gefüllt, und in meinem Kopf dreht sich alles. Zwei junge Männer kommen uns entgegen. Einer von beiden trägt eine Baseballmütze auf dem Kopf und seinem Gesichtsausdruck nach zu urteilen, brennt nicht gerade die hellste Kerze darunter. Sein Kumpel ist etwas untersetzter und scheint seinem Blick nach zu urteilen auch nicht mehr als das Gehirn einer Stubenfliege im Kopf zu haben.

»Es gibt nichts Schrecklicheres als besoffene Weiber«, verkündet der Untersetzte lautstark mit abschätzendem Blick in unsere Richtung, als sie an uns vorbeigehen.

Sein Kumpel mit der Baseballmütze lacht höhnisch. »Ja, voll krass. Aber die kann man wenigstens gut flachlegen!«

»Krass ist nur deine Mütze«, rufe ich den beiden hinterher. »Und dich würde ich nicht mal nehmen, selbst wenn du der letzte Mensch auf der Welt wärst.«

»Ups!«, kichert Anna und die Mädels stimmen fröhlich mit ein.

Abrupt bleiben die zwei stehen und drehen sich zu uns um.

»Was hast du gesagt?«, blafft mich der Baseballmützenträger an. Anna gibt mir einen Stoß in die Seite.

»Äh«, stammele ich, darum bemüht, mein Lachen zu unterdrücken, das wie Brausepulver in meinem Hals kitzelt. »Dass du eine krasse Mütze hast.«

»Aha!« Der Typ mustert mich misstrauisch.

Der Untersetzte zieht die gezupfte Augenbraue nach oben.

»Ja«, nicke ich, durch seinen dümmlichen Gesichtsausdruck ermutigt. »Und dein Freund sollte sich einen Stylingberater zulegen.« Ich deute auf die Augenbraue. »Das geht gar nicht!«

In dem mechanischen Hirn des Mützenträgers laufen die Synapsen auf Hochtouren, um das Gesagte zu verarbeiten. Als die Information endlich angekommen ist, wechselt sein Gesichtsausdruck von dümmlich zu wütend.

»Entschuldige bitte, aber meine Freundin hier ...«, ergreift Leonie das Wort und deutet auf mich, »... sie ist ein bisschen ...«, Leonie tippt mit dem Zeigefinger gegen ihre Stirn, »... plemplem. Beachtet sie einfach nicht.«

Die Typen flüstern miteinander.

»Los!« Anna zerrt an meinem Arm. »Lass uns gehen, bevor du noch mehr Blödsinn erzählst und die Typen sauer werden.«

»Dabei war ich gerade so richtig in Fahrt«, murmele ich.

»Quatsch nicht, sondern komm jetzt!«, drängt mich Claudia und zupft an meinem Ärmel.

»Aber wieso?«

»Weil die nicht den Eindruck machen, als ob sie über deinen Humor lachen können«, wispert Claudia und deutet auf die beiden Männer, die grimmige Blick in unsere Richtung schießen.

Stolpernd folge ich meinen Freundinnen und wir biegen hastig um die nächste Häuserecke.

»Auf den Schreck brauche ich erst einmal dringend was zu essen«, verkündet Leonie.

»Bitte?« Ich sehe meine Freundin an. »Du hast doch vorhin auch einen Burger gegessen.«

Leonie sieht auf ihre Armbanduhr. »Das ist ja locker schon drei Stunden her. Außerdem habe ich ein bisschen viel getrunken. Ich habe mal gelesen, dass Fett den Alkohol neutralisiert.«

»Das hört sich doch gut an«, pflichtet Claudia ihr bei. »Hat jemand eine Ahnung, wo es hier in der Nähe einen guten Dönerladen gibt?« Claudias Blick fällt wie zufällig auf mich.

»Hey, warum siehst du mich so an?«

»Weil du eigentlich immer weißt, wo es etwas zu essen gibt. Das ist bei dir so eine Art angeborener Instinkt«, kichert Claudia.

»Haha, sehr witzig«, brumme ich.

»Ach komm schon.« Claudia gibt mir einen Stups.

»Na ja, ich wüsste da schon einen Dönerladen«, gebe ich zu. »*Hassans Eck*! Sieht nicht besonders einladend aus, aber Hassan macht die besten Döner in der ganzen Stadt.«

»Dachte ich es mir doch«, lacht Claudia.

Der Dönerladen empfängt uns mit grellem Neonlicht. Außer uns haben sich tatsächlich zwei weitere Schanzenbesucher hierher verirrt. Es riecht herrlich nach gebratenem Fleisch und mir läuft sofort das Wasser im Mund zusammen.

Mit meinem Speichelfluss würde ich mich hervorragend zu Forschungszwecken eignen. Sobald ich etwas Leckeres rieche oder nur daran denke, beginnt meine Speichelproduktion.

Der Besitzer des Ladens, ein stämmiger Türke, sieht uns erwartungsvoll an. Dabei zwirbelt er seinen mächtigen Schnurrbart. »Was kann isch für schöne Frauen so spät noch tun?« Er verzieht den Mund zu einem Lächeln.

»Vier Döner, bitte«, bestelle ich mit schwerer Zunge.

»Döner für hübsche Frau, geht klar!« Der Dönermann schnappt sich sein Messer und beginnt das Fleisch vom Spieß zu schälen.

»Äh, könnten Sie bitte …«.

Der Mann hört auf, das Fleisch zu schneiden, und sieht über die Schulter zu mir. Seine braunen Augen mustern mich belustigt.

»Für mich den Döner spezial.«

Diese Variante ist geschmackstechnisch eine echte Offenbarung, leider auch geruchstechnisch (der Belag besteht aus Unmengen von Zwiebeln) und somit eine Beleidigung für die Umwelt.

Ich finde, in einer Partnerschaft muss man auf diese kleinen Dinge achten. Es gibt in meinen Augen nichts Schlimmeres als Mundgeruch, wenn man den anderen küssen will. Da schläft bei mir alles ein! Aber da Florian heute in seiner Wohnung übernachtet, ist es mir egal und ich kann meinen Gelüsten frönen.

»Ah, Fräulein hat guten Geschmack«, schnarrt der Mann und zwirbelt erneut seinen Schnurrbart. Hoffentlich fällt nicht eines dieser borstigen Haare auf meinen Döner! »Hassan machen besten Döner für schöne Frau.« Er zwinkert mir mit seinen buschigen Augenbrauen zu.

»Danke«, hauche ich. Eine warme Welle huscht über mein Gesicht und aus Erfahrung weiß ich, dass ich rot wie eine reife Tomate bin.

Anna kichert hysterisch, was meine Vermutung bestätigt. Claudia grinst wie ein Breitmaulfrosch.

»Du kannst alle Männer haben«, flüstert mir Leonie ins Ohr.

Ich tippe mit dem Zeigefinger gegen meine Stirn. »Ihr seid echt bescheuert, wisst ihr das!?«

Hassan hat nicht übertrieben. Keine fünf Minuten später halte ich einen verlockend duftenden Döner in meiner rechten Hand. In der linken habe ich eine Flasche Bier. Wir lassen uns auf der kleinen Bank im hinteren Teil des Lokals nieder. Die zwei anderen Gäste unterbrechen ihr Kartenspiel nur kurz, um uns zu mustern, und spielen dann weiter.

Ich beiße herzhaft in meinen Döner. Köstlich! Genießerisch schließe ich die Augen und lecke mir über die Lippen.

»Mhm, genial«, quetscht Leonie hervor. »Du hattest völlig recht – das ist der beste Döner, den ich jemals gegessen habe.«

»Wahnsinn«, kichert Anna. Salat hängt ihr aus dem Mund. »Mit den Zwiebeln habe ich den OP morgen für mich allein.«

»Ich dachte, du hast morgen frei«, ruft Leonie entsetzt.

»Wie kommst du denn darauf? Ich habe Wochenenddienst ab Mittag. Aber mach dir keine Sorgen, aufschneiden geht immer.«

»Von dir möchte ich nicht operiert werden.« Joghurt tropft auf meine Finger.

»Wusstet ihr: Essen ist der Sex des Alters«, sagt Claudia.

»Wenn es danach geht, bin ich schon uralt!«, quetsche ich zwischen zwei Bissen hervor.

Alle lachen.

»Ich werde nächsten Monat zweiunddreißig«, sagt Claudia.

»Ja, du hast auch schon einen Mann und ein Kind«, sagt Leonie. »Ich dagegen habe weder noch. Meine biologische Uhr tickt so laut, dass ich fürchte, die Männer können sie schon von Weitem hören.« Sie nimmt einen Schluck aus ihrer Bierflasche. »Wahrscheinlich leuchtet ein unsichtbares Spruchband auf meiner Stirn, auf dem ›Marry me!‹ steht.«

»Das lässt sich ja ändern«, sage ich.

»Wie denn?«, jammert Leonie weiter. »Dazu bräuchte ich erst mal den richtigen Mann. Das ist schon Problem Nummer eins ...«

Ein melodisches Klingeln ertönt und zeitgleich geht die Tür zum Dönerladen auf. Kalter Wind weht zu uns herüber. Neugierig recke ich den Hals, um zu sehen, wer der Neuankömmling ist. Zu meiner Überraschung steht eine Frau in der Tür. Sie ist klein, trägt einen langen, dunklen Rock und schwarze Stiefel. Zum Schutz gegen die Kälte hat sie sich einen Schal um die Schultern geschlungen. Ihr Gesicht liegt im Schatten. Die Frau betritt den Laden und bleibt schon nach wenigen Schritten stehen.

»Du kannst wenigstens ausschlafen«, sagt Claudia gerade. »Bei mir ist um sechs die Nacht vorbei.«

»Ich bin ausgeschlafen, aber dafür einsam«, entgegnet Anna mit ungewöhnlichem Ernst.

Keine meiner Freundinnen scheint die Frau zu bemerken.

»Langweiliger Sex, Datingportale, jüngere Liebhaber – ich wünschte, ich hätte eure Luxusprobleme«, seufzt Claudia. »Ich habe das Problem, dass mich meine Umwelt nur noch als Mutter wahrnimmt. Es interessiert sich niemand mehr dafür, welche Bedürfnisse ich habe. Heute Abend ist der erste Abend ...«

Genau in diesem Augenblick schiebt die Frau den Schal zu Seite. Sie ist alt. Unzählige Fältchen und Linien überziehen ihr Gesicht wie eine Landkarte. Ihr Blick wandert durch den Raum. Unsere Augen treffen sich und für einen Moment steht die Welt um mich herum still. Es gibt nur diese Frau und mich. Ihre Augen sehen aus wie kleine, glühende Kohlestücke, die mir geradewegs bis in die Seele schauen. Unwillkürlich zieht sich mein Magen zusammen und ich schlucke trocken. Etwas klappert neben mir und ich drehe meinen Kopf für einen Augenblick zur Seite. Als ich wieder nach vorn gucke, ist die Frau verschwunden. Irritiert sehe ich mich um, kann sie jedoch nirgends entdecken. Eigenartig! Die Frau kann sich doch nicht in Luft aufgelöst haben.

»Sara, hallooooo ...« Anna wedelt hektisch mit der Hand vor meinem Gesicht. »Hörst du mir überhaupt zu?«

»Äh, Entschuldigung«, stammele ich. »Da war eben eine Frau.« Ich deute mit einer Kopfbewegung in Richtung Tür.

»Was für eine Frau?« Leonie sieht mich verwundert an.

»Na, die alte Frau, die gerade noch am Eingang gestanden hat.«

»Ich habe keine alte Frau gesehen«, sagt Leonie. »Ihr etwa?«

»Vielleicht solltest du ein bisschen weniger trinken«, entgegnet Anna trocken.

»Ich bin doch nicht verrückt«, nuschele ich.

»Nein, aber betrunken«, kichert Anna.

Claudia gähnt. »Ich weiß nicht, wie es euch geht, aber ich glaube, ich muss ins Bett.«

»Du Arme.« Leonie klopft ihr bedauernd auf die Schulter.

»Ich bin auch müde«, sagt Anna. »Die letzten Nächte mit Oliver waren echt anstrengend.« Sie zwinkert uns zu. »Ich sage nur *Shades of Grey*!«

»Hab ich nicht gelesen«, gebe ich zu. Ich habe den Hype um dieses Buch nie verstanden. Ich meine, der Klappentext allein reicht doch, um zu wissen, dass das Quatsch ist. 27-jähriger gut aussehender Millionär trifft auf 22-jährige Jungfrau. Das mag vielleicht in Amerika so sein, aber in Deutschland sind die meisten reichen Männer über vierzig – also steinalt. Und der Großteil davon sieht zudem nicht besonders gut aus.

»Das Buch ist meine Bibel«, schwärmt Anna. »Dieser Christian Grey ist ein Sexgott und ...«

»Jaja, schon gut«, unterbricht Leonie sie. »Verschon uns bitte mit den Details.«

Hassan kommt zu uns an den Tisch. In seiner prankenähnlichen Hand hält er ein Tablett mit vier Gläsern darauf. »Bring ich euch. Gruß von mein Mutter.«

»Was ist das?«, frage ich skeptisch. Das Zeug in den Gläsern ist blutrot und wirkt irgendwie dickflüssig.

»Das ist Ask Iksiri«, donnert Hassans Stimme. »Frische Lieferung aus Türkei.«

»Ist da Alkohol drinnen?«, fragt Anna hoffnungsvoll.

»Vielleicht bisschen. Is gut für Herz.« Hassan zwirbelt den Schnurrbart.

»Eigentlich hatte ich für heute schon genug Alkohol«, sage ich.

»Willst du Hassan beleidigen?« Hassans Augen glühen. »Das ist besondere Ask Iksiri – Liebestrank nach eine alte Geheimrezept. Wird von Mutter zu Mutter weitergegeben.«

»Und was hat es mit dem Geheimrezept auf sich?«, fragt Anna augenzwinkernd.

»Wo ich komme her, ist kleines Dorf in Bergen von Türkei. Ask Iksiri gemacht, damit Frauen Glück finden.« Er legt die Hand auf seine Brust. »Ist Sitte, dass junge Frau trinken, um Mann für Leben kennenlernt. Bringt Glück.«

»Wenn das so ist«, tönt Anna, »dann her damit « Sie schnappt sich eines der Gläser. »Los, Mädels, das ist unsere Chance.«

Wir nehmen uns jede ein Glas.

»Auf das Glück!« Ich schnüffele vorsichtig an dem Getränk. Der Likör riecht intensiv nach reifen Beeren.

»Auf die Traummänner!«, fügt Leonie hinzu.

Hassan nickt gefällig. »Musst du trinken in einem Schluck!«, fordert er uns auf.

»Also auf ex«, kreische ich und leere das Glas in einem Zug. Kaum dass der erste Tropfen meinen Gaumen berührt, erlebe ich eine Geschmacksexplosion aus Beeren und Zimt. Die klebrig-süße Flüssigkeit legt sich auf die Zunge und mein ganzer Mund fühlt sich irgendwie taub an.

»Lecker!«, ist alles, was ich sagen kann. In meiner Magengegend breitet sich ein warmes Gefühl aus.

Anna, Claudia und Leonie scheint es ähnlich zu gehen. Anna leckt sich genüsslich über die Lippen, während Claudia mit den Augen rollt. Leonie sieht aus, als wäre ihr der Weihnachtsmann persönlich begegnet.

Hassans Augen funkeln vergnügt. »Lecker, lecker!«

Ich nicke.

Wortlos schnappt er sich das Tablett und trottet davon. Mein Kopf fühlt sich an wie in Watte gepackt. Ein Lachen bahnt sich den Weg nach oben und bevor ich es verhindern kann, fange ich laut an zu gackern.

»Fühlt ihr euch auch so leicht?«, frage ich in die Runde.

»Das letzte Mal, dass ich mich so gefühlt habe, war nach meinem ersten Joint«, stimmt Leonie mir zu.

»Du hast mal gekifft?«, wundere ich mich.

»Klar! Hat das nicht jeder?«

Ich schüttele den Kopf. »Nö, ich nicht.«

»Das zählt nicht«, gackert Leonie. »Du bist ja bekennende Spießerin.« Sie schüttelt sich. »Was hat uns der Kerl da nur für ein Teufelszeug gegeben?«

»Ich hoffe nur, mir wachsen jetzt nicht überall Haare«, kichert Claudia und stellt das leere Glas vor sich auf den Tisch.

»Mach mir keine Angst«

Ich habe das Gefühl, als ob heiße Lava durch meine Adern rinnt, und mir ist mit einem Mal schrecklich heiß.

»Habt ihr auch so einen komisch tauben Geschmack im Mund?«
Anna schnalzt mit der Zunge.

»Ich weiß nicht, was Hassan uns da eingeschenkt hat, aber ich glaube, das Zeug hat ordentlich Schmackes! Bei mir dreht sich alles im Kopf«, sagt Leonie.

»Was haltet ihr davon, wenn wir uns auf den Heimweg machen, bevor es zu ernsthaften Ausfällen kommt?«, fragt Anna. »Eine Mütze voll Schlaf wäre ganz gut, ehe mein Dienst anfängt.«

»Gute Idee«, giggelt Leonie.

Kichernd brechen wir auf. Auf dem Weg nach draußen verabschieden wir uns von Hassan, der uns bereitwillig die Tür aufhält.

»Viel Glück«, ruft er uns hinterher und zwirbelt seinen Schnurrbart.

Leonie hat in der Zwischenzeit ein Taxi organisiert. Keine Ahnung, wie sie es so schnell geschafft hat. Als ich sie danach frage, faselt sie irgendetwas von einer App auf ihrem Handy.

»Danke«, rufe ich Hassan ausgelassen zu, der noch immer in der Tür steht, und lasse mich auf die weichen Polster sinken.

»Puh! Ich will nicht wissen, was der uns da rein gemixt hat«, grinst Claudia, als das Taxi losfährt. »Aber ich bin so scharf wie schon lange nicht mehr. Ich hoffe, Bernd ist wach.«

»Na toll, und was soll ich machen?«, gähnt Anna. »Ich bin schließlich Single und habe keinen Kerl, den ich im Schlaf überfallen könnte.«

»Selbst ist die Frau«, kichert Leonie hysterisch neben ihr. »Außerdem bist du Ärztin im Dienst. Du solltest dir lieber Gedanken über deinen Schlaf als deinen Beischlaf machen.« Sie sieht zu mir. »Und du?«

»Wie, und ich?«

»Fährst du jetzt zu Super-Flo?«

»Mist!« Ich schlage mir mit der flachen Hand an die Stirn. »Den habe ich völlig vergessen. Ich habe Florian versprochen, dass ich anschließend bei ihm vorbeikomme.«

»Was für eine bescheuerte Idee«, entgegnet Leonie.

»Wie spät ist es eigentlich?«

Ich schaue hilfesuchend in die Runde.

»Weit nach Mitternacht. Das kannst du glatt vergessen«, gackert Anna. »Der alte Spießer schläft bestimmt schon längst.«

Womit sie wahrscheinlich recht hat.

»Aber ich muss ihn wenigstens anrufen oder eine Nachricht schicken«, sage ich und will nach meiner Tasche greifen. »Oh Gott!«

Hektisch taste ich meine rechte Seite ab. Das kann nicht sein!

»Was?« Anna sieht irritiert zu mir.

»Halten Sie sofort das Taxi an«, kreische ich den Taxifahrer an.

»Spinnst du jetzt völlig?« Claudia zeigt mir einen Vogel.

»Ich habe meine Tasche in der Dönerbude vergessen.«

»Oh nein!«, stöhnt Claudia.

»Anhalten!«, bitte ich den Taxifahrer erneut.

Der Mann setzt den Blinker und das Taxi kommt zum Stehen.

»Ihr braucht nicht zu warten«, rufe ich und öffne die Tür.

»Natürlich warten wir auf dich«, widerspricht Leonie.

»Nein, macht euch keine Sorgen. Ich schnappe mir ein Taxi, sobald ich meine Tasche wiederhabe. Ich bin schließlich ein großes Mädchen.«

»Ein großes betrunkenes Mädchen«, verbessert Anna.

»Ach was«, winke ich ab. »Ich habe nur einen klitzekleinen Glimmer. Kein Problem.«

Ich schwanke leicht, als ich aus dem Taxi steige.

»Okay«, sagt Claudia. »Ich bin todmüde. Wenn es wirklich für dich in Ordnung ist ...?«

»Absolut«, nicke ich.

»Bis morgen«, sagt Anna. Das Taxi setzt sich in Bewegung.

So schnell es mir in meinem Zustand möglich ist, gehe ich zu Hassans Dönerbude zurück. Zu meiner Verwunderung muss ich feststellen, dass die Tür verschlossen ist. So ein Pech! Das kann auch nur mir passieren! Hektisch klopfe ich gegen das verdunkelte Schaufenster.

»Hallo.«

Nichts regt sich.

»Hallo«, versuche ich es erneut.

Mist! Enttäuscht lasse ich die Arme sinken. In der Tasche war alles drinnen, was ich täglich brauche. Ausweis, Geldbörse und mein Handy. Ich starte einen letzten verzweifelten Versuch und klopfe mit der flachen Hand gegen die Scheibe.

»Aufmachen!«

Alles ist mucksmäuschenstill.

Ich will gerade gehen, als ich Schritte von drinnen höre. Sekunden später geht die Tür mit einem Ruck auf. Ich schnappe laut nach Luft.

Vor mir steht die alte Frau. Sie hat den Schal abgenommen. Das silbergraue Haar fällt nun in weichen Wellen über ihre Schultern bis auf die Hüften. Ihre Augen mustern mich neugierig.

»Ich ... ich habe meine Handtasche vergessen«, stottere ich.

Ein Lächeln huscht über das Gesicht der Frau. Sie nickt, ohne ein Wort zu sagen, und deutet mir mit einer Geste an, ihr zu folgen. Mit einem leicht mulmigen Gefühl in der Bauchgegend trete ich ein. Es ist schließlich mitten in der Nacht und ich bin allein. Die Frau verschließt die Tür hinter mir.

Als ich den Raum betrete, brennt zu meiner Überraschung das Licht. Die beiden Männer sind auch noch da. Vielleicht sollte ich doch lieber wieder gehen, denke ich. Von Hassan keine Spur. Eigenartig! Meine Augen huschen durch den Raum. Der Dönergrill steht still. Die Auslagen sind mit einer Folie abgedeckt. Anscheinend waren wir tatsächlich die letzten Gäste, die noch einen Döner bekommen haben.

Die Alte kommt näher. Dabei wird sie von einem leisen Klingeln begleitet, das von den unzähligen Ketten herrührt, die sie um ihren Hals und die Hände geschlungen hat. Sie lächelt erneut und legt einen mit Gold überzogenen Vorderzahn frei. Oha! Im Geiste danke ich meiner Mutter dafür, dass sie so viel Wert auf meine Zahnpflege gelegt hat. Ohne zu fragen, gehe ich zu dem Platz, wo ich mit den Mädels gesessen habe. Die Frau verfolgt jede meiner Bewegungen aufmerksam, bleibt aber stumm. Von meiner Handtasche keine Spur. Ich schaue sogar unter dem Tisch nach. Fehlanzeige!

»Haben. Sie. Meine. Handtasche. Gesehen?«, frage ich betont deutlich. Vielleicht spricht die Alte ja kein oder nur sehr schlecht Deutsch?

Anstatt zu antworten, schnappt sich die Frau meine Hand. Ich sehe sie verdutzt an, was sie mit einem merkwürdigen Blick quittiert, den ich nicht zu deuten vermag. Was hat die Alte vor? Leichte Panik überfällt mich. Die Sache ist mir nicht mehr geheuer und ich bin drauf und dran, mich loszureißen und wegzulaufen. Ehe ich es verhindern kann, dreht sie meine Handfläche nach oben. Ihre Augen verengen sich, während sie auf die Linien meiner Hand starrt. Ich halte instinktiv die Luft an.

Du meine Güte, wo bin ich da nur wieder hineingeraten? Ich habe keine Ahnung, was hier gerade vor sich geht. Die Frau wiegt ihren Oberkörper leicht hin und her. Mit dem Zeigefinger fährt sie eine der Linien auf meiner Handfläche nach, dabei murmelt sie leise vor sich hin. Worte in einer Sprache, die ich nicht verstehe. Eine Gänsehaut kriecht träge wie eine Schnecke meinen Rücken empor. Die Alte kneift die Augen zusammen und ich frage mich, was das zu bedeuten hat. Völlig unvermittelt lässt sie meine Hand los. Wortlos schlurft sie davon. Ich schaue ihr hinterher, wie sie hinter einem Perlenvorgang im Nebenzimmer verschwindet. Mich lässt sie einfach stehen.

Was soll ich jetzt machen?

Weggehen und morgen wiederkommen?

Nein, ich brauche meine Tasche. Unbedingt!

Im Hintergrund sind plötzlich laute Stimmen zu hören. Eine Frauenstimme, wahrscheinlich die der Alten, und die eines Mannes. Hassan? Ich kann leider kein Wort verstehen, da die beiden Türkisch miteinander reden. Ungeduldig tippele ich von einem Fuß auf den anderen. Mir ist immer noch schwindelig und ich muss mich am Tisch festhalten, um nicht das Gleichgewicht zu verlieren. Verstohlen sehe ich zu den beiden Männer am Tisch. Vielleicht hat einer von denen meine Tasche geklaut?

Der Perlenvorhang raschelt und Hassans Kopf taucht zwischen den Perlen auf.

»Junge Frau.« Er kommt mit erhobenen Armen auf mich zu. In der einen Hand baumelt meine Tasche. »Entschuldige du bitte mein Mutter!«

Erleichtert atme ich aus. Ich hatte schon ein komisches Gefühl.

»Mutter ist manchmal ein bisschen ...«

Er macht mit dem Zeigefinger eine kreisende Bewegung neben der Schläfe.

Ich winke ab. »Kein Problem.« Ich deute auf das gute Stück, das an Hassans Arm baumelt. »Genau danach habe ich gesucht.« Es fällt mir zunehmend schwer, einen klaren Gedanken zu fassen.

»Habe ich Tasche von Fräulein sicher genommen. Ist alles drinnen«, verkündet er stolz. »Nix klauen. Willst du gucken?«

Für einen Moment bin ich tatsächlich versucht, den Inhalt meiner Tasche zu kontrollieren, aber dann entscheide ich mich dagegen. Man muss seinen Mitmenschen schließlich vertrauen.

Meine Leichtgläubigkeit war von jeher mein Problem. Ich glaube jedem, der an meiner Haustür klingelt und nach einer Spende für den »Guten Zweck« fragt. Und ich glaube sämtlichen Politikern, wenn sie behaupten, sie hätten nur im Interesse der Wähler gehandelt. Ich finde es wichtig, an das Gute im Menschen zu glauben. Selbst als Lars, mein Exfreund, mich betrogen hat, habe ich ihm geglaubt, als er mir erklärt hat, dass es zwischen ihm und der Frau rein körperlich war und das nichts mit seinen Gefühlen zu mir zu tun hatte. Trotzdem habe ich Schluss gemacht. Das Eine hat mit dem Anderen eben nichts zu tun.

»Nein, ist schon gut.«

Ich klemme mir die Tasche unter den Arm.

»Halt. Fräulein kann nicht einfach gehen.« Er lächelt mich breit an. »Musst vorher ein Glas auf Freundschaft mit Hassan trinken.«

»Ich weiß nicht, ob das eine gute Idee ist«, druckse ich. »Es ist schon ganz schön spät und ich habe viel zu viel getrunken.«

Hassan verzieht beleidigt das Gesicht.

»Also gut«, willige ich ein.

Ein Strahlen breitet sich auf seinem Gesicht aus. Er schnalzt mit der Zunge und macht eine einladende Geste. Keine zwei Minuten später sitze ich zusammen mit Hassan und den beiden Männern um den kleinen Holztisch direkt neben dem Eingang.

Hassans Mutter bringt uns Gläser und eine Flasche von dem roten Teufelsbräu. Ein Glas Sekt wäre mir lieber gewesen, wenn ich ehrlich bin. Ich bin nicht die Schnapstrinkerin.

Auf Geheiß leere ich das Glas in einem Zug. Sofort breitet sich die angenehme Wärme in meinem Magen aus und mit ihr kehrt das taube Gefühl im Mund zurück. Irgendwie schrecklich schön.

»Noch einen?!« Hassan zwirbelt seinen buschigen Bart.

»Warum nicht.« Ich zucke mit den Schultern. Jetzt ist es auch egal. »Auf einem Bein kann man nicht stehen.«

Freudig füllt Hassan mein Glas.

»Ich bin Hassan«, prostet er mir zu.

»Als ob ich das nicht schön wüsste«, kichere ich hysterisch. »Ich bin Sara.«

Wir kommen ins Plaudern. Hassans Mutter sitzt die ganze Zeit schweigend neben uns. Ihre Augen ruhen auf mir. Hassan erzählt mir von seiner Familie. ich höre geduldig zu und kämpfe gegen die Müdigkeit an. Meine Lider fühlen sich schwer an und ich muss die Augen fast unnatürlich weit aufreißen, damit sie nicht zufallen. Ein Königreich für ein Bett. Mein Kopf fühlt sich an, als würde er unter Wasser sein. Alle Geräusche klingen dumpf und die Stimmen der Männer sind verzerrt.

»Ich glaube, ich sollte ins Bett.«

Meine Zunge liegt wie gelähmt in meinem Mund und ich habe Schwierigkeiten, zu sprechen. Dazu kommt das Gefühl, mich wie in Zeitlupe zu bewegen.

Hassan hat Erbarmen mit mir und steht auf.

»Ich rufe Taxi für Frau.« Seine Stimme dringt wie durch einen Nebel zu mir durch.

»Upps!« Das Aufstehen ging auch schon mal leichter. Einer der Männer, seinen Namen habe ich wieder vergessen, eilt mir zur Hilfe. Ich klammere mich mit der rechten Hand an seinen Arm, während ich mit der linken die Handtasche festhalte. Die beiden Männer reden leise miteinander. In meinen Ohren kommt aber komischerweise ein einziger Sprachbrei an.

»Taxi wartet«, verkündet Hassan und begleitet mich zusammen mit den beiden Männern zur Tür.

»Suuuper«, lalle ich.

»Wenn du nichts dagegen hast, komme ich mit«, sagt der Dunkelhaarige freundlich. »Wir wohnen in derselben Gegend.«

»Von mir aus.«

In meinem Kopf klang der Satz irgendwie flüssiger.

Hassan nickt dem Dunkelhaarigen zu. Draußen hupt ein Auto.

»Das ist Taxi«, sagt Hassan.

»Vielen Dank für alles«, verabschiede ich mich schwankend. Hassans Mutter winkt mir zu. Wenn ich mich nicht täusche, lächelt sie sogar. Ich winke zurück, dann trete ich ins Freie.

Die kalte Nachtluft schlägt mir wie ein kalter Waschlappen ins Gesicht. Ich schnappe nach Luft. Der Dunkelhaarige weicht mir nicht von der Seite, während ich mühsam durch die Nacht zum Taxi stolpere. Meine Beinkoordination war auch schon mal besser.

»Wo wohnst du?«, fragt der Dunkelhaarige und lässt sich neben mir auf den Sitz fallen.

»Curschmannstraße.«

Boah, bin ich müde. Das Taxi fährt los.

Ich kuschele mich in den Sitz. Mein Kopf fällt schwer zur Seite. Ich werfe einen kurzen Blick zu meinem Begleiter. Er lächelt mir freundlich zu. Verdammt, ich weiß noch nicht einmal seinen Namen. Egal. Meine Augen fallen mir zu und wohlige Wärme umgibt mich. Nur einen Moment dösen ... nur einen klitzekleinen Moment.

Scherben und Jim

In meinem Schädel wummert es. Mein Körper fühlt sich an, als stecke er in Honig, träge, schwer und klebrig. Ich schmatze leise. Mein Mund ist trocken und meine Zunge fühlt sich an, als müsse ich sie rasieren. Das T-Shirt klebt unangenehm auf der Haut.

Wo bin ich überhaupt?

Ich versuche mich zu drehen, belasse es allerdings bei einem Versuch, denn mein Magen reagiert sofort mit wilden Pirouetten. Vorsichtig öffne ich die Augen. Das klingt nach einem guten Plan, ist es aber nicht!

Gleißend helles Licht blendet mich, gefolgt von einem Schmerz, der sich anfühlt, als ob jemand mit einem Messer von hinten in meine Augäpfel sticht. Stöhnend lasse ich mich zurück auf das Kissen fallen. Ich werde nie wieder Alkohol trinken. Nie, nie wieder! Ich schwöre es! Wie bin ich überhaupt ins Bett gekommen?

Mein Magen fährt schon wieder Achterbahn, während ich mich bemühe, meine Gedanken zu sortieren. Meine Erinnerungen an gestern Nacht sind nebulös verschwommen. Nur einzelne Sequenzen tauchen hinter meinen geschlossenen Lidern auf. Das Restaurant, Leonie, Anna, Claudia, das *Goldfischglas*, die Alte, Hassan, das Fläschchen in meiner Handtasche, der gut aussehende Fremde im Taxi ...

Oh mein Gott!

Mit einem Ruck öffne ich die Augen, auch auf die Gefahr hin, blind zu werden. Die Vorhänge sind nur halb zugezogen. Sonnenlicht flutet mein Schlafzimmer. Ich blinzele hektisch mit meinen verklebten Äuglein.

Mist!

Ohne meine Brille sehe ich alles nur unscharf. Ich taste unbeholfen mit der Hand auf dem Nachttisch herum.

Ah, da ist sie.

Endlich kann ich meine Umwelt wieder klar erkennen.

Mit angehaltenem Atem taste ich mein Zimmer mit den Augen ab. Kein halb nackter Mann weit und breit! Erleichtert lasse ich mich zurück aufs Kissen fallen.

Was für ein abgefahrener Traum!

Ich kichere leise bei dem Gedanken an den halb nackten Fremden mit der Pluderhose und der Flasche in der Hand. Das muss ich unbedingt Florian erzählen. Nein, vielleicht lieber nicht. Ein halb nackter Mann in meiner Wohnung ist nicht gerade das Thema, über das man sich mit seinem Freund unterhalten sollte. Auch wenn es nur ein Traum war – ein sehr realistischer Traum, zugegebenermaßen.

Nicht nur, dass Florian meinen Traum als unerfüllte Sehnsucht nach einem anderen Mann deuten könnte. Allein die Tatsache, dass ich angetrunken war, dürfte mir einen längeren Vortrag über die Auswirkungen von Alkohol auf das menschliche Gehirn bescheren. Ganz zu schweigen von dem zu erwartenden Eifersuchtsanfall.

Nein, ich rufe lieber Anna an. Mit ihr kann ich herrlich über alles quatschen, vor allem über Männer. Ich weiß nicht, wie viele Stunden wir schon bei einem guten Glas Rotwein auf meinem Sofa gesessen und uns über Männer und die damit verbundenen Probleme unterhalten haben. Meistens haben diese Abende damit geendet, dass wir beide heulend auf dem Sofa gesessen haben.

Da fällt mir ein: Ich muss mich unbedingt bei Florian melden. Der ist bestimmt stinksauer! Stöhnend hieve ich meinen Körper aus dem Bett und tapse auf nackten Füßen ins Badezimmer.

Bei dem Anblick, der sich mir im Spiegel bietet, wäre es sicher das Beste, ich würde wieder zurück ins Bett kriechen und mir ganz schnell die Decke über den Kopf ziehen. Ich sehe aus wie eine Eule nach einem Waldbrand. Meine Haare hängen schlaff herunter wie weichgekochte Spaghetti und die Reste meines Make-ups kleben unter meinen Augen. Da helfen nur eine heiße Dusche und Unmengen von Kaffee.

Ich ziehe mich aus und drehe das Wasser auf. Wie ein warmer Sommerregen prasselt das herrliche Nass auf meinen Körper und weckt meine Lebensgeister.

Das Gesicht des Fremden taucht erneut hinter meinen geschlossenen Augenlidern auf.

Der Typ war wirklich irre sexy. Dunkel, mysteriös und irgendwie heiß. Dabei stehe ich eigentlich auf blonde Männer. Dunkelhaarige gehören eher nicht zu meinem Jagdmuster. Das ist mehr Annas Typ. Deshalb sind wir uns, was Männer anbelangt, nie in die Quere gekommen.

Aber bei diesen braunen Augen, da könnte man als Frau zugegebenermaßen schon schwach werden. Wahrscheinlich ist eine Art Hormonüberschuss die Ursache für meinen Sextraum.

Bedauerlicherweise sind meine Hormone einer meiner Schwachpunkte, gegen die ich nur schwer anzukommen vermag. Ein Erbe meiner Mutter, auf das ich nicht sonderlich stolz bin und das mir bereits mehrfach zum Verhängnis wurde. Wir Wegner-Frauen denken leider allzu häufig mit unserer Gebärmutter anstatt mit dem Verstand.

Nachdem ich ausgiebig geduscht, meine Beine rasiert und meine Haare gewaschen habe, steige ich aus der Dusche. Ich stelle mich vor den Badezimmerspiegel. Meine schwarzen Pandaäuglein sind verschwunden und ich sehe wieder aus wie ein Mensch – wie ein müder Mensch, aber immerhin.

Ich muss nur noch diesen schrecklichen Geschmack in meinem Mund loswerden und dann ist der Tag mein Freund.

Bevor ich Florian kannte, habe ich jeden Morgen direkt nach dem Aufwachen ein Stück Schokolade gegessen. Aber seit Florian mir einen Vortrag über die Folgen eines erhöhten Insulinspiegels gehalten hat, verzichte ich darauf. Seitdem liegen gesunde Bio-Schokoriegel in meinem Kühlschrank. Das Zeug schmeckt wie Pappe, aber wenigstens ist es süß. Nur manchmal, wenn mich keiner sieht, erlaube ich mir eine kleine Sünde in Form von Schokoküssen, die ich unter meinem Bett versteckt halte.

Nachdem ich meine Mundhygiene abgeschlossen habe, widme ich mich meiner zweiten Problemzone an diesem Morgen –meinen Haaren. Mit Föhn, Bürste und Tonnen von Haarspray schaffe ich es, sie davon zu überzeugen, dass sie zu mir gehören. Dann beginnt der schwierige Teil: die Restaurationsarbeiten an meinem Gesicht. Ich tupfe etwas Tagescreme darauf und verteile sie gleichmäßig. Meine Augenringe bekommen heute eine Extraportion Concealer. Ein letzter prüfender Blick in den Spiegel.

Ja, so müsste es gehen.

Jetzt eine Tasse Kaffee und ich bin für den Tag und das Telefonat mit Florian gerüstet.

Minuten später stehe ich in der Küche und halte einen dampfenden Becher Kaffee in der Hand. Genüsslich schließe ich die Augen und nehme einen ersten Schluck. Der Kaffee ist herrlich stark mit nur ganz wenig Milch, genau so wie ich ihn liebe. Ein leichter Kopfschmerz pocht hinter meiner Stirn und ich werfe mir schnell eine Aspirin ein. Immerhin habe ich heute frei. Alle Tage ohne Susanne in meiner Nähe sind gute Tage. Es wird Zeit, dass ich Florian anrufe und ihm meinen Verbleib von gestern Nacht zumindest teilweise erkläre.

Wo habe ich nur das verdammte Handy gelassen?

Ich spaziere ins Schlafzimmer. Meine Kleider von gestern liegen wahllos verstreut auf dem Boden.

Mann, war ich voll!

Das muss an diesem Schnaps gelegen haben. Ich bücke mich. Sofort wird mir schwindelig und ich muss mich am Bettrand abstützen, um nicht zu fallen. Vorsichtig hebe ich meine Klamotten vom Boden auf und stopfe sie in den Wäschebeutel. Das Handy bleibt verschwunden. Wo ist das bescheuerte Ding? Bestimmt liegt es auf dem Sofa, zusammen mit meiner Handtasche. Ich greife mir die Kaffeetasse und schlurfe ins Wohnzimmer.

»Hallo, Sara «, begrüßt mich eine fremde Stimme. Mein Herz setzt einen Schlag aus. Ich mache eine Vollbremsung und erstarre augenblicklich zur Salzsäule. Leider macht mein Kaffee genau das Gegenteil und ergießt sich mit Schwung auf mein T-Shirt.

Ich fluche laut und wische mir hektisch über das Oberteil. In meinem Kopf tobt ein Feuerwerk. Vor mir steht der Fremde aus meinem Traum und er ist bis auf eine weite Stoffhose nackt!

Ich schnappe laut nach Luft. Der Mann steht keine zwei Schritte von mir entfernt und starrt mich an. Ich starrte zurück. Zu mehr bin ich im Moment nicht fähig, denn in meinem Kopf herrscht absolutes Vakuum. Er ist muskulös gebaut, allerdings nicht wie ein Bodybuilder. Eher sehnig, schlank und definiert wie ein Athlet. Tiefschwarze Haare umranden das markante Gesicht. Unter dem dunklen Wimpernkranz schimmern die Augen wie flüssiger Bernstein. Sein Mund ist fein geschwungen und wird von einem Dreitagebart umrandet. Sein Oberkörper schimmert golden im Licht. Still bewundere ich die Linien seiner Muskeln. Er sieht wie ein sexy Pirat aus einem dieser historischen Romanheftchen aus.

Fieberhaft überlege ich, was das zu bedeuten hat, aber mein Hirn feiert ohne mich eine Party, anstatt an einem Notfallprogramm zu arbeiten.

Was macht der Mann in meiner Wohnung? So sehr ich mich auch bemühe, eine Antwort in den Untiefen meiner Hirnwindungen zu finden, komme ich zu keinem plausiblen Ergebnis.

Wie in Zeitlupe senke ich den Kopf. Vielleicht geht er ja weg, wenn ich so tue, als hätte ich ihn nicht bemerkt. Das ist es! Ein guter Plan – einfach so tun, als sei er nicht da. Ich starre krampfhaft auf meine Zehen und zähle im Geist bis zwanzig, in der Hoffnung, dass er danach verschwunden ist.

Oh Gott, was mache ich nur? Mein erster Instinkt ist es, wegzulaufen, aber als ich es versuche, bewegt sich nichts

In meinen Ohren rauscht das Blut und ich zittere am ganzen Körper.

Einatmen.
Ausatmen.
Einatmen.

Ich schreie lautlos ins Universum um Hilfe und warte einen Moment. Keine Antwort. Aber einen Versuch war es wert.

Es besteht eine winzige Möglichkeit, dass ich mir das alles nur einbilde. Schließlich habe ich gestern eine ordentliche Menge getrunken. Vielleicht träume ich die ganze Sache auch nur und wenn ich gleich die Augen aufmache, liege ich in meinem kuschligen Bett und alles war nur ein böser Traum.

Ich schiele unter meinen halbgeschlossenen Augenlidern hervor und entdecke ein Paar Füße, das in ledernen Sandalen steckt, keine fünf Schritte entfernt von mir.

Hassans Likör, schießt es mir durch den Kopf. Eventuell war es gar kein Likör, sondern eine Droge, unter deren Folgen ich leide.

Egal was der Grund dafür ist, ich muss hier weg! Zaghaft mache ich einen Schritt rückwärts. Wenn ich es bis zum Schlafzimmer schaffe, bin ich vorerst sicher. Ich mache einen Schritt und noch einen. Ganz langsam setzte ich einen Fuß hinter den anderen und habe die Tür schon fast erreicht, als ...

»Sara, wo willst du hin?« Er hat einen leichten Akzent.

Zitternd hebe ich den Kopf. Mein Puls rast und ich habe das Gefühl, als ob Eiswasser durch meinen Körper fließt.

Der Fremde steht immer noch vor mir und sieht mir mit seinen wunderschönen Augen geradewegs ins Gesicht. Unsere Blicke verhaken sich ineinander und ich halte instinktiv die Luft an.

War der Fremde die ganze Nacht bei mir in der Wohnung? Wenn ja, warum? Was ist zwischen ihm und mir passiert?

Mein Blick fällt erneut auf seinen nackten Oberkörper und ein schrecklicher Verdacht steigt in mir auf.

Nein, das kann nicht sein. Ich würde niemals ... oder doch?

Mir wird übel und der Boden unter meinen Füßen schwankt. Ich hatte Sex mit einem Fremden. Ich habe Florian betrogen! Florian, den Vater meiner ungeborenen Kinder. Den Mann, mit dem ich den Rest meines Lebens verbringen wollte. Aus und vorbei. Alles mit einer einzigen Nacht zunichtegemacht. Und was das Schlimmste daran ist: Ich kann mich nicht einmal daran erinnern!

Halt! Stopp! Das ist bestimmt alles nur ein furchtbares Missverständnis.

In diesem Moment kommt der Fremde einen Schritt auf mich zu. Seine Bewegungen sind geschmeidig wie die einer Katze. Mein ganzer Körper fängt an zu kribbeln. Seine Augen halten mich noch immer gefangen. Er macht einen weiteren Schritt. In meinem Kopf herrscht absolutes Vakuum. Der Fremde steht direkt vor mir. Sein Gesicht ist keine Handbreit mehr von meinem entfernt. Ein Duft nach Beeren und Zimt umgibt ihn und vernebelt mir die Sinne.

»Sara.« Seine Stimme ist samtweich. Von dem Mann geht eine geradezu unglaubliche Wärme aus.

Mein Hirn sendet Notsignale an mein Sprachzentrum. Ich setze zum Schrei an, aber außer heißer Luft und einem gehauchten »Hhhhhhhm« passiert nichts. Meine Stimmbänder, die noch nie in meinem Leben ihren Dienst versagt haben, beschließen genau in diesem Moment, sich von mir abzukoppeln und ihr Eigenleben ohne mich zu führen.

Ich schlucke trocken. Mein Herz hämmert wie wild gegen meine Brust. Ich krame in meinen Hirnwindungen nach den Erinnerungen an letzte Nacht, aber außer ein paar Bruchstücken ist da nicht viel. Das Letzte, an das ich mich erinnern kann, ist die Taxifahrt, dann habe ich einen Filmriss.

Plötzlich habe ich einen rettenden Gedanken. Ist der Fremde vielleicht der Mann aus dem Taxi? Dessen Gesicht ist genauso verschwommen wie der Rest der Nacht, aber ich erinnere mich, dass er dunkle Haare hatte und ebenso sportlich gebaut war. Was ist in diesem Taxi passiert? Ich meine, ich bin nicht der Typ für spontanen Sex mit einem Fremden. Das ist eher Annas Fachgebiet. Ich war schon immer die kleine Spießerin, die nur mit einem Mann ins Bett geht, wenn sie davon überzeugt ist, dass er sie liebt.

Verwirrt schüttele ich den Kopf.

Ich muss wissen, was gestern Nacht passiert ist. Ich muss einfach! Wie sonst soll ich Florian erklären, was hier los ist.

Oh Gott! Florian!

Bei dem Gedanken an meinen Freund überkommt mich die nackte Panik. Florian würde niemals verstehen, was der Mann in meinem Wohnzimmer macht, egal wie unschuldig ich bin.

»Hallo!«, krächze ich und zwinge mich zu einem Lächeln.

Die Augen des Mannes ziehen sich wie die einer Katze zusammen. Ich warte darauf, dass er etwas sagt, aber diesen Gefallen tut er mir nicht. Stattdessen sieht er mich nur mit seinen unglaublichen Augen an. Ich bekomme ganz weiche Knie bei ihrem Anblick. Allerdings nicht die von der angstvollen Sorte, sondern solche, wie man sie als Frau bekommt, wenn ein besonders attraktiver Mann vor einem steht.

Wahrscheinlich denkt er gerade an die letzte Nacht.

Oh Gott, ich hatte Sex mit einem fremden Mann!

Wie peinlich, ich kann mich noch nicht einmal an seinen Namen erinnern.

»Entschuldige bitte, aber ich habe deinen Namen vergessen«, versuche ich ihn in ein Gespräch zu verwickeln, um Zeit zu gewinnen, damit ich das Chaos in meinem Kopf sortieren kann.

»Dschinn«, nuschelt der Mann.

»Jim?«, frage ich nach.

Der Mann schüttelt den Kopf. »Dschinn.«

»Also doch Jim.«

»Dein Wunsch ist mein Befehl«, seufzt er leise.

Das klingt jetzt irgendwie komisch. Aber vielleicht ist das so eine Höflichkeitsfloskel.

»Wie bist du in meine Wohnung gekommen?«, stelle ich ihn zur Rede. Ich brauche endlich Antworten, und zwar schnell. Schließlich will ich nicht ewig mit diesem Jim hier stehen, sondern sehen, dass ich den Kerl so schnell wie möglich loswerde.

»Du hast mich hierhergebracht.«

Mein schlimmster Albtraum wird wahr. Der Alkohol hat aus mir ein willenloses Sexmonster gemacht. Ich bin kurz davor, in Tränen auszubrechen, wenn ich daran denke, was ich alles gemacht haben könnte.

»Ich?«, frage ich zur Sicherheit noch einmal nach.

Jim nickt und lächelt ein wenig selbstgefällig.

Eingebildeter Affe!

Ich muss Gewissheit haben.

»Sag mal, was genau ist zwischen uns passiert?« Meine Wangen fühlen sich so an, als ob sie in Flammen stehen.

»Wie meinst du das?« Wieder dieses umwerfende Lächeln.

»Haben wir beide ...«

An der Art und Weise, wie er mich ansieht, erkenne ich, dass er mich nicht versteht oder verstehen will. Das ist typisch Mann! Eine Frau hätte längst kapiert, was ich meine.

»Du weißt schon ... Hatten wir ...«

»Was meinst du?« Jim sieht mich mit seinen herrlichen Augen fragend an.

»Hatten wir beide ...« , ringe ich mir die Worte aus dem Mund.

Immer noch keine Reaktion.

»Haben wir miteinander geschlafen?«, frage ich mit gesenkter Stimme.

Das Wort »Sex« kommt mir einfach nicht über die Lippen.

Verständnislose Blicke.

»Oh Mann, jetzt mach es mir nicht so schwer«, bitte ich ihn.

»Ich weiß nicht, was du meinst«, sagt er verwundert. Das macht der bestimmt absichtlich, um mich zu quälen. Blöder Idiot!

»Hatten wir Sex?«, frage ich lauter als gewollt. Ich halte vor Anspannung die Luft an.

Jim tritt einen Schritt zurück. »Beim Barte des Propheten! Wie kannst du so etwas von mir denken? Ich würde meiner Herrin niemals zu nahe kommen«, entrüstet sich Jim.

Das entspannt mich ein wenig, allerdings stört mich das Wort »Herrin« in seiner Erklärung. Klingt, als ob ich eine Domina sei.

»Echt nicht?« Ich frage sicherheitshalber noch einmal nach.

Jim schüttelt entschieden den Kopf und seine langen Haare bewegen sich dabei wie eine dunkle Matte.

»Wir haben nicht … auch nicht nur ein bisschen ...«

Energisches Kopfschütteln.

Deutlich erleichtert lasse ich mich auf das Sofa hinter mir sinken und fange an zu kichern. Zunächst ganz leise, und dann immer lauter. Jim mustert mich besorgt.

»Sara, ist dir nicht gut?«

»Doch«, sage ich schließlich, nachdem ich mich wieder beruhigt habe. »Hauptsache, wir haben nicht miteinander geschlafen.«

Jim runzelt die Stirn.

»Bist du ein Freund von Hassan?«

»Wer ist Hassan?« Er spreizt seine Finger und fährt sich damit wie mit einem Kamm durch seine Haare.

»Woher kommst du?«, versuche ich das Gespräch auf ein weniger verfängliches Thema zu lenken.

»Ich stamme aus Samarkand.« Mit diesem Lächeln könnte er Steine erweichen.

»Aha?!« Hört sich nicht nach einer Stadt in Deutschland an. Das erklärt zumindest die eigenartige Aussprache und das exotische Aussehen. Wahrscheinlich ein Einwanderer.

»Wo ist das genau?«

»Hala-Blamana«, brabbelt er undeutlich.

»Bitte?!« Ich schüttele verwirrt den Kopf. Ich war nie besonders gut in Geografie.

»Hala-Blamana«, wiederholt er geduldig.

Er klingt, als gurgele er mit den Buchstaben.

»Ähm, das sagt mir jetzt nichts.«

Ich lege den Kopf leicht schräg. Das tue ich immer, wenn ich einem attraktiven Mann gegenübersitze. Anna hat mir mal erklärt, dass dieses Verhalten typisch für uns Frauen sei, wenn wir einen Mann attraktiv finden. Wir präsentieren unserem Gegenüber unsere verletzlichste Stelle, die Halsschlagader, und zeigen dem Mann so, dass wir uns ihm unterwerfen.

Als ich es bemerke, mache ich den Hals sofort wieder gerade, bevor meine Hormone die weitere Gesprächsführung übernehmen.

»Persien. Genauer in der Flussoase des Serafschan«, erklärt Jim.

Also ist er wie vermutet ein Einwanderer oder politischer Flüchtling.

»Aber wie kommt es, dass du so gut Deutsch sprichst?«, bohre ich weiter.

»Ich spreche stets die Sprache meiner Meister.«

»Einfach so?«

»Einfach so.« Jim verschränkt die Arme vor der Brust.

»Und wie lange wohnst du schon in Hamburg?«

»Seit gestern«, antwortet Jim seelenruhig. Das Kribbeln in meinem Bauch verstärkt sich.

»Äh, seit gestern?« Der Mann wirft eine Frage nach der anderen auf. Und warum benutzt er immer das Wort »Meister«, wenn er über seine Arbeitgeber spricht?

»Seit du mich aus meinem Gefängnis befreit hast.« Seine Augen halten mich fest.

»Welches Gefängnis?«

In meinem Kopf läuten die Alarmglocken und ich sehe schon, wie er gleich ein Messer zückt, um es mir an die Gurgel zu halten. Was habe ich nur getan? Ich habe einen Kleinkriminellen zu mir in die Wohnung geholt.

Er sieht mich verständnislos an. »Die Flasche natürlich.«

»Die Flasche?« Ich verstehe nur Bahnhof.

»Ja, die Flasche.«

»Welche Flasche?« Langsam wird es mir zu bunt.

»Na die, die du kaputt gemacht hast«, entgegnet er fröhlich. »Deshalb bin ich ja auch bei dir.«

»Du willst also behaupten, ich habe dich aus einer Flasche befreit?«

Vielleicht ist das ja eine Art Wortspiel: Der Geist aus der Flasche gleich Flaschengeist, als Symbol für den Alkohol?!

»Ja, Herrin, und dafür bin ich dir überaus dankbar.« Er verneigt sich vor mir. »Hundert Jahre sind eine lange Zeit.«

»Jim, jetzt mach mal 'nen Punkt. Ich war gestern Nacht zwar ziemlich betrunken, aber jetzt bin ich es nicht mehr! Das heißt nicht, dass ich total bescheuert bin. Die Nummer mit der Flasche kannst du deiner Oma erzählen, aber bitte nicht mir!« So langsam bekomme ich Oberwasser. »Und hör auf mit diesem devoten Gefasel. Ich bin nicht deine Herrin!«

»Ich würde es niemals wagen, dich zu belügen.«

Seine Augen blitzen angriffslustig.

»Das habe ich auch nicht behauptet. Sag mal, kann es sein, dass du dir einen Spaß mit mir machst?«

Ich stemme meine Hände in die Taille, um mich für einen eventuellen verbalen Gegenangriff zu wappnen.

»Ich bin der Flaschengeist, den du befreit hast«, erklärt er seelenruhig und gar nicht angriffslustig.

»Und wie lautet dein Plan?«, frage ich und tue so, als würde ich auf den Blödsinn eingehen. Meine Hände zittern vor Aufregung.

»Bei dir zu bleiben«, antwortet Jim, ohne mit der Wimper zu zucken.

»Ähm ...« Ich schlucke hart. »Wie meinst du das, bitte?«

Jim beugt sich zu mir. Instinktiv weiche ich zurück, was ihn zu belustigen scheint. Ein Lächeln huscht über das makellose Gesicht.

»Dass ich ab jetzt bei dir wohne.«

»Bei mir?«

Abrupt setze ich mich auf. Eins ist klar: Der Typ hat eindeutig eine Persönlichkeitsstörung.

Houston – we have a problem!

Jim hingegen lächelt zufrieden.

»Aber ...« Ich setze mein Ich-komme-in-Frieden-Gesicht auf. »Aber du kannst nicht bei mir bleiben.« Jim sieht mich mit großen Augen an. »Ich wohne hier und sonst niemand. Außerdem habe ich einen Freund. Dazu kommt, dass ich dich überhaupt nicht kenne.«

Endlich ist mein Körper aus seiner Schockstarre erwacht und ich rutsche ein Stück weg von Jim.

»Aber ich muss bei dir bleiben «, entgegnet er mit dem Ton eines Richters, der sein Urteil fällt.

»Kann ich mal kurz ...?«

Ich muss hier weg und Hilfe holen. Allein werde ich mit dem Kerl nicht fertig. Der Mann ist sturer als eine Herde Esel.

Jim sieht mich fragend an.

»Ich muss mal eben telefonieren«, erkläre ich betont ruhig. »Nicht weglaufen, ich bin gleich wieder da.« Ich hebe beschwichtigend meine Hand, wie es die Polizisten immer tun, wenn sie einen Mörder davon abbringen wollen, seinem nächsten Opfer den finalen Todesstoß zu verpassen. Ich gehe rückwärts ins Schlafzimmer, ohne Jim aus den Augen zu lassen.

Wo ist nur das verdammte Handy?

Ich brauche Hilfe – und zwar schnell. Mist! Ich fege alles von meinem Nachttisch. Ohne Erfolg. Ich tauche kopfüber in den Wäschekorb und durchwühle meine getragene Wäsche. In meiner Jeans werde ich endlich fündig.

Wen soll ich als Erstes anrufen?

Die Polizei!

Vielleicht keine gute Idee. Wenn ich denen am Telefon erzähle, dass ich gestern Nacht betrunken einen Mann mit in meine Wohnung genommen habe und mich heute an nichts erinnern kann, mache ich mich lächerlich. Schließlich hat er mir nichts getan, außer dass er halb nackt in meiner Wohnung sitzt. Kein sehr schlagendes Argument für eine mögliche Festnahme. Was ich jetzt brauche, ist jemanden, der schlagfertig ist und einen messerscharfen Verstand hat. Hektisch wähle ich Annas Nummer.

Es klingelt.

Klick.

»Anna!«

»Wassistlosss?«

»Anna, hörst du – Notfall!« Das funktioniert bei Anna immer. Bei dem Wort schaltet sich normalerweise ihr Helfersyndrom ein.

»Notfall?«, fragt Anna prompt. Ich sehe sie förmlich vor mir. Die Haare wild zerzaust. Über die Augen hat sie ihre geliebte Schlafmaske gezogen. Wahrscheinlich trägt sie nur ein Unterhöschen und eines ihrer Schlafshirts mit lustigen Snoopy-Motiven darauf. Die Füße stecken für gewöhnlich in dicken Wollsocken, denn Anna leidet wie fast alle Frauen unter kalten Füßen.

»Ja, Notfall! Komm bitte rüber!«

»Um diese Uhrzeit?!« Ich höre sie im Hintergrund rascheln. »Was ist denn passiert? Bist du verletzt?«

»Nein, ich bin gesund ...« Ich stocke für einen Moment. »Glaube ich zumindest. Das musst du dir mit eigenen Augen ansehen.«

»Oh Sara, du hast doch nicht schon wieder das falsche Haarfärbemittel benutzt, oder?« Sie gähnt lautstark in den Hörer. »Der Friseursalon hat bestimmt noch deine Karteikarte.«

»Habe ich nicht. Das hier ist todernst«, verteidige ich mich.

Mein Versuch, mir die Haare zu blondieren, ist bis heute Gesprächsthema. Ich hatte letztes Jahr beschlossen, meiner von Natur aus eher langweiligen Haarfarbe (ich würde sie als aschblond bezeichnen) ein wenig Pep zu verleihen, indem ich ein paar hellere Strähnchen hinzufügen wollte. Um Geld zu sparen, beschloss ich, die Sache selbst in die Hand zu nehmen. Das Produkt, das ich damals in der Drogerie gekauft habe, versprach im Handumdrehen sommerliche Strähnen und sollte mir dadurch eine natürliche Frische schenken. Da abends das Geschäftsessen mit Florians Chef angesetzt war, dachte ich mir, dass dies durchaus ein günstiger Zeitpunkt wäre, sich mit neuen Strähnchen zu präsentieren. Eigentlich hätte ich es besser wissen müssen, schließlich arbeite ich in der Werbebranche. Und da verkaufen wir den Eskimos Eis, wenn es der Kunde so möchte. Aber ich bin eben ein von Natur aus neugieriger Mensch, der sich gern von Dingen überzeugen lässt.

Bewaffnet mit einem Kamm, einem Pinsel und der Gebrauchsanleitung machte ich mich voller Vorfreude auf die sommerliche Frische ans Werk. Schon das Verteilen der flüssigen Färbemasse gestaltete sich weitaus schwieriger als gedacht. An den Wänden meines Badezimmers kann man bis heute die Spuren meines Färbeversuches bewundern. Und dann dieser Gestank! Das Färbemittel roch derart schlimm, dass ich das Gefühl hatte, Zeuge eines Chemieunfalls zu sein. Nach circa zehn Minuten nahmen meine

Haare eine fast schwarze Farbe an. Was bei mir zu einer mittleren bis schweren Panikattacke führte. Erst nachdem ich den Beipackzettel erneut las, in dem stand, dass dies eine zu erwartende chemische Reaktion sei, war ich einigermaßen beruhigt. Nach dreißig Minuten wusch ich meine Haare mit klarem Wasser aus. Als ich den Blick in den Spiegel wagte, sah das Ergebnis gar nicht so schlecht aus. Aber mit jeder Minute, die meine Haare trockener wurden, veränderte sich das Ergebnis von naturblond zu naturblond mit grünlichen Strähnen.

Ich neige eigentlich nicht zu Überreaktionen. Aber in dem Moment, als ich meine grünen Haare sah, war es mit meiner inneren Ausgeglichenheit vorbei. Selbst Florian, der normalerweise die Ruhe selbst ist und gut mit meinen Krisen umzugehen weiß, konnte mir nicht helfen. Sein Rat »Jetzt atme doch erst mal tief durch« brachte mich nur noch mehr auf die Palme. Als ob man grüne Haare so einfach wegatmen kann! So kam es, dass er den Abend allein mit seinem Chef und dessen Frau verbrachte, während ich mit Alufolie auf dem Kopf im Friseursalon saß und darauf hoffte, danach wieder unter die Menschen gehen zu können. Ganz nebenbei sei erwähnt, dass mich der Spaß ein Vermögen gekostet hat, von dem ich normalerweise einen gesamten Abend mit Freunden hätte bestreiten können.

»Du musst sofort kommen. Es geht um Leben und Tod. Also schwing deinen Hintern aus dem Bett und komm rüber.«

»Ich hoffe, das ist keiner deiner schrägen Witze.« Endlich ist sie aufgewacht! »Gib mir zwei Minuten«, knurrt Anna.

Ich lege auf und will gerade zurück ins Wohnzimmer gehen, um nach Jim zu sehen, als mein Handy klingelt.

»Sara!«, schreit Anna in den Hörer.

»Ja.«

»Ich muss weg! Tut mir leid. Das Krankenhaus hat angerufen. Die haben einen Notfall und ich muss gleich operieren.«

»Aber kannst du nicht wenigstens für eine Minute herkommen?«, flehe ich sie an. »Ich habe auch einen Notfall!«

»Sara, Schatz. Das würde ich wirklich gern, aber im Krankenhaus brauchen sie mich. Das sind echte Notfälle!«

»Ich bin auch ein echter Notfall!«, protestiere ich.

»Ich komme zu dir, sobald ich fertig bin. Du, ich muss los. Küsschen, bis nachher.«

Klick. Anna hat aufgelegt.

Warum müssen diese komischen Sachen immer mir passieren? Ich weiß nicht, wie oft ich mir schon gewünscht habe, mich in Luft aufzulösen, um einer Situation zu entkommen.

Ich möchte einfach nur ein stinknormales Leben führen – unauffällig und zufrieden. Eines ohne peinliche Zwischenfälle, deren Auslöser ich bin. Wenn man eine Mutter wie meine hat, hat man genug Probleme am Hals, da braucht man keine eigenen mehr.

Meine Mutter ist, seit ich denken kann, damit beschäftigt, sich mit der Schöpfung und dem Universum in Einklang zu bringen. Wahrscheinlich hat sie jedes spirituelle Buch gelesen, das es auf dem Markt so gibt. Dabei hat sie leider vergessen, mich und meinen Vater miteinzubeziehen.

Für meine Mutter war es absolut selbstverständlich, dass sie ihr Kind zu Hause, unter optimalen Bedingungen, auf die Welt brachte. Das erste Licht, das meine Augen erblickten, war das einer Kristalllampe, die sie neben dem Bett angebracht hatte, um die negativen Energien zu vertreiben. Den Duft von Räucherstäbchen habe ich mit der Muttermilch eingesogen. Während meine Mutter ein Selbstfindungsseminar nach dem anderen besuchte, spielte mein Vater mit mir, überwachte die Hausaufgaben und hörte sich meine kleinen und großen Sorgen an. Trotz all ihrer kleinen Defizite in Sachen Kindererziehung liebe ich meine Mutter.

»Sara?«, ertönt Jims melodische Stimme.

»Ich komme«, rufe ich gedehnt. Hastig stecke ich das Handy in meine Hosentasche und gehe zurück ins Wohnzimmer.

Jim hat sich mittlerweile die Fernbedienung geschnappt.

»Ich habe nur mit einer Freundin telefoniert.«

Ich bleibe in sicherem Abstand stehen. Jim antwortet nicht, sondern dreht und wendet die Fernbedienung in seiner Hand.

»Was ist das?« Er runzelt die Stirn.

»Was?«, frage ich irritiert.

Er wedelt mit der Fernbedienung. »Na, das hier!«

»Willst du mich auf den Arm nehmen?« Ich frage mich, aus welchem Erdloch Jim hervorgekrochen ist, dass er nicht weiß, was eine Fernbedienung ist.

Er schüttelt den Kopf. »Keineswegs. Ich würde es nicht wagen, meine Meisterin zu erzürnen.«

Es wird Zeit, dass ich den Typen rausschmeiße.

»Das ist eine Fernbedienung«, erkläre ich ungeduldig. »Aber das ist jetzt wirklich unwichtig.«

Jim legt die Fernbedienung stumm beiseite.

»Jim«, fange ich an. »Ich denke, wir sollten reden.«

Zeitgleich arbeitet mein Hirn an einer Lösung für diese vertrackte Situation.

»Setz dich doch zu mir.« Er klopft auf den freien Platz neben sich auf dem Sofa.

»Äh, vielleicht ist es besser, wenn ich stehen bleibe ...«

Jim mustert mich und seine Mundwinkel zucken belustigt.

Mistkerl! Meiner Bedenken zum Trotz lasse ich mich neben ihm auf das Sofa fallen. Sofort habe ich wieder diesen Duft nach wilden Beeren und Zimt in der Nase. Er riecht irgendwie – lecker. Seine schokobraunen Augen mustern mich intensiv und ich habe das Gefühl, mich darin zu verlieren.

Mein Gott, wenn er mich weiterhin so ansieht, dann gewinnen meine Hormone die Oberhand und ich fange an, Unsinn zu reden.

Reiß dich zusammen, Sara!

»Also, Jim«, beginne ich meine kleine Rede. »Wieso bist du hier?« Ich finde diese Frage angesichts der Situation absolut berechtigt. »Ich meine, *noch* hier.«

Jim legt den Kopf leicht schräg. Eine Haarsträhne fällt ihm ins Gesicht.

»Ich bin hier, weil du mich befreit hast.« Aus seinem Mund klingt es wie die selbstverständlichste Sache auf der Welt. »Du bist jetzt meine Meisterin.«

Ich lache laut. »Das ist echt komisch! Guter Witz.«

Jim lacht nicht. Stattdessen sieht er mich nur mit seinen großen braunen Augen an.

»Haha ...« Das Lachen bleibt mir im Hals stecken, als ich Jims ernste Miene sehe. »Bitte sag mir, dass das ein Witz ist!«

Jim schüttelt verneinend den Kopf.

Mein Mund ist staubtrocken und ich muss schlucken.

»So geht das nicht.« Ich brauche dringend ein Schluck Wasser. »Entschuldige bitte, ich muss mir kurz ein Glas Wasser holen.« Entschlossen stehe ich auf. Ich bin am Ende mit meinem Latein, dazukommen diese schrecklichen Kopfschmerzen, die mich seit dem Aufstehen plagen und die nicht verschwinden wollen. In meinem Kopf summen tausend Hummeln.

Jim trottet mir wie ein Schatten hinterher. Langsam wird er mir lästig, auch wenn ich eigentlich nichts gegen einen schönen Mann in meiner Nähe einzuwenden habe. Aus dem Augenwinkel sehe ich, wie er sich lässig gegen den Kühlschrank lehnt und mich dabei beobachtet, wie ich zwei Gläser aus dem Schrank hole.

»Wasser?« Ich halte ihm das leere Glas unter die Nase.

»Ich danke, Herrin!«

»Ich bin nicht deine Herrin.«

Wie ein ungezogenes kleines Kind stampfe ich mit den Füßen auf. Meine Geduld ist am Ende. Ich fülle die Gläser mit Leitungswasser und reiche Jim eines.

Schon beim ersten Schluck verzieht er angewidert das Gesicht.

»Stimmt was nicht?«

Ich schnüffele misstrauisch an meinem Glas.

»Dieses Wasser schmeckt wie der Schlund eines Kamels.«

Er schüttelt sich.

»Das ist bestes Hamburger Leitungswasser«, sage ich. »Erst letzte Woche stand in der Zeitung, dass es Trinkwasserqualität hat.« Zur Bekräftigung meiner Worte nehme ich einen tiefen Schluck. Schmeckt wie immer!

Er stellt sein Glas ab, ohne einen weiteren Schluck daraus zu nehmen.

»Jim, so kommen wir nicht weiter«, starte ich einen neuen Versuch, die Situation zu klären. »Du musst ehrlich zu mir sein, wenn ich dir helfen soll.«

Jim scheint keinen Klärungsbedarf zu haben, denn er hat mir den Rücken zugewandt und betrachtet die Fotos an der Wand. Schnappschüsse, die mich zusammen mit meinen Freundinnen zeigen. Daneben sind auch ein paar Fotos von Florian und mir.

Während Jim die Fotos betrachtet, werfe ich einen ungewollten Blick auf seinen Hintern. Meine Güte, der Typ hat einen absolut sehenswerten Knackarsch und die Hose sitzt wie angegossen.

Ohne Ankündigung dreht er sich zu mir um. Ertappt senke ich den Kopf, damit er nicht sieht, wie ich rot werde. Wir stehen keine zehn Zentimeter voneinander entfernt. Ich bin mir seiner Nähe nur allzu bewusst.

»Sara, ich stehe tief in deiner Schuld«, schnurrt er mit ernster Miene und ich bekomme weiche Knie. »Du hast mich nach all den Jahren des Wartens aus der Flasche befreit ...«

Mann, wenn ich schon mal im Suff einen Mann mit hochnehme, muss es dann ausgerechnet ein psychisch Kranker sein?!

Anna und ich sind totale Serien-Freaks und ganz weit oben auf unsere Liste steht *Grey's Anatomy*. Anna behauptet immer, dass die Serie eine Art Fortbildung für sie ist, und ich muss zugeben, dass ich auch eine Menge dabei gelernt habe. Ich traue mir nach acht Staffeln durchaus zu, einen Luftröhrenschnitt mit einem Strohhalm durchzuführen. Der Umgang mit psychisch Kranken wurde auch mehrfach gezeigt. Ich denke, dies ist ein guter Moment, meine erworbenen Psychologiekenntnisse anzuwenden.

»Ach, da mach dir mal keine Sorgen«, sage ich leichthin. »Ich entlasse dich hiermit aus deiner Schuld. Du bist frei und kannst gehen.«

Gut gemacht! Ich bin ein klein wenig stolz auf mich.

»So einfach ist das nicht«, widerspricht Jim.

Das hatte ich befürchtet.

»Doch«, beteuere ich. »Du musst nur aus der Haustür raus und bist frei!«

»Aber ich gehöre zu dir ...«

»Moment!«, befehle ich und hebe die Hand. »Was heißt, du gehörst zu mir? Du hast bei mir übernachtet, mehr nicht. Wo liegt das Problem?«

»Du bist meine Meisterin.«

»Jaja, jaja, und der Weihnachtsmann ist mein Großvater«, versuche ich einen Scherz zu machen. Der Typ ist ganz klar schizophren. »Könntest du bitte nur für einen klitzekleinen Moment versuchen, dich auf unser Problemchen zu konzentrieren?«

Jim sieht mich mit verständnislosem Blick an.

»Der ganze Unsinn mit der Flasche und so ...«

Schweigen.

Ich räuspere mich. »Du willst also allen Ernstes behaupten, dass du aus einer Flasche gekrochen bist?«

»Genau so ist es!«, antwortet Jim im Brustton der Überzeugung.

Oh mein Gott! Ich habe in meinem Leben ja schon eine Menge verrückter Sachen gehört, aber das übertrifft wirklich alles. Der Typ kann meiner Mutter locker Konkurrenz machen, und das will etwas heißen. Eigentlich müsste ich mir ja vor Angst in die Hose machen, aber aus einem mir unerklärlichen Grund – vielleicht sind es seine treuen Augen oder meine Hormone – habe ich keine Angst. Im Gegenteil! Ich fühle mich geradezu von ihm angezogen. Er sieht aber auch absolut umwerfend aus, wie er so vor mir steht.

»Das ist doch absolut lächerlich!« Ich deute auf seine muskulöse Gestalt. »Sieh dich an, du bist zirka einen Meter fünfundachtzig groß. Wie willst du in eine Flasche passen?«

Jetzt habe ich ihn.

»Und doch ist es so!« Er verschränkt die Arme vor der Brust und lächelt.

»Das ist doch absoluter Blödsinn!« Mit meiner Diplomatie ist es nun endgültig vorbei. »Wo ist diese wundersame Flasche, von der du die ganze Zeit redest?«

»Du hast sie weggeworfen.«

Er deutet zielsicher auf den Platz unter meiner Spüle, wo sich der Mülleimer befindet.

»Na dann holen wir sie eben wieder raus.«

Wenn das alles ist, was ich tun muss, um den Mann loszuwerden. Bitte! Der Ärger ist nur, dass ich mich an nichts erinnern kann. Was allerdings kein Wunder ist, wenn man bedenkt, dass ich nicht einmal wusste, ob wir Sex miteinander hatten. Was habe ich Unglückswurm gestern Nacht denn noch alles getan?

»Und was kann ich tun, damit du zurück in die Flasche hüpfst?«

Ich fasse es nicht, dass ich diese Frage wirklich gestellt habe. Das ist absolut lächerlich. Ich bin eine moderne Frau, die mit beiden Beinen im Leben steht. Ich habe mein Abitur mit erstaunlicher Leichtigkeit bestanden, mein Studium hat mir ebenfalls keine Mühen bereitet und auch sonst komme ich gut durchs Leben. Ich glaube an die große Liebe, aber ich glaube weder an Flaschengeister noch an ähnlichen Kram. Das ist ein Grund, warum ich mir nicht gern Fantasyfilme anschaue. Das ist mir alles viel zu abgefahren und unrealistisch.

Jim zuckt mit den Schultern.

»Mir eine passende Flasche besorgen.«

»Da drinnen, hast du gesagt.« Ich reiße die Schranktür auf und zerre den Mülleimer hervor. Jim beobachtet mich mit wachsamem Blick. »Da drinnen?«, zweifle ich.

»Ja.«

Ich beuge mich über den Eimer. Sofort steigt mir der Geruch nach faulen Eiern und Fisch in die Nase und ich fange an zu würgen. Das müssen die Reste vom Lachsauflauf sein, den ich vor zwei Tagen für Florian und mich zubereitet habe. Tränen steigen mir in die Augen, aber ich kämpfe tapfer dagegen an. Zwischen den Fischresten, dem angebrannten Reis, der verklebten Frischhaltefolie und den vergammelten Narzissen entdecke ich Glasreste, die zweifellos mal ein Fläschchen waren. Mit spitzen Fingern picke ich den roten Flaschenbauch heraus.

»Die Flasche ist kaputt«, kombiniere ich messerscharf.

»Genau«, nickt Jim. »Deshalb kann ich ja auch nicht zurück.«

»Nein«, schüttele ich den Kopf. »So schnell gebe ich nicht auf.«

Kurzerhand drehe ich die Mülltonne auf den Kopf. Der Müll ergießt sich auf meinen Küchenboden. Was für eine Schweinerei! Ich knie mich hin und fange an, Stück für Stück auszusortieren. Ich komme mir vor wie Aschenbrödel. Die guten ins Töpfchen, die schlechten ins Kröpfchen. Fehlt nur noch die böse Stiefmutter!

Nach einer Ewigkeit habe ich die restlichen Scherben aus dem Müll gepult. Jim steht die ganze Zeit schweigend daneben.

»Darf ich dich mal was fragen?« Ich hebe die Scherben auf und lege sie vorsichtig auf ein Küchenkrepp. »Wieso ist deine Flasche ausgerechnet in meiner Tasche gelandet, wenn du, wie du behauptest, ein Flaschengeist bist? Ich meine, ihr Jungs könnt doch zaubern, oder nicht?«

»Nicht der Dschinn findet seinen Meister, sondern die Flasche«, erklärt Jim.

Klingt logisch, ist es aber nicht. Na ja, war ja zu erwarten, wenn jemand behauptet, ein Flaschengeist zu sein.

»Was machst du jetzt damit?« Sein Blick wandert zu den Scherben, zu mir und wieder zurück zu dem Scherbenhaufen.

Ich hebe den Kopf. »Das liegt doch auf der Hand. Sobald ich alle Teile gefunden habe, setzen wir deine Flasche zusammen und du kannst – schwupp – zurück in dein gemütliches Zuhause.«

Ich ringe mir ein Lächeln ab.

Jim wiegt nachdenklich seinen Kopf hin und her. »Ich glaube nicht, dass das funktionieren wird.«

Nein, natürlich nicht, würde ich ihm am liebsten entgegenschreien. Stattdessen sage ich betont ruhig: »Vertrau mir. Ich war schon als Kind gut im Puzzeln. Das Fläschchen habe ich schneller zusammengebaut, als du glaubst.«

Mit angespanntem Gesichtsausdruck verfolgt Jim jede meiner Bewegungen.

»Moment mal«, unterbreche ich meine Arbeit. »Warum mache ich das eigentlich? Du bist doch der Flaschengeist. Warum zauberst du das Ding nicht einfach wieder zusammen?«

Ich sehe ihn erwartungsvoll an.

»Das geht leider nicht. Das kann nur ein Meister vollenden.«

Na bravo. Der Mann ist aber auch um keine Ausrede verlegen.

»Okay«, seufze ich. »Dann hole ich jetzt den Kleber und mache mich daran, deine Flasche wieder zusammenzuflicken, wenn du es schon nicht kannst!«

»Sara, ich glaube nicht ...« Er sieht mich mit düsterem Gesichtsausdruck an.

»Halt!«, unterbreche ich ihn. »Kein Wort mehr. Vertrau mir einfach.«

Ich bin wild entschlossen. Vor mir liegt meine einzige Chance, diesen Jim endlich loszuwerden. Nicht, dass ich ihn nicht attraktiv finde. Wenn ich ehrlich bin, finde ich ihn sogar außerordentlich attraktiv. Aber ich bin eine Frau mit Prinzipien, und außerdem bin ich quasi verlobt.

Das erste Teil geht kinderleicht. Bei den zwei kleineren Teilen gestaltet sich meine Restaurierungsarbeit nicht so einfach, wie ich zunächst angenommen hatte. Jim steht die ganze Zeit hinter mir und schaut mir schweigend zu, was mich nervös macht.

Die Flasche muss ziemlich alt sein, denn abgesehen von den Rissen sind die Scherben mit einer dunklen Patina bedeckt. Das Glas schillert intensiv rot im Tageslicht. Die Oberfläche ist glatt, lediglich um den Bauch der Flasche herum ist ein zartes Ornament in das Glas geritzt.

Nach knapp zehn Minuten habe ich es geschafft. Sieht zwar nicht schön aus, aber zumindest hält das Glas. Ich halte die fertige Flasche gegen das Licht, um das Muster genauer zu betrachten. Dabei stelle ich fest, dass es sich dabei um alte Schriftzeichen handelt.

»So, und nun bist du an der Reihe.«

Ich überreiche ihm die Flasche. Jim nimmt sie behutsam in seine Hand und betrachtet sie skeptisch von allen Seiten. Zwischen seinen Augenbrauen hat sich eine tiefe Falte gebildet.

»Ziemlich gut geworden, was?« , frage ich Beifall heischend.

»Besser als ich dachte«, nickt er. »Trotzdem glaube ich nicht, dass es funktioniert.«

»Das überrascht mich jetzt«, sage ich.

»Ist es wirklich dein ausdrücklicher Wunsch, dass ich dich verlasse?«, fragt er ernst.

Seine Augen verhaken sich mit meinen. Mein Puls schnellt in ungeahnte Höhen.

»Ja«, räuspere ich mich.

»Dann soll es wohl so sein«, flüstert er rau. »Dein Wunsch ist mir Befehl.«

Er schließt die Augen und beginnt zu summen. Ich komme mir vor wie im falschen Film. Eigentlich hatte ich damit gerechnet, dass er die Flasche nimmt und aus der Küche rennt oder dass er anfängt zu lachen und seine kleine Lüge endlich zugibt. Fasziniert beobachte ich, was als Nächstes kommt. In der Küche ist es mucksmäuschenstill, lediglich der Kühlschrank surrt leise vor sich hin. Was mich daran erinnert, dass ich unbedingt den Elektriker anrufen muss.

Jim steht noch immer regungslos da. Wenn ich es nicht besser wüsste, würde ich denken, dass jemand eine Wachsfigur von *Madame Tussauds* bei mir vergessen hat. Ich blinzele irritiert. Irgendwie sieht Jim verschwommen aus. Ein hoher Ton erfüllt die Luft und die Gläser im Regal fangen leise an zu klirren. Meine Umgebung wird mehr und mehr verschwommen und ich könnte schwören, dass in meiner Küche Nebel hochsteigt. Was natürlich absoluter Blödsinn ist.

Hier stehe ich – Saraswati Sandana Elisabeth Wegner, neunundzwanzig Jahre alt, Besitzerin eines schwachsinnigen Namens, einer Dreizimmerwohnung, einer Stereoanlage, eines Fernsehers, eines

MINI Cooper Cabriolets, im vollen Besitz meiner geistigen Kräfte, und warte darauf, dass der heiße Typ in einer Flasche verschwindet. Wie bescheuert kann es eigentlich noch werden?

Genau in diesem Moment klingelt mein Handy. Ich reiße die Augen weit auf. Schlagartig ist der Nebel verschwunden. Das Summen bricht ab und Jim schlägt mit einem Ruck die Augen auf.

»Rühr dich nicht vom Fleck!« Ich stürme aus der Küche ins Wohnzimmer und schnappe mir mein Handy. Auf dem Display lacht mir Florians Gesicht entgegen. Das Foto habe ich während unseres letzten Urlaubs auf Sylt gemacht. Ich denke gern an diese Zeit zurück. Wir haben den ganzen Tag am Strand gelegen, gelesen und über die ganzen Möchtegern - Promis gelästert, die dort zu Hauf über den Strand stolziert sind, in der Hoffnung, dass sie jemand anspricht und ein Autogramm von ihnen möchte.

»Hallo, Florian.« Meine Hand zittert und mein Herz rast.

»Sag mal, wo steckst du?«, blafft mich Florian an. »Ich warte seit Stunden auf deinen Anruf. Was ist denn los mit dir?«

»Entschuldige bitte«, stammele ich. »Gestern Nacht ist es später geworden und ich wollte dich nicht wecken.«

Jetzt bloß kein falsches Wort, sonst bin ich geliefert. Nicht, dass mir Florian nicht vertraut! Grundsätzlich tut er das, aber wenn er erfährt, dass ich betrunken einen fremden Mann mit in meine Wohnung genommen habe, rastet er bestimmt aus. Ich glaube mir ja selbst nicht, wie kann ich dann erwarten, dass andere mir glauben? Jim ist auch nicht gerade eine Hilfe.

»Es ist schon kurz vor elf. Ich finde, du hattest genug Zeit, dich bei mir zu melden. Ich habe mir Sorgen um dich gemacht.«

»Du ...«, stottere ich verlegen. »Ich hatte einen etwas turbulenten Morgen, könnte man sagen.«

Das ist noch nicht einmal gelogen.

»So, was war denn los?«

In seiner Stimme schwingt Misstrauen mit.

»Ach, du kennst mich doch. Lauter kleine Missgeschicke. Nichts, was sich nicht reparieren lässt.« Gott sei Dank kann Florian nicht sehen, wie ich rot werde. »Erzähl ich dir alles später.« Im Hintergrund sind Fahrgeräusche zu hören. »Wo steckst du?«

»Im Auto. Ich bin in fünf Minuten bei dir!«

»Waaas?« Ich habe einen spontanen Schweißausbruch.

»Passt es dir etwa nicht?«, fragte Florian süffisant, was für gewöhnlich nichts Gutes zu bedeuten hat.

»Doch, doch ...«, versichere ich ihm.

»Gut, dann bis gleich.«

Ohne ein weiteres Wort legt er auf. Ich starre auf das Display.

Meine Mailbox blinkt und zeigt mir sechs neue Nachrichten an. Ich drücke auf den Abspielknopf.

1. »Sara-Mäuschen, wo steckst du?«, säuselt Florians Stimme durch den Hörer. (Wahrscheinlich in Vorfreude auf den zu erwartenden Sex.)

2. »Schnuppelchen, ruf mich doch mal kurz zurück«, bittet Florians Stimme ein wenig eindringlich.

3. »Sara, hast du mich etwa vergessen?!« Jetzt klingt er ungehalten. (Er hasst es, wenn ich ihn warten lasse.)

4. »Sara, wenn das ein Spiel sein soll, finde ich es nicht witzig!« Autsch!

5. »Ruf mich an, wenn du nach Hause kommst«, sagt Florian deutlich unterkühlt, so dass ich allein vom Zuhören schon Eiszapfen ansetze.

6. »Du brauchst mich heute nicht mehr anzurufen, ich gehe jetzt schlafen«, lautet die letzte Nachricht. Sein Ton ist alles andere als freundlich.

Jetzt bin ich ernsthaft betroffen. Eigentlich müsste er sich doch Sorgen machen, anstatt die beleidigte Leberwurst zu spielen. Schließlich hätte mir wirklich etwas passiert sein können.

Männer! Ich habe in meiner Jugend eine Menge einschlägige Literatur gelesen, um das andere Geschlecht besser verstehen zu können. Dabei ist mir klar geworden: Männer ticken völlig anders als Frauen. Während wir Frauen im Laufe unseres Lebens eine emotionale Krise nach der anderen bewältigen müssen und dabei ständig mit unserem mangelnden Selbstbewusstsein kämpfen, sind Männer nur damit beschäftigt, anderen zu beweisen, was für tolle Kerle sie sind. Hand aufs Herz: Wer will schon einen Mann als Freund, der sich abends einen Ingwertee macht, um mit dir über seine Probleme zu reden, oder heulend neben dir zusammenbricht, wenn du mit ihm das Finale von »Bauer sucht Frau« anschaust?

Panisch renne ich zurück in die Küche. Jim steht noch immer mit der Flasche in der Hand neben dem Küchentisch. Er runzelt die Stirn, als er mich sieht. Es wird höchste Zeit, ein paar klare Worte zu sprechen. Mit der Psychonummer ist es jetzt vorbei.

»So, jetzt, wo du endlich deine Flasche wiederhast, kannst du ja gehen.« Ich schiebe ihn sanft in Richtung Tür.

»Sara, du verstehst nicht. Ich kann nicht gehen.«

»Was willst du denn?«, schreie ich. So muss man sich fühlen, wenn man kurz vor einem Nervenzusammenbruch steht.

»Ich kann nicht«, antwortet Jim gequält.

»Na toll!«, rufe ich aufgebracht. »Mein Freund kommt gleich, und der findet es bestimmt nicht witzig, wenn ein fremder Mann in meiner Wohnung ist. Verstehst du das nicht?« Ich fuchtele wild mit den Händen in der Luft. »Du musst verschwinden!«

Jim sieht mich verständnislos an. »Aber wohin? Ich kann nicht verschwinden. Du bist meine Meisterin.«

Oh Mann, jetzt fängt der Quatsch wieder an.

»Jim, ich bin sicher, du bist ein ganz netter Kerl, und du siehst wahnsinnig gut aus.«

»Du findest mich gut aussehend?«, unterbricht mich Jim erfreut.

Ich fasse es nicht! Eitel ist der Kerl auch noch.

»Ja, aber das tut jetzt nichts zur Sache. Ich habe gerade ein ernstes Problem.« Ich stemme meine Hände in die Hüfte, um meinen Worten mehr Ausdruck zu verleihen. »Wenn Florian dich hier bei mir sieht, bin ich erledigt. Kommt das bei dir in deinem dicken Schädel an?«

»Sara, du warst die, die mich befreit hat. Es war deine Entscheidung. Ich muss bei dir bleiben, das ist keine Frage von wollen.«

»Das ist doch alles totaler Schwachsinn!« Ich schüttele verzweifelt den Kopf. »Du hast deinen Spaß mit mir gehabt, aber jetzt geh bitte«, flehe ich ihn an.

»So funktioniert das aber nicht.«

Er zuckt mit den Schultern.

Ich werfe einen Blick auf die Küchenuhr an der Wand. Florian kann jeden Moment hier sein. Ich bin erledigt! Für einen kurzen Moment ziehe ich die Möglichkeit in Betracht, Florian einfach die Wahrheit zu erzählen. Doch dann verwerfe ich die Idee wieder. Ich kenne ihn lange genug, um zu wissen, dass dies das Ende unserer Beziehung bedeuten würde. Panisch suche ich nach einer Lösung. Wäre doch nur Anna da.

Anna ist geradezu brillant, wenn es darum geht, einen Notfallplan zu entwickeln. In der Schulzeit hat uns dieser Umstand mehr als einmal vor einer Stunde Nachsitzen bewahrt. Leider ist Anna gerade dabei, andere Menschenleben zu retten, während meine Beziehung auf dem Spiel steht. Und das alles nur, weil so ein gut aussehender Irrer meint, ich sei seine Meisterin.

Es klingelt an der Haustür! Florian! Scheiße! Das war's dann wohl! Jetzt hilft nur noch beten oder auf ein Wunder hoffen. Kurzentschlossen drücke ich Jim meine Kaffeetasse in die Hand.

»Jim, pass genau auf. Da draußen steht mein sehr eifersüchtiger Freund. Wenn er mich gleich fragt, wer du bist, werde ich ihm sagen, dass du ein alter Bekannter bist, der mich besucht. Alles andere besprechen wir später. Verstanden?!«

»Aber das entspricht nicht der Wahrheit.« Jim sieht mich entrüstet an.

Himmelherrgott!

»Hey, darf ich dich daran erinnern, dass du in meiner Wohnung bist«, meine Stimme überschlägt sich. »Meine Wohnung, meine Regeln. Das ist das Mindeste, was du für mich tun kannst. Schließlich hast du mich in diese Lage gebracht. Ich könnte dich genauso gut der Polizei übergeben.«

»Polizei?« Jims Pupillen ziehen sich zusammen.

»Ja, genau, die Polizei. Und jetzt kein Wort mehr.«

Ohne eine Antwort abzuwarten, stürme ich nach draußen.

»Florian!?«, rufe ich gespielt erstaunt, als ich die Tür öffne. Mein Herz klopft so stark, dass ich Angst habe, dass er es bemerkt. »Das ging aber schnell!«

»Allerdings!«, raunzt mich mein Traumprinz an. »Weißt du eigentlich, was für Sorgen ich mir gemacht habe?«

Die kleine Ader an seiner Stirn tritt hervor, was sie nur tut, wenn Florian wütend ist.

Ich kann nur hoffen, dass er mir die Nummer mit dem alten Bekannten in der Küche abkauft, sonst bin ich geliefert.

»Entschuldige, ich war ...«

»Sara, ist alles okay mit dir?«, unterbricht mich Florian und schielt dabei misstrauisch hinter meinen Rücken in die Wohnung.

»Wieso fragst du so komisch?«

»Du hörst dich schon seit heute Morgen eigenartig an.«

»Ne, alles prima. Es war nur eine lange Nacht«, lüge ich und hasse mich dafür.

»Das habe ich gemerkt«, entgegnet Florian trocken. »Eigentlich hatte ich gestern Abend noch etwas mit dir vor.« Er wirft mir einen anzüglichen Blick zu. »Du weißt schon … Knick-Knack.«

Ich stöhne innerlich bei dem Begriff.

»Ich weiß, ich wollte dich ja anrufen, aber dann habe ich überraschend Besuch bekommen.«

»Besuch?«, unterbricht mich Florian unwirsch.

»Niemand Besonderes, nur Jim«, sage ich betont gleichgültig.

Bei dem Namen »Jim« versteift sich Florian augenblicklich.

»Jim?«

»Ich hab dir doch von ihm erzählt«, sage ich schnell.

»Noch nie gehört, den Namen«, entgegnet Florian säuerlich.

»Ach, komm schon. Jim und ich waren zusammen in der Grundschule und dann sind seine Eltern weggezogen. Wir haben uns letztes Jahr über Facebook wiedergefunden.«

»Aha!«, sagt Florian gedehnt. Er glaubt mir kein Wort oder zumindest zweifelt er stark an der Echtheit meiner Aussage.

»Ja«, nicke ich. »Jim ist gestern in Hamburg angekommen und hat spontan bei mir vorbeigeschaut.«

»Aber wieso hast du mir nichts davon erzählt?«

»Ach, du kennst mich doch«, sage ich. »Ich hatte total vergessen, dass er vorbeikommen wollte.«

Meine Handflächen sind feucht und ich wische sie unauffällig an meiner Jeans ab.

»Mhm.« Florian klingt nicht sonderlich überzeugt.

Da hilft nur die Weibchentaktik, wie Anna und ich das Manöver nennen. Ich schlinge meine Arme um seinen Hals, ziehe ihn zu mir und küsse ihn. Lang und leidenschaftlich. Als wir uns voneinander lösen, sieht Florian schon deutlich freundlicher aus.

»Es tut mir leid«, sage ich etwas atemlos. »Ich mache es wiedergut, versprochen! Kannst du mir noch einmal verzeihen?«

Er sieht mich mürrisch an.

»Tigerlein«, versuche ich ihn gütig zu stimmen. Diesen Namen habe ich ihm in einem schwachen Moment der totalen sexuellen Befriedigung gegeben. »Ich habe den ganzen Abend nur an dich gedacht.«

»Wirklich?«

»Wirklich.« Ich nehme meinen Arm nach hinten und kreuze meine Finger.

»Dein Herz klopft ja wie verrückt«, stellt Florian fest und runzelt die Stirn.

»Das tut es doch immer, wenn du in meiner Nähe bist«, antworte ich hastig.

Okay, das ist jetzt ein bisschen dick aufgetragen, aber etwas Besseres fällt mir im Moment nicht ein.

Florian nickt und schnuppert.

»Sag mal, riecht es hier nach Kaffee?«

»Ich habe gerade einen frischen Kaffee aufgesetzt. Möchtest du auch?«, frage ich und schenke ihm mein bezauberndstes Lächeln.

Florian nickt versöhnlich.

Mein Herz klopft noch immer wie verrückt, als wir die Küche betreten. Jim steht an den Küchentresen gelehnt und mustert Florian interessiert.

»Jim, das ist mein Freund Florian, von dem ich dir schon so viel erzählt habe.«

»Sei gegrüßt, Fremder«, sagt Jim gestelzt und macht eine kleine Verbeugung.

»Ähm, hallo.« Florian wirft mir einen fragenden Blick zu. Ich nicke ihm aufmunternd zu.

Die beiden Männer reichen sich förmlich die Hände.

»Sie sind ein Klassenkamerad von Sara?«, schießt Florian die erste Fangfrage locker aus der Hüfte.

Ich schlucke trocken und schicke ein Stoßgebet ans Universum, dass Jim mich jetzt nicht im Stich lässt.

»Ja, richtig«, pflichtet Jim mir bei.

»Und bleiben Sie lange in Hamburg?«, fährt Florian mit seinem kleinen Verhör fort.

»Das weiß ich nicht genau«, antwortet Jim.

Florians Blick wandert durch die Küche.

»Sag mal, was ist denn hier passiert?«, ruft er entsetzt und deutet auf den Müll, der auf dem Boden verteilt liegt.

»Ich habe ... «

Mein Hirn arbeitet auf Hochtouren auf der Suche nach einer guten Ausrede. Ich werfe Jim einen hilfesuchenden Blick zu, den er geflissentlich ignoriert und stattdessen lieber in die Luft starrt.

»Sara?« Florian trommelt ungeduldig mit den Fingern auf dem Küchentresen.

»Ich dachte, ich hätte deinen Ring verloren«, stammele ich schließlich. »Deshalb hat es auch so lange gedauert, bis ich die Tür aufmachen konnte. Ich war mir sicher, dass ich ihn auf dem Nachttisch habe liegen lassen.«

Da habe ich gerade noch einmal die Kurve gekriegt.

»Und hast du ihn gefunden?«

»Jim hat ihn beim Waschbecken entdeckt.« Strahlend halte ich ihm das Prachtstück zum Beweis unter die Nase. »Ich muss ihn vor dem Händewaschen ausgezogen und dort vergessen haben.«

»Na, dann muss ich mich ja bei Jim bedanken«, sagt Florian.

Die beiden Männer stehen sich gegenüber wie zwei Cowboys beim Duell. Sekundenlanges Schweigen. Jedoch keins der angenehmen Sorte, sondern eines, wo man am liebsten weglaufen möchte.

»Äh, noch jemand Kaffee?«, versuche ich das Gespräch wieder in Gang zu bringen.

»Ja, sehr gern.«

Jim hält mir seine Tasse entgegen. Er lächelt. Blödmann! Schließlich hat er mir diesen ganzen Salat eingebrockt.

»Du auch, Florian?«, zwitschere ich.

»Gern. Mit Milch, bitte«, antwortet er, ohne die Augen von Jim zu nehmen.

»Aber ich weiß doch, wie du deinen Kaffee gern magst«, flöte ich und gebe ihm einen flüchtigen Kuss.

»Und wie war dein Abend mit den Mädels?«, fragt Florian gekünstelt freundlich.

»Nett, wie immer. Claudia hat von ihren schlaflosen Nächten mit Hans erzählt, Anna von ihren Männergeschichten und Leonie von ihrem neuen Freund, einem Franzosen.«

»Die drei sind doch allesamt Verliererinnen.«

»Wie kommst du denn darauf? Anna ist Ärztin, Claudia stolze Mutter und Leonie ist auch sehr erfolgreich in ihrem Job.«

»Das ist doch Bullshit. Die drei haben nichts im Griff. Am allerwenigsten sich selbst«, beharrt Florian stur.

»Möchtest du Milch und Zucker?«, frage ich Jim betont liebenswürdig.

»Zucker.«

Ein Lächeln umspielt seine Mundwinkel. Ich hole die Zuckerdose aus dem Schrank und reiche sie ihm. Erstaunt beobachte ich, wie er sich sechs Teelöffel Zucker in seinen Kaffee schaufelt. Bei der Menge müsste er eigentlich beim ersten Schluck einen Zuckerschock erleiden. Stattdessen verzieht er entzückt das Gesicht.

»Du magst wohl Zucker?«, frage ich und kann ein Lachen nur mit Mühe unterdrücken.

»In meiner Heimat trinken wir den Kaffee gern stark und süß«, erklärt Jim.

»In Hamburg mögen wir ihn gern mit viel Milch, nicht wahr, Sara?« Florian nimmt einen Schluck. »Du solltest dir wirklich mal eine neue Kaffeemaschine zulegen. Erstens sieht deine Maschine aus, als stamme sie aus dem Ersten Weltkrieg, und zweitens schmeckt der Kaffee nicht sonderlich gut.«

Er verzieht das Gesicht.

Wo Florian recht hat, hat er recht. Die Maschine stammt aus dem Nachlass meiner Oma, und die ist schon seit knapp acht Jahren tot.

»Deshalb habe ich vor zwei Wochen an einem Kreuzworträtsel in der Zeitschrift *Myself* teilgenommen, weil es dort als Hauptpreis eine tolle Espressomaschine zu gewinnen gab«, erkläre ich.

»Sara, die Chancen, bei so einem Kreuzworträtsel zu gewinnen, sind gleich null.« Florian runzelt die Stirn und wirft Jim einen Beifall heischenden Blick zu. Der reagiert allerdings nicht, sondern nimmt einen weiteren Schluck aus seiner Tasse. »Da kannst du gleich Lotto spielen.«

»Die Hoffnung stirbt zuletzt.« Ich zucke ich mit den Schultern.

»Und was bringt dich nach Hamburg?«, fragt Florian an Jim gewandt.

»Ich wurde gerufen.« Jim lächelt freundlich.

»Bitte?« Florian sieht ihn verwirrt an. »Wie soll ich das verstehen? Hast du eine Art Notrufdienst?«

»Es ist meine Bestimmung, hier zu sein«, antwortet Jim.

Florians Blick wandert erst zu mir und dann wieder zu Jim.

»Er hat überraschend ein Jobangebot in Hamburg bekommen«, sage ich schnell, bevor Jim noch mehr Blödsinn erzählen kann.

»Ach so«, sagt Florian.

»Ja«, nicke ich. »Jims Eltern stammen nicht aus Deutschland. Er hat keine Verwandten hier und seine Freunde sind entweder weggezogen oder im Urlaub. Deshalb hat er sich auch an mich gewandt. Nicht wahr, Jim?«

Das ist zwar weit hergeholt, aber ich finde trotzdem, dass ich meine Sache eigentlich ganz gut mache.

Jim sieht mich mit einer Mischung aus Verwunderung und Bewunderung an.

»Und hast du schon eine Ahnung, wo du wohnen wirst? Ich meine, in Hamburg ist es ja nicht so leicht, auf die Schnelle eine Wohnung zu finden«, bohrt Florian weiter.

»Ich wohne doch bei Sara«, erklärt Jim.

»Was?«, rufen Florian und ich zeitgleich.

Florian knallt den Becher mit einer solchen Wucht auf den Küchentresen, dass der Kaffee überschwappt.

Na warte, wenn ich Jim nachher zu fassen bekomme, drehe ich ihm eigenhändig den Hals um. Im Moment bleibt mir allerdings nichts anderes übrig, als gute Miene zum bösen Spiel zu machen.

Jim lächelt sichtlich zufrieden.

»Schnuppelchen!« Florians Gesichtsausdruck lässt im Gegensatz zu meinem Kosenamen nichts Gutes vermuten. »Kann ich dich mal kurz allein sprechen?«

Er macht eine Kopfbewegung in Richtung Wohnzimmer.

Ich nicke. Beim Gehen werfe ich Jim einen wütenden Blick zu.

»Sag mal, was soll der Scheiß? Willst du mich verarschen?«

Florian baut sich, kaum dass wir im Wohnzimmer sind, wie ein Mahnmal vor mir auf.

»Was meinst du genau?«, frage ich, um Zeit zu gewinnen. Jetzt wäre die Gelegenheit, Florian die Wahrheit zu sagen.

»Das ist ja wohl offensichtlich«, schnaubt Florian. »In deiner Küche steht ein *Abercrombie*-Model, das behauptet, bei dir zu wohnen. Nicht einmal ich habe einen eigenen Schlüssel zu deiner Wohnung und du lässt einen wildfremden Mann bei dir einziehen! Du musst selbst zugeben, dass das höchst befremdlich ist.«

»Tja, weißt du, das kam alles ein bisschen überraschend.« Ich weiche seinem Blick aus, der mich zu durchbohren scheint. »Der arme Jim hat doch keine Bleibe und da dachte ich mir, er kann solange in Lisas ehemaligem Zimmer wohnen, bis ich einen Nachmieter gefunden habe. Du kennst mich doch, ich kann einfach nicht Nein sagen, wenn jemand in Not ist.«

»Ich weiß«, knurrt mein Traummann. »Aber musst du deshalb gleich einen Wildfremden zu dir in die Wohnung holen? Der Typ hat ganz schön Nerven, einfach so unangemeldet hier aufzutauchen. Ich dachte, du wolltest nur eine weibliche Mitbewohnerin.«

»Ja.« Ich starre angestrengt auf meine Fußspitzen. »Eigentlich schon, aber solange das Zimmer leer ist und ich keine neue Mitbewohnerin gefunden habe, kann Jim genauso gut bei mir wohnen. Das entlastet mich auch finanziell ein wenig, schließlich spare ich für unseren nächsten Urlaub.« Ich schenke ihm ein Lächeln.

Florian sieht mich mit finsterer Miene an. »Trotzdem fühle ich mich nicht wohl bei dem Gedanken, dass ein Mann bei dir ...«

»... Klassenkamerad«, korrigiere ich ihn.

»Von mir aus auch Klassenkamerad bei dir wohnt.«

»Schwuler Klassenkamerad«, schiebe ich schnell hinterher. Ein zugegebenermaßen spontaner, aber absolut genialer Geistesblitz. Meine Synapsen springen innerlich freudig auf und ab.

»Der Typ ist schwul?« Florian sieht mich ungläubig an.

»Ja«, nicke ich eifrig. »Das wundert mich, dass dir das nicht aufgefallen ist. Allein wie der Mann redet, ist doch nicht normal. Und dann sind da diese ausgefallenen Klamotten. So was würde doch kein Hetero-Mann anziehen. Also, kein Grund zur Eifersucht.« So langsam komme ich in Fahrt.

»Ich bin nicht eifersüchtig. Ich finde diesen Jim nur irgendwie komisch.«

Ein Punkt, in dem ich ihm nicht widersprechen kann.

»Du bist also nicht eifersüchtig?«

»Nein, ich bin im besten Fall besorgt.«

»Na dann ist es ja gut.« Ich schaue ihn erleichtert an.

»Warum hast du nicht gleich gesagt, dass Jim schwul ist?«

»Das wäre schlechtes Benehmen. Außerdem sollten seine sexuellen Neigungen keine Rolle spielen.« Ich verschränke die Arme vor der Brust und mache einen Schmollmund. »Denn eigentlich solltest du mir vertrauen, ob schwul oder nicht!«

Florian kommt näher.

»Ich vertraue dir ja, aber ich glaube, jeder normale Mann würde wie ich reagieren, wenn plötzlich ein Fremder in der Wohnung seiner Freundin steht – noch dazu mit nacktem Oberkörper!«

»Vielleicht. Aber du brauchst dir um mich und Jim wirklich keine Sorgen zu machen.« Ich gebe Florian einen Kuss.

»Mir gefällt die Sache nicht. Taucht hier einfach so auf ...«

»Du kennst ihn doch gar nicht. Gerade du als Anwalt solltest doch Menschen gegenüber offen sein und sie nicht vorverurteilen.«

Jetzt habe ich ihn!

»Das stimmt«, sagt Florian nachdenklich.

Ha!

»Was hältst du davon, wenn wir zusammen einen Kaffee trinken und uns ein bisschen mit Jim unterhalten?«, schlage ich vor.

Florian wirft einen Blick auf seine Armbanduhr. Ein Chronograf der Extraklasse und natürlich funkgesteuert, damit Florian immer die genaue Uhrzeit ablesen kann.

»Wir wollten doch zum Brunch ins *Elbgold* fahren. Schon vergessen?« Florian gibt mir einen Kuss auf die Nasenspitze.

Ich kann unmöglich weg. Nicht, solange ich nicht weiß, was es mit Jim auf sich hat.

»Flo, das ist echt doof. Jim ist gerade erst angekommen und wir müssen noch eine Menge wegen der Wohnung und so besprechen. Wärst du sehr sauer, wenn ich heute nicht mitkomme?« Florian verzieht das Gesicht und die nächste Krise steht unmittelbar bevor.

»Bitte, Flo«, bettele ich. »Ich mache es wiedergut, versprochen.«

»Und wie?«

Seine Augen gleiten über mich hinweg und bleiben auf meinen vollen Brüsten hängen.

»Lass dich überraschen«, hauche ich verheißungsvoll.

»In Ordnung«, seufzt Florian und zieht mich zu sich.

Seine Lippen sind herrlich weich und fest zugleich. Er schmeckt ganz leicht nach Zahnpasta. Ich schließe genussvoll die Augen. Gäbe es eine Skala für Küsse, dann wäre Florians eine glatte Zehn.

»Danke«, sage ich ein wenig atemlos, als er mich aus seinen Armen entlässt.

»Gern geschehen«, grinst Florian.

Es raschelt hinter uns. Jim betritt das Wohnzimmer. Seine Augen mustern uns belustigt! Na warte, der kriegt nachher was zu hören! Parallel klingelt es an der Haustür. Wer kann das nur wieder sein?

»Entschuldigt mich kurz«, sage ich. Ich haste zur Wohnungstür.

»Hi.« Anna steht in Leggins und T-Shirt vor mir. Die Haare sind zu einem strengen Knoten hochgesteckt. Sie ist kaum geschminkt, was ihrer Schönheit keinen Abbruch tut. Anna gehört zu der Sorte Frau, die auch völlig natürlich gut aussehen.

»Ich bin so schnell gekommen, wie ich konnte. Musste nur schnell einen durchgebrochenen Blinddarm entfernen.« Anna redet über ihre Notfälle wie andere Menschen über das Kochen.

»Psssst!« Ich lege den Zeigefinger auf meinen Mund. »Florian ist da.«

»Was ist los? Ich dachte, du hast einen Notfall.« Anna sieht mich verwundert an.

»Ich habe gestern Nacht einen Typen mit zu mir in die Wohnung genommen«, erkläre ich die Situation im Schnellverfahren.

»Was?« Anna hebt überrascht den Kopf. »Willst du mich verarschen?«

»Nein, dazu ist die Lage zu ernst.«

»Ich dachte, du wolltest nur deine Tasche holen.«

»Hab ich ja auch.«

»Und hast dir gedacht: Dann nehme ich den Mann, der sie gefunden hat, gleich mit dazu?«

»Nein. Irgendetwas ist passiert.« Ich raufe mir die Haare.

»Offensichtlich!« Anna hebt die Augenbrauen.

»Das Wie spielt im Moment keine Rolle. Tatsache ist, dass ich heute Morgen aufgewacht bin und dieser Mann in meiner Wohnung war.«

»Wow!« Anna schüttelt den Kopf. »Dich darf man echt nicht allein lassen.«

»Ich schwöre dir, da war nichts zwischen ihm und mir. Nur … ich werde den Kerl einfach nicht wieder los«, murmele ich mit gesenkter Stimme.

»Mann, du hast echt ein Talent, dich in Schwierigkeiten zu bringen«, murmelt Anna. »Und wo ist dieser Typ jetzt?«

»Im Wohnzimmer mit Florian«, flüstere ich.

»Du lässt die zwei allein? Na, das nenne ich mal mutig!«

»Ich habe Flo erzählt, dass Jim mein neuer Mitbewohner ist.«

»Und das hat er dir geglaubt?« Anna sieht mich zweifelnd an.

»Ich denke schon«, nicke ich.

»Männer!« Sie schnaubt leise. »Und wie ist der Typ?«

»Jim? Ich glaube, der hat nicht alle Lichter an, aber ansonsten ganz nett«, lächele ich.

»Wirklich?« Anna zieht die Augenbrauen nach oben.

»Finde ich schon. Vor allem seit ich weiß, dass er meine Situation nicht ausgenutzt hat, sondern brav im Wohnzimmer auf dem Sofa gepennt hat.«

»Das weißt du sicher?«

»Danke, bis eben habe ich es zumindest geglaubt«, entgegne ich leicht beleidigt.

»Na dann.« Anna hakt sich bei mir unter. »Lass mal die Fachfrau ran.«

Wir gehen zusammen ins Wohnzimmer. Jim und Florian haben mittlerweile beide auf dem Sofa Platz genommen. Jim sitzt mit dem Rücken zu uns gewandt, während Florian uns mit leicht zitronigem Gesichtsausdruck empfängt.

»Hallo, Anna.«

Florian steht auf.

»Hey, Florian«, begrüßt Anna ihn und schielt dabei über seine Schulter, in der Hoffnung, einen Blick auf Jim zu erhaschen, der sich ebenfalls vom Sofa erhebt. Man kann denken, was man will, aber Jim scheint ein durchaus höflicher Mensch zu sein, der auf gute Manieren achtet.

»Oh mein Gott!«, rutscht es Anna raus.

Jim lächelt ihr zu. Jetzt, wo ich aus meiner Schockstarre erwacht bin und mein Hirn wieder auf Hochtouren arbeitet, fällt mir auf, dass Jim dem Schauspieler Jake Gyllenhaal in dem Film *Prince of Persia* wie aus dem Gesicht geschnitten ähnlich sieht.

Anna starrt Jim einfach nur an. Ihr Mund steht offen und ich könnte schwören, dass ihr etwas Sabber das Kinn hinunterläuft.

»Anna!«, zische ich.

Keine Reaktion. Immer noch dieser beseelte Blick auf Jim.

Ich gebe ihr einen Stoß in die Seite. Anna zuckt nicht einmal.

»A-n-n-a!«

»Willst du mich nicht vorstellen?«, flüstert Anna mit glänzenden Augen und schiebt sich an Florian vorbei.

»Ähm, klar.« Ich folge meiner Freundin, die Jim wie hypnotisiert anstarrt. »Darf ich vorstellen: Das ist Jim.«

»Dschinn«, verbessert er mich.

»Sag ich doch«, antworte ich vorwurfsvoll.

Jim zuckt resigniert mit den Schultern.

»Das ist meine Freundin Anna«, fahre ich mit meiner kleinen Ansprache fort.

»Hallo«, piepst Anna in einer Stimmlage, die ich bisher nie bei ihr wahrgenommen habe.

Ich schaue meine Freundin mit großen Augen an. Das ist nicht die selbstbewusste Anna, wie ich sie kenne.

»Schön, dich kennenzulernen.« Sie reicht Jim ihre Hand und ihre Lippen formen ein lautloses »Wow« in meine Richtung.

»Sehr erfreut, Ihre Bekanntschaft zu machen.« Jim verbeugt sich galant.

»Wie süß!«, quietscht Anna.

Ich runzele die Stirn. Wenn es in diesem Tempo weitergeht, liegt Anna in zwei Minuten nackt auf dem Sofa und will Sex.

»Ich bin Saras Nachbarin und wohne gleich nebenan. Wenn also etwas ist, kannst du Tag und Nacht bei mir klingeln.«

Die Betonung liegt eindeutig auf Nacht, so viel ist sicher.

Na super! Meine Freundin ist in den hormongesteuerten Modus übergegangen. Jims Mundwinkel zucken und ich frage mich, ob er mit Anna oder über sie lacht.

»Ich geh dann mal«, sagt Florian brummig.

»Warum?«, frage ich. »Ich dachte, du wolltest noch zum Kaffee bleiben.«

»Mir ist die Lust auf Kaffee vergangen«, knurrt er. »Anna, war schön, dich getroffen zu haben.«

»Ja!« Anna winkt ihm halbherzig zu.

»Auf Wiedersehen, Jim.« Florian nickt kurz. »War nett, mit dir zu reden.«

Lügner! Bei einem Schulungsvideo für Körpersprache wäre Florian glatt durchgefallen. Seine ganze Haltung besagt das genaue Gegenteil von dem, was er sagt – kerzengerader Rücken, zusammengepresste Lippen und nach vorn geschobener Unterkiefer. Ablehnung pur.

»Es war mir ein Vergnügen, einen Freund meiner Meisterin kennengelernt zu haben«, sagt Jim blumig.

Florian runzelt die Stirn. Anna kichert. Na toll!

»Klassenkameradin«, verbessere ich Jim. »Meisterin, das ist so ein alter Gag aus unserer Schulzeit.«

»Aha!« Florian wirft mir einen skeptischen Blick zu.

Ich begleite meinen Traumprinz bis zur Tür.

»Du bist doch nicht böse auf mich?«, frage ich.

»Nein. Ich muss mich nur an die neue Situation gewöhnen.«

»Ist ja nicht für lange. Sobald Jim eine Wohnung gefunden hat, schmeiße ich ihn raus. Mach dir keine Gedanken«, verspreche ich.

»Mache ich nicht.« Florian nimmt mich in den Arm. »Ich ruf dich an.«

»Ich liebe dich.«

»Bis dann.« Florian gibt mir einen Kuss.

»Sara, der Typ ist der absolute Wahnsinn! Wenn du ihn nicht willst, ich nehme ihn mit Kusshand«, flötet Anna. »Diese Augen und der Körper. Der Typ ist ein erotisches Versprechen! Dagegen sind die *Chippendales* ein Dreck.«

»Du bist wirklich schamlos«, seufze ich. »Bei dir muss ein Mann nur gut aussehen und schon wirst du schwach. Anna, jetzt werd mal erwachsen.«

»Du müsstest dich mal reden hören. Du klingst wie meine Mutter«, schnappt sie beleidigt zurück.

»Du, ich habe echt keine Lust, mit dir über meine Mutter zu diskutieren. Ehrlich gesagt ist es das Letzte, was ich will.«

»Wow.« Anna hebt die Hände. »Du bist sonst nicht so empfindlich. Die Sache mit Jim muss dich ganz schön mitnehmen.«

»Du ahnst ja nicht, wie sehr!«, sage ich. »Eigentlich hätte ich die Polizei holen und den Typen hochkant aus der Wohnung schmeißen müssen. Stattdessen hole ich ihn mir als neuen Mitmieter in meine vier Wände. Das ist doch nicht normal.«

»Das sind die Hormone, die aus dir gesprochen haben«, lacht Anna. »Wenn du mich fragst, dann solltest du dich einfach mit der Situation abfinden.«

»Toller Vorschlag. Das ist ein wildfremder Mann, der unter äußerst dubiosen Umständen in meine Wohnung gelangt ist. Der kann alles mit mir machen, wenn wir allein sind.«

»Eine traumhafte Vorstellung. Wir können gern tauschen«, sagte Anna und bekommt schon wieder diesen verklärten Gesichtsausdruck. »Außerdem: Sei doch froh! Deine Suche nach einer Nachmieterin hat sich somit erledigt.«

»Von wegen!« Ich verschränke die Arme vor der Brust.

»Ich finde, es hätte dich schlimmer treffen können, als deine Wohnung mit einem derart gut aussehenden Mann zu teilen«, schnurrt Anna.

»Das sieht Florian aber ganz anders«, sage ich.

»Ach, der alte Spießer«, winkt sie ab. »Der findet niemanden in deiner Nähe gut. Egal, wer es ist.«

»Mhm.« Ich zupfe gedankenverloren an meinem T-Shirt.

»Versuch es doch einfach, und wenn du merkst, dass es absolut nicht geht, kannst du ihn immer noch im hohen Bogen rausschmeißen«, schlägt Anna vor.

»Du willst nur, dass Jim bleibt, weil du scharf auf ihn bist.«

»Vielleicht!«, zwinkert sie mir zu.

»Hatte ich vorhin erwähnt, dass ich Florian erzählt habe, dass Jim schwul ist?«

»Ne! Nicht dein Ernst!« Anna bricht in lautes Gelächter aus.

»Doch.« Meine Wangen glühen vor Aufregung. »Was sollte ich machen? Du kennst doch Florian, wenn es um andere Männer geht! Das war meine einzige Chance, heil aus der Sache rauszukommen. Allerdings habe ich jetzt ein ganz anderes Problem.«

»Diese Schlagfertigkeit hätte ich dir gar nicht zugetraut«, sagt Anna lachend. »Respekt, Frau Wegner!«

»Reiner Überlebenswille. Seit ich unter Susanne arbeite, bin ich darin richtig gut geworden.«

»Sieht ganz danach aus«, sagt Anna und klopft mir auf die Schulter. »Das wird schon. Du wirst sehen.«

»Hoffentlich.«

Nachdem Anna gegangen ist, setzen Jim und ich uns ins Wohnzimmer, um die Formalitäten zu besprechen.

»Pass auf, du kannst das leer stehende Zimmer haben, bis du eine eigene Wohnung gefunden hast«, sage ich. »Über die Miete reden wir später.«

»Miete?«

»Natürlich. Hast du gedacht, du kannst hier umsonst wohnen?«

»Du willst Gold?«

»Na ja, du kannst mich natürlich mit Gold bezahlen, aber Euros würden es auch tun«, entgegne ich milde lächelnd.

»Dein Wunsch ist mir Befehl«, antwortet Jim.

An seine eigenartige Ausdrucksweise muss ich mich erst gewöhnen, so viel ist sicher.

»Hast du irgendwelche Sachen?«

Verständnisloser Blick.

»Klamotten, Möbel, Bücher ... irgendwas?!«

»Nein, materielle Dinge sind vergänglich. Besitz macht unfrei. Alles, was ich zum Leben brauche, schenkt mir das Leben selbst.«

Meine Güte, der Typ könnte glatt Philosoph sein. Noch mehr solcher Sprüche, und ich hole meinen Notizblock raus. Das Buch würde bestimmt ein Bestseller werden.

»Also das sehe ich definitiv anders«, widerspreche ich ihm und seinen Ansichten. »Schließlich habe ich dafür gearbeitet, dass ich mir all die Dinge leisten kann.«

»Würdest du keine Besitztümer haben wollen, müsstest du nicht arbeiten ...«

»... und würde stattdessen auf der Straße sitzen oder andere Menschen mit meiner Anwesenheit belästigen, so wie du«, vollende ich seinen Satz.

»Das hat andere Gründe, für die ich nichts kann«, erklärt mir Jim mit ernster Miene.

»Das spielt ja nun auch keine Rolle mehr. Komm, ich zeige dir dein Zimmer.«

Ich stehe auf. Jim folgt mir. Erst jetzt bemerke ich die kleine rote Flasche in seiner Hand. »Vielleicht sollte ich dich warnen«, sage ich, als wir vor der geschlossenen Tür stehen. »Deine Vormieterin hatte einen sehr speziellen Geschmack.«

Mit einem Ruck reiße ich die Tür auf.

Das Zimmer ist nur spärlich eingerichtet. Lisa hat die meisten der Möbel mitgenommen.

Mein altes Ikea-Regal, in dem meine *Fünf Freunde*-Bücher sorgfältig aufgereiht stehen, Lisas alte Matratze (Was sind das nur für braune Flecken?) und ein kleiner Tisch sind die spärlichen Überreste.

Die Wände sind in einem zarten Fliederton gestrichen und von der Decke baumelt ein roter Lampenschirm. Eigentlich wollte Lisa das Zimmer vor ihrer Abreise renovieren, aber dann ging alles dermaßen schnell, dass sie es schlicht vergessen hat. Zumindest war das ihre Entschuldigung, die sie mir auf die Mailbox gesprochen hat. Also blieb alles an mir hängen und ich hatte bisher keine Lust, das zu erledigen.

»Wunderbar«, sagt Jim, ohne einen Fuß in das Zimmer gesetzt zu haben.

»Wirklich?«, frage ich ein wenig ungläubig.

»Ja. Ich finde es absolut ausreichend«, antwortet er bescheiden.

»Gut, dann mach es dir schon mal gemütlich. Ich gehe kurz Bettzeug und Handtücher für dich holen.«

»Danke, Meisterin.« Jim verbeugt sich. Seine glänzenden dunklen Haare fallen ihm ins Gesicht.

»Kein Thema«, winke ich ab. »Und hör bitte auf, mich ständig Meisterin zu nennen. Sara genügt.«

»Wie du wünschst, Mei ... Sara.« Er lächelt und in meinem Bauch flattern Schmetterlinge.

Ich liege im Bett und versuche seit Stunden verzweifelt, zu schlafen. Meine Gedanken kreisen. Die ganze Situation kommt mir völlig unwirklich vor. Keine zehn Meter entfernt liegt ein fremder Mann in meiner Wohnung. Ein äußerst attraktiver Mann, um ehrlich zu sein. Wenn das kein Grund ist, sich Sorgen zu machen, dann weiß ich auch nicht.

Ich lausche. Totenstille.

Wahrscheinlich schläft Jim längst. Dank meiner Mutter habe ich in meinem Leben schon viele schräge Vögel getroffen, aber Jim ist wirklich der schrägste von allen. Flaschengeist! So ein Quatsch! Ich werde noch rausbekommen, was oder wer Jim wirklich ist.

Ich lege mir in Gedanken einen kleinen Fragenkatalog zurecht, mit dem ich Jim gleich morgen Früh konfrontieren werde. Diese Flasche muss irgendetwas mit diesem ganzen Durcheinander zu tun haben. Am besten fahre ich gleich morgen nach der Arbeit in die Schanze und statte dem Dönerladen von Hassan einen kleinen Besuch ab. Wenn mir jemand helfen kann, dann sind es Hassan und seine Mutter. Schließlich war das Fläschchen nach unserem Besuch bei Hassan plötzlich in meiner Tasche.

Warum bin ich nicht gleich darauf gekommen?

Zufrieden kuschele ich mich in meine Bettdecke und bin Sekunden später eingeschlafen.

Eine erfolglose Suche

Als ich am nächsten Morgen aufwache, fühle ich mich einigermaßen ausgeruht und der Nebel, der gestern den ganzen Tag über in meinem Kopf war, ist auch verschwunden. Etwas verschlafen torkele ich von meinem Bett ins Badezimmer.

Ich traue zunächst meine Augen nicht, als ich das Bad betrete. »Jim?« Ich sehe ihn verwundert an. Er steht vor der Toilette und starrt den Spülkasten an. »Was machst du da?«

Jim drückt den Spülknopf und ein beseeltes Lächeln huscht über sein Gesicht, als die Spülung einsetzt.

»Bist du fertig mit deinen faszinierenden Studien meiner Toilette?«, frage ich.

»Toilette?« Er fährt sich mit der Hand über seinen Bart. »So nennst du diesen Stuhl also.«

»Das ist kein Stuhl«, erkläre ich.

»Sieht aber wie einer aus«, widerspricht er und betätig prompt noch einmal die Spülung. Wieder leuchtet eine geradezu kindliche Freude in seinen Augen.

»Du ... du weißt nicht, was eine Toilette ist?« Ich fasse es nicht! Die Frage, wo er in den letzten vierundzwanzig Stunden die Getränke gelassen hat, die er zu sich genommen hat, drängt sich mir unwillkürlich auf. Lieber nicht weiter darüber nachdenken! Wie muss es in Jims Heimat aussehen, wenn er nicht einmal weiß, was eine Toilette ist? Ungläubig schüttele ich den Kopf.

»Ich würde gern wissen, wozu man einen solchen Stuhl braucht.« Für einen Augenblick wendet er sich von der Toilette ab und sieht mich an. Sofort bekomme ich dieses eigenartige Kribbeln im Bauch, das ich immer in Jims Gegenwart verspüre.

»Na ja, weißt du ... « Ich fasse es nicht, dass ich einem erwachsenen Mann die Funktion einer Toilette erkläre. »Darein kannst du dein Geschäftchen machen.« Ich komme mir ein bisschen wie ein Entwicklungshelfer vor.

»Geschäftchen?«

»Stuhlgang.« Kopfschütteln. »Abknödeln, abeiern, würsteln ...« Immer noch energisches Kopfschütteln. »Häufchen machen, 'ne Rolle legen, Bob in die Bahn schicken, Ei legen, kacken«, rattere ich alle bekannten Begriffe herunter, in der Hoffnung, einen Treffer zu landen. Leider nein, denn Jims Blick wandert abwechselnd zum Klo und dann zu mir. »Wenn du gegessen hast und mal musst.«

Ich streiche mir mit einer Handbewegung über den Bauch nach unten. Ein Lächeln huscht über Jims Gesicht.

»Ah, das ist der Ort, um sich zu erleichtern.«

»Genau«, nicke ich erschöpft. »Wenn du fertig bist, drückst du die Spülung, und schwupp, wird alles in die Kanalisation gespült.« Ich deute auf das Toilettenpapier. »Das kannst du zum ...«

»Halt!«, unterbricht mich Jim mit strengem Blick. »Ich kann mir schon denken, wozu das Papier ist. Bei mir zu Hause nehmen wir dazu Pergamentblätter.«

Okay, wenigstens das bleibt mir erspart.

»Bist du fertig mit deinen Studien?«, frage ich. »Ich würde nämlich gern duschen.«

»Ich gehe dann in die Küche und bereite uns das Frühstück zu.«

»Prima. Du findest Marmelade und Aufschnitt im Kühlschrank. In dem Vorratsschrank steht Müsli.«

»Danke. Ich komme zurecht.«

Jim schlendert aus dem Badezimmer.

Ich sehe ihm erstaunt über so viel Unwissenheit hinterher und bemerke wohlwollend sein knackiges Popöchen. Ich kann nur hoffen, dass er nicht die Küche in Brand steckt, bei seinem Wissensstand über das moderne Zeitalter.

Vorsichtshalber schließe ich die Badezimmertür ab. Nicht, dass ich Jim für gefährlich halte, aber ein bisschen gesundes Misstrauen hat noch nie geschadet.

Die Dusche bewirkt wahre Wunder und ich fühle mich angenehm erfrischt, als ich fertig bin.

Meine Gesichtspflege fällt wie jeden Montag etwas gründlicher als gewöhnlich aus, da wir Anfang der Woche immer ein großes Meeting bei der Werbeagentur Rausch haben und da möchte ich einen guten Eindruck machen. Mein Chef wird da sein und natürlich auch Susanne.

Bei dem Gedanken an Susanne macht mein Magen eine kleine Drehung. Ich kann nur hoffen, dass ihr Wochenende besser war als meines, denn sonst wird der Morgen die Hölle.

Im Flur riecht es nach frisch gebrühtem Kaffee. Immerhin scheint Jim die Kaffeemaschine in Gang bekommen zu haben, was bei seinen technischen Kenntnissen höchst erstaunlich ist.

Ich liebe meine Küche. Neben meinem Bett ist das der gemütlichste Ort in meiner Wohnung. An den Wänden sind die alten Jugendstilkacheln und der Boden ist mit Holzdielen bedeckt, die honigfarben schimmern, wenn die Sonne durch die hohen Fenster fällt. Den Esstisch habe ich auf einem Flohmarkt erstanden. Er hat schon einige kleine Macken und ein Holzwurm ist auch mal drüber gekrochen, aber trotzdem liebe ich das alte Holz, aus dem er gezimmert ist. Wenn ich morgens an meinem Platz sitze, habe ich einen geradezu fantastischen Blick auf den Hinterhof mit seinen riesigen Kastanien. Wie jeden Winter habe ich ein kleines Vogelhäuschen mit Saugnäpfen am Fenster angebracht, auf dem die Meisen und Dompfäffe im Sekundentakt landen, um sich einen Sonnenblumenkern zu stibitzen.

Diesmal sind es allerdings nicht die Vögel, die meine Aufmerksamkeit erregen, als ich die Küche betrete, sondern Jim, der vor einem bezaubernd gedeckten Frühstückstisch sitzt.

Brötchen, Croissants, Marmelade, Honig, Nutella, eine Aufschnittplatte mit Käse und Wurst und ein frisch gepresster Orangensaft, alles was das Herz begeehrt.

»Wow!«, stoße ich erstaunt hervor. »Wie hast du das denn alles so schnell herbeigezaubert?«

»Ach, das war nur ein Schnipsen«, winkt er ab.

»Ähm, das meinte ich eigentlich nicht.« Die Ausdrucksweise von Jim ist wirklich gewöhnungsbedürftig. »Ich wundere mich, wie du die Lebensmittel so schnell besorgen konntest. Ich habe gar nicht gehört, wie du die Wohnung verlassen hast.«

»Ich war die ganze Zeit hier«, erklärt er fröhlich und schenkt mir frischen Kaffee in meinen Becher. »Aber setz dich doch.«

Noch immer sprachlos, lasse ich mich auf meinen Stuhl fallen.

Mein ganzer Körper fängt an zu kribbeln. Wahrscheinlich die Folge einer spontanen Hormonausschüttung. Ich versuche das Gefühl so gut wie möglich zu ignorieren und schnappe mir stattdessen ein Croissant.

»Und was hast du heute so vor?«, beginne ich eine unverfängliche Konversation. Ich bin richtig gut darin, kleine Nichtigkeiten auszutauschen.

»Ich werde mich ein wenig in meiner neuen Umgebung umsehen und vielleicht auf den Basar gehen, um ein paar Kleinigkeiten zu erstehen.«

»Basar? Du meinst den Markt?«

In Eppendorf gibt es zwei Mal wöchentlich einen Markt in der Isestraße, der genau unter der Hochbahn Strecke verläuft. Hier bekommt man alles von Blumen über Gemüse und Obst. Mein liebster Stand ist der von Familie Pingel. Die verkaufen selbst hergestellte Süßigkeiten, wie man sie früher in den Tante-Emma-Läden bekommen hat. Lakritzstangen, Waldmeisterbonbons, Schokolollis, selbst gemachte Schaumküsse, um nur einige meiner Lieblinge zu nennen.

Ich beiße in das Croissant. Sofort legt sich dieser herrlich buttrige Geschmack auf meine Zunge. »Mhm.«

Genießerisch schließe ich für einen Moment die Augen.

»Es freut mich, dass es dir schmeckt«, sagt Jim und schnappt sich seinerseits ein Brötchen.

»Du, sag mal«, beginne ich meine kleine Fragestunde. »Wie bist du eigentlich nach Deutschland gekommen?«

»Mein Meister hat mich verkauft.«

Seine Augen wandern unruhig hin und her.

»Verkauft?!« Ich hatte mit allem gerechnet, aber nicht damit. »Das ist doch Quatsch. In Deutschland ist der Menschenhandel verboten.«

»Das war Kismet«, sagt Jim gleichgültig und nimmt einen Schluck aus seinem Becher.

»Kismet? Was soll das denn wieder bedeuten?«

»Es war mein Schicksal.« Jim beugt sich nach vorn, um nach der Zuckerdose zu greifen, dabei berührt er meinen Arm. Sofort stellen sich die kleinen Härchen entlang meiner Arme auf und mein Puls schaltet eine Frequenz höher.

»Also das musst du mir jetzt genauer erklären«, bitte ich ihn.

»Es ist das Schicksal eines Dschinns, dass er seinem Meister gehört. Es gibt nur wenige freie Dschinns auf dieser Welt.«

»Aha! Und du bist nicht frei?« Ich lege mein Croissant, oder besser das, was davon übrig ist, zurück auf den Teller.

»Nein. Ich bin nur ein gewöhnlicher Dschinn. Wir bleiben normalerweise ein Leben lang bei unserem Meister.« Seine Augen verengen sich. »Aber wenn ein Meister nicht zufrieden ist, steht es ihm frei, sich von seinem Dschinn zu trennen.«

»Und … äh … was macht ein Jim - Dschinn so?«, gehe ich auf seine merkwürdige Geschichte ein.

»Die Wünsche seines Meisters erfüllen.«

Klingt nach einem normalen Lehrberuf. Ich mache ja im Büro auch den ganzen Tag nichts anderes, als mich von Susanne herumkommandieren zu lassen.

»Aber du isst ja gar nicht.« Er deutet auf mein angebissenes Croissant. »Hast du keinen Hunger?«

»Nein«, sage ich nachdenklich. »Das Frühstück ist wirklich toll. Ich muss nur daran denken, dass man dich verkauft hat.«

»Sara, du brauchst dir keine Sorgen um mich zu machen.« Er nimmt meine Hand und unsere Augen finden sich. Mein Herz schlägt ganz aufgeregt in meiner Brust und ein wohliger Schauer läuft mir über die Haut. Gleichzeitig habe ich wieder diesen intensiven Geruch nach Beeren und Zimt in meine Nase. Unverkennbar Jims Geruch.

»Ich bin derjenige, der sich um dich kümmert«, erklärt er mir mit rauer Stimme, was ein nervöses Magenflattern bei mir auslöst. Mit meinem Appetit ist es nun endgültig vorbei. So kann doch kein Mensch etwas essen. Ich versinke mehr und mehr im endlosen Braun seiner Augen. Wie es sich wohl anfühlt, ihn zu küssen?

»Ähm, danke.« Ich entziehe ihm meine Hand, bevor ich auf komische Gedanken komme. Was ist nur los mit mir? In der Gegenwart dieses Mannes schaltet sich mein Verstand aus und mein Unterleib ein.

»Du siehst heute Morgen noch schöner aus als gestern Nacht! Wie eine Blume, die über Nacht erblüht ist«, sagt er todernst.

Du meine Güte, da habe ich mir ja was eingebrockt!

Ich greife zur Tasse und verschlucke mich an meinem Kaffee. Es folgt ein Hustenanfall der feinsten Sorte. Jim springt auf und klopft mir auf den Rücken, was alles noch schlimmer macht.

»Danke!« Ich hebe die Hand, doch Jim klopft unbeirrt weiter.

»Ich muss los«, keuche ich zwischen zwei Hustenanfällen.

»So?«

»Mach dir keine Sorgen ...«

Hust. Hust.

»Alles okay!« Nur schnell weg hier.

»Wann kommst du wieder?«

»Ich weiß nicht genau, aber wahrscheinlich gegen sechs Uhr.«

Ich stehe auf und stoße gegen den Stuhl, der mit einem lauten Krach zu Boden geht. Sofort springt Jim auf und eilt mir zur Hilfe. Dabei treffen wir mit unseren Oberkörpern aufeinander, als er den Stuhl aufheben will.

»Entschuldige«, stammele ich. »Ich muss los!« Ich ergreife die Flucht. »Danke für das tolle Frühstück«, rufe ich im Hinausgehen.

»Was wünschst du dir zum Abendessen?«, höre ich Jim auf halben Weg nach draußen.

»Keine Ahnung.«

Ich bleibe stehen und sehe mich kurz um.

»Ich brauche einen Wunsch«, beharrt er.

»Gebratenes Honiglamm, und zum Dessert ein echtes italienisches Eis«, ist das Erste, was mir einfällt. Ich zwinkere ihm zu, was so viel wie »Das ist ein Scherz« bedeuten soll.

»Dein Wunsch ist mir Befehl.«

Jims dunkle Augen ziehen sich wie bei einer Raubkatze zusammen.

Im Büro herrscht helle Aufregung wegen des morgendlichen Meetings. Alle rennen aufgeregt durch die Gänge und es riecht wie in einer Parfümerie.

»Du bist spät dran«, empfängt mich Melanie. Sie hat sich wie ich schick zurechtgemacht und trägt einen klassischen anthrazitfarbenen Hosenanzug und dazu eine hellblaue Bluse.

»Wenn du wüsstest, was mir passiert ist, würdest du mich verstehen«, rufe ich und schnappe mir meinen Laptop.

»Das musst du mir unbedingt erzählen«, sagte Melanie.

»Mache ich, aber vorher brauche ich unbedingt noch einen starken Kaffee.« Ich spiele nervös mit einer Haarlocke.

»Dafür ist keine Zeit. Susanne hat schon nach dir gefragt.«

»Oh nein«, stöhne ich. »Und was wollte sie?«

»Keine Ahnung.« Sie verzieht das Gesicht. »Ich glaube, es ging um die *Frostglück*-Kampagne.«

Ich atme erleichtert aus. »Puh. Du hast mir einen ganz schönen Schreck eingejagt. Du weißt, in der *Frostglück*-Kampagne sind Susanne und ich Freundinnen.«

»Du glaubst also wirklich daran, dass sie dich dabei unterstützt?« Melanie sieht mich zweifelnd an.

»Ja, du alter Pessimist. Man muss seinen Mitmenschen stets eine zweite Chance im Leben geben.« Ich sammele die Papiere ein, die ich für die Präsentation benötige. »Heute wird mein Tag! Endlich kann ich allen beweisen, dass ich es draufhabe!«

»Und du gehst immer noch davon aus, dass sie deinen Entwurf genial findet?«

Wir gehen nach draußen.

»Na klar! Warum hat sie mich sonst so gelobt? Du weißt selbst, dass das nicht gerade Susannes Art ist.«

»Das stimmt!«, sagt Melanie dumpf.

»Das ist das erste Meeting bei Rausch, auf das ich mich aufrichtig freue«, frohlocke ich.

»Ich würde der Schlange keinen Meter über den Weg trauen«, sagt Melanie bestimmt.

Wir betreten den Konferenzraum. Alle Augen sind auf uns gerichtet. Sämtliche Mitglieder der Abteilung haben bereits an dem großen Tisch Platz genommen. Susanne empfängt uns mit einem zuckersüßen Lächeln.

»Guten Morgen, die Damen«, flötet sie.

»Guten Morgen, Susanne«, grüßen wir brav zurück und nehmen Platz.

»Ich hatte schon Angst, dass die zwei schon in den Winterschlaf gefallen sind«, flüstert Susanne hörbar ihrem Tischnachbarn zu. »Genügend Speck haben sie ja auf den Rippen.«

Die beiden lachen.

Melanie, die es ebenfalls gehört hat, wirft mir einen Siehst-du-ich-habe-recht-Blick zu. Ich zucke mit den Schultern und lasse innerlich Milde walten. Rom wurde auch nicht an einem Tag gebaut und Susanne wird keine 180-Grad-Wende über Nacht machen. Ich ringe mir ein Lächeln ab. Schließlich weiß ich ja, dass heute mein Tag ist und ich gleich ganz groß rauskommen werde. Wie zur Bestätigung zwinkert Susanne mir zu.

»Die Alte ist mal wieder richtig gut drauf«, zischt Melanie und tippt nervös mit dem Finger auf der Tischplatte herum.

»Ach, kein Problem«, winke ich lässig ab.

Melanie verzieht das Gesicht.

»Meine Damen, was gibt es da zu tuscheln? Vielleicht möchtet ihr uns ja an euren wertvollen Informationen teilhaben lassen?«

Susanne bleckt die Zähne.

»Ich habe Melanie nur gesagt, dass ich mich freue, hier zu sein«, antworte ich schnell. Melanie rollt mit den Augen.

»Nun gut. Es wäre wünschenswert, wenn wir uns alle auf unser Brainstorming zum Thema *Frostglück* konzentrieren.« Sie wirft einen bedeutungsvollen Blick in meine Richtung. Ich bin gespannt wie ein Flitzebogen. »Gut!«, sagt Susanne mit spitzem Mund. »Rainer wird im Laufe des Meetings zu uns stoßen.«

Rainer Rausch ist der Gründer der Werbeagentur Rausch. *Frostglück* muss wirklich ein wichtiger Kunde sein, sonst würde sich Rainer niemals bei einem Brainstorming blicken lassen. Er ist eigentlich nur anwesend, wenn eine neue Kollegin eingestellt wird. Und das, wie ich befürchte, nicht, um ihre Arbeitstüchtigkeit zu überprüfen, sondern eher, um zu sehen, ob sie sich als neue Gespielin für ihn eignet. Rainer ist nämlich kein Kind von Traurigkeit und wechselt seine Frauen wie andere Menschen ihre Unterwäsche. Ansonsten bekommen wir den großen Chef nicht zu Gesicht. Ich kann nicht sagen, dass ich sonderlich enttäuscht darüber wäre.

Susanne hält ihre übliche Montagmorgen-Anfeuerungsrede und ich muss aufpassen, dass ich mit den Gedanken nicht abgleite. Ich starre auf das Blatt vor mir und muss komischerweise an Jim denken. Er ist so anders als alle Männer, die ich bisher kennengelernt habe, und außerdem hat er die faszinierendsten Augen, die ich jemals gesehen habe. Wie ein dunkles Meer, das einen zu verschlucken scheint.

Gerade als ich dabei bin, ins Nirwana abzudriften, wird die Tür aufgerissen und Rainer steht im Konferenzraum. Sofort herrscht absolute Stille.

»Guten Tag, liebe Susanne«, begrüßt er meine Chefin geradezu überschwänglich. Das lässt nur eines vermuten: Die beiden haben eine Affäre miteinander!

»Rainer, mein Lieber«, erwidert Susanne und wirft ihm im Gegenzug ein verheißungsvolles Lächeln zu. »Wie schön, dass du Zeit gefunden hast, dem Meeting beizuwohnen.«

»Danke für die Einladung, meine Liebe«, antwortet Rainer zuvorkommend. »Bitte lasst euch durch mich nicht stören. Ich bin schon sehr gespannt auf den Slogan für die *Frostglück*-Kampagne.«

Rainer gehört zu der Sorte Chef, die darauf bestehen, dass sich alle Mitarbeiter duzen, um nach außen modern und aufgeschlossen zu wirken. Im wahren Leben ist Rainer genau das krasse Gegenteil davon. Er ist klein, unscheinbar, schmal gebaut und hat den Sexappeal eines pubertierenden Teenagers.

Die dünnen Haare (Sie haben die Farbe von Durchfall!) sind nach oben gestellt und mit Tonnen von Gel fest betoniert. Er trägt immer ein Jackett und als modisches Accessoire eine runde Nickelbrille nach seinem großen Vorbild John Lennon. Nur dass John Lennon ein cooler Hund war und Rainer ein Spießer, wie er im Buche steht. Außerdem schwitzt der Mann wie ein Schwein und unter seinen Achseln zeichnen sich bereits zwei dunkle Flecken auf dem Hemd ab.

»Womit wir beim Thema *Frostglück* wären.« Susanne klatscht in die Hände. »Alle mal herhören!«

Das ist typisch für Susanne, das macht sie nur, um sich in den Vordergrund zu spielen. Denn seit Rainer den Raum betreten hat, herrscht absolutes Schweigen im Konferenzraum, lediglich unterbrochen durch das Ticken der Wanduhr.

»Ich habe eine erfreuliche Mitteilung zu machen!«, fährt Susanne fort und hat dabei einen Gesichtsausdruck, als ob sie gleich die Lottozahlen für die nächste Woche verkündet.

»Na, da dürfen wir ja alle mal gespannt sein«, wispert mir Melanie zu.

»Wie ihr alle wisst, ist *Frostglück* einer unserer größten Kunden. Leider sind die Marktanteile der Firma in den letzten zwei Jahren dramatisch zurückgegangen. Unser Auftrag lautet, *Frostglück* wieder zum Marktführer zu machen.« Sie wirft einen Blick zu Rainer, der zustimmend nickt. »Als Leiterin der Marketing-Abteilung fühle ich mich persönlich verantwortlich, deshalb habe ich das Wochenende damit verbracht, mich bei der Konkurrenz umzusehen und ...«

»... außerdem habe ich den Chef gevögelt«, flüstere ich Melanie mit einem breiten Grinsen auf dem Gesicht zu.

Melanie glückst leise, was ihr einen bösen Blick von Susanne einbringt.

»Ich denke, die Zeit ist reif für einen Imagewechsel. *Frostglück* muss jünger werden!« Susanne zieht die Mundwinkel nach oben, was ich als Versuch zu lächeln deute. Ich beuge mich gespannt nach vorn und halte instinktiv die Luft an.

»Ich bin sehr stolz, bekannt zu geben, dass uns dieser Imagewechsel gelungen ist und dass die zündende Idee dafür aus meinem Team gekommen ist.«

Mein Herz schlägt vor Aufregung bis zum Hals. Jetzt ist es so weit! Endlich werde ich für mein Durchhaltevermögen belohnt. Ich bin der neue Shootingstar der Agentur Rausch!

Selbstbewusst lasse ich meinen Blick durch die Runde der Anwesenden wandern. Susanne fängt meinen Blick auf und zwinkert mir zu! Ein gutes Zeichen.

Zeitgleich drückt sie einen Knopf an der Schaltanlage. Sofort springt der Beamer an und projiziert das alte Werbeplakat von *Frostglück* an die Wand.

»Das ist das letzte Mal, dass wir diesen alten Mist ansehen müssen.« Sie macht eine bedeutungsvolle Pause. »Darf ich euch vorstellen«, sie drückt erneut auf einen Knopf, »das neue Gesicht von *Frostglück*!«

Ich starre wie gebannt auf das Foto an der Wand. Ein alter Mann mit Fischermütze und Hemd trägt einen toten Fisch auf seinen Armen und lächelte dabei mit dem Charme eines Eisbergs in die Kamera.

Es folgt verhaltener Applaus. Die Speichellecker applaudieren etwas lauter als wir anderen. Ich sage nichts und applaudiere auch nicht. Ich sitze wie erstarrt auf meinem Stuhl, während mein Hirn damit beschäftigt ist, das zu verarbeiten, was meine Augen sehen.

»Unser Fisch ist immer frisch«, liest Susanne laut vor. Rainer steht auf und applaudiert ebenfalls. Ich starre in einer Art Schockstarre auf das Bild. Wo ist meine Meerjungfrau? Wo mein Pirat? Was passiert da gerade?

»Wunderbar, meine liebe Susanne«, beglückwünscht Rainer sie. Er strahlt wie eine Tausend-Watt-Birne. »Ein ausgesprochen gelungener Entwurf.«

Bitte?! *Unser Fisch ist frisch* ist absolutes Grundschulniveau. Wie kann man einen solchen Slogan gut finden? Ich verstehe die Welt nicht mehr. Ich sehe verzweifelt zu Melanie, die nur resigniert mit den Schultern zuckt.

»Ich habe den Entwurf bereits an unsere Auftraggeber geschickt, schließlich wollen wir keine Zeit verlieren. Ich hoffe, das war in deinem Sinne!« Susanne lächelt siegessicher.

»Das ist ...«, sagt Rainer.

»... nicht mein Entwurf!« Ich erwache aus meiner Schockstarre. Alle Augenpaare ruhen auf mir.

»Nein, liebe Sara. Hierbei handelt es sich um meinen Entwurf.« Ihre Augen schießen Pfeile in meine Richtung. Könnten Blicke töten, dann läge ich jetzt röchelnd auf dem Boden.

Rainer mustert mich mit abschätzendem Blick. Wahrscheinlich hält er mich für eine totale Idiotin. Mein Gesicht fühlt sich an, als hätte jemand einen Flammenwerfer darauf gerichtet. Ich bin kein Mensch, der anderen etwas Schlechtes wünscht. Ich gönne jedem seinen Erfolg, wenn er ihn verdient hat. In diesem Moment allerdings habe ich Mordgedanken.

»Wer ist die junge Dame?«, fragt Rainer mit hochgezogenen Augenbrauen und deutet auf mich.

Susanne leckt sich über die Lippen. »Das ist Sara. Sie ist neu in meinem Team.« Sie deutet mit dem Finger auf uns. »Sara hat ein gewisses Potenzial, aber es wird noch eine Weile dauern, bis wir mit wirklich guten Leistungen von ihr rechnen können. Wir werden zusammen daran arbeiten.« Susanne lächelt honigsüß, aber ihre Augen sprechen eine ganz andere Sprache.

»Ein wunderbarer und sehr großmütiger Arbeitsansatz von dir, die jungen Mitarbeiter einzubinden und zu fördern. Hätte von mir sein können.« Rainer nickt zufrieden. »Weiter so! Ich denke, mit der neuen Kampagne haben du und dein Team einen weiteren Meilenstein in der Erfolgsgeschichte unseres Unternehmens gelegt.« Susanne lacht hysterisch. »Liebe Susanne, ich danke dir!« Mit theatralischer Geste umarmt er sie. »Was wäre die Agentur Rausch ohne so fähige Mitarbeiter, wie du es bist?«

Mit diesen Worten verabschiedet sich Rainer und verlässt den Konferenzraum.

»Ich erkläre die Sitzung hiermit für beendet«, verkündet Susanne und schaltet den Beamer aus.

Ich könnte kotzen, während der Rest der Beteiligten erleichtert aufatmet. Mein Entwurf wurde noch nicht einmal zur Sprache gebracht. Warum?

Meine Augen füllen sich mit Tränen. Nur mit Mühe gelingt es mir, sie herunterzuschlucken. Auf keinen Fall werde ich mir die Blöße geben und vor allen Anwesenden in Tränen ausbrechen. Ich zittere am ganzen Körper vor Wut und Enttäuschung.

»Hey«, flüstert Melanie mir ins Ohr. »Sei nicht enttäuscht. Susanne ist eine blöde Kuh und dein Entwurf ist super.« Ich nicke unter Tränen. »Stell sie zur Rede!« Melanie nickt mir aufmunternd zu. »Frag sie, warum sie das getan hat. Deine Idee ist viel besser und ausgereifter.«

Ich schüttele den Kopf. Zu mehr bin ich im Moment nicht fähig. Weil ich ein blöder Feigling bin, der den Mund nicht aufbekommt. Mein Selbstwertgefühl hat sich soeben auf Lebzeiten von mir verabschiedet. Alles, was zurückbleibt, ist ein mieses, kleines Häufchen Elend.

Mit hängenden Schultern und gesenktem Kopf verlasse ich den Konferenzraum.

Als endlich Feierabend ist, laufe ich im Eiltempo zur U-Bahn. Auch wenn mir eher danach ist, mich unter meiner Bettdecke zu verkriechen, halte ich an meinem Plan fest, Hassans Dönerbude einen Besuch abzustatten. Es ist Stoßzeit und die U-Bahn ist gestopft voll. Nur mit Mühe kann ich einen Sitzplatz ergattern. Ich muss gestehen, das Benutzen von öffentlichen Verkehrsmitteln ist in meinen Augen eine Strafe. Da sitzen oft Typen in der Bahn, denen ich nicht nachts auf offener Straße begegnen möchte. Heute allerdings habe ich Glück und mir gegenüber sitzt eine Mutter mit einem reizend aussehenden Jungen.

Zum Glück dauert die Fahrt nicht lange und nach knapp acht Minuten habe ich mein Ziel erreicht. Wie immer ist im Schanzenviertel viel los. Überall sitzen junge Leute in den Cafés oder schlendern durch die Straßen. Ich liebe dieses lebhafte Viertel mit seinem Multikulti-Flair, den kleinen Cafés und Restaurants.

Hassans Dönerladen liegt mehr oder weniger gegenüber der U-Bahn-Station. Die Aussicht auf einen leckeren Döner und ein paar Antworten beschleunigt meine Schritte. Die Abendsonne scheint warm auf mich herab und ich entspanne ein wenig.

Vor Hassans Laden sitzen einige Kunden auf einer einfachen Bierbank und essen genüsslich Döner. Mir läuft allein beim Anblick das Wasser im Munde zusammen und mein Magen meldet sich lautstark zu Wort.

Wie schon in der Nacht, steht Hassan hinter seinem Tresen und bedient die Kunden.

Ich lasse meinen Blick durch den Raum schweifen, in der Hoffnung, irgendwo die alte Frau zu entdecken. Fehlanzeige. Also stelle ich mich in die Schlange und warte geduldig, bis ich an der Reihe bin.

Hassans Augen blitzen vergnügt, als er mich sieht.

»Sara, schöne Frau. Ich freue mich, das du gekommen.« Er breitet seine Arme aus und zieht mich über die Auslagen, um mich überschwänglich zu drücken. Sein Schnurrbart kitzelt an meinem Hals und mir weht ein leichter Zwiebelduft um die Nase.

»Hallo, Hassan«, grüße ich ein wenig atemlos.

»Was dich führen zu mir?«

»Ich suche deine Mutter«, falle ich mit der Tür ins Haus.

»Mutter ist zurück in Türkei«, kommt die prompte Antwort.

»Und wann kommt sie zurück?«, frage ich panisch.

»Keiner weiß. Vielleicht nächst Woche, vielleicht nächst Jahr«, antwortet Hassan und streicht sich über den buschigen Schnauzer.

»Nächstes Jahr?«, wiederhole ich bestürzt. »Das geht nicht!«

»Warum du willst wissen?«

Seine Schweinsäuglein mustern mich interessiert.

Es klingelt und ein neuer Kunde betritt den Laden.

»Weil ich sie dringend was fragen muss, wegen der Flasche, die sie mir in die Tasche gesteckt haben muss«, erkläre ich ungehalten.

»Nicht schon wieder.« Hassan schlägt sich mit der flachen Hand an die Stirn. Anscheinend bin ich nicht die Erste, die ungewollt mit einer Flasche beglückt wurde. »Typisch für Mutter. Hat Ask Iksiri in Tasche gesteckt?«

»Ja, genau«, nicke ich eifrig. Aus meinem Haarknoten löst sich eine Strähne und fällt mir ins Gesicht. Ungeduldig schiebe ich sie mir hinters Ohr. »Ich muss sie unbedingt etwas zum Inhalt der Flasche fragen.«

»Du willst Rezept?« Hassan lächelt mitleidig. »Mutter niemal gegeben Rezept an Frau.«

»Nein. Ja. Eigentlich will ich nur eine Information.«

»Muss du warten bis nächste Besuch«, antwortet Hassan mit dem Ton der Endgültigkeit.

»Aber das geht nicht.«

Ich raufe mir die Haare. Hinter mir hat sich mittlerweile eine Schlange von hungrigen Kunden gebildet.

»Brauchst du mehr, kaufst du noch eine Flasche.«

Hassan deutet auf die Wand hinter mir. Ich drehe mich um. Tatsache! Dort an der Wand hängt ein kleines Regal, in dem mehrere der roten Fläschchen mit dem seltsamen Likör aufgereiht stehen. Wieso ist mir das bisher nicht aufgefallen?

»Mutter hat Nachschub aus Türkei mitgebracht. Ask Iksiri. Sehr beliebt bei Kunden«, erklärt Hassan stolz, als könne er meine Gedanken lesen. Ich bezweifele allerdings, dass andere Kunden die gleiche Überraschung wie ich erleben, wenn sie den Likör kaufen.

»Nein, ich will nicht mehr von dem Teufelszeug kaufen.«

»Was willst du dann?« Hassan fährt sich mit der Hand durch das dichte Haar.

»Antworten auf meine Fragen.«

»Fragst du ...«

»Tja … äh … ich weiß, das klingt jetzt ein bisschen verrückt, aber gab es schon mal Beschwerden von anderen Kunden über … Flaschengeister?«, frage ich mit gesenkter Stimme, in der Hoffnung, dass es niemand hört.

Für einen kurzen Augenblick verengen sich Hassans Augen.

»Flaschengeist?«

»Na ja, Flaschengeist – Dschinn oder so?«

»In meine Laden?«

»Genau genommen in diesen Fläschchen dort.«

Ich deute auf das Regal. Verdutzt sieht mich Hassan an. Seine Mundwinkel zucken und dann bricht er in lautes Lachen aus.

»Kunde habe schon viel gesagt über Ask Iksiri, aber noch nie hat einer Geist gesucht.«

Hassan hält sich den Bauch vor Lachen. Ich drehe mich hektisch um. Der Typ hinter mir grinst mich ebenfalls an. Eine heiße Welle ergießt sich über mein Gesicht und ich senke beschämt den Kopf.

»Möchtest du Döner? Hassan lädt dich ein!«

Hassan lächelt und seine Goldzähne blitzen.

»Nein, vielen Dank«, winke ich ab. Mir ist der Appetit vergangen. Hassan nickt. »Ich geh dann mal wieder«, sage ich.

»Bis bald«, verabschiedet mich Hassan und wendet sich seiner Kundschaft zu.

Frustriert trete ich nach draußen.

Kismet und Helene Fischer

Als ich die Haustür aufschließe, schlägt mir lautstarke Volksmusik entgegen und der Duft nach leckerem Braten. Könnte es wirklich so sein, dass Jim für mich gekocht hat?

Meine Laune verbessert sich schlagartig um mindestens zwanzig Prozent. Ich bin absolut nahrungsgesteuert. Essen ist Balsam für die Seele und da ich häufiger Krisen unterlegen bin, erklärt sich mein leichtes Übergewicht wie von selbst.

»Hallo, Jim!«, rufe ich in den Flur. »Ich bin wieder da.« Keine Antwort. »Jim?«

Ich stecke meinen Kopf durch die Wohnzimmertür. Auch hier keine Spur von meinem neuen Mitbewohner. Mein Blick fällt auf die sorgfältig zu einem Haufen gestapelten Zeitschriften, die für gewöhnlich wild durcheinander liegen. Die Sofakissen sind aufgeschüttelt und liegen akkurat neben der gefalteten Kuscheldecke. Alles in dem Zimmer wirkt aufgeräumt und sauber. Auf dem Couchtisch steht eine Vase mit frischen Rosen, die ihren süßlichen Duft verströmen.

Im Radio trällert Helene Fischer gerade über die Liebe. Ich verdrehe die Augen. Nicht, dass Helene Fischer nicht schön singen kann – nein, die Frau hat wirklich eine tolle Stimme. Aber wer mit diesem schrecklichen Florian Silbereisen zusammen ist, den kann ich einfach nicht ernst nehmen, und schon gar nicht, wenn er von Liebe singt. Der Typ ist ein Schleimer, wie er im Buche steht. Und dann diese furchtbar gefärbten Haare.

Ich hole den Laptop aus meiner Tasche und lege ihn auf dem Schreibtisch ab.

»Hallo, Sara.«

Ich drehe mich erschrocken um.

»J... Jim«, stottere ich.

Jim steht mit nacktem Oberkörper vor mir. Ich kann nicht anders und starre ihn an. Er sieht unverschämt gut aus. Anscheinend hat er gerade geduscht, denn seine dunklen Haare glänzen feucht. Er hat die Pluderhose gegen eine Jeans eingetauscht, die wie angegossen um die Hüfte sitzt. Sein Oberkörper sieht aus wie gemalt. Dagegen hat sogar Florian David Fitz keine Chance. Ich schlucke trocken und zwinge mich, ihm in die Augen zu sehen. Wenn er weiter so vor mir steht, kann ich für nichts mehr garantieren.

Ich glaube nämlich nicht, dass Männer und Frauen nur gute Freunde sein können. Das funktioniert einfach nicht. Wenn ein Mann und eine Frau sich mögen, fühlen sie sich auch unweigerlich auf die eine oder andere Art zueinander hingezogen. Vielleicht ist ihnen das am Anfang nicht bewusst. Aber wehe, einer der beiden hat einen schwachen Moment, dann schlagen die Hormone gnadenlos zu, und schwupp, liegst du mit deinem besten Freund im Bett. Ich sage nur: Harry und Sally! Und die haben schließlich Filmgeschichte geschrieben.

»Sag mal, könntest du dir netterweise etwas überziehen?« Ich deute auf seinen Oberkörper.

»Wie meine Meisterin wünscht ...« Jim verneigt sich und seine dunklen Locken fallen ihm ins Gesicht.

»Danke«, sage ich schwach. »Und bitte nenn mich nicht ständig ›Meisterin‹.«

Er nickt. Seine Augen brennen sich in meine und ich werde ganz kribbelig. Hektisch sehe ich mich um. Mein Blick fällt auf die Rosen.

»Sind die für mich?«

»Ich dachte, du würdest dich vielleicht freuen.«

Seine Stimme ist wie Samt.

Ich gehe zum Tisch und schnuppere an den Rosen. »Sie sind wunderschön und duften unglaublich gut.« Ich lächele ihn an. »Vielen Dank für das Aufräumen der Wohnung.«

Jim nickt. »Gern geschehen. Ich habe auch deinen Wunsch befolgt und mein Zimmer eingerichtet.«

»Du hast dir Möbel gekauft?«

Er nickt sichtlich zufrieden. Ich muss sagen, der Mann steckt voller Überraschungen. Blumen, aufräumen, einkaufen und kochen. Ich bin gespannt, was noch alles kommt.

»Ich war auf dem Basar.«

»Du meinst Möbelhaus«, lächele ich milde.

»Nein, ich meine Basar.«

Verwundert hebe ich die Augenbrauen. Es ist das erste Mal, dass er mir offen widerspricht. Was ja an sich nicht ungewöhnlich ist. Florian widerspricht mir ständig und gibt mir das Gefühl, etwas Dummes gesagt zu haben.

»Möchtest du es sehen?«

Das lasse ich mir nicht zweimal sagen. Ich halte mich nicht für sonderlich neugierig, ich würde mich eher als Menschen mit einem starken Interesse an seinem Umfeld bezeichnen. Und in diesem speziellen Fall geschieht es aus reinem Selbstschutz, schließlich wohne ich mit Jim unter einem Dach. Da will ich schon wissen, was los ist.

»Oh mein Gott!«, hauche ich, als ich das Zimmer betrete.

Das ist nicht möglich! Ich brauche einen kurzen Moment, um alle Einzelheiten zu erfassen.

Die Wände leuchten in einem satten Rot und von der Decke hängen goldene orientalisch angehauchte Lampen, die mit buntem Glas und Perlen verziert sind. In der Ecke steht ein ausladendes Himmelbett, über das ein Baldachin gespannt ist. Auf dem Boden liegen bunte Teppiche, auf denen scheinbar wahllos Kissen verteilt sind. Das Prunkstück des Raumes ist jedoch ein mit rotgoldenem Stoff überzogener Diwan, vor dem ein kleiner Tisch mit einer Shisha-Pfeife darauf steht.

Alles sieht so perfekt aus, dass man den Raum ohne Probleme als Kulisse für einen Schmachtfetzen aus dem Orient nehmen könnte. Es würde mich nicht wundern, wenn Tine Wittler mit ihrem Kamerateam jeden Moment aus dem Kleiderschrank gesprungen käme.

»Und, gefällt es dir, meine Wüstenblume?«

»Wahnsinn!«, ist alles, was ich sagen kann. Die Wüstenblume überhöre ich geflissentlich. »Aber wie hast du das alles bezahlt?«

Ich mache eine ausladende Handbewegung.

»Darüber brauchst du dir keine Sorgen zu machen«, sagt Jim leichthin, und genau das macht mir Sorgen.

Ich meine, woher soll der plötzliche Reichtum kommen, wenn er sich noch nicht einmal eine eigene Wohnung leisten kann? Ich bin verwirrt. Der Mann wirft ein Rätsel nach dem anderen auf.

Jim öffnet den Kleiderschrank und ich trete instinktiv zurück. Wer weiß, was da gleich rausgehüpft kommt. Anstatt der vermuteten Tine Wittler präsentiert er mir eine beachtliche Auswahl an Kleidungsstücken. So langsam wird mir die Sache unheimlich.

Er zieht ein ordentlich gefaltetes T-Shirt aus einem Stapel und wirft es sich über. Schade eigentlich. Ich hatte mich gerade an den Anblick des freien Oberkörpers gewöhnt.

Zumindest kann ich jetzt wieder klarer denken.

Wie hat es Jim geschafft, das Zimmer in dieser kurzen Zeit so einzurichten? Kein Mensch schafft das in dieser Geschwindigkeit, es sei denn, er hat ein ganzes Team von Möbelpackern mit sich im Schlepptau. Lisa und ich haben wochenlang gebraucht, bis die Wohnung einigermaßen perfekt aussah. Und ich rede nicht von der Art perfekt, wie Jims Zimmer aussieht. Das kann auf keinen Fall mit rechten Dingen zugehen. Erst sein plötzliches Auftauchen wie aus dem Nichts und nun das! Mein Magen zieht sich zusammen, als hätte ich auf einen Sack Zitronen gebissen. Kann es sein, dass Jim zu einer Bande gehört, die sich bei ahnungslosen Frauen einschleicht, sich dort breitmacht und versucht, deren Vertrauen zu erlangen, um dann schlussendlich an ihre vertraulichen Daten und damit ihr Geld zu gelangen?

Oh mein Gott, ich beherberge einen Kriminellen.

»Du musst das alles wieder zurückbringen«, höre ich mich sagen. »Alles, verstehst du!«

»Warum? Die Sachen gehören mir.«

Jim sieht mich mit ernster Miene an.

»Jim, hör auf, mich zu verarschen. Erst tauchst du hier auf, in deinen alten Pluderhosen, und behauptest, dass du keine Bleibe hast, und jetzt besitzt du auf einmal Möbel und Designerklamotten. Ich bin zwar blond, aber nicht blöd.« Ich zeige ihm einen Vogel. »Das kannst du deiner Großmutter erzählen.«

»Du kennst die große Fatima Dschinn?«

»Wen?« Ich schüttele leicht verwirrt den Kopf.

»Meine Großmutter, Fatima Dschinn.«

Ich seufze. »Ich kenne deine Großmutter nicht, das ist nur so eine Redewendung.«

»Ach so«, sagt er betrübt.

»Jim.« Ich lege ihm die Hand auf die Schulter. »Du kannst mir alles erzählen. Ich bin auf deiner Seite. Wenn du also in Schwierigkeiten steckst, musst du es mir sagen. Schließlich wohnst du bei mir, was bedeutet, dass ich automatisch mit in der Sache stecke. Bitte sei ehrlich zu mir.«

»Ich bin immer ehrlich zu dir, Sonne meines Herzens«, antwortet er feierlich.

Ich drehe mich einmal im Kreis.

»Das schafft kein Mensch allein in so kurzer Zeit!«

»Das war einfach. Aber wenn du es wirklich wünschst, lasse ich die Sachen wieder verschwinden.«

Er fährt sich nachdenklich durchs Haar. Ich schüttele den Kopf.

Es klingelt an der Haustür. Normalerweise kein Grund zur Panik. Aber genau in diesem Moment lässt das Klingeln meinen Puls höher schnellen als gewöhnlich. Vielleicht ist es die Polizei? Oder, was noch schlimmer wäre, Florian?

»Jim«, zische ich. »Du lässt dich nicht draußen blicken, bis ich dich rufe.« Jim wirft mir einen verständnislosen Blick zu. »Das ist ein Befehl«, rufe ich und haste durch den Flur.

Es klingelt erneut. Ich atme zweimal tief durch, dann öffne ich.

»Anna! Ach du bist es«, sage ich erleichtert.

»Wen hast du denn erwartet?«

»Die Polizei.« Anna kann ich es sagen, sie ist schließlich meine beste Freundin und Vertraute in allen Lebenslagen.

»Bitte?«

Anna sieht mich an, als würden mir gerade Flügel wachsen.

»Jim hat einen Großeinkauf gestartet, während ich im Büro war, und sein ganzes Zimmer neu eingerichtet.«

»Das ist doch gut, oder nicht?« Sie schließt die Tür hinter sich.

»Eigentlich schon, aber woher hat Jim plötzlich das Geld? Ich meine, der Mann taucht hier in Pluderhosen auf und erklärt mir, er sei erst seit einem Tag in Hamburg, und keine achtundvierzig Stunden später ist das Zimmer komplett neu eingerichtet und sein Kleiderschrank hängt voll mit Designerklamotten!«, lautet meine geflüsterte Antwort.

»In dubio pro reo«, sagt Anna. »Im Zweifel für den Angeklagten. Wenn Jim sagt, dass er das Zeug gekauft hat, dann solltest du ihm glauben. Vielleicht hat er eine reiche Familie.«

»Das ist allerdings eine Möglichkeit, an die ich bisher nicht gedacht habe«, gebe ich zu und fühle mich ein klein wenig erleichtert. »Warum bist du überhaupt hier? Hast du keinen Dienst?«

»Ich wollte mal nachsehen, was ihr zwei Turteltäubchen so treibt.« Anna kann sich ein Lachen kaum verkneifen. Ihre Mundwinkel kräuseln sich jedenfalls verdächtig.

»Das ist nicht witzig, Anna. Ich durchlebe hier Höllenqualen und du findest das lustig!«, sage ich empört.

»Jim als Höllenqual zu bezeichnen, finde ich ein wenig übertrieben.« Sie schielt hinter meinen Rücken. »Wo ist er eigentlich?«

»In seinem Zimmer«, entgegne ich knapp.

Im selben Moment strahlt Anna, als ob jemand von innen eine Lampe angeknipst hätte. »Hallo, Jim!«

»Hallo, Anna«, ertönt Jims melodische Stimme hinter meinem Rücken. »Schön, dich zu sehen.«

»Wow, welchen Designer hast du denn auf dem Weg in die Stadt getroffen?«, grinst Anna. »Du siehst aus wie einer von uns.« Sie kichert. »Nächstes Mal musst du Sara unbedingt mitnehmen.«

»Was soll das denn heißen?«, frage ich entrüstet.

»Dass du einen lausigen Geschmack hast, wenn es um Klamotten geht. Du kleidest dich oft wie meine Oma.«

»Das stimmt doch gar nicht.« Ich mache einen Schmollmund.

»Doch, und wenn du ehrlich bist, weißt du, dass ich recht habe. So eine Bluse würde ich nicht mal zu einer Beerdigung anziehen.«

»Du bist gemein.«

»Nein, einfach nur ehrlich, genau deshalb magst du mich ja so.« Sie schlingt die Arme um meine Taille und zieht mich an sich, um mir einen dicken Kuss auf die Wange zu geben. Obwohl ich eigentlich sauer bin, muss ich lachen. Anna schnuppert.

»Was riecht denn hier so lecker?«

Sie wirft mir einen zweifelnden Blick zu.

»Du brauchst mich gar nicht anzusehen, ich bin gerade erst nach Hause gekommen«, erkläre ich.

»Ich habe mir erlaubt, eine Kleinigkeit zum Essen vorzubereiten.« Jim deutet uns an, ihm in die Küche zu folgen.

»Du kannst kochen?«

Anna zieht bewundernd die Augenbrauen nach oben. Sie selbst kann zwar super Blinddärme zunähen und Mandeln entfernen, aber Kochen ist für sie ein Buch mit sieben Siegeln.

»Es war Saras Wunsch«, sagt Jim, als wäre es die normalste Sache auf der Welt.

»Aha! Und was hat sich die liebe Sara noch so gewünscht?«

»Nichts!«, komme ich Jim zuvor.

»Na, dann will ich nicht länger stören«, kichert Anna.

»Du störst nicht«, sage ich. »Solange du dich nicht wie ein hysterischer Teenager aufführst, kannst du gern bleiben.«

»Die liebe Sara … immer zu einem Scherz aufgelegt.« Anna zwinkert Jim zu.

»Wenn Sara nichts dagegen hat, kannst du gern mit uns essen. Ich habe genug für drei Personen gekocht«, sagt er und macht eine einladende Geste. »Außer, Sara möchte …«

» …, dass ihre beste Freundin mit uns zu Abend isst.«

»Also wenn du mich so bittest«, grinst mich Anna an. »Dann bleibe ich sehr gern.«

»Wunderbar«, freut sich Jim. »Würdet ihr mir bitte folgen.«

Als wir die Küche betreten, traue ich meinen Augen nicht. Der Tisch ist für drei Personen gedeckt. Woher wusste Jim, dass wir zu dritt sind?

»Wow! Ein romantisches Abendessen zu dritt?! Das nenne ich mal etwas Neues.« Anna grinst wie ein Honigkuchenpferd.

Tatsächlich ist der Tisch wunderschön dekoriert. Jim hat Kerzen aufgestellt und auf dem Tischtuch sind Blütenblätter verstreut.

Auch wenn Anna sich ein wenig darüber lustig macht, weiß ich, dass sie im Grunde ihres Herzens eine alte Romantikerin ist. Bei jeder royalen Hochzeit lädt sie all ihre Freundinnen ein, um die Übertragung der Zeremonie live an der Glotze mitzuverfolgen. Dazu gibt es für gewöhnlich Cupcakes und Sekt. Am Ende des Nachmittags sind wir erfahrungsgemäß ziemlich angetrunken und sehen dank der verheulten Augen aus wie Pandabärchen.

»Ist das da ein echter Lammbraten?«, fragt Anna ungläubig und deutet auf den Backofen.

»Es gibt Lamm in Honig, dazu Couscous und Aprikosen«, erklärt Jim stolz.

Ich bin sprachlos. Das ist genau das Gericht, das ich mir heute Morgen zum Spaß gewünscht habe.

»Darf ich bitten?« Jim zieht die Stühle zur Seite, so dass Anna und ich Platz nehmen können. »Ein Glas Wein?«

Ich nicke, immer noch fassungslos. Seit Jim bei mir eingezogen ist, befinde ich mich in einem Zustand der Dauerschockstarre.

Jim schenkt uns ein. Die Flasche stammt definitiv nicht aus meinem Weinvorrat.

Anna pfeift leise durch die Zähne.

»Château Margaux! Nicht schlecht!«

Der Wein schimmert dunkelrot in unseren Gläsern.

Jim hebt sein Glas. »Auf einen wunderschönen Abend.«

»Auf einen wunderschönen Abend«, wiederhole ich.

Wir stoßen an.

»Das war der leckerste Lammbraten, den ich jemals in meinem Leben gegessen habe«, flötet Anna und legt ihr Besteck beiseite. Ihr Teller ist bis auf ein paar Soßenreste komplett leer gegessen.

»Noch ein Stück?«, fragt Jim und greift nach der Fleischgabel.

»Wenn ich noch einen Bissen esse, dann platze ich.« Anna schiebt den Teller demonstrativ ein Stück von sich weg.

»Und du, Herrin?«

Er sieht mich mit seinen herrlichen Augen an.

»Sara«, verbessere ich bestimmt zum hundertsten Mal an diesem Abend. »Nein danke, ich bin satt. Aber vielen Dank. Das Essen war wirklich toll. Ich hätte nie gedacht, dass du wirklich einen Lammbraten kochst. Das war ja eigentlich nur ein Scherz.«

»Dein Wunsch ist mir Befehl«, sagt Jim und schenkt mir ein umwerfendes Lächeln.

Mein Magen fängt sofort an, nervös zu flattern.

»Es gibt noch ein Dessert«, sagt Jim und steht auf, um die Teller abzuräumen.

»Tatsächlich?«

Anna sieht ihn verwundert an.

»Nur ein kleines Eis«, sage ich kleinlaut. »Ich konnte ja nicht ahnen, dass Jim meine Worte für bare Münze nehmen würde.«

»Dein Wunsch ist mir Befehl«, sagt er zum wiederholten Mal.

Langsam bin ich versucht, ihm zu glauben. Ein ganz schöner Gedanke.

»Und, wie war dein Tag?«, unterbricht mich Anna bei meiner Träumerei.

»Schrecklich. Der absolute Albtraum! Susanne hat mich voll gelinkt ...« Ich erzähle den beiden von meinem Entwurf und wie alles abgelaufen ist. Jim sagt kein Wort und räumt dabei das Geschirr weg. Anna hört ruhig zu und nippt an ihrem Wein. Als ich fertig bin, ist ihr Glas leer.

»Das klingt ganz nach Susanne, wie wir sie kennen und lieben.«
Anna mustert mich mit strengem Blick. »Und? Hast du sie zur
Rede gestellt?«

»Nein«, sage ich und schaue Anna düster an.

»Aber wieso?« Ihre Augen halten mich gefangen. »Du bist doch
sonst auch nicht auf den Mund gefallen.«

»Weil es keinen Sinn gehabt hätte«, brumme ich. »Sie schläft
mit Rainer, meinem Chef. Welche Chance hätte ich also? Das hat
sie alles prima geplant, und wie es aussieht, hat sie gewonnen.«

»Du kannst dich doch nicht so schnell geschlagen gegeben.
Wehr dich. Zeig Rainer deinen Entwurf in einer stillen Minute,
wenn Susanne nicht in der Nähe ist.«

»Susanne wohnt praktisch in Rainers Büro. Außerdem kann ich
ihm meinen Entwurf nicht zeigen, den hat sich Susanne geschickt
unter den Nagel gerissen.«

»Oh Mann!« Anna schüttelt den Kopf. »Was ist mit Melanie?«

»Was soll schon sein? Die sagt wie du, dass ich Susanne zur
Rede stellen soll.«

»Siehst du!« Anna schenkt sich noch ein Glas Wein ein. »Und
was hast du jetzt vor?«

»Du meinst, abgesehen davon, dass ich ihr die Beulenpest an
den Hals wünsche? Gar nichts!«

»Beulenpest?« Jim dreht sich zu uns um. »Bist du dir sicher?«

»Nein, natürlich nicht die wirkliche Beulenpest. Irgendwas Fie-
ses, das genauso aussieht!«

»Beulenpest hört sich gut an. Da bin ich ganz bei dir«, kichert
Anna. »Trotzdem ist es nicht fair.«

»Nein.« Ich schüttele den Kopf. »Das Leben ist eben kein Ponyhof.«

Jim stellt eine riesige Eisbombe mitten auf den Tisch.

»Wahnsinn!«, kreischen Anna und ich zeitgleich. Jim lächelt
zufrieden und reicht jeder von uns ein Schälchen.

»Das sieht ja köstlich aus.« Ich nehme mir einen Löffel Eis. Sofort habe ich den zart schmelzenden Geschmack nach Sahne und

Erdbeeren in meinem Mund. Ich schließe genießerisch die Augen. »Mhm!«

»Schmeckt es euch?«

»Das ist das beste Eis, das ich je gegessen habe«, beteuere ich.

»Der absolute Hammer«, bestätigt Anna und leckt sich genüsslich mit der Zunge über die Lippen.

»Woher hast du das Eis?«, frage ich interessiert.

»Aus Italien«, antwortet Jim, als sei das die normalste Sache auf der Welt.

»Italien? Du meinst vom Italiener«, verbessere ich ihn. Gleich um die Ecke ist eine kleine Eisdiele. Allerdings schmeckt das Eis dort nicht mal annähernd so gut wie dieses. Ich nehme mir einen weiteren Löffel von der sahnigen Köstlichkeit.

»Ja, mein guter Freund Filippo Baldini ist ein Meister seines Fachs.« Jim nimmt einen Schluck Rotwein.

»Noch nie gehört, den Namen«, sagt Anna und leckt mit der Zunge über den Löffel, dass ich schon vom Zusehen rot werde. Ich versetze ihr unter dem Tisch einen Tritt mit dem Fuß. Anna hört sofort auf und sieht mich wütend an. Es ist offensichtlich, dass sie es auf Jim abgesehen hat.

»Wo wir doch so schön zusammensitzen«, kichert Anna, »könnt ihr beiden doch mal erzählen, wie ihr euch eigentlich kennengelernt habt.«

»Du Schlange«, zische ich und werfe ihr böse Blicke zu.

»Das war Kismet!«, sagt Jim und beißt geräuschvoll in ein Stück Waffel.

»Kismet?«, wiederholt Anna.

»Schicksal«, übersetze ich. »Jims Erklärung für alles, was er nicht erklären kann!«

»Aha!«

»Ja, Sara hat mich mit zu sich in die Wohnung genommen und mich aus meiner Flasche befreit«, fährt Jim seelenruhig fort.

»Aus der Flasche befreit«, gackert Anna. »Eine interessante Ausdrucksweise für *einen Vollrausch haben*. Und nachdem du befreit warst, hast du dir gedacht: Die Sara ist 'ne Nette, da ziehe ich doch gleich mal bei ihr ein.« Sie prustet laut los.

Jim lacht auch, dabei bilden sich zwei ganz schnuckelige Grübchen auf seinen Wangen. Ich bin ganz hin und weg. Mittlerweile finde ich die Tatsache, dass Jim hier bei mir wohnt, gar nicht mehr so schlimm. Ich meine, das Zimmer stand sowieso leer. Es gibt wahrlich Schlimmeres, als sich die Wohnung mit einem männlichen Model zu teilen, das auch noch kochen kann.

»Jim?«, zwitschert Anna weiter. »Bist du eigentlich Single?«

Ich stöhne leise. Anna kann manchmal wirklich ziemlich direkt sein. Wobei … interessieren würde es mich auch.

»Single?« Jim sieht verwirrt aus. »Ich verstehe deine Frage nicht.«

»Anna will wissen, ob du eine Freundin hast.«

»Seit ich bei meinem Meister ausgezogen bin, lebe ich allein«, antwortet Jim ein wenig betrübt.

Damit wäre es amtlich: Jim ist tatsächlich schwul! Sonst hätte er die Frage anders beantwortet. Echt bedauerlich. Dabei sieht der Mann so unverschämt gut aus. Halt! Was soll denn das? Was mache ich? Streng genommen sollte ich froh sein, dass sich meine kleine Notlüge als Wahrheit herausgestellt hat.

In meinem nächsten Leben werde ich schwul. Halt! Da sind sie wieder, meine hormonellen Schwankungen, die mein Denken beeinflussen.

»Schade«, seufzt Anna leise. »Wäre auch zu schön gewesen, um wahr zu sein.«

Ich nicke zustimmend.

»Darauf trinken wir einen.« Ich hebe mein Glas. »Auf die Meister dieser Welt!«

Anna kichert. »Auf die Meister!«

Jim guckt etwas verlegen. Wahrscheinlich hat er nicht mit einem Outing gerechnet. Der arme Kerl.

Anna sieht auf die Uhr. »Ach du meine Güte, schon so spät. Ihr Lieben, ich muss ins Bett. Auf mich warten morgen Früh ein

Blinddarm, ein Leistenbruch, ein Darmverschluss und alles, was da spontan in den OP gefahren kommt. Außerdem bin ich etwas müde.« Sie senkt die Stimme. »Ich hatte heute eine Verabredung mit Oliver in der Mittagspause. Du verstehst, was ich meine.«

»Du Tier, du.«

Wir fangen beide an zu lachen. Jim sieht uns verwundert an.

»Jim, das erkläre ich dir später«, kichere ich.

»Untersteh dich.« Anna gibt mir einen sanften Stups in die Seite und steht auf. »Jim, das Essen war absolut spitze. Vielen Dank für die Einladung.«

»Es war mir ein Vergnügen, für zwei so bezaubernde Frauen kochen zu dürfen.« Er macht eine elegante Verbeugung. Scheint eine Sitte aus seiner Heimat zu sein.

Ich bringe Anna noch schnell zur Tür. Jim ist mit aufräumen beschäftigt.

»Was für ein Jammer!«, flüstert Anna mit vorgehaltener Hand. »Da trifft man mal einen kultivierten, gut aussehenden Mann und muss feststellen, dass er schwul ist.« Offensichtlich hat Anna bei Jims Gerede über den früheren »Meister« die gleiche Schlussfolgerung gezogen wie ich.

»Das liegt ganz im Auge des Betrachters. Ich für meinen Teil bin eigentlich ganz froh darüber«, sage ich. »Schwule sind immer so verständnisvoll und einfühlsam. Außerdem haben sie meistens einen guten Geschmack.« Ich muss unwillkürlich an Jims Zimmer denken. »Aber das Beste daran ist, dass ich mir keine Sorgen mehr wegen Florian machen muss.«

»Na ja, für gute Gespräche habe ich dich, da brauche ich keinen Mann, auch wenn er schwul ist«, seufzt Anna. »Wieso bist du dir bei Jims Geschmack nicht sicher?«

»Du musst dir bei Gelegenheit mal sein Zimmer anschauen. Sieht aus wie ein marokkanischer Puff«, kichere ich hinter vorgehaltener Hand.

»Das muss ich sehen.«

»Das nächste Mal. Gute Nacht.« Ich öffne die Haustür.

»Sweet dreams ... Meisterin!«

Anna bricht in schallendes Gelächter aus.

Als ich in die Küche komme, ist alles picobello. Wahnsinn. Kein dreckiges Geschirr mehr, keine schmutzigen Töpfe, sogar der Backofen glänzt wie neu. Und Jim sitzt völlig entspannt am Küchentisch und nippt an seinem Rotwein, als wäre nichts gewesen.

»Wow. Wie hast du das denn so schnell hinbekommen?«, frage ich und setze mich zu ihm.

»Ach das«, winkt er lässig ab, » war nur ein Fingerschnippen.«

»Okay. Wenn das so ist, dann bist du ab heute für die Küche verantwortlich«, sage ich und lache.

»Dein Wunsch ist mir Befehl.«

Das klingt gut. Ich hasse es, zu kochen, und Aufräumen gehört auch nicht gerade zu meinen Lieblingsbeschäftigungen. Sehr zu Florians Leidwesen. Ich finde kochen dermaßen anstrengend. Da steht man Stunden in der Küche, nur damit alles in knapp fünfzehn Minuten aufgegessen ist. Da lobe ich mir die einfache Küche der Tiefkühlkost. Pizzapackung aufreißen, ab in den Ofen, zwanzig Minuten später hat man eine leckere Pizza auf dem Teller – ohne große Arbeit!

»Jetzt mal im Ernst«, sage ich. »Vielen Dank für den wunderschönen Abend und das tolle Essen. Das wäre wirklich nicht nötig gewesen.«

Jim lächelt. Mein Gott, dieses Lächeln ist unglaublich.

»Es war mir ein Vergnügen, für euch zu kochen.« Er hebt die Hand. Ehe ich etwas sagen kann, streicht er mir eine vorwitzige Strähne aus dem Gesicht. Ich bin wie elektrisiert und starre ihn an. Seine Augen graben sich in meine. Für einen Moment scheint die Welt um uns herum stillzustehen. Sein Gesicht ist ganz nah. Der Mann hat Lippen zum Niederknien!

»Jim«, krächze ich und ziehe die Reißleine, bevor meine Hormone das Kommando übernehmen. Ich hole tief Luft. »Ich glaube, ich sollte ins Bett.«

»Äh, ja.« Jim blinzelt.

Wahnsinn, was für lange und dichte Wimpern dieser Mann hat. Das ist nicht fair! Da kann man als Frau neidisch werden, vor allem wenn man wie ich kleine Stummelwimpern hat, die nur durch Tonnen von Mascara sichtbar werden.

»Es ist schon spät.« Ich gähne demonstrativ. »Morgen wird ein langer Tag und Susanne macht mir bestimmt die Hölle heiß, nachdem ich sie heute vor dem Chef fast bloßgestellt habe.«

Bei dem Gedanken, Susanne wieder unter die Augen treten zu müssen, wird mir ganz schlecht. Die nächsten Tage werden die Hölle, so viel ist sicher. Melanie geht es mit Sicherheit genauso. Sofort habe ich Magenblubbern.

»Darüber würde ich mir an deiner Stelle nicht allzu viele Gedanken machen«, entgegnet Jim rätselhaft.

»Du vielleicht nicht, aber ich schon. Susanne ist schließlich meine Chefin und eine echt linke Socke, wie sich heute herausgestellt hat, deren auserkorenes Ziel es ist, mich zu demütigen.«

»Wie ich schon sagte: Mach dir keine Gedanken.«

»Na, wir werden sehen.«

Er nickt und seine Mundwinkel kräuseln sich.

»Gute Nacht, Saraswati Sandana.« Seine Augen ruhen auf mir.

»Gute Nacht, Jim.«

Auf dem Weg in mein Zimmer frage ich mich, was der morgige Tag wohl alles an Überraschungen bringen wird.

Beulenpest und Kaffeetraum

Als ich am Morgen aufwache, fühle ich mich so ausgeruht wie schon lange nicht mehr. Der Tag ist mein Freund, das spüre ich. Jim ist bereits in der Küche. Der Frühstückstisch ist gedeckt und der Kaffee fertig. Ein Zustand, an den ich mich durchaus gewöhnen könnte.

»Guten Morgen«, begrüßt mich Jim gut gelaunt. »Hast du gut geschlafen?«

»Geradezu wundervoll! Muss am Rotwein gelegen haben.«

Summend lasse ich mich auf den Stuhl fallen. Ein Hauch von Beeren- und Zimtduft weht zu mir herüber. Wie kann ein Mensch nur so gut riechen?! Überhaupt: Jim sieht umwerfend aus. Seine schwarzen Haare glänzen wie das Fell einer Siamkatze. Das Shirt, das er trägt, spannt über der Brust und lässt die Muskeln erahnen, die sich darunter verstecken.

»Bitte.« Jim reicht mir einen Becher Kaffee.

Ich nehme einen Schluck. Sofort breitet sich ein angenehm warmes Gefühl in meinem Bauch aus. Das ist genau die Stärkung, die ich für den heutigen Tag mit Susanne brauche. »Und was hast du heute vor?« Ich wippe mit den Beinen.

Jim legt den Kopf nachdenklich zur Seite. »Ich wollte mir die Stadt ansehen, schließlich bin ich neu hier.«

»Das ist eine hervorragende Idee«, stimme ich zu.

»Hast du Lust, mich zu begleiten?« Er sieht mich mit seinen großen Honigaugen an und ich bekomme weiche Knie. Nein, ich darf jetzt nicht schwach werden.

»Hast du vergessen, dass ich zur Arbeit muss?«, seufze ich.

Zu meiner eigenen Schande muss ich gestehen, dass jeder Tourist Hamburg besser kennt als ich. Irgendwie habe ich es nie geschafft, eine Hafenrundfahrt zu machen, und in der frisch eröffneten Elbphilharmonie war ich auch nicht. Als ich Florian vor Kurzem vorschlug, dieses Versäumnis nachzuholen, hat er nur milde lächelnd abgewunken. »Hafenrundfahrten sind nur was für Touristen«, hat er gesagt.

»Wenn das alles ist.« Jim lächelt.

»Was soll denn das wieder bedeuten? Du hast gut reden, du hast ja keinen festen Job«, schimpfe ich ein wenig.

»Doch«, widerspricht er. »Meine Aufgabe ist es, dich zu beschützen und deine Wünsche zu erfüllen.« Damit macht er alles zunichte und meine gute Laune ist wie weggeblasen.

»Jim, wenn wir beide hier zusammen leben wollen, dann hör bitte mit dem Blödsinn auf. Ich bin nicht dein Meister und du nicht mein Diener. Damit das ein für alle Mal klar ist!«

Ich beiße in mein Croissant. Es klingelt an der Haustür. Wer wagt es, mich in meiner Frühstücksidylle zu stören?

»Erwartest du jemanden?«, frage ich Jim.

»Nein. Ich habe keine Ahnung, wer das ist, mein Morgenstern.«

»Na dann.« Es klingelt erneut. Ich springe auf. »Ja, ja, ja. Ich komme ja schon!«

Ich reiße die Tür auf. Vor mir steht der Postbote mit hochrotem Kopf. Zumindest das, was ich von seinem Kopf sehen kann, denn der Mann hält ein riesiges Paket in den Armen.

»Für Sie«, schnauft er.

»Für mich?« Ich runzele die Stirn. »Ich habe doch gar nichts bestellt. Sind Sie sicher?«

»Sara Wegner. Curschmannstraße 26. Dritte Etage.«

Er betont die dritte Etage, als würde es sich dabei um meine persönlich für ihn ausgedachte Schikane handeln.

»Das bin ich.«

»Dann ist das Ihr Paket.« Der Postbote stellt es direkt vor meinen Füßen ab. Mürrisch hält er mir seinen kleinen Computer unter die Nase. »Hier unterschreiben!«

»Habe ich jetzt eine Waschmaschine gekauft?«, versuche ich, einen Witz zu machen.

Der Postbote verzieht keine Miene, sondern steckt den Stift wortlos in seine Tasche.

»Einen schönen Tach auch«, verabschiedet er sich im breitesten Hamburger Slang und trampelt die Treppe nach unten.

»Das war die Post.« Ich stelle das Paket auf den Küchentresen. »Ich habe keine Ahnung, was da drin ist.« Neugierig suche ich nach dem Absender, kann aber nichts finden. Ich reiße an der Verpackung. »Aber das ist ja eine Kaffeemaschine«, kreische ich aufgeregt. Ungläubig starre ich das Hightechdesignergerät an. »Aber ich habe doch keine bestellt!«

Jim steht nur lächelnd in der Ecke. Ich hole die Maschine aus der Verpackung. Auf dem Boden liegt ein Briefumschlag, der an mich adressiert ist.

»Das ist tatsächlich für mich!« Ich wedele mit dem Umschlag.

»Was steht denn darin?«, fragt Jim.

Meine Stimme zittert vor Aufregung, als ich vorlese.

Sehr geehrte Frau Wegner,

wir möchten Sie ganz herzlich zu Ihrem ersten Platz bei unserem Preisausschreiben »Kaffeetraum« beglückwünschen. Die Entwicklung unserer Geräte basiert auf unserem ständigen Streben nach Innovation und höchster Qualität, damit wir den hohen Ansprüchen unserer Verbraucher entsprechen können. Das ist es, was unser Unternehmen so erfolgreich macht. Wir hoffen, dass unser Spitzengerät »Kaffeetraum« Ihnen Freude bringt und Sie ab jetzt Ihre wohlverdiente Tasse Kaffee in noch besserer Qualität genießen können.

Wir wünschen Ihnen viel Spaß mit dem neuen Gerät und einen schönen Tag.

Mit freundlichen Grüßen

Lucca del Barolli
Geschäftsführer Deutschland

»Wahnsinn!«, rufe ich mit sich überschlagender Stimme.

Ich kann mein Glück nicht fassen. Spontan nehme ich Jim in den Arm und drücke ihm einen Kuss auf die Wange. Er sieht mich mit seinen braunen Augen an. Hastig löse ich meine Umarmung.

»Ich habe gewonnen. Ich habe gewonnen.« Ich hüpfe außer mir vor Freude in meiner kleinen Küche auf und ab. »Das muss ich Florian erzählen«, rufe ich und schnappe mir mein Handy.

»Solka«, meldet sich mein Traummann geschäftsmäßig.

»Ich habe eine Kaffeemaschine gewonnen«, kreische ich lautstark in den Hörer.

»Sara, bist du das?«

»Nein, hier ist die Hauptdarstellerin aus unserem letzten gemeinsamen Porno auf Ibiza. Ja, natürlich bin ich es!«, lache ich. »Ich habe die Barolli-*Kaffeetraum*-Maschine gewonnen. Ist gerade mit der Post gekommen. Ist das nicht toll?«

»Echt?« Florian ist sprachlos, was selten der Fall ist.

»Ja, steht direkt vor mir und der Brief ist an mich gerichtet.«

»Das nenne ich mal einen Zufall«, sagt Florian.

»Wieso?«

»Na ja, weil wir doch erst vorgestern darüber gesprochen haben und du mir erzählt hast, dass du an diesem Preisausschreiben teilgenommen hast. Ich hätte niemals gedacht, dass du wirklich gewinnen könntest.«

»Siehst du! Manchmal muss man eben nur an Dinge glauben.«

»Freut mich für dich «, sagt Florian mit gesenkter Stimme. »Du, ich kann nicht lange reden, der nächste Klient ist eingetroffen.«

»In Ordnung«, sage ich. »Wir können ja alles andere später besprechen.«

»Sara?« Er klingt gedämpft.

»Ja?«

»Gut, dass du angerufen hast, dann kann ich mir meinen Anruf sparen. Ich bin die nächsten vier Tage in London, um einen unserer Klienten vor Ort zu vertreten.«

»Och, wie schade.«

»Sei nicht traurig. Ich bin in vier Tagen wieder da, dann kommst du zu mir und wir machen uns ein gemütliches Wochenende zu zweit.«

Obwohl ich den Kopf gesenkt halte, spüre ich, wie Jims Blicke auf mir ruhen.

»Das klingt verlockend«, flüstere ich verlegen.

»Du, ich muss jetzt echt auflegen. Ich melde mich aus London.«

»Okay. Flieg vorsichtig. Ich liebe dich«, hauche ich ins Handy.

»Ich hab dich auch lieb!«

Klick. Florian hat aufgelegt.

Frustriert starre ich auf das Display.

»Schlechte Nachrichten?«, fragt Jim beiläufig.

Er hat die Kaffeemaschine von ihrer Schutzverpackung befreit und angeschlossen.

»Nein, nicht wirklich.« Ich schüttele den Kopf. »Florian muss überraschend zu einem Geschäftstermin nach London, was bedeutet, dass ich die nächsten vier Tage allein bin.«

»Aber du bist nicht allein. Ich bin doch da«, entgegnet Jim.

Der gute Jim!

»Da hast du natürlich recht.« Mein Blick fällt auf die Kaffeemaschine. »Das Teil ist der absolute Hammer«, freue ich mich. »Die habe ich mir immer gewünscht.«

»Deswegen hast du sie ja bekommen.«

»Na ja, man bekommt ja schließlich nicht alles, was man sich wünscht«, gebe ich zu bedenken. »Wenn es so einfach wäre, dann hätte ich keine Sorgen mehr.«

»Du hast doch jetzt mich.« Jim bindet seine Haare zusammen und legt ein Paar entzückende Ohren frei. Mein Gott, hat der Mann süße Ohren. Die haben so eine niedliche kleine Spitze. Wie die von Legolas aus *Der Herr der Ringe*. »Deine Wünsche werden, soweit es in meiner Macht steht, erfüllt werden.«

»Jim«, seufze ich. »Das ist ganz lieb von dir. Das mit der Kaffeemaschine war doch einfach Glück. Ein blindes Huhn findet eben auch mal ein Korn!«

Dabei fällt mir auf, dass der Stichtag für das Preisausschreiben bereits vor zwei Wochen war. Das ist allerdings eigenartig! Normalerweise werden die Gewinner in derselben Woche informiert. Mein Blick fällt auf die Küchenuhr.

»Oh Gott! Ich muss los! Mach dir einen schönen Tag.«

Ich sprinte los.

»Bis später«, ruft mir Jim hinterher.

Als ich um die Ecke des Bürogebäudes biege, kommt mir Melanie entgegen. Ihr Gesicht ist hochrot und ihre Haare sind wild zerzaust..

»Gott sei Dank! Ich dachte schon, ich bin zu spät«, keucht sie zur Begrüßung. »Erst hat mein Wecker nicht geklingelt, und dann habe ich die Bahn verpasst.« Sie wird noch eine Nuance röter, falls das überhaupt noch möglich ist.

»Und das soll ich dir glauben?«, frage ich misstrauisch. Melanie ist nämlich nie zu spät, außer ...

Melanie kichert. »Nein, also ehrlich gesagt hatten Andreas und ich heute Morgen wilden Sex, so dass ich meine Bahn verpasst habe.«

»Danke für diese Information«, sage ich und drücke die schwere Glastür zum Empfang auf. »Jetzt habe ich Bilder im Kopf, die ich die nächsten Stunden nicht mehr loswerde.«

»Du wolltest es wissen.« Sie grinst breit.

»Schon gut«, winke ich ab. »Zumindest ist damit geklärt, dass er dich liebt.«

Melanie nickt. »Und hast du dir überlegt, was du wegen deiner Entwürfe unternehmen willst?«

»Gar nichts. Solange Susanne die Originalentwürfe bei sich versteckt hält, habe ich keine Chance, sie Rainer zu zeigen.« Ich presse die Lippen aufeinander.

»Kann ich dir irgendwie behilflich sein?«, fragt Melanie.

»Wie ich Susanne kenne, hat sie sie längst verbrannt.«

»Das tut mir echt leid«, sagt Melanie und tätschelt meinen Arm.

»Jaja, schon gut. Ich werde es überleben.« Ich lasse mich auf den Stuhl vor meinem Schreibtisch fallen und klappe meinen Laptop auf. »Also egal, was heute passiert, ich werde mir die gute Laune nicht nehmen lassen.«

»Gute Einstellung«, pflichtet mir Melanie bei. »Da mache ich doch glatt mit.«

Ich öffne mein E-Mail-Postfach. Gähn! Dreizehn neue E-Mails, und alle dienstlich. Allein sechs davon sind von Susanne. Was will denn die blöde Kuh von mir? Ich markiere alle sechs und klicke mit einer gewissen inneren Genugtuung auf »Löschen«. Soll sie sich doch einen anderen Doofen aussuchen, der die Drecksarbeit für sie macht. Zufrieden lehne ich mich zurück. Das schreit förmlich nach einer Belohnung.

»Ich hole mir Kaffee. Möchtest du auch einen?«, frage ich.

Melanie sieht kurz von ihrem Laptop hoch. »Klar. Ohne Zucker, bitte. Ich bin auf Diät!«

Dass Melanie auf Diät ist, ist eine Art Dauerzustand. Deswegen gehe ich auf das Thema gar nicht weiter ein.

»Wird erledigt.« Ich stehe auf und schlendere gemütlich in die Pausenzone, wo der Kaffeeautomat steht.

Eigentlich hasse ich Automatenkaffee. Das Zeug schmeckt in den meisten Fällen wie Spülwasser. Ich verstehe nicht, warum es so schwer ist, einen ordentlichen Kaffeeautomaten zu konstruieren. Ich meine, wir fliegen zum Mond, sind weltweit vernetzt, erledigen unsere Einkäufe per Knopfdruck, nur einen vernünftigen Kaffeeautomaten kriegen wir nicht hin.

Die Pausenzone ist menschenleer. Erleichtert, niemanden zu treffen, werfe ich den Automaten an.

Keine zwei Minuten später ist der Kaffee fertig und ich gehe zurück. Als ich um die Ecke biege, sehe ich aus dem Augenwinkel einen Schatten auf mich zukommen. Ich bleibe auf der Stelle stehen – leider zu spät.

Vor mir steht Susanne! Der Kaffee schwappt über und landet ohne Umwege direkt auf ihrer Bluse.

»Autsch!«, kreischt Susanne, als hätte ich sie absichtlich mit heißem Öl übergossen. »Du dusslige Planschkuh! Kannst du nicht mal aufpassen?!«

»Das tut mir jetzt echt leid«, murmele ich mechanisch.

»Das sollte es auch.« Sie wühlt hektisch in ihrer Handtasche. »Sieh dir nur die Bluse an. Ich habe später ein wichtiges Meeting mit einem Kunden. So kann ich da unmöglich hingehen.«

»Ist doch nur ein bisschen Kaffee.«

»Nur Kaffee!« Susanne plustert sich auf wie ein Wellensittich. Würde mich nicht wundern, wenn die Haare gleich zu allen Seiten abstehen. »Das ist eine Bluse von *Chanel*, und nun ist sie ruiniert!«

»Tut mir wirklich leid«, entschuldige ich mich, obwohl ich finde, dass es sich bei dem kleinen Unfall um ausgleichende Gerechtigkeit handelt. »Ich bin mir sicher, wenn du sie ordentlich wäschst, geht der Fleck wieder raus. Oder du kaufst dir einfach eine neue. Du hast ja genügend Geld.«

»Eine Bluse von *Chanel* wäscht man nicht einfach. Die muss in die Spezialreinigung.« Sie holt tief Luft. »Aber davon hast du dummes Ding ja keine Ahnung.«

Das war nicht nett, aber so ist Susanne nun mal. Von Mitarbeiterführung hat die Frau keine Ahnung, was auch daran liegen kann, dass sie uns nicht als Mitarbeiter, sondern als ihre persönlichen Sklaven betrachtet.

Ich hebe trotzig meinen Kopf und sehe ihr direkt ins Gesicht. Susanne hat lauter rote Punkte im Gesicht und um ihren Mund ist ein weißer Ring. Irgendwie sieht das überhaupt nicht gut aus. Wie eine Allergie!

»Lass die Bluse auf meine Kosten reinigen«, schlage ich vor.

»Worauf du dich verlassen kannst«, giftet Susanne weiter.

Die Röte in ihrem Gesicht verstärkt sich und ich gehe instinktiv einen Schritt zurück.

»Ich bin hier der Chef, falls du es noch nicht gemerkt hast. Also pass auf, was du sagst.«

»Liebe Susanne, als ob ich das nicht wüsste.«

Ich straffe meinen Rücken und gehe erhobenen Hauptes zum Büro. Susanne soll bloß nicht denken, dass ich Angst vor ihr habe.

»Das war knapp!« Stöhnend reiche ich Melanie ihren Kaffee.

»Was ist passiert?«

»Ich bin sprichwörtlich in Susanne gelaufen und habe einen Teil des Kaffees auf ihre Bluse gekippt, was die alte Zicke zum Anlass genommen hat, mich fertigzumachen.«

»Oh!«, ist alles, was Melanie sagt. »Du Unglücksrabe.«

»Genau! Dabei fing der Tag so gut an.«

Ich öffne meine Schreibtischschublade. Nach dem Schreck von eben brauche ich dringend einen Gute-Laune-Zuckerschub.

Da die unglücklichen Vorkommnisse dieser Art bei mir gehäuft auftreten, habe ich mir eine Art Notfallvorrat aus Schokolade angelegt. Immer wenn meine Laune sinkt, greife ich darauf zurück. Schokolade ist mein Seelentröster Nummer eins.

»Was ist heute Morgen passiert?«, fragt Melanie neugierig.

»Jim hat mich mit einem Hammerfrühstück überrascht, und dem nicht genug, habe ich die *Kaffeetraum*-Maschine gewonnen.«

»Moment!« Melanie hebt die Hand. »Wer ist Jim? Ich dachte, du bist mit Florian zusammen, oder habe ich etwas verpasst?«

»Jim ist mein neuer schwuler Mitbewohner.« Ich halte ihr ein angebissenes Stück Schokolade hin. »Möchtest du einen Bissen?«

»Nein danke. Ich bin immer noch auf Diät!« Sie sieht mich mit strafendem Blick an. »Davon hast du mir ja gar nichts erzählt.«

»Die gansche Sache hat sisch siemlich kurzfrischtig ergeben«, quetsche ich mit vollem Mund hervor. »Auf jeden Fall wohnt Jim für eine Weile bei mir.«

»Und wie sieht er aus?«

Melanie wirft mir einen lüsternen Blick zu.

»Du meinst Jim?« Sofort habe ich das Bild vom halb nackten Jim im Kopf. Brennende Röte ergießt sich über meine Wangen. Hastig senke ich den Kopf, damit sie es nicht sieht und auf falsche Gedanken kommt. »Eigentlich sieht er ganz gut aus.«

»Okay, und was sagt Florian dazu?«

»Ach der«, winke ich ab. »Du kennst doch Florian. Er braucht für gewöhnlich eine Weile, um sich an jemanden zu gewöhnen, vor allem wenn es sich dabei um einen Mann handelt.«

Melanies Grinsen wird noch breiter. »Der gute Florian.«

In dem Moment fliegt die Tür auf und Susanne steht im Raum.

»Wo sind die Entwürfe vom letzten Jahr für die Waschmittelkampagne von *Reinweiß*?«, blafft sie uns entgegen.

Ich ducke mich instinktiv.

»Einen Moment, bitte.« Melanie taucht mit dem Kopf in den Aktenschrank.

»Und du?« Susanne deutet mit dem Finger auf mich. »Willst du deiner Kollegin nicht helfen?« Ich würge den letzten Bissen meines Riegels herunter. Susannes Blick fällt auf das Schokoriegelpapier in meiner Hand. »Ach, das hätte ich mir denken können – Schokolade während der Arbeitszeit. Essen war ja schon immer deine Lieblingsbeschäftigung.«

Ich will mich gerade verteidigen, als mein Blick auf Susannes Gesicht fällt. Die roten Punkte sind noch da und haben sich sogar verstärkt. Ich schlucke trocken. Melanie, die gerade mit ihrer Suche fertig ist, hat es ebenfalls bemerkt, denn sie steht mit offenem Mund vor uns und starrt auf Susannes Gesicht.

»Ist was?«, fragt Susanne irritiert, als sie unsere Blicke bemerkt.

»Ne, alles okay!«, sage ich und versuche ein möglichst unschuldiges Gesicht zu machen.

Susannes Augen wandern zu Melanie.

»Wirklich, alles prima«, piepst Melanie. Über ihrem Kopf schwebt eine Sprechblase mit den Worten »Ach du Scheiße!« Sie reicht Susanne die geforderten Unterlagen.

Susanne überfliegt mit einem kurzen Blick die Papiere.

»Wunderbar, genau die habe ich gesucht. Dann könnt ihr zwei Hübschen euch ja gleich mal an die Arbeit machen und die alten Entwürfe ein bisschen überarbeiten.« Sie lässt den Ordner mit einem lauten Knall auf meinen Schreibtisch fallen.

Ich zucke zusammen, habe mich jedoch gleich wieder im Griff.

»Los! Und wisch dir mal die Schokolade aus dem Gesicht!« Sie deutet auf meinen Mund. Hastig lecke ich mit der Zunge über meine Mundwinkel, ohne Susanne aus den Augen lassen.

»Ja was glotzt ihr denn so?«, faucht Susanne uns an. »Weitermachen, aber flott! Das Leben ist schließlich kein Ponyhof.« Ohne ein weiteres Wort rauscht sie davon.

»Hast du gesehen, was ich gesehen habe?«, fragt Melanie vorsichtig, nachdem sie sich vergewissert hat, dass die Luft rein ist.

»Du meinst die tellergroßen Pusteln in ihrem Gesicht?« Wir brechen in lautes Gelächter aus.

»Die hat ausgesehen wie eine Tüpfelhyäne«, gackere ich zwischen zwei Lachanfällen.

»Meinst du, das ist ansteckend?«, fragt Melanie.

»Ne, glaube ich nicht. Allerdings habe ich noch nie einen derartigen Ausschlag bei einem Erwachsenen gesehen. Vielleicht eine Allergie?«

»Eine Mitarbeiter-Allergie!«, prustet Melanie.

»Hoffentlich nicht, sonst haben wir ein Problem. Das sah ja wirklich schrecklich aus.«

Wir brechen erneut in lautes Gelächter aus.

»Oh Gott, ich kann nicht mehr«, sagt Melanie. »Nur schade, dass ich keine Kamera dabei hatte.«

»Das Leben ist eben kein Ponyhof!«, frohlocke ich schadenfroh und greife nach meinem Stift. »Ich wäre zu gern dabei, wenn sie ihr Gesicht im Spiegel sieht.«

Pünktlich zur Mittagspause haben wir den Entwurf für die Waschmittelkampagne überarbeitet. Zufrieden mit unserer Arbeit, machen wir uns zur Belohnung auf den Weg zu unserem Lieblingscafé gleich um die Ecke. Dort gibt es die leckersten Cupcakes der ganzen Stadt und der Kaffee ist einfach himmlisch.

Ich drücke den Knopf des Fahrstuhls, als ein markerschütternder Schrei durch den Flur hallt.

»Klingt ganz so, als hätte Susanne ihr Gesicht im Spiegel gesehen«, bemerke ich trocken.

»Und wie es sich anhört, ist sie nicht glücklich damit.«

Melanie fängt sofort wieder an zu lachen. Die Tür zu Susannes Büro fliegt auf und Beate, Susannes persönliche Assistentin, kommt mit schreckgeweiteten Augen herausgestürmt.

»Hey, Beate, was ist los?«, rufe ich ihr zu.

»Susanne hat einen schrecklichen Ausschlag.« Beate sieht aus, als habe sie dem Teufel persönlich in die Augen geschaut, was kein Wunder ist, wenn man Susanne als Vorgesetzte hat. »Sie ist krank, schwer krank.«

»Die Arme, wie furchtbar.« Ich kann mir ein Grinsen nur mit Mühe verkneifen.

Die Fahrstuhltür geht mit einem leisen *Pling* auf.

»Richte ihr bitte Genesungswünsche von uns aus«, sage ich mitleidig.

»Danke. Ich kann nur hoffen, dass das nicht ansteckend ist«, antwortet Beate mit weinerlicher Stimme.

»Nichts wie weg hier!« Melanie zerrt mich in den Fahrstuhl. Das Letzte, was wir sehen, als sich die Fahrstuhltür schließt, ist Beates panisches Gesicht.

Als wir nach unserer Mittagspause zurück ins Büro kommen, ist alles ruhig. Kein Mensch weit und breit. Der Flur ist wie ausgestorben. Melanie und ich tauschen verwunderte Blicke.

»Wo sind alle?«, frage ich. »Haben wir irgendwas verpasst?«

»Sieht so aus. Ein Meeting, von dem wir nichts wissen?« Ich zucke mit den Schultern. »Schau mal.«

Melanie macht eine Kopfbewegung und ich folge ihr mit den Augen. Ein rotweißes Absperrband ist einmal quer vor Susannes Büro gezogen worden. Darüber hängt ein großes Schild.

Betreten verboten!

»Hoffentlich ist niemand ermordet worden.« Melanie schlägt die Hand vor den Mund und sieht mich mit großen Kulleraugen an.

»Also bei Susanne würde mich nichts mehr wundern. Trotzdem halte ich es für unwahrscheinlich, dass sie uns diesen Gefallen tut. Du siehst eindeutig zu viele Krimis.« Melanie ist ein absoluter Krimifan und der *Tatort* ist ihre Bibel. Sie hat jede Folge dieser Fernsehreihe gesehen und kennt alle Figuren und deren Schauspieler bei ihrem Namen. Sie weiß sogar, in welchem Jahr die einzelnen Folgen gedreht und gesendet wurden.

»Am besten gehen wir ins Büro und holen unsere Sachen«, schlage ich vor. »Vielleicht haben wir ja auch eine Nachricht vorliegen, die alles aufklärt.«

Wir gehen zum Maulwurfshügel, als uns Rainer in Begleitung von Beate und drei Herren entgegenkommt. Zwei Männer tragen weiße Kittel, Gummihandschuhe und Mundschutz. Der dritte ist ein Polizist, der ebenfalls einen Mundschutz trägt, was in Kombination mit seiner Mütze etwas lächerlich aussieht.

»Halt!«, schreit uns der Polizist an. »Keinen Schritt weiter!«

Melanie und ich erstarren auf der Stelle. Mein Puls schnellt in ungeahnte Höhen, als der Polizist im Stechschritt auf uns zugerannt kommt.

»Wenn du was verbrochen hast, dann sag es mir jetzt«, flüstere ich Melanie zu.

»Sag mal, spinnst du?«, entrüstet sie sich.

»Wäre ja möglich«, raune ich.

Der Polizist bleibt keine zwei Schritte von uns entfernt stehen.

»Arbeiten Sie hier?«

Ich nicke. »Unser Büro liegt dahinten.«

»Aha!« Der Polizist zückt einen Notizblock und beginnt darauf herumzukritzeln.

»Name!«, fordert er. Anscheinend hält der Mann nicht viel von ganzen Sätzen.

Die restliche Gruppe bleibt ebenfalls stehen. Die beiden Ärzte mustern uns eindringlich.

»Wo wart ihr denn?«, fragt Beate aufgebracht. Ihre Haare stehen zu allen Seiten ab und ihre Wimperntusche ist vom Weinen ganz zerlaufen. Sie sieht aus wie ein verirrtes Pandabärchen. »Wir dachten schon, ihr wärt schon nach Hause gegangen.«

Rainers Augenbrauen schnellen nach oben.

»Wo denkst du hin?! Niemals!« Ich schüttele entrüstet den Kopf. »Wir waren in der Mittagspause einen Kaffee trinken.« Ich betone das Wort Mittagspause bewusst, denn ich spüre die vorwurfsvollen Blicke von Rainer auf mir ruhen.

»Kennen Sie Frau Susanne Müller?«, setzt der Polizist sein kleines Verhör fort.

»Ja«, antworte ich brav. »Frau Müller ist Abteilungsleiterin.«

»Das sind zwei meiner Mitarbeiterinnen«, übernimmt Rainer das Gespräch.

Er wischt sich mit einem Taschentuch über die Stirn. Schade, dass er damit nicht seine Achselhöhlen trocknen kann, dort haben sich nämlich zwei unappetitlich aussehende Flecken gebildet.

»Leider hat es einen Zwischenfall gegeben und wir mussten Frau Müller ins Tropeninstitut bringen. Das Büro bleibt deshalb heute geschlossen«, erklärt einer der Weißkittel sachlich.

»Oh Gott!«, jammert Melanie leise. »Ist es ansteckend?«

Ich schlucke trocken und spüre eine leichte Panik in mir hochkommen. So auszusehen wie Susanne heute Morgen, ist nicht gerade ein prickelnder Gedanke. Der Polizist zuckt mit den Schultern, verzieht jedoch keine Miene.

»Das können wir erst mit hundertprozentiger Sicherheit sagen, wenn die Ergebnisse aus dem Labor zurück sind. Trotzdem möchten wir Sie bitten, uns sofort zu informieren, sollten bei Ihnen Symptome wie Übelkeit, Erbrechen, Fieber und Hautverfärbungen auftreten.«

Er reicht mir eine Visitenkarte des Tropeninstituts.

»Selbstverständlich«, nicke ich.

Melanie ergreift meine Hand und drückt sie so fest, dass ich fast aufschreie.

»Oh Gott, das ist so furchtbar. Ich heirate in zwei Wochen. Ich kann mir keinen Ausschlag leisten«, jammert sie leise.

»Ich schätze, das ist das geringste Problem«, murmele ich.

»Es ist nicht davon auszugehen, dass es sich um eine ansteckende Krankheit handelt, auch wenn die Symptome denen der Beulenpest sehr ähneln«, sagt der Arzt mit ernster Stimme.

Beulenpest? Ich muss mich verhört haben.

»Sagten Sie gerade Beulenpest?«, frage ich sicherheitshalber noch mal nach.

Rainer wischt sich mit seinem Tuch erneut über die Stirn. »Das hört sich einfach grauenvoll an.« Seine Unterlippe zittert und er sieht aus, als ob er jeden Moment kollabiert. Kein Wunder. An seiner Stelle hätte ich auch Angst. Schließlich sind sich die beiden ja öfter mal näher gekommen.

»Allerdings«, nickt der Arzt mit ernster Miene.

»Ja, dann würde ich sagen, wir gehen dann mal«, sage ich und gebe Melanie, die sich in einer Art Schockstarre befindet, einen Stoß in die Seite.

»Denken Sie daran, sich zu melden, falls Symptome auftreten«, ruft uns der Arzt hinterher, als wir in unser Büro verschwinden.

»Puh!« Ich lehne mich gegen die Häuserwand neben dem Eingang des Mediengebäudes. »Da sind wir der Beulenpest gerade noch einmal entkommen.«

»Hoffentlich«, jammert Melanie. »Schließlich will ich heiraten. Ich muss so gut aussehen wie noch nie in meinem Leben. Ich will nicht krank werden.«

»Das wird schon«, beruhige ich sie. »Wir haben Susanne ja nicht geküsst. Ich glaube, der Einzige, der sich wirklich Sorgen machen sollte, ist Rainer. Dem geht der Arsch bestimmt gerade auf Grundeis.«

Wir setzen uns langsam in Bewegung.

»Und was hast du jetzt vor?«, fragt Melanie.

»Keine Ahnung. Florian ist in England. Ich wünschte, ich hätte das mit Susanne früher gewusst, dann hätte ich mit Jim die Stadtrundfahrt machen können.«

»Ruf ihn doch an, vielleicht ist er in der Nähe.«

»Würde ich ja, aber Jim hat kein Handy.«

»So etwas gibt es? Ich dachte, die Spezies Mensch ohne Handy sei ausgestorben«, sagt Melanie verwundert.

»Alle außer Jim.«

»Das muss ja ein schräger Vogel sein.«

»Das kannst du laut sagen«, antworte ich, als ich einen hochgewachsenen Mann ausmache, der direkt auf uns zukommt. Ich würde das Gesicht unter hunderten von Menschen wiedererkennen.

»Hey, was ist los? «, fragt Melanie. »Du siehst aus, als ob du einen Geist gesehen hast«.

»Da ist Jim!« Ich deute mit dem Finger auf die schlanke Gestalt.

»Wo?« Melanie kneift die Augen zusammen.

»Na da. Der Große mit den dunklen Haaren.«

»Du meinst diesen wahnsinnig gut aussehenden Mann mit dem absoluten Traumbody und den langen Haaren, der gerade auf uns zukommt?«

»Genau den!«, bestätige ich mit einem Kopfnicken.

»Ich fasse es nicht!« Melanies Kinnlade sackt gefühlt auf Kniehöhe. Als Jim uns entdeckt, winkt er fröhlich. »Das nehme ich dir übel, dass du mir diesen Traummann unterschlagen wolltest«, zischt Melanie.

»Entspann dich. Ich habe dir doch gesagt, dass Jim schwul ist.«

»Der sieht aber gar nicht so aus«, murmelt Melanie.

»Ist aber so. Kannst du mir glauben!«

»Dein Wort in Gottes Ohr. Du wärst nicht die Erste, die sich da täuscht.«

»Hallo, Jim.«

»Hallo, Sara«, begrüßt mich seine warme Stimme.

Sein Blick fällt auf Melanie, die ihn wie verzaubert anstarrt. Es ist wirklich erstaunlich, zu beobachten, welche Wirkung mein neuer Mitbewohner auf Frauen hat. Erst Anna, nun Melanie. Gott sei Dank bin ich immun gegen derlei Gefühlsregungen. Ich habe schließlich meinen Florian. Wobei ich sagen muss, dass Jim absolut fabelhaft aussieht. Er trägt eine dunkle Jeans, die lässig auf seiner Hüfte sitzt, dazu einen dunkelblauen Pullover und darüber einen perfekt sitzenden Mantel.

»Das ist meine Kollegin Melanie.«

»Hallo, Jim. Schön, dich kennenzulernen«, haucht Melanie.

»Die Freude ist ganz meinerseits«, antwortet Jim und lächelt.

Das ist zu viel für Melanie. Ihre Gesichtsfarbe wechselt von Rosa zu Dunkelrot. Ich kann mir mit Mühe ein Lachen verkneifen.

»Aber was machst du hier?«, frage ich.

»Du wolltest gern die Stadtrundfahrt mitmachen, also bin ich hier, um dich abzuholen.«

»Wow. Das nenne ich mal eine Punktlandung. Ich meine, woher wusstest du ...«, stottere ich überrascht.

»Du hast mir doch erzählt, wo du arbeitest, also dachte ich mir, ich hol dich nach der Arbeit ab«, erklärt Jim zufrieden.

»Aber es ist doch eigentlich viel zu früh ...«

Jim konnte unmöglich wissen, was mit Susanne passiert ist.

»Es war Eingebung«, erklärt Jim, ohne die Miene zu verziehen.

»Tolle Eingebung«, sage ich.

»Ich denke, ich sollte los«, unterbricht Melanie unser kleines Geplänkel. »Sonst verpasse ich meine Bahn.«

»Alles klar. Wir hören uns«, verabschiede ich sie.

»Und viel Spaß«, winkt Melanie und zwinkert mir dabei zu.

»Hamburg ist wirklich wunderschön. Mit seinen alten Häusern und Wasserstraßen erinnert mich die Stadt ein bisschen an Venedig«, bemerkt Jim, als wir über den Rathausmarkt schlendern.

Der Weihnachtsmarkt ist bereits eröffnet. Überall sind kleine Buden aufgebaut, die mit Tannenzweigen und Lichterketten geschmückt sind. In der Luft liegt der Duft nach gebrannten Mandeln und Bratwürstchen. Überall wird Weihnachtsmusik gespielt und an den Glühweinständen herrscht eine ausgelassene Stimmung. Es ist ziemlich kalt geworden und ich ziehe meinen Schal enger.

»Du kennst Venedig?«

»Ja, ist schon eine Ewigkeit her.« Es klingt völlig selbstverständlich, wie er das sagt. »Ich schätze, es hat sich in der Zwischenzeit viel verändert.«

Das hört sich so an, als wäre Jim steinalt.

»Hat es dir gefallen?«

»Was?«

Er sieht mich an und aus seinem Mund steigen weiße Atemwölkchen empor.

»Venedig«, lächele ich.

»Ja, sehr. Damals gab es keine Autos, sondern nur Pferdekutschen, und auch keine Touristen.«

Er deutet mit einer Kopfbewegung auf eine Gruppe Chinesen, die sich vor dem Rathaus versammelt haben und wie verrückt Fotos vom Weihnachtsmarkt machen. Ich sehe ihn verwundert an. Ich bin mir ziemlich sicher, dass es in Venedig schon seit sehr langer Zeit keine Pferdekutschen mehr gibt. Hier liegt bestimmt eine Verwechslung vor. Wahrscheinlich meint er die Wasserstraßen mit ihren Gondolieren.

»Bist du eigentlich in Hamburg geboren?«, fragt Jim.

»Nein, ich komme aus einem kleinen Kaff am Stadtrand. Meine Eltern leben noch immer dort.«

»Ach«, er schlägt sich mit der flachen Hand gegen die Stirn, »das hätte ich fast vergessen. Deine Mutter hat vorhin angerufen. Ich muss sagen, eine sehr gesprächige Frau.«

»Meine Mutter hat angerufen?«

Ich sehe Jim entsetzt an. Das Herz meiner Mutter liegt auf der Zunge und sie neigt dazu, völlig Fremden alles über uns zu erzählen! Und wenn ich alles sage, dann meine ich es auch so. Wahrscheinlich kennt Jim nun alle Umstände meiner Geburt.

»Es war ein sehr aufschlussreiches Gespräch. Ich finde, deine Mutter klingt sehr weltoffen und sympathisch.«

Aufschlussreich!? Das hört sich gar nicht gut an. Ich muss unbedingt wissen, was sie alles vom Stapel gelassen hat, damit in Jims Kopf kein falsches Bild von mir ist.

»Hat sie dir etwa von meiner Schulzeit erzählt oder davon, wie sie mich auf einer Lammfelldecke zwischen Kristalllampen und Räucherstäbchen zur Welt gebracht hat?«

»Nein.« Jim schüttelt lachend den Kopf. »Sie hat von sich und ihrem Leben erzählt.«

»Du darfst nur die Hälfte von dem glauben, was sie so von sich gibt. Der Lügenbaron ist gegen meine Mutter ein Waisenkind«, bemerke ich trocken.

»Wie meinst du das?«

»Dass sie zur Übertreibung neigt.«

Und das ist eine Untertreibung!

»Ich wusste nicht, dass du eine so erfolgreiche Schwester hast.«

»Ist das so?« Ich hebe die Augenbrauen.

Die größte Leistung meiner Schwester ist die Tatsache, dass sie meine Eltern davon überzeugt hat, dass sie das Beste ist, was ihnen passieren konnte. Man kann sagen, dass wir beide nicht gerade das beste Verhältnis zueinander haben. Lorena war schon immer eher als flatterhaft zu bezeichnen. Während ich gleich nach dem Abitur studiert habe, ist sie erst einmal durch die Weltgeschichte gereist. Natürlich auf Kosten meiner Eltern. Sie wechselt ihre Männer wie andere die Unterhemden und bezeichnet Menschen wie mich als prüde und spießig. Aber das behalte ich für mich. Es gehört sich schließlich nicht, die eigene Verwandtschaft schlecht zu machen.

»Ja, zumindest nach dem, was deine Mutter erzählt hat.«

»Was hat sie denn erzählt?«, taste ich mich vorsichtig heran.

»Dass deine Schwester durch Indien reist, um ihr Buch fertig zu schreiben.«

»Meine Schwester schreibt ein Buch?«

»Ja, über den Weg zu einem glücklicheren Leben.«

»Das wird bestimmt ein Bestseller«, brumme ich.

Jim sieht mich nachdenklich an. Wir haben den Jungfernstieg erreicht. Rund um die Alster sind weiße Zelte aufgebaut, in denen Händler ihre Waren feilbieten. Dahinter liegt das Wasser, auf dessen glatter Oberfläche sich die Lichter der Großstadt spiegeln.

»Sieht das nicht schön aus?!«

Ich schlage begeistert die Hände zusammen.

»Ziemlich. Erinnert mich ein wenig an die Märkte in meiner Heimat«, stimmt mir Jim zu.

Mein Magen fängt lautstark an zu knurren. Ertappt lege ich die Hand auf meinen Bauch.

»Was hältst du davon, wenn wir etwas essen?«, frage ich.

»Ich denke, angesichts der Geräusche, die dein Magen von sich gibt, ist das wohl keine Frage mehr«, antwortet Jim lächelnd.

»Auf diesen herrlichen verrückten Tag«, sage ich und hebe mein Glas. Wir sitzen zu zweit an einem Vierertisch in einem gemütlichen kleinen Restaurant in Eppendorf. Da wir nicht reserviert hatten, waren alle anderen Plätze leider schon belegt.

Ich liebe die Atmosphäre hier. Die Tische und Stühle sind aus dunklem Holz und von der Decke hängen moderne Kupferlampen, die dem Raum ein warmes Licht verleihen. Einer der Gründe, warum ich gern hierherkomme, da das Licht meinem mittlerweile neunundzwanzigjährigem Gesicht das jugendliche Aussehen einer Anfang Zwanzigjährigen verleiht.

Klirrend stoßen wir an. Ich nehme einen tiefen Schluck. Der Sekt läuft prickelnd meine Kehle runter. Auch wenn es sich um alkoholfreien Sekt handelt, schmeckt er köstlich! Wie ich bei der Getränkebestellung feststellen musste, ist Jim ziemlich standhaft, wenn es um den Genuss von Alkohol geht. Als ich ihn gefragt habe, warum er nichts trinke, hat er mit den Schultern gezuckt und behauptet, seine Zauberkraft gehe damit verloren. Ich muss sagen, ich habe herzlich über seine Antwort gelacht. Seine Manneskraft mit Zauberkraft zu umschreiben, ist irgendwie niedlich.

»Wieso verrückt?«, fragt Jim interessiert.

»Weil heute lauter ungewöhnliche Sachen passiert sind. Erst gewinne ich die *Kaffeetraum*-Maschine, dann wird Susanne plötzlich krank und wir machen eine Stadtrundfahrt, weil das Büro geschlossen wird.« Ich fange unwillkürlich an zu lachen. »Nicht, dass du mich für gemein hältst, aber so ein paar Tage ohne Susanne sind wirklich ein Segen. Ich hoffe nur, dass die Krankheit nicht ansteckend ist. Die Polizei hat von der Beulenpest gesprochen.« Ich nehme einen tiefen Schluck aus meinem Glas. »Was für ein Zufall, oder? Da spreche ich kurz zuvor mit Anna darüber und dann wird Susanne tatsächlich krank. Zufälle gibt's!« Ich schüttele lachend den Kopf.

»Dann bist du zufrieden?«

»Zufrieden ist gar kein Ausdruck – ich bin sogar sehr zufrieden. Ich kann es gar nicht glauben, dass alles so gekommen ist.«

Tatsächlich bin ich so glücklich wie schon lange nicht mehr. Ich habe endlich mal die Speicherstadt erkundet, bin durch die Hafencity geschlendert und habe die Elbphilharmonie aus der Nähe bewundert. Und wenn ich ganz ehrlich bin, habe ich Jims Gegenwart genossen. Er ist lustig, unterhaltsam und geht auf mich ein. Florian neigt dazu, nur über seinen Job zu reden.

»Ich fand es auch sehr schön«, flüstert Jim und sieht mir direkt ins Gesicht.

Seine Augen schimmern wie flüssige Schokolade, in der sich winzige Goldkugeln versteckt haben, wunderschön und wild zugleich. Ich schlucke und mein Magen macht einen Hüpfer.

»Deine Haare glänzen wie die Sonnenstrahlen in der Wüste.«

Seine Finger streichen sanft wie eine Feder über meine Wange. Dort, wo er mich berührt, hinterlässt er eine brennende Spur. Mein Blutdruck schnellt in ungeahnte Höhen, mein ganzer Körper fängt an zu kribbeln. Was für ein Blödsinn. Jim ist schwul, und auch wenn er mich so ansieht, hat er bestimmt kein Interesse an mir.

»Deine Augen erinnern mich an einen Bergsee an besonders klaren Tagen«, flüstert er mit heiserer Stimme.

Bei jedem anderen Mann hätte es schwülstig geklungen, bei Jim klingt es echt. Eine heiße Welle flutet mein Gesicht. Ich bin es eben nicht gewohnt, dass mir ein Mann derartige Komplimente macht. Hastig wende ich meinen Blick ab und nippe an meinem Glas.

Ich bin eine moderne und emanzipierte Frau und stehe mit beiden Beinen mitten im Leben. Für gewöhnlich brauche ich keinen Mann, der mich mit Komplimenten überhäuft. Was ich will, ist ein Mann, der als gleichwertiger Partner an meiner Seite steht und gemeinsam mit mir durchs Leben geht. Genau das ist Florian für mich. Allerdings habe auch ich meine schwachen Momente, in denen ich mich nach einem altmodischen Mann sehne, einem, der mich auf Händen trägt, mir die Tür aufhält, sich um alles Finanzielle kümmert und mich von morgens bis abends begehrt. Genau jetzt habe ich einen dieser Momente.

Mein Blick wandert verträumt zu seinem Mund. Wie es sich wohl anfühlt, Jim zu küssen?

»Ist hier noch frei?«, holt mich eine unbekannte Stimme in die Realität zurück. Zwei Frauen stehen direkt neben uns am Tisch und mustern Jim mit sichtlichem Interesse. Ehe ich antworten kann, haben sie sich bereits gesetzt. Das passt mir jetzt irgendwie gar nicht, wo Jim doch gerade so schön in Fahrt ist. Die Dunkelhaarige und ihre Freundin werfen Jim verstohlene Blicke zu.

Ich klimpere mit meinen Bergseeaugen und nehme einen tiefen Schluck.

»Entschuldige bitte.« Die Dunkelhaarige beugt sich über Jim und drückt ihm dabei fast ihren Busen ins Gesicht. »Könnte ich mal das Salz haben?« Sie deutet auf das Salzfässchen vor mir auf dem Tisch.

Es ist wirklich peinlich, wie sich manche Frauen verhalten, um das Interesse eines Mannes auf sich zu ziehen.

Widerwillig reiche ich ihr das Salz.

»Danke schön«, flötet die Dunkelhaarige, ohne die Augen von Jim zu nehmen. Blöde Kuh.

Jim lächelt milde und wendet sich wieder mir zu.

Mein Handy brummt in meiner Tasche.

»Entschuldige bitte.« Ich werfe einen kurzen Blick darauf. Eine WhatsApp-Nachricht von Florian leuchtet mir entgegen.

Bin gut gelandet. Melde mich später. Flo.

Das ist typisch für Florian. Kein »Ich liebe dich« oder »Ich vermisse dich«. Einfach nur Fakten. Missmutig lasse ich das Handy zurück in die Tasche fallen.

»Was war das?«, fragt Jim.

»Ach, das war nur eine WhatsApp-Nachricht von Florian.«

»Eine WhatsApp-Nachricht?« Jim sieht mich verständnislos an. Ach du meine Güte, jetzt geht das wieder los!

»Das ist eine Textnachricht.«

»Und was ist ein Handy?«

Ich stöhne leise auf. Die Dunkelhaarige mustert Jim verstohlen aus dem Augenwinkel.

»So nennt man das kleine Telefon, das ich immer bei mir trage.« Ich ziehe das Handy wieder aus der Tasche und lege es vor ihm auf den Tisch. »Mit diesem kleinen Ding kann ich Nachrichten empfangen.«

»Aha!« Misstrauisch beäugt Jim mein Handy und ich muss mir alle Mühe geben, nicht laut loszulachen.

»Ja, wenn du vorhast, länger hierzubleiben, solltest du dir auch so ein Ding zulegen.«

»Dein Wunsch ist mir Befehl«, kommt es prompt und ich verdrehe die Augen.

Die beiden Mädels neben uns fangen an zu kichern. Ich werfe ihnen böse Blicke zu und sofort ist Ruhe. Die blöden Hühner sollen sich um ihren eigenen Kram kümmern.

»Darf ich dich etwas fragen?«, wechselt Jim das Thema.

»Klar, schieß los.«

Ich nehme noch einen Schluck aus meinem Glas.

»Wie lange bist du schon mit Florian vermählt?«, fragt Jim.

Ich verschlucke mich. Hustend schnappe ich nach Luft. Nebenan wird wieder gekichert.

»Wir sind ein Paar, aber wir sind nicht verheiratet«, erkläre ich ihm, als ich wieder sprechen kann.

»Wie bitte?!« Jims Augen sind weit aufgerissen. »Du teilst dein Lager mit einem Mann, mit dem du nicht vermählt bist?«

Mein Gesicht fühlt sich an, als würde es jeden Moment in Flammen aufgehen. Um uns herum herrscht Totenstille und alle Blicke der umsitzenden Gäste sind auf uns gerichtet.

»Ähm, könntest du bitte etwas leiser reden? Es muss ja nicht jeder mithören«, zische ich.

Die beiden Frauen stecken die Köpfe zusammen und flüstern. Dabei schauen sie immer wieder zu uns rüber.

»Liebst du diesen Mann denn?«

Jim mustert mich aufmerksam.

»Ja, sonst wäre ich ja wohl kaum mit ihm zusammen.«

»Aber warum seid ihr dann nicht vermählt?«

Ich habe die Gespräche zwischen Florian und mir in den letzten Wochen mehrfach auf das Thema Hochzeit gelenkt – leider ohne Erfolg. Als ich ihm vor Kurzem beim Frühstück die Frage gestellt habe, ob er sich vorstellen könnte, zu heiraten, hat mein Traummann nur mit den Schultern gezuckt und gesagt: »Ich finde, man sollte nur heiraten, sobald man sich Kinder wünscht. Vorher sehe ich keine Notwendigkeit dafür. Wir sind doch noch jung. Zum Heiraten ist noch viel Zeit.« Damit war für ihn das Thema erledigt.

Ich meine, ich bin neunundzwanzig Jahre alt. Rein biologisch gesehen habe ich meine besten Jahre bereits hinter mir. Gestern erst habe ich eine neue Falte unter meinen Augen entdeckt, die nicht mehr verschwinden will. Heute Falten – morgen Plissee. Meine Jugend liegt fast hinter mir, und nicht mehr lange, und meine Eierstöcke fangen an, so langsam ihren Betrieb einzustellen. Bei dem Gedanken kann man als Frau schon mal Panik bekommen. Aber ich habe keine Lust, Florian davon zu überzeugen. Bei den meisten Beziehungen meiner Freundinnen waren es die Frauen, die die Initiative ergriffen und den Männern einen Heiratsantrag gemacht haben. So emanzipiert bin ich nicht. Ich möchte, dass der Mann aus freien Stücken vor mir auf die Knie geht und um meine Hand anhält.

Die Dunkelhaarige kichert leise. Ich werfe ihr einen verärgerten Blick zu, was sie allerdings nicht sonderlich zu interessieren scheint, denn sie grinst mich nur noch breiter an. Manche Menschen haben wirklich kein Gefühl für die Privatsphäre der anderen.

»Florian liebt mich, und wenn die Zeit gekommen ist, wird er mich schon fragen.« Ich leere mein Glas in einem Zug. »Außerdem gebe ich mich ihm nicht hin. Das Vergnügen ist beidseitig.« Jetzt bedauere ich, keinen Alkohol bestellt zu haben.

»Dann hat er dir gesagt, dass er dich liebt?«

»Ja. Nein, nicht direkt. Er braucht es mir nicht zu sagen, eine Frau spürt das«, beharre ich.

»Ein Mann sollte einer Frau zeigen, dass er sie liebt. Er sollte sie mit Geschenken überhäufen, Lieder auf sie singen und sie in Gedichten huldigen und ihr täglich aufs Neue seine Liebe zeigen.«

»Oh, wie süß!«, seufzt die Dunkelhaarige leise und wirft Jim schmachtende Blicke zu.

»Jim, das mag bei euch so sein, aber hier laufen die Dinge etwas anders. Wir leben in einer modernen Gesellschaft, wo Paare auch ohne Trauschein zusammen sind. Die Vorstellung, zu heiraten und Kinder zu bekommen, gilt bei vielen Menschen als veraltet.«

»Wie unromantisch«, kommentiert Jim.

Als ich ein kleines Mädchen war, habe ich immer davon geträumt, ganz in Weiß zu heiraten. Am liebsten an einem Strand, mit Blumen im Haar, einer langen Schleppe und all meinen Freundinnen. Mein Vater sollte mich zum Traualtar bringen. Mein Bräutigam sollte neben dem Pastor stehen und eine Träne der Rührung verdrücken, wenn er mich in meinem wunderschönen Kleid sieht.

Aber das sind eben nur Kleinmädchen-Träume gewesen. Florian sagt stets: »Das Leben ist nicht romantisch, sondern besteht aus knallharten Fakten. Man muss Entscheidungen treffen und die Verantwortung dafür tragen. Im Beruf und in der Liebe. Ich kenne keine Ehe in meinem Bekanntenkreis, die glücklich ist. Tatsächlich ist die Hälfte davon längst wieder geschieden. Und alle haben einmal aus Liebe geheiratet.«

Jim sieht mich schweigend an.

»Was meinst du, wollen wir gehen?«

Der Sekt in meinem Glas schmeckt auf einmal schal.

»Ganz wie du wünschst«, sagt Jim und aus seinen Augen spricht Bedauern.

Ich gebe ein Zeichen und der Kellner kommt herbeigeeilt.

Ich will gerade meine Geldbörse aus der Tasche holen, als ein Lächeln über das Gesicht des Kellners huscht.

»Herzlichen Glückwunsch. Sie haben gewonnen!«

»Was?« Ich sehe den Mann irritiert an.

»Wir haben zur Zeit eine Aktion, bei der alle Gäste mit einer Schnapszahl im Rechnungsbetrag von uns eingeladen sind.«

»Wirklich?«, frage ich ungläubig.

»Ja«, nickt der Blonde begeistert. »Und noch dazu gibt es eine Flasche Prosecco als Dankeschön für Ihren Besuch bei uns obendrauf. Warten Sie kurz, ich bin gleich wieder da.«

»Das kommt jetzt wirklich überraschend«, sage ich.

Der Kellner nickt und eilt davon.

»Das gibt es doch nicht«, stoße ich fassungslos hervor. »So viel Glück an einem Tag!«

Jim grinst breit.

Der Kellner kommt schon wieder. In der Hand hält er die versprochene Flasche Prosecco. »Viel Spaß damit! Und beehren Sie uns bald wieder«, verabschiedet er uns.

Wie betäubt lasse ich mir von Jim in den Mantel helfen. Als wir nach draußen gehen, legt Jim wie selbstverständlich seinen Arm um meine Taille. Da merkt man, dass Jim schwul ist. Die Jungs haben uns Frauen gegenüber nicht so eine Hemmschwelle wie Hetero-Männer. Da wäre das gleich eine Aufforderung zum Sex.

Es ist bitterkalt und die Luft riecht nach Schnee. Ich kuschele mich an Jim.

»Jim?«, sage ich nachdenklich.

»Was ist, mein Abendstern?«

»Das ist wirklich der verrückteste Tag, an den ich mich erinnern kann. So viele Zufälle auf einmal. Das gibt es doch gar nicht!«

»Es gibt keine Zufälle im Leben«, lautet seine Antwort.

Eine Gruppe Männer kommt auf uns zu. Einer davon ist ein Studienkollege von Florian. Hastig löse ich mich aus Jims Armen.

Jim sieht mich verwundert an.

»Da kommt ein Freund von Florian«, kläre ich ihn auf.

Jim nickt stumm. Als wir weitergehen, ist das Lächeln aus seinem Gesicht verschwunden.

Kaum dass ich die Haustür aufschließe, klingelt mein Handy.

Ich werfe die Schlüssel in die kleine, extra dafür vorgesehene Schale. Ich bin nämlich, was diese Dinge anbelangt, schrecklich vergesslich. Ich verlege einfach alles: Einkaufszettel, Schlüssel, Visitenkarten, Telefonnummern ...

Ich möchte nicht wissen, wie viele Stunden ich schon damit verbracht habe, etwas zu suchen, was ich kurz zuvor verlegt hatte. Deshalb habe ich es mir zu Gewohnheit gemacht, für alle wirklich wichtigen Dinge einen angestammten Platz zu haben.

Ich gebe Jim ein Zeichen und verschwinde im Wohnzimmer.

»Hallo, Mama!«

»Saraswati, mein kleines Täubchen«, zwitschert die Stimme meiner Mutter fröhlich. »Wie geht es dir?« Im Hintergrund ist indische Musik zu hören.

Wahrscheinlich sitzt sie in einem ihrer geliebten Maxikleider in ihrem Arbeitszimmer. Der Raum war ursprünglich mal mein Kinderzimmer. Aber bereits eine Woche nach meinem Auszug aus dem Elternhaus hatte meine Mutter den Raum annektiert und ihre Sachen eingeräumt. Seitdem schwängern dort Räucherstäbchen die Luft mit ihrem schweren Aroma und das Plätschern eines kleinen Springbrunnens sorgt für eine entspannte Atmosphäre.

Meine Mutter und ich sind uns in keiner Weise ähnlich, wenn man mal vom Aussehen absieht. Die gleichen blauen Augen, die gerade Nase und der üppig geschwungene Mund. Sogar unsere Haare haben die gleiche Struktur, nämlich aalglatt und ohne Volumen. Ich bin wie sie klein und habe eine Neigung zu runden Hüften, was in unserer gemeinsamen Vorliebe für kalorienhaltige

Essen wie Chips, Schokoküsse, Eiscreme, Döner, Pommes und Würstchen (um nur ein paar davon zu nennen) begründet liegt. Seit meine Mutter beschlossen hat, Vegetarierin zu werden, ist es bei ihr allerdings mit den Würstchen und dem Döner vorbei.

In unserem Kleidergeschmack sind wir jedoch grundverschieden. Meine Mutter ist mit ihrer Kleidung irgendwo in den Siebzigern stehen geblieben. Meistens trägt sie irgendwelche unförmige Sackkleider, wie man sie heutzutage nur im Kostümverleih oder auf Flohmärkten findet. Jesuslatschen gehören bei ihr zum Standardprogramm. Seit Neustem hat sie allerdings ihre Vorliebe für UGG Boots entdeckt, was bedeutet, dass sie diese Dinger Tag und Nacht trägt. Egal, welche Jahreszeit gerade herrscht.

Ich persönlich finde UGG Boots völlig überbewertet. Ich meine, mit diesen Schuhen sehen selbst zierliche Füße wie unförmige Kartoffelstampfer aus.

»Wer war der junge Mann?«, fällt sie mit der Tür ins Haus.

Meine Mutter ist der neugierigste Mensch, den ich kenne.

»Welchen jungen Mann meinst du?«, frage ich scheinheilig. Ich weiß natürlich, worauf sie hinauswill.

»Pummelchen, jetzt stell dich nicht dümmer, als du bist«, schnaubt meine Mutter entrüstet. »Der junge Mann, mit dem ich heute Mittag telefoniert habe.«

Wer eine Mutter wie meine hat, braucht keine Feinde mehr, so viel ist sicher!

»Ach der«, winke ich ab. »Das war nur Jim. Mein neuer Mitbewohner.« Schweigen. »Mama?«

»Hermann«, kreischt meine Mutter ohne Vorankündigung in den Hörer. Mein Ohr fängt an zu pfeifen. »Die Sara hat eine Kommune gegründet!«

»Waaas?« Ich starre fassungslos in den Hörer. »Wie kommst du denn auf die Idee?«

»Pummelchen, du brauchst deiner Mutter doch nichts vorzumachen. Gott sei Dank! Ich hatte schon Angst, dass du so ein Spießer wirst wie dein Vater.«

»Erstens ist Papa kein Spießer, und zweitens habe ich keine Kommune gegründet, sondern wohne in einer WG. Das ist ein ziemlicher Unterschied.«

»Was sagt denn dieser Langweiler von Florian dazu?«, hakt meine Mutter nach.

»Florian ist kein Langweiler. Und damit du gar nicht erst auf dumme Gedanken kommst, kann ich dir sagen, dass Jim schwul ist.« Das hat gesessen! Ich kann nur hoffen, dass Jim nicht mithört. »Du brauchst dir also keine Hoffnungen zu machen.«

»Oh!«, ist alles, was sie sagt.

»Ja, genau!«

»Pummelchen, ich finde es toll, dass du dich so offen gegenüber Homosexuellen zeigst. Das ist ein Schritt in die richtige Richtung. Vielleicht ist doch nicht Hopfen und Malz bei dir verloren.«

Ich stöhne leise. Ich meine, ich liebe meine Mutter – aber manchmal finde ich sie wirklich anstrengend. Genau in diesem Moment zum Beispiel.

»Mama, nur weil ich nicht wie du täglich Räucherkerzen anzünde und Sonnengrüße mache, bin ich trotzdem ein weltoffener Mensch. Ich liebe mein Leben so, wie es ist. Ich brauche keinen spirituellen Führer, um meinen Weg zu finden. Wann wirst du das endlich akzeptieren?«

Meine Mutter schnaubt wie ein Pferd. »Aber das ist genau dein Problem. Dein Geist bewegt sich völlig eingleisig. Würdest du dich auf der spirituellen Ebene ein wenig öffnen, dann würdest du die Welt mit völlig anderen Augen sehen. So wie ich.«

»Nein danke. Das ist ja, wovor ich Angst habe«, entgegne ich.

»Angst lähmt uns und verengt unseren Horizont«, fährt meine Mutter unbeirrt fort.

»Musst du immer das letzte Wort haben?«, seufze ich.

»Eigentlich nicht, aber in deinem speziellen Fall schon. Du bist mein Kind, dein Glück ist auch mein Glück«, trällert sie weiter.

»Danke, Mama. Das ist sehr lieb von dir, und ich versichere dir, du brauchst dir um mein Glück keine Sorgen zu machen.«

»Dann ist ja gut. Pummelchen, ich würde ja gern weiter mit dir telefonieren, aber meine Yogastunde bei Swami Rajara fängt gleich an.«

»Um diese Uhrzeit?«

»Tja, äh ... es ist nie zu spät für eine Meditation.«

»Okay.«

»Ach ja, bevor ich es vergesse: Dein Vater und ich wollten dich für Sonntag zum Abendessen einladen. Es gibt auch eine kleine Überraschung«, sagt sie geheimnisvoll.

Ich überlege für einen kurzen Moment, was sie wohl damit meinen könnte. Das letzte Mal, als meine Mutter mich und eine Gruppe von Frauen eingeladen hat, um gemeinsam bei Vollmond die Mondgöttin zu feiern, war ich völlig ahnungslos, was das bedeuten würde. Als ich ankam, wurde in unserem Garten ein großes Lagerfeuer entzündet, um das wir uns versammeln sollten. Eigentlich hätte ich spätestens zu dem Zeitpunkt gehen sollen, als die Damen – die meisten davon im Alter meiner Mutter – anfingen, sich fast vollständig ihrer Kleidung zu entledigen, und gemeinsam den Mond anheulten. Eine Veranstaltung, die ich lieber aus meinem Gedächtnis streichen würde.

»Saraswati?«

»Ja, entschuldige. Ich komme gern.«

»Gut. Ich würde mich freuen, wenn du Jim mitbringst, und dein Vater sicher auch. Bis die Tage«, flötet meine Mutter weiter.

»Vielleicht. Ich weiß gar nicht, ob Jim überhaupt Zeit hat.«

»Das habe ich bereits mit ihm geklärt. Wir sehen uns also am Sonntag.«

Klick. Meine Mutter hat aufgelegt.

Als ich ihm Bett liege, schwirren mir die Ereignisse der letzten zwölf Stunden durch den Kopf. Meine Gedanken kreisen immer wieder nur um das Eine – Jim.

Dass ich ihn für gut aussehend und absolut sexy halte, ist eine Sache, aber diese Anziehungskraft, die er auf mich ausübt, erschreckt mich. Es hätte nicht viel gefehlt und ich hätte ihn geküsst. In Jims Gegenwart kann ich nicht mehr klar denken. Meine Hormone spielen völlig verrückt, wenn er mich nur ansieht. Das ist doch nicht normal! Vor allem wenn man bedenkt, dass Jim schwul ist. Wobei ich mir eingestehen muss, dass diese Aussage rein auf einer Vermutung besteht. Vielleicht sollte ich diesen Umstand noch einmal genauer abklopfen.

Mein Handy klingelt. Ich taste mit der Hand danach. Florians Gesicht lacht mir auf dem Display entgegen.

»Hallo«, begrüße ich ihn betont locker.

Er darf auf keinen Fall mitbekommen, in welchem inneren Konflikt ich mich gerade befinde.

»Hallo, Süße. Ich dachte, ich melde mich mal kurz, bevor ich schlafen gehe.« Er klingt gut gelaunt. »Du hörst dich müde an.«

»Ich liege schon im Bett.«

»Habe ich dich geweckt? Das tut mir leid.«

»Nein, nein. Wie war dein Tag?«

»Wahnsinnig anstrengend, aber auch sehr interessant. Wir hatten heute drei Meetings mit unseren neuen Klienten und danach waren wir mit den Mitarbeitern der Kanzlei, die uns hier vertritt, essen. Und wie ist dein Tag gelaufen?«

Ich erzähle ihm kurz von Susannes Ausschlag. »Anschließend habe ich Jim ein bisschen von Hamburg gezeigt«, beende ich meine Erzählung. Das gemeinsame Abendessen unterschlage ich lieber, um unnötigen Disskussionen aus dem Weg zu gehen.

Schweigen.

»Florian?«

»Aha!«, brummt er. »Du warst also mit Jim unterwegs.«

Eine unangenehme Stille entsteht zwischen uns.

Mein Herz rast. Ich fühle mich etwas schlecht. Florian ist in vielerlei Hinsicht das Urbild eines Mannes. Er bleibt immer ruhig, auch wenn ich wieder einmal panisch mein Portmonee suche. Oder wenn ich glaube, meine Schlüssel zum hundertsten Mal verlegt zu haben. Er bleibt auch ruhig, wenn ich mir im Kino die Augen ausheule, auch wenn ich weiß, dass es ihm ein bisschen peinlich ist. Bei Treffen mit meinen Eltern hüllt er sich einfach in Schweigen und redet nur auf Ansprache, so dass meine Mutter ihn nach dem ersten Treffen für einen Autisten hielt. Das ist Florians Art, einem Konflikt aus dem Weg zu gehen. Genau wie jetzt!

»Flo, ich vermisse dich«, breche ich das Schweigen.

Lautes Atmen. Leises Klicken. Klingt, als ob er parallel auf seinem Laptop tippt.

»Flo, hörst du mir überhaupt zu?«

»Schnuppelchen, sei mir nicht böse, aber ich muss morgen früh raus und habe noch ein paar E-Mails zu schreiben. Ich denke, ich mach mal lieber Schluss«, beendet er unser Gespräch abrupt. Niemals würde er zugeben, dass ihn die Sache mit Jim geärgert hat.

»Okay«, seufze ich.

»Bis morgen.«

Ich will sagen: »Ich liebe dich«, aber Florian hat aufgelegt.

Cupcakes und Muskelkater

Am nächsten Morgen schalte ich nach dem Frühstück den Laptop ein und checke meine E-Mails. Tatsächlich finde ich im Posteingang eine Nachricht von Rainer.

Liebe Mitarbeiter und Mitarbeiterinnen,
ich freue mich, Euch mitteilen zu können, dass es sich bei der Krankheit unserer allseits beliebten Susanne ...

Damit ist klar, dass Rainer irgendwelche Drogen nimmt, die ihn Susanne in einem völlig verklärten Licht sehen lassen.

... nicht um eine ansteckende Krankheit handelt, sondern lediglich um einen Ausschlag. Um eine vollständige Genesung zu gewährleisten, halten es die Ärzte für besser, Susanne noch eine Weile bei sich zu behalten ...

Wie genial ist das denn. Ein paar Tage Ruhe tun uns allen gut.

... Trotz Susannes Abwesenheit versteht es sich von selbst, dass wir alle unserer Arbeit wie gewohnt nachgehen. Bei dringenden Fragen bitte ich Euch, Euch an Susannes Sekretärin Beate zu wenden, da Beate im ständigen Kontakt mit Susanne steht ...

Die Arme!

... Mit freundlichen Grüßen
Rainer

Man kann förmlich sehen, wie er sich während des Schreibens gewunden hat. Wahrscheinlich hat er die ganze Nacht kein Auge zugetan, aus Furcht, sich angesteckt zu haben.

Die Nachricht lässt meine Laune deutlich steigen. Ein paar Tage ohne Sticheleien und die ständige Angst, von Susanne fertiggemacht zu werden, ist mehr, als ich zu hoffen gewagt habe. Noch dazu freue ich mich, dass Susanne nicht wirklich schlimm erkrankt zu sein scheint. Ich möchte schließlich nicht, dass jemand zu Schaden kommt.

»Jim, ich muss los«, rufe ich.

Sofort taucht sein Gesicht im Türrahmen auf.

»Du hast mich gerufen?«

Woher kommt er nur so schnell? Eben, als ich in die Küche gegangen bin, war er in seinem Zimmer.

»Ja, ich wollte dir nur sagen, dass ich ins Büro muss.« Ich erzähle ihm von Rainers E-Mail. »Die gute Nachricht ist, dass Melanie und ich endlich in Ruhe arbeiten können.« Ich strahle ihn an.

Jim nickt, eine dunkle Haarsträhne fällt ihm ins Gesicht.

Reflexartig schnellt meine Hand nach vorn und ich schiebe ihm die Strähne hinters Ohr. Jim sieht mich mit großen Augen an. Ich schlucke. Mein Herz klopft wie wild. Was ist nur los mit mir?

»Entschuldige, ich wollte nicht …« Mein Gesicht glüht. Seine Augen verhaken sich mit meinen und für einen Wimpernschlag hört mein Herz auf zu schlagen. Sein Gesicht ist keine Handbreit von meinem entfernt. Sein warmer Atem streift meine Wangen wie ein samtener Handschuh. Ich habe nur einen Wunsch – Jim zu küssen.

So kann es nicht weitergehen! Ich wende mich abrupt ab und stürme aus der Küche, ohne ihn eines weiteren Blickes zu würdigen. Erst als die Haustür hinter mir ins Schloss fällt, bleibe ich stehen. Mein Herz schlägt wie wild in meiner Brust. Es dauert eine Weile, bis ich mich so weit beruhigt habe, dass ich gehen kann. Was ist nur los mit mir?

Im Büro herrscht eine angenehme Stimmung. Kein hektisches Hin- und Hergerenne, keine lauten Gespräche. Böse Zungen könnten behaupten, dass die meisten Kollegen aus der Abteilung besser als sonst gelaunt sind, jetzt, wo Susanne nicht da ist.

»Das ist deine Gelegenheit«, sagt Melanie mit gesenkter Stimme. Sie sieht hektisch zur Tür.

»Wofür? Und warum flüsterst du?«, frage ich.

»Damit mich niemand hört.«

»Ich sage es dir ja nur ungern, aber wir sind allein im Maulwurfshügel. Solltest du jemanden außer mir sehen, behältst du das lieber für dich.«

»Du bist echt bescheuert«, flüstert Melanie. »Ich will dir nur einen guten Rat geben.«

»Ich glaube, keine Sau in der ganzen Etage interessiert sich dafür, was wir beide zu besprechen haben. Also tu mir den Gefallen und sprich normal mit mir.«

»Sara, das ist deine Chance, dir deinen Entwurf zurückzuholen«, wispert Melanie noch immer.

»Okay, jetzt hast du meine volle Aufmerksamkeit«, antworte ich und falle automatisch in den gleichen Flüsterton wie Melanie.

»Susanne ist nicht da. Du könntest dich also in ihr Büro schleichen und dir die Entwürfe holen.« Sie grinst breit.

»Aber was ist mit Beate?«, will ich wissen. »Schließlich ist ihr Büro direkt daneben. An der kommt keiner vorbei!«

»Daran habe ich auch schon gedacht«, grinst Melanie. »Um die mach dir mal keine Sorgen, da kümmere ich mich schon drum. Ich bin mit Beate so ...« Melanie hebt ihre Hand und kreuzt ihren Zeigefinger mit dem Mittelfinger.

»Na, wenn das so ist ...«, ich zucke mit den Schultern, »... schätze ich, ist es einen Versuch wert.«

»Okay. Dann lass uns *Mission Überflieger* mal starten.«

»*Überflieger*?«

»Ach, das ist nur ein Codewort.«

»Aha!«

»Ich habe alles genau geplant.« Das Grinsen wird noch breiter.

»Na dann, Sherlock, lass hören«, fordere ich sie auf.

»Zuallererst werde ich mal die Lage bei Beate checken und in Erfahrung bringen, wann Susannes Rückkehr geplant ist oder was da sonst so los ist. Vielleicht kann ich ihr ja auch entlocken, wo Susanne Entwürfe für gewöhnlich aufbewahrt.«

»Einverstanden«, nicke ich. »Aber wie willst du das machen?«

»Ich habe da so meine kleinen Tricks!«

Melanie freut sich geradezu diebisch.

»Ach ja, und die wären?«

Sie zieht eine Box unter ihrem Schreibtisch hervor.

»Cupcakes! Was sonst?!«

Mir läuft auf der Stelle das Wasser im Mund zusammen. Melanie und ich haben, abgesehen davon, dass wir die gleiche Arbeit machen, eine Gemeinsamkeit, die uns verbindet: *Julies Cupcakes.*

Ich habe diesen schnuckeligen Laden durch Zufall bei einem meiner Spaziergänge durch Eppendorf entdeckt und bin dem Schicksal bis heute dankbar dafür. Als ich den Laden das erste Mal betreten habe, kam ich mir vor wie im Paradies. Diese kleinen Köstlichkeiten aus Sahne, Creme, Zucker und Kuchenteig sind jede Sünde wert. Außerdem: Ein Laster muss der Mensch doch haben. Ich rauche nicht, ich trinke nicht. Na ja, jedenfalls normalerweise. Meine einzigen Schwächen sind Männer und Cupcakes.

Das Thema Mann hat sich, seit ich mit Florian zusammen bin, erledigt. Immerhin waren diverse Fehlschläge nötig, bis ich meinen Traumprinzen gefunden habe.

Anna meinte mal zu mir: »Ich bin der Typ, mit dem Männer wilden Sex haben wollen, du bist die Frau zum Heiraten.«

Ich gehöre eben nicht zu der Sorte Frau, und das meine ich nicht abwertend, die sich einen heißen Typen für einen One-Night-Stand schnappt und wilde Sexspielchen praktiziert. Und anstatt mit heiserer Stimme »Das war gut, Kleiner« zu hauchen, sage ich Dinge wie »Findest du es auch so toll, Kinder zu haben?« oder »Meine Eltern mögen dich bestimmt.« Was im Regelfall dazu führte, dass sich die Typen schnellstmöglich aus dem Staub machen. Auch wenn die Männer in meinem Leben wechselten, meine Liebe zu Cupcakes ist geblieben.

»Ich wusste gar nicht, welche kriminellen Energien in dir schlummern«, sage ich anerkennend.

»Du weißt doch, stille Wasser sind tief!« Melanie steht auf. »Möchtest du auch einen Cupcake?«

»Nein!«, schreit es in meinem Kopf.

Ich habe erst heute Morgen auf der Waage gestanden und muss sagen, das Ergebnis war zutiefst frustrierend. Wenn ich weiter so zunehme, kann man mich ins Büro rollen. Ich ziehe meine Hand zurück und schüttele den Kopf.

»Na gut. Du musst es ja wissen.«

Mit diesen Worten entschwindet Melanie aus unserem Büro.

Es dauert keine halbe Stunde und Melanie ist wieder zurück. Um ihren Mund spielt ein zufriedenes Lächeln.

»Und? Wie war's?«

»Ein voller Erfolg!« Melanie leckt sich einen Cremerest von der Oberlippe. »Die Cupcakes waren der absolute Hammer.«

»Das meine ich nicht. Was ist mit Beate und meinem Entwurf?«

»Ich habe etwas sehr Interessantes herausgefunden«, sagt Melanie und macht eine Pause, um die Spannung zu erhöhen. »Beate hat mir erzählt, dass Susanne alle Entwürfe in ihrem Schreibtisch lagert.«

Genau in diesem Moment fliegt die Tür zu unserem Büro mit einem lauten Knall auf.

Rainer steht mit hochrotem Kopf und den üblichen Schweißspuren in der Tür.

»Wir haben ein Problem«, verkündet er mit unheilschwangerer Stimme. Er zieht ein Taschentuch aus der Hosentasche und tupft sich über die Stirn. »Ich hatte gerade einen Anruf von Wolf von Bergau, dem Werbeleiter von *Frostglück*. Susannes Entwurf gefällt ihm gut, aber er möchte, dass wir ihm einen Alternativvorschlag unterbreiten.« Rainer atmet schwer. »Und das ausgerechnet jetzt, wo Susanne im Krankenhaus liegt.«

Melanie wirft mir einen bedeutungsvollen Blick zu.

»Das ist eure Gelegenheit, mir zu bewiesen, dass ich keinen Fehler gemacht habe, als ich euch eingestellt habe«, schnaubt Rainer. »Ich erwarte bis spätestens morgen eine passable Alternative.« Er geht zur Tür. »Die anderen Abteilungen sind bereits informiert und arbeiten auch auf Hochtouren. Der erste Mitarbeiter mit einem guten Vorschlag übernimmt die Leitung für die Kampagne.«

Ohne ein weiteres Wort verlässt Rainer unser Büro. Fassungslos starre ich ihm hinterher.

»Das ist ein Zeichen.« Melanie grinst verschwörerisch. Ich nicke, völlig sprachlos über die plötzliche Wendung. »Jetzt oder nie!« Melanie klatscht in die Hände.

»Könntest du bitte in ganzen Sätzen mit mir sprechen?«

»Die Sache mit dem Besuch in Susannes Büro muss heute noch stattfinden.« Melanie wirft einen Blick auf die Uhr. »Und zwar am besten gleich. Die meisten Mitarbeiter befinden sich zu diesem Zeitpunkt in der Mittagspause! Wir sollten unbedingt alles in die Wege leiten.«

»Hast du mal überlegt, eine Karriere bei der CIA zu starten?«

»Warum?«

»Weil du das Zeug dazu hast. Ich bin beeindruckt«, sage ich aufrichtig.

»Das freut mich«, schmunzelt Melanie. »Los. Wir müssen schnell handeln, bevor der Moment vorbei ist.«

»Einverstanden!«

Wir schlendern unauffällig den Gang zu Susannes Büro entlang. Keine Menschenseele weit und breit. Wie Melanie bereits vermutet hat, sind alle in der Mittagspause. Falls wir doch jemandem begegnen sollten, habe ich mir zur Tarnung einige Akten unter den Arm geklemmt und meine Brille aufgesetzt. Das wirkt unheimlich professionell.

»Uhrenvergleich«, flüstert Melanie, kurz bevor wir unser Ziel erreicht haben.

»Wozu denn das?« Ich runzele die Stirn.

»Das macht man so«, erklärt mir Melanie und rollt die Augen. »Siehst du nie *James-Bond*-Filme?«

»Nein, die regen mich viel zu sehr auf«, flüstere ich zurück.

»Dann wüsstest du, dass man eine Uhr bei sich tragen muss.«

»Ich habe jedenfalls keine Uhr«, antworte ich schulterzuckend.

»Das ist scheiße«, bemerkt Melanie.

»Quatsch. Wir brauchen keine Uhr«, erkläre ich. »Das ist doch ganz einfach. Ich schleiche mich in Susannes Büro und du stehst Schmiere, bis ich wieder raus bin.«

»Und was mache ich, wenn Gefahr in Verzug ist?«

»Pfeifen!«

»Pfeifen?«

»Na klar, das wird in den Filmen so gemacht.«

»In Ordnung. Bist du so weit?«

Ich vergewissere mich, dass die Luft rein ist. »Okay, dann los.«

Wir gehen schnurstracks auf Susannes Büro zu. Die Absperrung der Gesundheitsbehörde klebt noch immer vor der Tür. Vorsichtig löse ich das Klebeband auf einer Seite und drücke die Klinke herunter. Melanie positioniert sich neben der Tür. Bevor ich in Susannes Büro verschwinde, klebe ich das Band wieder am Türrahmen fest. So kann wenigstens niemand Verdacht schöpfen. Ich drehe mich ein letztes Mal zu Melanie um.

Ihre Lippen formen lautlos: »Toi. Toi. Toi.«

Ich nicke, dann schließe ich die Tür hinter mir.

Susannes Büro erinnert an eine Kommandozentrale. Ihr Schreibtisch ist mit Zetteln nur so übersät. Die Wände sind zugehängt mit Plakaten, bei denen sie mitgewirkt hat. Im Gegensatz zu unserem Büro ist dieses hell und freundlich eingerichtet. Außerdem hat Susanne einen Wahnsinnsblick über die Skyline von Hamburg. Wie ungerecht!

Ich gehe zum Schreibtisch, ein Musterstück der modernen Designerkunst aus hochwertigem Kunststoff und Stahl. Die Schublade, in der Susanne die Entwürfe versteckt hält, ist verschlossen. Das ist typisch für Susanne – kein Vertrauen in ihre Mitarbeiter.

Frustriert lasse ich meinen Blick über den Schreibtisch schweifen, in der Hoffnung, den Schlüssel zu entdecken. Fehlanzeige. Aber dafür liegt Susannes schwarzer Planer aufgeschlagen neben dem Telefon. Seit ich bei der Agentur Rausch angefangen habe, zu arbeiten, schleppt Susanne ihren Planer mit sich herum wie ein

Ritter sein Schwert. Bei jedem Meeting macht sie sich Notizen darin. Niemals würde sie ihn freiwillig irgendwo liegen lassen.

Wahrscheinlich hat sie ihn in der ganzen Aufregung vergessen.

Ob ich vielleicht einen klitzekleinen Blick hineinwerfen sollte? Schließlich könnten darin wichtige Informationen stehen.

Meine Hände zittern, als ich den Planer in die Hand nehme. Was ich hier mache, ist astreiner Hausfriedensbruch!

Mein Herz schlägt mir bis zu den Ohrläppchen, als ich die erste Seite aufschlage. Dabei fällt ein kleiner Zettel heraus. Mist! Ich bücke mich, um den Zettel aufzuheben, dabei rutscht mir der Planer aus der Hand und geht zu Boden. Überall auf dem Teppich liegen Notizen und Visitenkarten. Fluchend lasse ich mich auf meine Knie fallen und beginne damit, alles einzusammeln.

Ich will gerade die letzten Zettel in den Planer schieben, als mein Blick auf eine versteckte Tasche auf der letzten Seite fällt. Ich drehe den Planer auf den Kopf und ein kleiner Schlüssel fällt heraus. Das sieht ihr ähnlich, den Schlüssel dort zu verstecken.

Mit klopfendem Herzen stecke ich ihn in das Schloss am Schreibtisch und mit einem Klick springt die Schublade auf.

Ganz obenauf liegt mein Entwurf. Hastig entnehme ich ihn und rolle ihn vorsichtig zusammen. Den Planer lege ich zurück an seinen Platz auf dem Schreibtisch.

Ich will gerade los, als ich Stimmen höre. Instinktiv ducke ich mich und lausche mit angehaltenem Atem. Eine Männerstimme brummelt leise, gefolgt von Melanies perligem Lachen.

Ingo? Ingo arbeitet in unserem Team. Er ist ganz nett, wenn man von den Hasenzähnen absieht. Gebannt starre ich auf die Tür, in der Hand die Entwürfe. Wenn mich jetzt jemand sieht, bin ich erledigt! Die Türklinke bewegt sich nach unten. Scheiße! Ich bin geliefert! Ich kauere mich hinter den Schreibtisch. Melanies Stimme dringt durch die Tür, diesmal tiefer und leicht rauchig. Ingos Stimme klingt geschmeichelt. Leider kann ich kein Wort von dem verstehen, was die beiden vor der Tür sagen. Melanie kichert, gefolgt von Ingos Lachen. Plötzlich entfernen sich die Stimmen.

Ich warte eine gefühlte Ewigkeit, dann atme ich erleichtert durch. In der Hand halte ich noch immer den Entwurf. Ohne zu zögern, lasse ich ihn zwischen den Akten verschwinden. Dann stehe ich auf. Ein letzter Blick. Alles sieht aus wie vorher.

Ich schleiche auf Zehenspitzen zur Tür und lege mein Ohr gegen das Holz. Nichts. Keine Stimmen. Vorsichtig drücke ich die Klinke nach unten. Mit einem leisen Klacken springt die Tür auf. Ich öffne sie eine Handbreit und schiele nach draußen.

Wo steckt eigentlich Melanie, die blöde Kuh? Warum hat sie nicht gepfiffen?

Egal. Nur raus hier. Ich schlüpfe durch die Tür. Das Absperrband baumelt lose am Rahmen. Nachdem ich die Tür wieder hinter mir verriegelt habe, drehe ich mich um und will gerade den Flur entlang zurück in unser Büro gehen, als ich aus dem Augenwinkel Melanie entdecke. Ich traue meinen Augen nicht! Melanie liegt in Ingos Armen und so weit ich es von meinem Standpunkt aus beurteilen kann, ist das kein Gespräch, was die beiden da miteinander abhalten. Ich glaube, mein Schwein pfeift! Egal! Ich nutze die Gelegenheit und schleiche mich zurück in unser Büro.

»Und?«, flüstert Melanie, als sie den Maulwurfshügel betritt. Ihre Haare sind völlig zerzaust.

»*Mission Überflieger* erfolgreich beendet«, strahle ich sie an. Ich hebe meine rechte Hand und wedele mit der Papierrolle.

»Fein!«, freut sich Melanie und grinst wie ein Honigkuchenpferd. »Dann hat sich mein Körpereinsatz wenigstens gelohnt!«

»Sprichst du von der Knutscherei mit Hasenzahn da draußen?«

Melanie wird puterrot. »Allerdings! Das war ein echtes Opfer!« Sie kichert hysterisch. »Wobei ... eigentlich war es gar nicht so schlecht! Nur die Zähne waren im Weg.«

»Und du willst in zwei Wochen heiraten. Tss, tss, tss!« Ich schüttele den Kopf.

»Das ist nicht fair. Das war reine Notwehr, sonst hätte dich Ingo beim Schnüffeln erwischt. Du könntest ruhig dankbarer sein!«

»Danke. Aber so wie du aussiehst, war es kein großes Opfer.«

»Wieso?«

»Du hast einen Knutschfleck.«

Ich deute auf Melanies Hals, wo ein kleines feuerrotes Mal leuchtet.

»Oh Gott!«

Melanie zieht hektisch einen kleinen Taschenspiegel hervor.

»Halb so schlimm. Mit etwas Abdeckcreme fällt das kaum auf.«

»Du hast gut reden, du willst ja nicht heiraten.« Melanie zupft an ihrer Bluse. »Und das alles nur, weil ich dich schützen wollte.«

»Aber warum hast du nicht einfach gepfiffen, wie wir vereinbart hatten?«

»Weil ich nicht pfeifen kann«, gibt Melanie verschämt zu.

»Was? Aber warum hast du das nicht gleich gesagt?«

»Weil ich dachte, dass ich es kann.«

»Oh Mann, du bist mir eine«, lache ich. »Sollten wir noch mal in ein Büro einbrechen, warnst du mich bitte, ja?!«

»Wird gemacht, Chef«, lacht Melanie. »So, und du gehst jetzt zu Rainer und legst ihm deinen Entwurf vor!«

»Ich weiß nicht«, zögere ich. »Wenn ich jetzt zu ihm gehe, wirkt es so, als ob ich Susanne hintergehe.«

»Also wenn hier jemand hintergangen wurde, dann bist du es.« Melanie beugt sich zu mir rüber. »Susanne hat dich mit Absicht hintergangen, das kannst du mir glauben. Die hat keine Hemmungen, wenn es um ihren Vorteil geht. Du und ich wissen das! Dein Entwurf ist gut. Komm, trau dich! Du kennst doch das alte Sprichwort: Wer nicht wagt, der nicht gewinnt!«

»Meinst du wirklich, ich sollte ...«

»Absolut«, nickt sie. »Und damit du es dir nicht anders überlegst, gehst du am besten gleich in Rainers Büro und zeigst ihm deine Arbeit.« Sie steht auf und klappt mir den Laptop vor der Nase zu.

»Hey«, protestiere ich.

Melanie drückt mir den Entwurf in die Hand. »Los!«

Als ich an Rainers Tür klopfe, zittert meine Hand. Meine Beine fühlen sich an wie aus Pudding und mein Magen übt sich im Schlagen eines Saltos.

»Herein!«

Ich betrete das Büro und traue kaum meinen Augen. Ich blinzele sicherheitshalber, aber das Bild, das sich mir bietet, bleibt. Mein Chef Rainer befindet sich im Kopfstand mit den Füßen gegen die Wand gelehnt. Die Hosenbeine hängen bis über seine Knie und geben den Blick auf ein paar haarige, weiße Waden frei. Kein schöner Anblick, muss ich sagen! Unter seinen Achseln zeichnen sich Schweißflecke ab. Sein Gesicht ist feuerrot, was zwei Ursachen haben kann. Erhöhte Durchblutung oder einen erhöhten Blutdruck oder beides. Im Geiste gehe ich kurz die Erste-Hilfe-Maßnahmen bei Herzinfarkt infolge von Bluthochdruck durch.

»Ja?«, begrüßt er mich gequetscht. Seine Augen treten verdächtig aus ihren Höhlen hervor. Falls seine Intention zum Kopfstand eine Form der Entspannung gewesen sein soll, dann muss ich leider sagen, hat es nicht funktioniert, denn Rainer sieht ganz und gar nicht entspannt aus. Er erinnert mich entfernt an einen Frosch kurz vorm Platzen. Nicht, dass ich einem solchen Ereignis schon einmal beigewohnt hätte, aber so würde ich es mir vorstellen.

»Hallo«, krächze ich irritiert.»Ich kann auch gern später wiederkommen, wenn es gerade nicht so passend ist.«

»Worum geht es denn?«

Irgendwie schimmern Rainers Lippen bläulich.

»Ja, ich hätte da einen Vorschlag bezüglich der *Frostglück*-Kampagne zu machen.«

»So?« Rainers Augen starren mich von unten herauf an.

»Ja«, nicke ich. »Ich habe meinen Entwurf Susanne bereits gezeigt und die fand ihn auch gut.« Das ist noch nicht einmal gelogen, auch wenn sie mich damit reingelegt hat.

»Na dann zeig mir mal, was du hast.«

Rainer hebt die Hand für den Bruchteil einer Sekunde, um meinen Entwurf entgegenzunehmen. Sofort fängt der ganze Körper heftig an zu schwanken und Rainer droht zu kippen. Doch dann fängt er sich wieder. Ich finde es ja ein wenig albern, dass er nicht einfach aufsteht, aber gut. Wie hat meine Oma schon immer gesagt: »Jedem Tierchen sein Plaisierchen.«

Gezwungenermaßen gehe ich auf die Knie und entrolle meinen Entwurf. Rainers Augen folgen mir. Ich drehe das Papier auf den Kopf, so dass er es erkennen kann.

»Ich weiß, die Idee ist ziemlich gewagt, aber ich dachte, wir probieren mal etwas Neues, Innovatives«, fange ich an.

»Warum bekomme ich den Entwurf erst jetzt zu sehen?«, blafft mich Rainer an und klappt die Beine nach unten. Ich mache einen Schritt zur Seite, um nicht getroffen zu werden.

Er baut sich vor mir auf. Seine Haare stehen zu allen Seiten ab, aber wenigstens nimmt sein Gesicht wieder eine normale Farbe an.

»Weil Susanne sich für einen anderen Entwurf entschieden hat«, stottere ich. »Es tut mir leid.« Hektisch fange ich an, den Entwurf wieder zusammenzurollen. »Ich hätte dich nicht damit belästigen sollen. Aber ich dachte, weil der Kunde nicht zufrieden ist, wäre mein Entwurf vielleicht ...« Ich schüttele den Kopf. »Das war dumm von mir ...«

Rainer starrt mich mit zusammengekniffenen Augen an.

»Ja«, sagt er schließlich. Mein Magen krampft sich zusammen. »Es war dumm von dir, nicht gleich zu mir zu kommen.«

Waaaas? Mein Herz setzt einen Schlag aus und ich schnappe hörbar nach Luft.

»Der Entwurf ist genial!« Über sein Gesicht huscht ein Leuchten. »Das ist die beste Idee, die ich seit Langem zu Gesicht bekommen habe. Mensch ...« Er schlägt mit der Faust auf den Tisch.

»Sara«, komme ich ihm zur Hilfe.

»... Sara, das ist es, worauf ich gewartet habe.« Rainer drückt eine Taste auf dem Telefon. Ich halte vor Spannung die Luft an. »Beate, komm sofort in mein Büro und hol mir Herrn von Bergau von *Frostglück* an den Apparat.«

»Ja, sofort «, scheppert Beates Stimme durch den Lautsprecher.

Tänzelnd gehe ich zurück zum Maulwurfshügel. Ich habe das Gefühl, auf einer rosaroten Wolke zu schweben. Ich kann es immer noch nicht fassen, dass Rainer mein Entwurf wirklich gefallen hat!

Bevor ich das Büro betrete, lege ich eine ernste Miene auf und lasse die Schultern hängen. Den kleinen Spaß gönne ich mir jetzt.

»Und, wie war's?« Melanie sieht mich erwartungsvoll an.

Ich mache ein trauriges Gesicht. »Du bist schuld.«

»Was? Woran?« Melanies Gesichtszüge entgleisen.

»Dass *Frostglück* eine neue Kampagne hat!«

Ich lache laut auf und werfe die Arme vor Freude in die Luft.

»Nein!«, schreit Melanie und springt auf. »Das glaube ich jetzt einfach nicht!«

»Doch!«, lache ich. »Rainer hat bereits mit *Frostglück* gesprochen und die sind von meiner Idee begeistert!«

»Ich wusste es!« Melanie fällt mir um den Hals. »Du bist einfach genial!«

»Rainer hat uns die Verantwortung für die Kampagne übertragen. Ist das nicht irre?!«, quietsche ich.

»Uns?« Melanie hält kurz inne.

»Na klar! Ich habe ihm gesagt, dass du maßgeblich an der Idee beteiligt bist. Schließlich hätte ich ohne dich nie den Mut gehabt, zu Rainer zu gehen«, sage ich. »Wir beide werden zusammen die neue *Frostglück*-Kampagne leiten.«

Melanie fällt mir lachend um den Hals.

»Und was ist mit Susanne?«, fragt sie kurze Zeit später, als wir uns etwas beruhigt haben.

»Susanne ist bis auf Weiteres krankgeschrieben.« Ich zucke mit den Schultern. »Um die müssen wir uns keine Sorgen machen.«

»Oh mein Gott, ich weiß gar nicht, wo wir anfangen sollen. Eine Kampagne unter unserer Regie, das ist der absolute Wahnsinn.« Melanie hüpft wie ein aufgescheuchter Hase im Büro hin und her.

»Hey, beruhig dich. Ich habe alles im Griff. Rainer und ich haben die Eckdaten bereits miteinander besprochen.« Ich strahle und bin ein klein wenig stolz auf mich.

Das ist das erste Mal, dass man mir die Verantwortung für eine große Kampagne überträgt, und ich finde, bisher mache ich meine Sache ganz gut.

»*Frostglück* möchte bereits nächste Woche mit den Aufnahmen für die Kampagne beginnen. Das bedeutet, dass wir heute noch die Models buchen müssen. Die Agentur ist bereits informiert und schickt eine geeignete Auswahl her.«

»Und was soll ich dabei machen?«

»Ich dachte mir, dass du dich um die Models kümmerst, während ich mit dem Fotografen spreche.«

»Geht klar, Boss«, kichert Melanie und macht eine kleine Verbeugung.

»Blöde Kuh!«, lache ich und greife zum Telefonhörer.

Als ich nach Hause komme, ist die Wohnung leer. Von Jim keine Spur. Er hat weder eine Notiz hinterlassen noch irgendeinen Hinweis. Enttäuscht stelle ich meine Tasche in die Ecke und schlüpfe aus meinen Schuhen. Eigentlich hatte ich mich gefreut, Jim von meinem Erfolg zu erzählen. Na ja, vielleicht heute Abend, wenn ich vom Sport zurückkomme.

Ich bin seit längerem Mitglied in einem der angesehensten Fitnessclubs in Hamburg. Dieses Zentrum für moderne Folter ist ein äußerst beliebter Singletreff und sorgt immer wieder für Gesprächsstoff bei meinem Mädelsstammtisch.

Ich muss zugeben, dass ich nicht zum Sport gehe, weil ich so viel Spaß daran habe. Ich tue es, weil ich muss! Wie sonst könnte ich mein schlechtes Gewissen bezüglich meiner Figur sonst beruhigen? Ich meine, jede Zeitschrift, die man heutzutage aufschlägt, rät seinen Leserinnen dazu, Sport zu treiben – nein, ermahnt sie sogar, um schrecklichen Krankheiten des Herz-Kreislaufs-Systems vorzubeugen und das eigene Körpergewicht zu reduzieren.

Ich hasse Sport. Von Sport bekomme ich für gewöhnlich schlechte Laune. Erstens werden mir meine körperlichen Defizite (kleiner Busen, dicker Po, Muffintop) in Gegenwart der vielen gut gebauten und gestählten Körper noch bewusster. Und zweitens reagiere ich auf kleinste Anstrengungen mit einem Schweißausbruch und sehe aus wie Rainer. Beides ist in meinen Augen nicht erstrebenswert!

Gehe ich allerdings nicht zum Sport, habe ich auch schlechte Laune und mein schlechtes Gewissen wächst bei jedem Bissen, den ich mache, was dazu führt, dass ich aus Frust noch mehr esse. Spätestens wenn ich dann auf meine elektronische Waage steige, gehe ich freiwillig zum Fitnessclub.

Heute, bei meinem morgendlichen Gang auf die Waage, habe ich zwei Kilo mehr gewogen, was mir einen ordentlichen Schreck eingejagt hat. Ich habe ja gar nicht den Anspruch, wie eines dieser ausgehungerten Magermodels auszusehen. Warum können sich die zwei Kilo nicht auf meinen Busen verteilen, anstatt sich auf meine ohnehin üppige Hüfte und meinen Bauch zu legen? Die Welt ist nicht gerecht!

Seit Neuestem besuche ich jedoch einen Kurs, der so ganz nach meinem Geschmack ist: Yoga Nidra! Ich muss sagen, dieser Kurs ist ein Glücksfall und entspricht ganz meinem genetischen Code.

Als ich das erste Mal den Kursraum betrat und alle Teilnehmer (fast ausschließlich Frauen) zugedeckt auf Matten lagen, wusste ich, dass dieser Kurs genau der richtige für mich ist. Also habe ich mir auch eine Decke geschnappt und es mir auf der Matte gemütlich gemacht. Als die Trainerin mit wenigen Worten erklärte, dass Yoga Nidra so viel bedeute wie »der »wache Schlaf«, war ich restlos begeistert. Schlafen beim Sport!

Man liegt eine Stunde auf der Matte und folgt den Anweisungen der Trainerin, die einen mit Worten durch den ganzen Körper führt und jeden Muskel zur Entspannung bringt. Seitdem besuche ich diesen Kurs regelmäßig.

Als mich Florian vor Kurzem fragte, welchen Kurs ich denn besuchen würde, habe ich ehrlich mit »Yoga« geantwortet.

»Das hätte ich dir gar nicht zugetraut«, waren seine Worte. Er schien sichtlich beeindruckt zu sein.

Ich wusste im ersten Moment nicht, ob ich mich freuen oder beleidigt sein sollte.

Da das Ergebnis meiner Gewichtsmessung von heute Morgen derart katastrophal war, habe ich auf Annas Anraten ein Personaltraining für den heutigen Abend gebucht.

Bereits in der Umkleidekabine des Fitnessclubs befallen mich ernsthafte Zweifel, ob meine Entscheidung die richtige war. Um mich herum stehen lauter gut aussehende Frauen mit straffen Figuren und durchgestylten Outfits. Ich greife in meine Sporttasche und ziehe meine alten schwarzen Leggins und ein T-Shirt heraus, was mir einen mitleidigen Blick meiner Nachbarin einbringt. Was ich jedoch geflissentlich ignoriere und mir meine alten Turnschuhe überziehe. Dann stapfe ich erhobenen Hauptes zum verabredeten Treffpunkt, wo ich von einem äußerst gut aussehendem Mann empfangen werde. Er trägt ein eng anliegendes Shirt, worunter sich seine beeindruckenden Muskeln deutlich abzeichnen. Er hat kurzgeschnittene braune Haare, eine gerade Nase und einen strengen Mund. Seine stahlblauen Augen mustern mich kritisch. Ich spüre, wie ich in mich zusammenfalle wie ein Kartenhaus.

»Hallo, du muss Sara sein.« Ich nicke. »Ich bin Marco, dein Personaltrainer für heute.«

Sein Blick scannt meinen Körper wie ein Arzt bei der jährlichen Routineuntersuchung. Es würde mich nicht wundern, wenn er mich gleich bittet, die Zunge herauszustrecken und »Ah« zu sagen.

Ich bleibe geduldig stehen und lasse die Musterung über mich ergehen. Als er fertig ist, schnellen seine Augenbrauen nach oben, was für gewöhnlich nichts Gutes zu bedeuten hat. »Was treibst du so an Sport?«

»Ich gehe regelmäßig zum Yoga.«

»Wie steht es mit Ausdauersport?«, fragt er unbeeindruckt.

»Was meinst du jetzt genau damit?«, frage ich nach.

»Joggen, Xplode, Tae Bo, Spinning, Box Workout, Athlete Workout,?«, leiert er gelangweilt Sportarten herunter, von denen ich noch nie im Leben etwas gehört habe, geschweige denn dass ich sie ausübe.

»Ich jogge ab und zu um die Alster«, sage ich aus der Not heraus, schließlich will ich nicht als kompletter Loser dastehen.

»Na, das ist doch schon mal ein Anfang.« Er kratzt sich am Kinn. »Ich denke, wir sollten erst einmal mit dem Muskelaufbau anfangen. Nur wer Muskeln hat, kann auch Fett verbrennen. Und davon hast du ja genug.«

Sein Blick bleibt auf meinem Bauch hängen. Haha. Sehr witzig.

Artig folge ich Marco in den Kraftraum. Anna und ich nennen ihn nur die »Folterkammer«. Muskelbepackte Männer, soweit das Auge reicht, die vor irgendwelchen Maschinen stehen, die denen ähneln, die man im Mittelalter verwendet hat, um unschuldige Menschen gefügig zu machen. Mir rutscht das Herz in die Hose und mein Selbstbewusstsein verabschiedet sich. Eine ungünstige Kombination, da ich als piepsiges Weibchen zurückbleibe.

Zu meiner großen Erleichterung führt mich Marco vorbei an all den Folterinstrumenten, bis er schließlich vor einem seltsam anmutenden Gerät stehen bleibt.

»Das ist unsere Power Plate«, fängt Marco an zu erklären. »Mit diesem Gerät kannst du mit minimalem Bewegungsaufwand eine große Wirkung erzielen! Deine Tiefenmuskulatur wird aufgebaut und dein Körper quasi umgebaut.«

Das klingt doch sehr gut! Mit einem Schlag ist Marco auf meiner Sympathieskala um hundert Prozent gestiegen. Endlich ein Mann, der mich versteht!

»So, dann stell dich mal auf die Plate.« Er deutet auf eine breite Fläche, von der aus eine Art Ständer mit einer Halterung wie ein Fahrradlenker abgeht.

»Bevor wir loslegen, muss ich dich nur kurz fragen, ob du schwanger bist.«

Die Frau auf dem Gerät direkt neben mir wirft Marco einen Die-doch-nicht-Blick zu. Für einen kurzen Moment bin ich versucht, Ja zu sagen, aber dann lasse ich es lieber.

»Nein«, sage ich der Wahrheit entsprechend. Ich muss schließlich nicht vor einer völlig Fremden meinen derzeitigen Familienstand rechtfertigen. »Aber ich hatte heute Morgen wilden Sex!«

Ich werfe einen triumphierenden Blick zu der Blondine rüber. Die fällt fast von der Plate und ich kann nur mit Mühe einen Lachanfall unterdrücken.

»Gut, dann hast du ja ein paar Kalorien verbrannt«, nickt Marco unbeeindruckt. Seine Mundwinkel zucken jedoch verdächtig.

Ich krabbele auf die Power Plate. So weit, so gut. Fachkundig drückt Marco ein paar der Knöpfe, die sich entlang der Stange befinden. Sofort leuchtet das Display vor mir am Lenker auf.

Gespannt warte ich, was als Nächstes passiert.

Ohne Vorankündigung fängt das Teil laut an zu brummen und Sekunden später wird mein ganzer Körper kräftig durchgeschüttelt. Ich komme mir vor wie ein Milchshake. Mein Magen hat die Vibrationen ebenfalls aufgenommen und ich kann nur hoffen, dass der Fisch, den ich zum Mittagessen hatte, nicht wieder die Speiseröhre aufwärts schwimmt. Nach dreißig Sekunden hört die Schüttelei plötzlich auf.

»Na, wie geht es dir?«, fragt der Grottenolm.

»Och!«, ist alles, was ich sagen kann. Mein Sehnerv schüttelt noch immer, jedenfalls sehe ich alles leicht verschwommen.

»Perfekt«, nickt Marco. »Dann können wir ja weitermachen. Diesmal gehst du bitte dabei in die Knie und bleibst so, bis das Vibrieren aufhört.«

Ich nicke artig. Die Blondine grinst hämisch zu mir rüber. Blöde Kuh!

Nach einer gefühlten Ewigkeit, tatsächlich sind es zwanzig Minuten, erklärt Marco das Training für beendet. Meine Beine fühlen sich an, als hätte eine ganze Ameisenkolonie darin ihr neues Zuhause gefunden. Als ich ihn darauf aufmerksam mache, winkt er nur ab.

»Das gibt sich wieder. Keine Sorge. Das ist die erhöhte Durchblutung deiner Fettzellen.«

Na danke auch. Aber wenn es hilft, soll es mir recht sein.

Geschafft trete ich den Rückzug aus der Folterkammer an und schleppe mich in die Umkleidekabine zurück.

Um meine gestressten Muskeln ein wenig zu entspannen, gehe ich in die clubeigene Sauna, obwohl ich eigentlich eine natürliche Abneigung gegen das Schwitzen habe und meinen Körper nur ungern unbedeckt vor dem anderen Geschlecht präsentiere.

Männer haben im Gegensatz zu uns Frauen ein gutes Verhältnis zu ihrem Körper. Sie haben kein Problem damit, ihren Körper nackt der Öffentlichkeit zu präsentieren. Da wird der Bierbauch stolz vor sich her geschoben, als handele es sich dabei um eine Trophäe. Während wir Frauen uns modische Tücher um die Hüften wickeln, um unsere Schwachstellen zu verdecken.

Meinen Beobachtungen in der Sauna zufolge kann ich behaupten, dass Männer gern ihr Geschlechtsteil in der Öffentlichkeit präsentieren und sich demzufolge breitbeinig und unbedeckt auf die Bank setzen.

Im Wartezimmer meines Frauenarztes habe ich in einer Zeitschrift gelesen, dass die durchschnittliche Penisgröße bei sieben bis zehn Zentimetern liege. Nach meinem letzten Besuch in der gemischten Sauna würde ich behaupten, dass dieser Artikel von einem Mann geschrieben wurde und der Durchschnitt tatsächlich weit darunter liegt.

Wie heißt es immer: Die Größe spielt keine Rolle – das ist der größte Quatsch, den ich je gehört habe. Anna war mal mit einem Typen im Bett, dessen Ding war so klein, dass sie ihn während des Geschlechtsaktes gefragt hat, ob er denn schon in ihr sei. Nach diesem traumatischen Erlebnis ist Anna sehr darauf bedacht, einen Blick auf das beste Teil des Mannes zu werfen, bevor sie sich ihm hingibt.

Mein schlimmstes Saunaerlebnis liegt gar nicht so lange zurück und ist der Grund dafür, warum ich nur noch am Frauentag in die Sauna gehe. Anna und ich hatten es uns in der finnischen Trockensauna bei lauschigen neunzig Grad gerade so richtig gemütlich gemacht, als ein Mann, ungefähr Anfang dreißig, die Sauna betrat und unsere Zweisamkeit durch ein lautes »Hallo« störte. Er legte sich breitbeinig entgegengesetzt zu uns, so dass ich von meiner Position aus gefühlt bis hoch zu seinen Mandeln schauen konnte, ohne dass er den Mund öffnen musste. Aber um dem Ganzen die Krone aufzusetzen, kratzte sich der Typ genüsslich am Sack, um anschließend an seinen Fingern zu riechen. So kam es, dass Anna und ich die Sauna fluchtartig verließen und uns in die gegenüberliegende Sportsbar verkrochen. Zwei Gläser Wein später konnten wir darüber lachen.

Heute jedoch ist alles ruhig und nach zwei Saunagängen bin ich völlig fertig, aber entspannt. Da ich bestimmt hunderte von Kalorien verbrannt habe, gönne ich mir anschließend ein leckeres Eis im Club–Restaurant, bevor ich mich wieder auf den Weg mache.

Liebeskummer und ein Kuss

Als ich die Haustür aufschließe, dudelt Helene Fischer aus dem Wohnzimmerradio, was ein sicheres Zeichen dafür ist, dass Jim daheim ist. Ich lege meine Sporttasche ab und schlüpfe aus meiner Jacke, als ich plötzlich lautes Schluchzen vernehme.

Irritiert bleibe ich stehen und lausche, aus welcher Richtung das Schluchzen kommt. Helene Fischer war es jedenfalls nicht, denn die singt gerade fröhlich »Atemlos«. Ich gehe den Flur entlang bis zu Jims Zimmer. Die Tür ist verschlossen. Von drinnen dringen lautes Weinen und Jims Stimme an mein Ohr. Entschlossen klopfe ich an und trete ein. Das Licht ist schummrig und es dauert einen Moment, bis sich meine Augen daran gewöhnt haben. Dann sehe ich es. Anna liegt mit tränenüberströmtem Gesicht in Jims Armen.

»Was ist denn hier los?«, rufe ich überrascht.

»Anna stand weinend vor der Haustür und wollte dich sprechen. Da dachte ich mir, es ist besser, wenn ich mich um sie kümmere«, erklärt mir Jim.

»Das ist lieb von dir«, sage ich besorgt. Annas Augen sind komplett verquollen und ihr Make-up ist verschmiert. Dicke Tränen kullern über ihre Wangen und tropfen ihr vom Kinn.

»Oliver hat Schluss gemacht«, schnieft sie und streckt die Arme nach mir aus wie eine Ertrinkende.

»Ach meine Süße.«

Ich lasse mich neben ihr auf den Teppich fallen und schlinge meine Arme um sie und wiege sie wie ein kleines Kind.

»Stell dir vor, er hat mir gebeichtet, dass er eine feste Freundin hat, und die ist jetzt schwanger.«

»Was für ein mieses Schwein!«, sage ich entschlossen. Anna nickt schluchzend. »Gott sei Dank war das zwischen ihm und dir keine feste Sache.«

Anna heult laut auf, was nur bedeuten kann, dass ich mit meiner Annahme falschlag. Sie hatten eine feste Beziehung, zumindest was Anna anbelangt. Die Arme. Ich wiege sie sanft hin und her.

»Ich hatte gehofft, dass er und ich ...«

Ich streiche ihr tröstend über das Haar. Jim sitzt die ganze Zeit neben uns und streichelt Anna beruhigend über den Rücken.

»Es ist wie verhext, aber ich finde keinen Mann«, jammert Anna weiter. »Ich falle immer nur auf Idioten rein.« Sie sieht wirklich bemitleidenswert aus.

»Du bist wunderschön, intelligent und witzig«, ergreift Jim das Wort. »Die Männer sind dumm, wenn sie das nicht erkennen.«

Anna lächelt unter Tränen.

»Ich finde, Jim hat völlig recht«, stimme ich ihm zu. »Du siehst toll aus, du bist intelligent und du kannst eine Not-OP auf dem Küchentisch durchführen.«

Anna zieht geräuschvoll die Nase hoch. »Trotzdem finde ich keinen Mann!«

»Anna, ich kenne dich schon mein halbes Leben. Wenn es mit einem Typen ernst wurde, bist du weggelaufen, hast dir den nächstbesten Kerl geschnappt und bist mit ihm in die Kiste gehüpft. Ich würde deinen Zustand als Bindungsangst bezeichnen. Was hast du von einem Mann erwartet, den du auf einer Plattform wie *diegeheimeliebe.de* findest? So naiv bist du nicht! Such dir endlich einen Mann, der es wert ist, und lauf nicht immer davon.«

»Du meinst, so wie du?« Anna schüttelt den Kopf.

»Wieso, was ist mit mir und Florian verkehrt?«

»Ich weiß nicht, ihr wirkt so abgeklärt. Ich suche nach einem Mann, bei dessen Anblick mir die Luft wegbleibt und ich vor Glück kaum noch atmen kann.«

»Das ist doch alles Träumerei«, brumme ich. »Ich habe meine Augen offen, und was ich sehe, ist nicht der Mann meiner Träume, sondern der Mann, mit dem ich mein Leben verbringen möchte. Florian ist echt, er ist genau der Mann, der er vorgibt zu sein, und nicht irgendeine Fantasiefigur. Wenn du ein Abenteuer und einen

Nervenkitzel suchst, solltest du dich nicht bei irgendwelchen dubiosen Sexplattformen anmelden, sondern lieber einen Tauchkurs machen oder es mit Bungee-Jumping versuchen. Hamburg ist voll von Menschen, die auf der Suche nach ihrem Traumpartner sind. Manchmal habe ich das Gefühl, wir suchen nach etwas, das überhaupt nicht existiert.«

Anna knabbert nachdenklich an ihrer Lippe.

»Liebe muss man sich erarbeiten, nicht danach schmachten«, erkläre ich weiter.

»Die Liebe ist die stärkste Macht der Welt. Liebe kann Berge versetzen und erfüllt dich zutiefst«, sagt Jim und seine Augen ruhen auf mir. Mein Körper fängt sofort an zu kribbeln. »Wer so wie du spricht, hat die wahre Liebe noch nicht kennengelernt.«

»Aber du?«, frage ich scharf.

»Ich habe die wahre Liebe kennengelernt«, sagt er schlicht.

Bei seinen Worten spüre ich einen Stich in der Magengegend. Mein Mund ist plötzlich ganz trocken. Ich schlucke und habe das Gefühl, in seinen dunklen Augen zu versinken. Mein Herz schlägt wie verrückt und durch meinen Kopf wirbeln Gedanken. Ist Jim wirklich schwul? Und wenn nicht, findet er mich genauso gut wie ich ihn? Plötzlich verspüre ich einen starken Drang, ihn zu küssen.

Anna hört auf zu schluchzen und ihr Blick wandert zwischen mir und Jim hin und her. »Hallo, ihr zwei. Ich bin auch noch da!«

»Entschuldige«, stammele ich und wende mich gegen meinen Willen von Jim ab.

»Oliver und ich haben tolle Gespräche miteinander geführt«, murmelt Anna.

»Das behaupten die Leute vom Swingerclub auch immer, dass sie wegen des guten Essens und der Gespräche dort hingehen.«

»Oliver war so ein hübscher Mann«, seufzt sie.

»Ja, und ein hübsches Arschloch war er auch, sonst hätte er dich nicht so sauber abserviert.«

Das ist mal wieder typisch Frau. Wenn wir Liebeskummer haben, streuen wir zusätzlich Salz in die Wunde. Wir schauen uns die alten Fotos an, auf denen wir zusammen so glücklich waren. Dazu spielen wir »unser Lied« und weinen uns die Seele aus dem Leib. Um unseren Schmerz besser ertragen zu können, trinken wir viel zu viel Alkohol und werden am nächsten Tag damit bestraft, dass wir uns noch schlechter fühlen. In dieser Hinsicht beneide ich die Männer! Ein Mann verarbeitet seinen Liebeskummer, indem er mit seinem besten Kumpel in die nächste Bar geht, wahnsinnig viel trinkt und sich die nächstbeste Maus schnappt, die willig ist, und mit ihr dann eine heiße Nacht verbringt. Morgens steht er dann auf, streichelt der Frau noch einmal übers Gesicht, sagt Dinge wie »Du bist echt klasse. Ich hoffe, der Mann, der dich mal kriegt, weiß das zu schätzen.« und geht zufrieden und frohen Mutes für immer aus ihrem Leben.

»Weißt du, ich finde, du hast lange genug wegen diesem Idioten geheult. Das ist der Mann gar nicht wert.«

»Findest du?«, piepst meine sonst so selbstbewusste Freundin.

»Allerdings. Ich finde sogar, wir sollten feiern!«

»Feiern?« Jim und Anna sehen mich an, als würde ich unter Drogen stehen.

»Genau, feiern!«, nicke ich.

»Und was genau feiern wir?« Anna sieht mich verwundert an.

»Dass du endlich frei bist und einen Neuanfang starten kannst.«

Anna legt den Kopf leicht schräg.

»Gar nicht so schlecht, die Idee.«

»Ja, finde ich auch«, sage ich entschlossen. »Und deshalb hole ich uns gleich eine Flasche Sekt und wir trinken darauf.«

Ich grinse.

»Das klingt nach einem guten Plan«, lächelt Anna.

»Siehst du«, sage ich. »Du kannst schon wieder lächeln. Prima.« Ich entlasse Anna aus meinen Armen.

»Soll ich nicht lieber den Sekt holen?«, fragt Jim und steht auf. Er sieht wie immer hammermäßig aus. Seine Haare sind zu einem Knoten am Hinterkopf zusammengebunden und er trägt Jeans und Shirt. Wenn ich ihn so in der Stadt treffen würde, dann würde ich annehmen, dass es sich bei ihm um ein echtes Hippster-Model handelt.

»Das wäre prima«, nicke ich und schaue ihm hinterher.

»Toller Knackarsch«, raunt Anna mir zu.

»Ach schau an, du bist also aus deiner Trauer aufgewacht«, kommentiere ich ihren plötzlichen Gefühlswandel. »Jim ist tabu für dich!«

»Ach, du willst ihn also für dich?«

»Quatsch«, winke ich ab. »Erstens ist Jim schwul und zweitens bin ich glücklich verliebt.«

»Wirklich?« Anna sieht mich zweifelnd an.

»Was willst du mir jetzt damit sagen?«

»Dass ich glaube, dass Jim weder schwul ist, noch du verliebt in Florian bist.«

Jim kommt zurück. Er hat den Sekt und die Gläser dabei.

»Partytime«, kreischt Anna völlig überdreht.

»Jetzt nicht gleich übertreiben«, versuche ich sie zu beruhigen. Die Tränen auf ihren Wangen sind schließlich kaum getrocknet.

Jim stellt zwei Gläser ab und schenkt uns ein.

»Du nicht?«, frage ich.

Er schüttelt den Kopf. »Nein, wie ich schon sagte: Ich verliere dadurch meine Zauberkraft.«

Anna kichert hinter vorgehaltener Hand.

»Ja, schon klar«, grinse ich.

»Ich bin gleich wieder da«, sagt Jim und verschwindet erneut.

»Was meint er denn mit Zauberkraft?«, wispert Anna.

»Ich schätze, er meint seine Manneskraft«, schmunzele ich.

Anna lacht laut auf. »Jim ist wirklich klasse. Ich frage mich echt, wie du es die ganze Zeit mit ihm aushältst, ohne über ihn herzufallen. Der Typ ist so heiß.«

»Das haben wir doch eben schon besprochen«, stöhne ich.

»Ist ja gut. Ich höre ja schon auf«, sagt Anna und hebt ihr Glas.

»Auf meinen Traumprinzen, wo auch immer er sich versteckt hält. Ich werde ihn finden!«

»Viel Glück«, entgegne ich trocken.

Wir stoßen an.

Jim kommt zurück und lässt sich neben uns auf dem Diwan nieder. Er sieht aus wie hingegossen und ich wende rasch meine Augen ab, bevor ich auf dumme Ideen komme.

»Und wie war dein Tag?«, fragt Jim und ich bin gezwungen, ihn wieder anzusehen.

»Der war großartig«, gestehe ich lächelnd.

»Wirklich?«, fragt Anna erstaunt.

»Ich habe die Verantwortung für die *Frostglück*-Kampagne übertragen bekommen«, kreische ich.

»Warum hast du das nicht gleich gesagt?« Anna breitet die Arme aus und fällt mir um den Hals. »Ich freu mich ja so für dich.«

»Ja, ich kann es noch gar nicht fassen. In den letzten drei Tagen ist so viel passiert. Es scheint fast so, als ob sich endlich alles zum Guten bei mir wendet.«

»Ich bin sehr froh darüber, dass du zufrieden bist«, ertönt Jims dunkle Stimme.

»Ja«, nicke ich und werfe ihm einen kurzen Blick zu.

Unsere Augen treffen sich. Sofort fangen meine Hormone an, Samba zu tanzen. Er hat eine unglaublich sexy Ausstrahlung.

»Kann ich den Entwurf mal sehen?«, fragt Anna und der Moment ist vorbei.

»Ja, klar«, stammle ich und stehe auf, um davonzueilen und den Entwurf zu holen, den ich sicherheitshalber mitgenommen habe, damit ihn niemand unerlaubtes an sich nehmen kann.

Drei Minuten später breite ich meine Arbeit unter den wachsamen Augen von Jim und Anna auf dem Boden aus.

»Das ist richtig gut«, sagt Anna. »Ich wusste ja, dass in dir ein großes Talent schlummert.«

»Wozu dient das?«, fragt Jim und beweist einmal mehr, dass er keine Ahnung von dem hat, was in der Welt da draußen los ist.

»Das ist die Idee für eine Werbung, womit man potenzielle Käufer anlocken will«, erkläre ich.

»Verstehe«, nickt Jim und nippt an seiner Teetasse.

»Auf deinen Entwurf.« Anna leert ihr Glas mit einem Zug und ich folge ihrem Beispiel.

Annas Augen wandern erneut über meinen Entwurf.

»Sag mal, hast du schon ein passendes Model für deine Werbung gefunden?«

»Du meinst für den Piraten?« Anna nickt. »Nein, bis jetzt nicht. Morgen ist ein Casting im Fotostudio mit mehreren Models angesetzt, zu dem ich auch fahren werde. Die Meerjungfrau steht allerdings schon fest. So ein junges dänisches Model, das Abbild einer Meerjungfrau. Bei den Männern wird es allerdings schwerer.«

Anna sieht mich mit großen Augen an. »Aber warum suchen, wenn das Gute doch so nah ist?«

»Ich verstehe kein Wort von dem, was du sagst. Könntest du bitte aufhören, so kryptische Sätze von dir zu geben«

»Manchmal hast du echt Tomaten auf den Augen«, antwortet Anna und deutet auf Jim, der dabei ist, die Shisha anzuzünden.

»Du meinst Jim?« Meine Kinnlade klappt nach unten.

»Bist du eigentlich blind?«, entgegnet Anna.»Jim ist geradezu für die Rolle des Piraten gemacht! Ich meine, schau ihn dir doch nur mal an!«

Jim stellt klirrend seine Tasse ab.

Wie in Trance drehe ich meinen Kopf und schaue zu ihm. Wieso bin ich nicht gleich darauf gekommen? Vor mir steht der perfekte Pirat, so wie ich ihn mir vorgestellt habe! Die langen, dunklen Haare, die honigfarbenen Augen, das verwegene Lächeln, dieser Wahnsinnskörper! Halt! Wenn ich so weitermache, falle ich an Ort und Stelle über ihn her!

»Du hast recht«, sage ich ein wenig atemlos. »Jim ist tatsächlich der Richtige. Er ist geradezu ideal dafür.«

»Siehst du!«, triumphiert Anna. Sie beugt sich nach vorn und gibt Jim einen Kuss auf die Wange. »Jim, ab heute bist du nicht mehr arbeitslos, und dazu noch wirst du ein gut bezahltes Model!«

»Ein Model?«, fragt Jim verwirrt.

»Jim, das ist deine Chance, Geld zu verdienen«, erkläre ich ihm. »Du musst nur ein bisschen vor der Kamera stehen, dabei lächeln und für uns den Piraten spielen.«

»Die meisten Piraten, die ich in meinem Leben kennengelernt habe, waren keine netten Menschen«, sagt Jim mit ernster Miene.

»Ach komm, Jack Sparrow zum Beispiel ist echt toll!«

»Jack Sparrow?«

»Captain Jack Sparrow von der Black Pearl«, erkläre ich.

Jim schüttelt den Kopf. »Noch nie von dem Mann gehört.«

»Das war ja zu erwarten«, murmele ich.

»Okay, dann bist du eben der erste nette Pirat«, sagt Anna.

Jim sieht alles andere als begeistert aus.

»Bitte, Jim. Bitte.« Ich falte meine Hände zusammen und flattere mit den Augen. »Vertrau mir einfach. Du wirst sehen, es wird dir Spaß machen.«

»Wenn das dein Wunsch ist?«

»Es ist mein Wunsch«, greife ich den Faden auf.

»Dein Wunsch ist mir Befehl« Jim macht eine Verbeugung. So langsam beginnt mir die Sache Spaß zu machen.

»Dann ist es also abgemacht. Ich rufe gleich morgen in der Agentur an und sage das Casting ab.« Ich nehme einen tiefen Schluck aus meinem Glas. »Jim Sparrow, das neue Werbegesicht von *Frostglück*!«

Wir stoßen an.

Leicht beschwipst begleite ich Anna zur Tür. Es ist schon weit nach Mitternacht. Ich fühle mich seltsam beschwingt und unbeschwert wie schon lange nicht mehr. Ob es am Alkohol oder an meiner guten Laune liegt, vermag ich nicht zusagen, wahrscheinlich ist es eine Mischung aus beidem.

»Guute Naacht«, sage ich langgezogen und stelle fest, dass meine Aussprache nicht mehr ganz sauber ist.

»Dirr auch«, nuschelt Anna und drückt mir einen feuchten Kuss auf die Wange. »Biss morgen.«

Ich schließe die Tür. Der Boden unter meinen Füßen schwankt und ich habe Mühe, mich auf den Beinen zu halten.

Jim kommt herbeigeeilt und greift mir helfend unter die Arme.

»Da bisst du ja«, nuschele ich und lächele ihn beseelt an. »Du bisst mein Glücksssbringer.« Ich tippe ihm mit dem Zeigefinger auf seinen herrlich geschwungenen Mund. »Komm, wir trinken noch ein Schlückchen zusssammen«, kichere ich.

»Ich glaube, du solltest lieber zu Bett gehen«, schlägt Jim nüchtern vor.

»Nur ein winzig kleines Schlückchen als Absacker, oder ist dein Tee schon kalt?«, giggele ich wie ein Teenager.

»Ich denke, du hattest genug für heute Abend«, torpediert Jim meinen Plan. »Ich bringe dich jetzt ins Bett.«

Ehe ich protestieren kann, werde ich von zwei starken Armen hochgehoben. Sofort habe ich seinen Duft in der Nase. Es riecht, als ob ich mich kopfüber in Beeren mit Zimt gestürzt hätte. Wenn der Himmel einen Duft hat, dann ist es der von Jim. Ich schmiege mich an ihn und kuschele meinen Kopf an seine Brust.

»Du bist so stark«, murmele ich. Oje, meine Hormonausschüttung muss enorm sein.

Jim lacht heiser. Sein Herz schlägt gegen seine Brust, genau unterhalb der Stelle, wo mein Kopf liegt.

Bumm. Bumm. Bumm.

Ich schließe meine Augen und genieße das Gefühl der Geborgenheit. Die Tür zu meinem Zimmer geht quietschend auf.

Ich blinzele. Jim hält mich eng umschlungen. Ich schaue hoch und blicke geradewegs in seine Augen. Sie sind noch eine Nuance dunkler geworden als sonst. Die kleinen goldenen Punkte leuchten darin wie Sterne. Sein Mund ist ganz nah. Instinktiv halte ich die Luft an. Mein Gott, dieser Mann ist so schön! Ich möchte ewig in seinen Armen liegen.

Zwischen uns herrscht atemlose Stille. Jims Augen verengen sich zu Schlitzen. Dann beugt er sich zu mir herunter. Als sich seine Lippen auf meine legen, fühlt es sich an wie ein Stromschlag.

Mein Herz setzt einen Atemzug lang aus. Die Welt um mich herum scheint stillzustehen. Es gibt nur noch mich und ihn. Jim. Seine Lippen fühlen sich genauso an, wie ich es mir immer vorgestellt habe, warm und weich. Als seine Zunge vorstößt, stöhne ich laut auf. Er schmeckt herrlich wild. Jim mag vielleicht ein Hinterwäldler sein, aber das ist definitiv der beste Kuss meines Lebens. Meine Hormone tanzen Samba, während ich versuche, nicht vor Verzückung in Ohnmacht zu fallen. Sein Bart fühlt sich viel weicher an, als ich es mir vorgestellt habe. Unsere Zungen umspielen sich. Ich fahre mit der Hand durch seine dichten Haare und ziehe ihn noch enger an mich heran. Minutenlang hält er mich so in seinen Armen. Als sich seine Lippen von den meinen lösen, bleibe ich atemlos zurück.

Blinzelnd versuche ich meine Umwelt wahrzunehmen. Jims Augen glühen wie zwei Kohlestücke. Sein Atem geht stoßweise, als er mich aus seinen Armen auf mein Bett entlässt. Ich schlinge meine Arme um seinen Hals und ziehe ihn zu mir herunter. Ich will mehr. Ich will ihn spüren und jeden Millimeter seines Körpers erkunden.

»Sara!«, reißt mich Jims raue Stimme aus meinen Gedanken. »Wir müssen damit aufhören!«

»Was?!« Das war der wunderbarste Kuss meines Lebens. Ich will nicht aufhören! »Nein, warum?«

»Ich kann nicht«, sagt Jim gequält.

Schlagartig bin ich wieder nüchtern. Mein Hormonspiegel purzelt gerade in den Keller und mein Hochgefühl ebenfalls.

»Verstehe«, flüstere ich. Ich hatte in meinem Liebestaumel völlig vergessen, dass Jim ja schwul ist!

Er sieht mich überrascht an, dann steht er auf. Ich habe bei unserem Kuss seinen Knoten gelöst und die Haare fallen ihm wirr ins Gesicht. Ich balle meine Hand zur Faust, um der Versuchung zu widerstehen, sie ihm aus dem Gesicht zu streichen.

»Es tut mir leid.« Jim beugt sich zu mir und legt mir seine Fingerspitzen auf den Mund.

»Nein, das ist meine Schuld. Ich hätte nicht so viel trinken sollen.«

»Pssst, meine Wüstenblume. Mach dir keine Gedanken. Schlaf jetzt«, lullt mich seine Stimme ein. Ich kann nur mit Mühe die Augen aufhalten. Was ist nur los mit mir?

Wie ein dunkler Schatten gleitet Jim aus meinem Schlafzimmer. Mein Herz klopft wie verrückt und mir ist schwindelig. Was habe ich nur getan?

Mit einem Schlag bin ich hellwach. Mein Kopf schmerzt als Folge meines übermäßigen Alkoholgenusses und mein Körper fühlt sich irgendwie taub an, als ob er nicht zu mir gehöre. Ich bleibe mit geschlossenen Augen liegen und denke an gestern Nacht.

An Jim und an diesen wunderbaren Kuss, den ich noch immer auf meinen Lippen spüre. Was für ein Kuss! Küsst so ein Mann, der keine Gefühle für einen hegt?

Ich werfe mir stöhnend die Decke über den Kopf. Ich bin total durcheinander und in meinem Kopf herrscht völliges Chaos. Ich kann an nichts anderes mehr denken als an Jim. Immer wieder kreist sein Name in meinem Kopf.

Nicht an Jim denken, ermahne ich mich selbst. Was natürlich nicht funktioniert. Das ist das Gleiche wie mit dem Spruch »Und jetzt nicht an rosa Elefanten denken!« Kaum ausgesprochen, schon schwebt das Bild eines rosa Elefanten durch meinen Kopf.

Ich stecke bis zum Hals in Schwierigkeiten. Eine Träne läuft mir die Wange herunter, getrieben von einer Mischung aus Wut über mich selbst und Schuldgefühlen darüber, Jim geküsst zu haben. Ich habe ein Problem, und zwar ein gewaltiges!

Ich bin in zwei Männer verliebt und der eine davon ist schwul! Wie schlimm kann es bitte noch werden?! Stöhnend richte ich mich auf. Warum kommen solche Probleme immer, wenn man sie am wenigstens gebrauchen kann?

Das Handy klingelt. Ein Blick auf das Display genügt. Florian! Mein schlechtes Gewissen meldet sich zu Wort und mein Magen zieht sich zusammen, als ob ich in eine Zitrone gebissen habe. Es war nur ein klitzekleiner Kuss, versuche ich mich zu beruhigen. Ein einziger Ausrutscher macht noch keinen Betrug aus. Ab jetzt werde ich mich zusammenreißen und zusehen, dass Jim so schnell wie möglich auszieht.

Wo ich wieder bei einem Thema wäre, das Anna und mich schon seit Längerem beschäftigt und immer wieder zu Diskussionen zwischen uns führt.

Wann fängt der Betrug eigentlich an?

Wenn man mit einem anderen Mann flirtet und ihn küsst? Oder wenn man mit ihm ins Bett geht?

Ich vertrete ja die Ansicht, dass der Betrug bereits im Kopf anfängt. Dann nämlich, wenn du dich für einen anderen Mann als den an deiner Seite interessierst. Anna hingegen ist davon überzeugt, dass man seinen Freund erst betrügt, wenn man mit einem anderen Mann schläft. Wobei sie auch da unterscheidet, ob der Mann in ihr gekommen ist oder nicht. Wenn ja, ist es eine eindeutige Form des Betruges, wenn nein, ein Fast-Betrug.

Heute ziehe ich es vor, mich an Annas Theorie zu halten.

»Hallo!« Ich räuspere mich verlegen.

»Guten Morgen, Schnuppelchen«, ertönt es gut gelaunt durch den Lautsprecher. »Hast du gut geschlafen?«

»Ja, leider nur zu kurz«, antworte ich wahrheitsgemäß.

»Zu kurz, warum?«

»Äh, ich habe ein bisschen mit Anna gefeiert.«

Das ist nicht gelogen!

»Gefeiert?« Die Freude ist aus Florians Stimme verschwunden.

»Ja, stell dir vor, ich habe die *Frostglück*-Kampagne zusammen mit Melanie bekommen!«, verkünde ich schnell. »Und Jim wird unser männliches Model.«

Im selben Moment, als ich ihn gesagt habe, bereue ich meinen letzten Satz bereits. Ich bin manchmal so ungeschickt!

»Herzlichen Glückwunsch! Wieso Jim? Was hat denn Jim mit der ganzen Sache zu tun?«, kommt es prompt zurück.

»Das war Annas Idee«, verteidige ich mich. »Sie findet, Jim sei einfach perfekt für die Rolle des Piraten.«

»Mhm!«

»Und wie ist es bei dir?«, versuche ich vom Thema abzulenken.

»Sehr anstrengend. Ich bin den ganzen Tag unterwegs und hetze von einem Meeting zum nächsten. Aber am Sonntag komme ich definitiv zurück.«

»Sonntag erst? Ich dachte, du kommst schon morgen?«, frage ich, ein klein wenig erleichtert. Das gibt mir noch einen Tag Zeit, die ganze Sache mit Jim wieder ins Reine zu bringen.

»Ja, ich wäre auch lieber bei dir, aber ich bin vom Chef der Kanzlei zu einem Golfturnier eingeladen worden, das ich unmöglich absagen konnte.«

»Kein Problem«, sage ich. »Dann kann ich ja ohne schlechtes Gewissen zu meinen Eltern fahren.«

»Kommt Jim mit?«, fragt Florian.

»Äh, ja. Warum?«

»Du verbringst ziemlich viel Zeit mit dem Kerl.«

»Er ist ja auch nur kurz hier.« Ich spüre, wie ich rot werde. Gott sei Dank kann Florian mich nicht sehen. »Ich würde lieber mehr Zeit mit dir verbringen«, sage ich schnell.

»Schnuppelchen, du weißt, dass ich das nur für dich tue. Ich möchte schließlich eine sichere Grundlage für die Zukunft haben.«

»Und das willst du alles mit einem Golfturnier erreichen?«

Schweigen.

»Du, ich muss dann mal los. Bitte fahr vorsichtig. Hörst du?«, sagt Florian.

»Ja, mache ich«, verspreche ich. »Du ...«

»Was?«

»Ich liebe dich!«

Schweigen.

»Ich hab dich auch lieb«, sagt Florian.

»Ich habe meinen Hamster lieb und mein Kleid ...«, schmolle ich leise.

»Du weißt genau, was ich meine!«

»Wieso kannst du mir nicht sagen, dass du mich liebst?«

»Tue ich doch«, antwortet Florian.

»Ich liebe dich und ich hab dich lieb, das ist nicht das Gleiche!«

»In meinen Augen schon. Ich muss los.«

»Ja, immer musst du los!«

»Sag mal, hast du deine Tage?«

»Was soll denn der blöde Satz?«

»Weil du so zickig bist, und das bist du für gewöhnlich nur, wenn du deine Tage hast.«

Ich schwöre mir, nie wieder einem Mann zu erzählen, wenn ich meine Tage habe. Dieser Umstand wird sofort gegen dich ausgenutzt und immer wieder zur Sprache gebracht, wenn du dich mal streitest. Das ist nicht fair! Schließlich bin ich eine Frau, als solche möchte ich mich eben manchmal streiten. Tage hin, Tage her!

»Wenn du meinst«, entgegne ich.

»Sara, lass uns lieber Schluss machen, bevor wir uns noch streiten«, bittet Florian.

»Wir streiten uns bereits, falls du es nicht gemerkt hast.«

Und dann lege ich auf.

Auflauf mit Überraschungen

Wir brausen mit dem Mini über die Landstraße. Jim sieht schweigend aus dem Fenster. Wahrscheinlich geht es ihm wie mir und er weiß nicht, was er sagen soll. So dicht neben Jim zu sitzen, ist die reinste Folter für mich. Ich muss mich konzentrieren, damit ich keinen Unfall baue. Meine Hände halten das Lenkrad fest umklammert. Draußen herrscht ziemlich trübes Wetter. Der Himmel ist bedeckt und es weht ein starker Wind. Noch dazu ist es bitterkalt. In der vergangenen Nacht sind die Temperaturen das erste Mal unter null Grad gefallen. Wenigstens funktioniert die Heizung in meinem Mini Cooper gut und es ist kuschlig warm im Auto. Wobei ich davon überzeugt bin, dass Jim die Durchschnittstemperatur seiner Umgebung um mindestens zehn Grad anhebt. Von dem Mann geht eine unglaubliche Wärme aus.

Meine Eltern leben in einem kleinen Ort vor den Toren Hamburgs.

Das alte Bauernhaus, in dem sie wohnen, hat mein Vater mit viel Liebe in jahrelanger Arbeit zu dem umgebaut, was es heute ist – ein Schmuckstück. Wenn man auf der Terrasse sitzt, hat man einen geradezu endlosen Blick über die Landschaft.

Als ich die Einfahrt entlangfahre, kommt mir mein Vater bereits auf halbem Weg entgegen. Er trägt seine übliche Stoffhose und einen einfachen V-Pullover dazu. Gegen die Kälte hat er sich eine Daunenjacke angezogen, die vorn aufklafft.

»Hallo, Papa«, begrüße ich ihn. Jim steigt ebenfalls aus dem Wagen.

»Hallo, mein Sonnenschein.« Er gibt mir einen zärtlichen Kuss und streichelt mir über die Wange. Seine rauen Hände haben etwas Tröstliches. »Schön, dass du da bist. Und Sie müssen Jim sein?!« Er reicht Jim die Hand.

Jim verbeugt sich. »Es ist mir eine Freude, Saras Eltern kennen-zulernen.«

»Das Vergnügen ist ganz meinerseits. Sara hat ja schon viel von Ihnen erzählt.«

»Wirklich?« Jims Augenbrauen schnellen nach oben.

»Na ja, Papa, jetzt wollen wir mal nicht übertreiben«, versuche ich mein Gesicht zu wahren. »Ich habe mit euch einfach über mei-nen neuen Mitbewohner gesprochen.«

»Ja, genau. Sie hat ganz schön von Ihnen geschwärmt.« Mein Vater lächelt.

Ich stöhne leise.

»Sara hat erzählt, dass Sie erst seit Kurzem in der Stadt sind. Wie gefällt es Ihnen in Hamburg?«

»Sehr gut. Ich bin froh, dass Sara mich gefunden hat und ich ihr dienen darf.«

»Jim hat ein bisschen Probleme mit der deutschen Sprache«, un-terbreche ich das höfliche Geplänkel, bevor Jim noch mehr Blöd-sinn erzählen kann. Ich versetze ihm unauffällig einen kleinen Stoß mit dem Fuß gegen sein Schienbein.

»Ich meine natürlich, dass ich bei ihr wohnen darf«, verbessert sich Jim daraufhin.

Mein Vater sieht aus, als breche er gleich in lautes Gelächter aus. »So ähnlich geht es mir mit Saras Mutter. Ein gutes Gefühl, finden Sie nicht?«

Jim nickt. »Ich kann nicht klagen. Mein vorheriger Meister war nicht so nett zu mir.«

»Das tut mir leid«, antwortet mein Vater, als wäre es die natür-lichste Sache auf der Welt. Das liegt bestimmt an dem jahrelangen Training durch meine verrückte Mutter. Das kann ja heiter werden, wenn die beiden aufeinandertreffen.

»Wo ist denn eigentlich Mama?« Ich schiele hinter den Rücken meines Vaters in Richtung Haustür.

»Deine Mutter ist draußen im Gewächshaus und schaut nach ih-ren Pflanzen. Sie ist in letzter Zeit völlig vernarrt darin. Stell dir vor, wir mussten sogar einen ganzen Satz Speziallampen kaufen, damit ihre Pflanzen optimal wachsen können.«

»Aha!«, sage ich ein wenig ungläubig. »Mama hat sich doch noch nie für Blumen interessiert.«

»Ich weiß auch nicht, warum, aber es tut ihr gut. Wenn sie aus dem Gewächshaus kommt, ist sie so beschwingt und glücklich.«

»Und wie geht es dir? Du siehst ein bisschen müde aus.«

»Ach, eigentlich ganz gut. Ich hoffe, ihr habt ordentlich Appetit mitgebracht.«

»Immer!«

Ich grinse. Mein Vater ist der beste Koch unter der Sonne, ganz im Gegensatz zu meiner Mutter.

»Als du gesagt hast, du kommst, hat deine Mutter extra einen Auflauf vorbereitet.«

»Oh nein! Hättest du mich nicht vorwarnen können, dann wäre ich zum Kaffee gekommen und nicht zum Abendessen.«

Mein Vater schmunzelt.

»Wie ist er denn geworden?«, frage ich misstrauisch.

Seit meine Mutter beschlossen hat, dass vegetarisches Essen das Beste für den Körper ist, gibt es nur noch Karottenpampe in verschiedenen Gewürzvariationen. Mal mit Curry, mal mit Kräutern, mal ganz pur und nur gekocht.

»Zumindest ist der Auflauf nicht angebrannt.« Mein Vater zwinkert uns zu.

»Was haltet ihr davon, wenn Jim und ich schon mal ins Haus gehen und den Tisch decken und du deine Mutter holst?«

»Ist es okay für dich, wenn ich schnell allein nach meiner Mutter schaue?«, frage ich Jim leise.

»Ich freue mich darauf, mich mit deinem Vater ein bisschen zu unterhalten.«

Jim macht seine übliche Verbeugung, ganz zur Belustigung meines Vaters.

»Na gut, dann bis gleich.«

Ich drücke meinem Vater einen Kuss auf die Wange.

»Und denk daran, was ich dir gesagt habe: Kein Wort über unser Kennenlernen und dein Leben als Flaschengeist«, flüstere ich Jim ins Ohr, bevor er geht.

»Dein Wunsch ist mir Befehl«, lautet die prompte Antwort.

»Genau das nicht!«, zische ich.

»Ich habe dich verstanden«, sagt Jim mit gesenkter Stimme. »Vertrau mir, ich weiß, was ich tue.«

Ich nicke und überlasse ihn seinem Schicksal.

Das Gewächshaus meiner Mutter war früher mal der Hühnerstall und liegt etwas abseits vom Haupthaus. Als ich die Tür öffne, schlägt mir warme Luft entgegen. Das Erste, was ich wahrnehme, ist ein gammlig-süßlicher intensiver Geruch. Ich rümpfe angewidert die Nase. Meine Mutter muss unbedingt mal lüften, das hält doch kein Mensch hier aus.

Außerdem hallt in einer ohrenbetäubenden Lautstärke Bob Marleys Stimme durch den Raum. Ohne Bob Marley geht bei meiner Mutter gar nichts. Andere Kinder bekamen deutsches Liedgut zum Einschlafen vorgesungen, ich einen Song von Bob Marley. Insofern hat die Musik etwas Vertrautes für mich.

»Hallo, Mama!«, rufe ich, bekomme jedoch keine Antwort. Kein Wunder bei diesem Lärm.

Ich folge dem kleinen Pfad und kämpfe mich durch eine ganze Reihe von eingetrockneten Tomatenpflanzen. Na, so weit kann es mit der Begeisterung für Pflanzen ja nicht sein!

»Mama?«, rufe ich erneut.

Also gehe ich weiter, vorbei an einigen armseligen Rosenbüschen, bis ich den Kopf meiner Mutter inmitten eines Feldes von grünen Pflanzen entdecke, die allesamt in riesigen Tontöpfen stecken. An der Decke darüber sind die Wachstumslampen angebracht, von denen mein Vater gesprochen hat. Im Gegensatz zu den übrigen Pflanzen im Gewächshaus scheinen diese hier prächtig zu gedeihen. Inmitten dieser Pflanzenpracht sitzt meine Mutter in ihrem geliebten Schaukelstuhl, ein Erbstück meiner Großmutter.

Meine Mutter zieht kräftig an einer Zigarette. Meine Güte, das Ding ist ja so groß wie eine Kindertrompete! Ein süßlicher Duft zieht kurz darauf durch das ganze Gewächshaus. Süßlich. Irgendwoher kenne ich diesen Geruch. Plötzlich macht es Klick in meinem Kopf. Das letzte Mal, dass ich diesen Geruch in der Nase hatte, war in Südfrankreich. Damals hatten sich einige der Jungs aus unserer Reisegruppe einen Joint gedreht.

»Mama, ist das etwa Cannabis?«, schreie ich entsetzt auf.

Meine Mutter lässt vor Schreck die Monsterzigarette fallen und sieht mich mit großen Augen an.

»Mein Gott, Saraswati! Musst du mich denn so erschrecken?« Sie steht auf und kommt mit offenen Armen auf mich zugelaufen. Sofort bin ich von einer schweren Patschuliwolke eingehüllt.

»Mama, du weißt schon, dass Besitz und Anbau von Cannabis in Deutschland verboten sind?«, schreie ich gegen die Musik an.

Meine Mutter nickt und wiegt die Hüften im Takt. Bob Marley schreit gerade: *Herb is the healing of a nation, alcohol is the destruction ...* Wie passend! Kurzentschlossen befreie ich mich aus den Armen meiner Mutter und ziehe dem Schreihals den Stecker. Sofort bricht die Musik ab und es herrscht himmlische Ruhe.

»Saraswati! Was fällt dir eigentlich ein?« Meine Mutter baut sich wie ein Mahnmal vor mir auf, die Hände in die Hüften gestemmt. »Du platzt hier in mein privates Reich und stöpselt mir einfach die Musik aus. Dabei hat Bob gerade so schön gesungen.« Sie hebt die Zigarette vom Boden auf und nimmt einen tiefen Zug, bis die Spitze dunkelrot glüht.

»Willst du auch mal?«

Sie wedelt mit dem Joint unter meiner Nase.

Das ist echt zu viel für mich!

»Mama, spinnst du? Du bietest deinem Kind Drogen an!«, schreie ich.

»Saraswati, Pummelchen. Jetzt reg dich doch nicht so auf.«

Sie fuchtelt mit der Hand vor meinem Gesicht herum. Instinktiv weiche ich einen Schritt zurück und falle fast über einen der Pflanzenkübel. Nur mit Mühe kann ich mich im letzten Moment an Omas Schaukelstuhl festhalten.

»Du hast eine ganz schlechte Aura. Wirklich ganz schlecht«, stellt meine Mutter vernichtend fest.

»Und du ... du spinnst und bist kriminell!«

»Sag mal, wie redest du eigentlich mit deiner Mutter?«

»Wie man eben mit einer Drogenabhängigen redet«, schimpfe ich. »Weiß Papa davon?«

»Ich habe deinem Vater erzählt, dass ich Heilpflanzen anbaue.« Sie zuckt mit den Schultern.

»Soso. Und das hat Papa geglaubt?«

»Also deine Schwester ist da deutlich toleranter als du.«

»Waaas?« Ich bin völlig von den Socken über diese familiäre Verschwörung. »Lorena weiß davon?«

»Natürlich! Deine Schwester hat vollstes Verständnis für mich.« Sie wirft mir einen vorwurfsvollen Blick zu. »Außerdem ist das Gewächshaus meine persönliche Oase der völligen Ruhe!«

Lorena, die alte Schleimbacke! Meine jüngere Schwester hat schon immer alles getan, um sich bei meiner Mutter ins rechte Licht zu rücken.

»Saraswati, ich möchte jetzt nicht länger mit dir darüber diskutieren. Ich spüre schon, wie sich meine Migräne auf den Weg macht.« Meine Mutter massiert demonstrativ ihre Schläfen und macht ein leidendes Gesicht.

Ich seufze. Migräne war schon immer das Mittel der Wahl, wenn meine Mutter einer Diskussion aus dem Wege gehen wollte.

»Wie geht es dir denn, Pummelchen?«, lenkt meine Mutter ab und legt ihren Arm um meine Taille, um mich weg von den Pflanzen zu ziehen.

»Gut«, knurre ich verärgert.

»Hast du deinen netten Mitbewohner mitgebracht?« Sie lächelt beseelt. »Wie heißt er noch?« Als ob sie das nicht wüsste, schließlich hat sie ihn eingeladen.

»Jim.«

»Ja, genau. Jim.«

»Ja, habe ich. Er ist mit Papa im Haus.«

»Sehr schön«, lächelt meine Mutter zufrieden. »Lorena müsste auch jeden Moment kommen.«

»Was? Warum hat mir das keiner gesagt?« Ich verdrehe die Augen. »Lorena ist in Deutschland?« Meinem letzten Wissenstand nach war meine Schwester in Indien auf der Suche nach der inneren Erleuchtung.

»Ich habe doch gesagt, dass ich eine Überraschung für dich habe«, flötet meine Mutter. »Lorena ist heute Morgen gelandet. Du wirst sehen, es wird ein wundervoller Abend werden!«, versichert meine Mutter. »Außerdem könntest du dich ruhig ein bisschen mehr freuen, schließlich hast du deine Schwester zwei Monate lang nicht gesehen.«

»Was zur Abwechslung mal ganz schön war«, murmele ich.

»Saraswati!«

»Ist ja schon gut. Ich freue mich ja!« Ich setze ein Lächeln auf.

»Schon besser«, nickt meine Mutter zufrieden.

Draußen hupt ein Auto.

»Das ist sie!«, jubiliert meine Mutter, als würde die gute Fee zu Besuch kommen.

»Na, Schwesterlein! Lange nicht gesehen.«

Lorena kommt mit ausgebreiteten Armen auf mich zu. Sie sieht aus, als wäre sie direkt aus dem Aschram zu uns gekommen. Die langen Haare sind zu einem Zopf geflochten. Auf der Stirn, zwischen den Augenbrauen, ist ein roter Punkt aufgemalt. Sie trägt eine Art weißen Kaftan, der bis zu den Knien geht, darunter eine enge Jeans und Sandalen aus Leder. Um die Hüfte hat sie ein leuchtend orangefarbenes Tuch geschlungen. Ihre Hände sind mit aufgemalten rotbraunen Henna– Ornamenten übersät.

»Schön, dass du da bist«, begrüße ich sie. »Wie war Indien?«

»Einfach traumhaft schön. Die Menschen dort sind unglaublich. Allerdings bin ich froh, wieder zu Hause zu sein. Auf Dauer kann einem die Hitze schon zu schaffen machen.« Sie mustert mich. »Täusche ich mich oder hast du zugenommen?«

Das alte Miststück! Keine zwei Minuten da und schon fängt die Stichelei an.

»Ich wiege so viel wie immer. Aber danke der Nachfrage.« Tatsächlich habe ich zwei Kilo zugenommen, aber den Triumph, das zu kommentieren, gönne ich ihr nicht.

»Tatsächlich?! Warum wirst du dann rot?« Sie zwinkert mir zu. »Du weißt doch: Selbstbetrug ist der Anfang vom Ende!«

»Danke. Hast du noch mehr Lebensweisheiten auf Lager?« Ich bin kurz davor zu explodieren.

Mein Vater kommt zusammen mit Jim aus dem Haus geeilt.

»Kinder, Kinder. Hört auf, euch zu streiten.« Mein Vater gibt Lorena einen Kuss. »Hallo, meine Große. Wie war dein Flug?«

»Einigermaßen erträglich. Ich habe am Notausgang gesessen und hatte dadurch genügend Platz, um die Beine auszustrecken.«

»Das freut mich.« Meine Mutter tätschelt Lorenas Wange. »Ich habe dich schrecklich vermisst. Du musst mir alles von der Reise erzählen.«

»Mache ich.« Lorenas Blick fällt auf Jim. »Wer ist denn dieser gut aussehende junge Mann?«

»Das ist mein neuer Mitbewohner Jim«, stelle ich ihn vor.

»Neuer Mitbewohner?!« Lorena lächelt. »Schwesterlein, so habe ich dich nicht eingeschätzt. Du bist doch sonst eine Spießerin.«

»So kann man sich täuschen.«

Ich trete einen Schritt zurück. Jim lächelt freundlich.

»Herzlich willkommen in der Familie.« Lorena gibt Jim einen Kuss auf die Wange. Was fällt der blöden Kuh eigentlich ein!? »Ich weiß zwar nicht, was du an meiner Schwester findest, aber es ist schön, dass du da bist«, fügt sie zwinkernd hinzu und bringt das Fass zum Überlaufen.

Nur des lieben Friedens willen halte ich meinen Mund.

»Deine Schwester ist ein ganz außergewöhnlicher Mensch und ich empfinde sie als große Bereicherung in meinem Leben!«, entgegnet Jim mit ernster Stimme und schenkt mir sein bezauberndstes Lächeln.

Ich lächele dankbar zurück, mit dem guten Gefühl, einen Verbündeten gefunden zu haben.

»Was haltet ihr davon, wenn wir reingehen?«, schlägt mein Vater vor. »Mir wird langsam kalt.«

»Gute Idee, Paps«, sagt Lorena und zieht meinen Vater besitzergreifend an sich.

Schweigend folge ich ihnen.

»Der Auflauf hat ganz vorzüglich geschmeckt«, sagt Lorena und legt die Gabel beiseite. Entweder hat sie eine Geschmacksnervenlähmung oder sie lügt wie gedruckt. Der Auflauf hatte die Konsistenz von Pappe und schmeckte auch so. Ich habe meine Portion rein aus Höflichkeit gegessen.

»Das freut mich. Wenn du willst, kann ich dir den Rest gern einpacken, dann hast du morgen etwas zu essen im Haus.«

»Danke, Mama!« Sie wirft meiner Mutter einen Luftkuss zu. »Du bist die Beste!«

Die Schlange. Ich könnte wetten, dass sie es in den Müll wirft, sobald sie in ihrer Wohnung ist.

Meine Mutter lächelt selig.

»Und, Schwesterlein, wie läuft es bei dir so?«, beginnt Lorena das Verhör.

»Ehrlich gesagt läuft es ganz prima!«

»Liebes, das freut mich.« Mein Vater lächelt mir zu und tätschelt meine Hand.

»Ja«, nicke ich. »Wir arbeiten gerade an einem großen Auftrag für einen Kunden, der Tiefkühlkost vertreibt. *Frostglück*. Vielleicht habt ihr ja schon davon gehört? Wir sind gerade dabei, eine neue Werbekampagne für ihn zu entwickeln.«

Lorena gähnt demonstrativ.

»Sind das nicht die mit dem Kapitän und den Fischstäbchen?«, fragt meine Mutter.

Lorena spielt gelangweilt mit ihrer Gabel.

»Nein, das ist das Konkurrenzunternehmen. Genau da liegt das Problem. Keiner erinnert sich an den Werbespot von *Frostglück*.«

»Und du sollst das nun ändern?«, fragt mein Vater.

»Ja. Ich habe Rainer meinen Entwurf vorgelegt und er hat ihm so gut gefallen, dass er mich mit der Werbekampagne beauftragt hat. Jim wird unser männlicher Hauptdarsteller für das Label!« Ich schaue Beifall heischend in die Runde.

»Herzlichen Glückwunsch, meine Süße! Endlich wird mal jemand auf dich aufmerksam. Es wurde auch langsam Zeit.« Meine Mutter springt aus ihrem Stuhl auf. Ich breite meine Arme aus.

»Ich bin schwanger!«, ruft meine Schwester plötzlich dazwischen. Meine Mutter macht eine Vollbremsung.

»Was?!« Mein Mund steht offen. Wahrscheinlich läuft mir Sabber über das Kinn.

»Ja, ich kann es selbst nicht glauben, aber ich bin im dritten Monat schwanger!«, kreischt meine Schwester. »Muss direkt vor meiner Abreise nach Indien passiert sein.« Sie breitet die Arme aus. Ich lasse meine sinken.

Meine Mutter stürmt an mir vorbei und fällt Lorena um den Hals. Tränen laufen ihr über die Wangen.

Das ist nicht fair! Einmal habe ich eine positive Nachricht, und schon muss Lorena mich mit ihrer Schwangerschaft übertrumpfen. Das geht schon mein ganzes Leben lang so! Immer muss sich Lorena in den Vordergrund spielen.

»Herzlichen Glückwunsch, Liebes.« Mein Vater gibt Lorena einen Kuss auf die Stirn.

Lorena strahlt. »Dein Enkelkind, Papa.« Sie nimmt seine Hand und legt sie stolz auf ihren flachen Bauch.

»Darauf müssen wir anstoßen«, trällert meine Mutter. »Hermann, sei so lieb und hol doch die Flasche Champagner aus dem Keller.«

»Aber die wollten wir doch zu meiner Hochzeit trinken«, protestiere ich.

Meine Mutter schürzt die Lippen. »Saraswati, deine Hochzeit steht noch in den Sternen ... Aber die Geburt unseres zukünftigen Enkels ist bereits in fünf Monaten.«

»Sechs Monate«, verbessert Lorena sie.

»Ach, Liebes.« Meine Mutter nimmt das Gesicht meiner Schwester zwischen ihre Hände. »Du weißt gar nicht, wie glücklich du mich damit machst.«

»Mama, wenn du glücklich bist, bin ich es auch.« Lorena wirft einen triumphierenden Blick in meine Richtung.

Ich komme mir vor, als befinde ich mich inmitten einer dieser schlechten Fernsehfilme, die immer zur besten Sendezeit laufen und die keiner sehen will.

»Herzlichen Glückwunsch auch von mir.« Jim schüttelt Lorena die Hand. »Ein Kind ist ein Geschenk des Himmels. Möge Allah über euch wachen.«

»Danke, Jim«, blinzelt Lorena ihn an.

»Saraswati, willst du deiner Schwester nicht zu dieser wundervollen Neuigkeit gratulieren?«, fordert mich meine Mutter mit vorwurfsvollem Unterton auf.

»Doch, klar! Herzlichen Glückwunsch! Wer ist der glückliche Vater, oder handelt es sich bei deiner Schwangerschaft um eine Form der Flugbesamung?«

»Saraswati!« Meine Mutter sieht aus, als ob sie kurz davor wäre, in Ohnmacht zu fallen. »Was ist das für ein Ton?«

Mein Vater kommt mit der Flasche Champagner zurück.

»Für mich nicht«, winkt Jim ab.

»Sie trinken keinen Alkohol?«, fragt meine Mutter.

»Ich bevorzuge alkoholfreie Getränke.« Jim lächelt. Geradezu bezaubernd!

»Ach, so ein winziges Schlückchen wird schon niemandem schaden«, flötet Lorena.

»Das sagt die Richtige.« Ich hebe vorwurfsvoll meine Stimme. »Als Schwangere solltest du wirklich verantwortungsvoller deinem Baby gegenüber sein.«

»Spiel dich hier nicht als Moralapostel auf. Ich nehme nur ein winzig kleines Schlückchen«, funkelt mich Lorena an.

Ich seufzte resigniert.

»Auf das Baby.«

Wir heben unsere Gläser.

»Auf das Baby«, nickt meine Schwester und sieht irgendwie gar nicht glücklich aus.

»Und wo ist der Kindsvater gerade?«, frage ich.

Lorena zuckt kaum merklich zusammen.

»Oliver konnte leider nicht mitkommen. Er musste überraschend zu einem Geschäftstermin.«

»Der Glückliche!«, murmele ich leise.

»Oliver?«, fragt mein Vater irritiert.

»Er freut sich schon so darauf, euch alle kennenzulernen.«

Lorena wirft meiner Mutter ein Lächeln zu.

»Wie lange seid ihr denn schon zusammen?«, frage ich.

»Wir haben uns drei Monate vor meiner Reise nach Indien kennengelernt.«

Täusche ich mich oder wird Lorena tatsächlich rot?

»Na, das ging ja schnell«, sage ich.

Mein Vater sieht besorgt aus.

»Ach, Saraswati«, winkt meine Mutter ab. »Jetzt sei doch nicht so eine schreckliche Spießerin. Dein Vater und ich waren nur knapp fünf Monate zusammen, als wir geheiratet haben.«

Mein Vater wirft meiner Mutter ein liebevolles Lächeln zu.

»Das war etwas anderes. Wenn Papa dir keinen Antrag gemacht hätte, wärst du nach Südamerika ausgewandert. Außerdem warst du nicht schwanger, sondern nur starrsinnig!«

»Bei Oliver und mir war es Liebe auf dem ersten Blick.«

Meine Mutter tätschelt Lorena die Hand. »Wenn man auf seinen Seelenverwandten trifft, spielen Zeit und Raum keine Rolle.«

Ich stöhne leise auf.

»Trotzdem muss man nicht gleich schwanger werden«, brummt mein Vater leise.

Lorenas Unterlippe fängt an zu zittern. Ein sicheres Zeichen, dass sie gleich einen ihrer berühmtberüchtigten Heulanfälle bekommt. Ich wundere mich bis heute, dass meine Schwester nicht Schauspielerin geworden ist. Ihre theatralischen Auftritte sind geradezu Oskar-verdächtig!

»Hermann!«

Meine Mutter wirft Papa einen vorwurfsvollen Blick zu.

»So war es nicht gemeint, Liebes«, rudert er prompt zurück.

Lorena legt ihre Hand auf seine.

»Schon gut, Papa. Ich kann dich ja verstehen. Aber du brauchst dir wirklich keine Sorgen zu machen. Oliver hat einen guten Job und ist begeistert von dem Gedanken, Vater zu werden.«

Na, da ist die Familienidylle ja wieder perfekt. Ich sehe auf die Uhr. Es ist tatsächlich schon spät!

»Bitte seid uns nicht böse, aber Jim und ich müssen los. Ich habe morgen früh einen wichtigen Termin im Studio.«

»Das ist ja wieder mal typisch für dich«, schnappt meine Mutter. »Die Arbeit kommt vor der Familie. Deine Schwester bekommt ein Baby, und du gehst.«

»Sie bekommt das Baby ja nicht gleich heute«, unterbricht sie mein Vater. Der gute Papa! »Und wenn Sara morgen einen wichtigen Termin hat, sollte sie wirklich langsam nach Hause fahren. Schließlich braucht man nach Hamburg fast eine Stunde.«

Ich werfe meinem Vater einen dankbaren Blick zu.

»Schwesterlein, ich komme nächste Woche mal bei dir vorbei.« Lorena legt die Hand auf ihren flachen Bauch. »Ich wollte in die Stadt einkaufen fahren.«

»Mach das«, sage ich. »Aber bitte ruf vorher kurz an. Ich bin zurzeit viel unterwegs. Außerdem kommt Florian nächste Woche aus London zurück.«

»Was macht er denn da?«

Meine Eltern schauen mich ebenfalls interessiert an.

»Eine der Zweigstellen seiner Kanzlei hat ihren Sitz in London«, erkläre ich. »Und er unterstützt die Partner bei einem Fall.«

»Wie geht es dem alten Spießer eigentlich? Du hast gar nichts von ihm erzählt.« Lorena mustert mich mit hochgezogener Augenbraue. Ich spüre, wie ich rot werde.

»Gut, danke der Nachfrage. Wir sehen uns im Moment nur leider sehr wenig.« Ich werfe Jim einen verstohlenen Blick zu.

»Das ist auch mal ganz gut. Dann geht man sich nicht so schnell auf den Wecker«, sagt meine Mutter und gibt mir zum Abschied einen Kuss auf die Wange. »Bis bald, Pummelchen.«

»Bis bald, Mama«, sage ich schwach.

»Mach's gut, Schwesterlein. Bis nächste Woche«, winkt Lorena.

Ich mache den Mund auf, um etwas zu sagen, doch schließe ihn wieder. Ich habe keine Lust auf einen weiteren Streit.

Mein Vater begleitet mich und Jim nach draußen. Meine Mutter und Lorena verschwinden im Gewächshaus.

»Sara, Liebes.« Mein Vater nimmt mich in den Arm. »Sei nicht eifersüchtig auf deine Schwester. Du kennst sie doch. Sie braucht die Aufmerksamkeit, sonst fühlt sie sich minderwertig. Da haben deine Mutter und sie etwas gemeinsam.«

»Wie hältst du das nur aus?«, frage ich.

»Ich liebe deine Mutter von ganzem Herzen«, antwortet mein Vater. Er gibt mir einen Kuss. »Pass auf dich auf.«

»Es war schön, dich kennengelernt zu haben.« Er klopft Jim wohlwollend auf die Schulter. »Du kannst uns immer besuchen kommen.«

Verwundert sehe ich ihn an. Mein Vater ist normalerweise sehr speziell, wenn es um meine Freunde geht, und Florian hat er bisher nicht eingeladen, wiederzukommen.

»Danke, die Freude war ganz meinerseits.« Jim reicht meinem Vater die Hand. Die beiden Männer sehen sich in die Augen. Mein Vater nickt und lächelt.

Wir steigen ins Auto. Ich kurbele die Scheibe runter und winke, bis mein Vater nur noch ein kleiner Punkt ist. Dann gebe ich Gas.

Es herrscht kaum Verkehr und wir donnern über die Autobahn. Ich werfe einen kurzen Seitenblick zu Jim. Er sieht mich an und lächelt. Ich muss es ihm sagen! Ich muss ihm sagen, dass das mit uns ein riesengroßer Fehler ist.

»Jim«, fange ich an. »Wegen gestern Abend ...«

»Das hätte mir niemals passieren dürfen«, ergreift Jim das Wort, bevor ich meinen Satz zu Ende bringen kann. »Das war ein schlimmer Fehler. Ich kann nur hoffen, dass du mir verzeihen kannst.«

»Äh, wieso ich?«, frage ich verwirrt. »Ich wollte dich gerade um Verzeihung bitten, schließlich habe ich dich dazu verführt. Ich sollte weniger Alkohol trinken, dann passieren mir solche Sachen nicht. Du siehst ja, wohin das führt. Erst die Sache mit deiner Flasche und jetzt der Kuss.«

»Nein«, schüttelt Jim den Kopf. »Es war mein Fehler. Du bist meine Meisterin und ich habe nicht das Recht, dich zu küssen. Ich verspreche dir, es wird nie wieder vorkommen.«

Seine Augen sehen mich traurig an.

Eigentlich müsste ich jetzt erleichtert sein. Bin ich aber nicht! Im Gegenteil. Am liebsten würde ich sein Gesicht zwischen meine Hände nehmen und ihn küssen.

Was ist nur los mit mir? Seit Tagen verhalte ich mich nun schon wie ein pubertierender Teenager. Das muss endlich aufhören, bevor es Ausmaße annimmt, die ich nicht mehr kontrollieren kann.

»Danke für dein Verständnis«, quetsche ich hervor. Den Rest der Fahrt sitzen wir schweigend nebeneinander und ich bin froh, als wir endlich zu Hause ankommen.

Fotoshooting und neue Erkenntnisse

»Ich bin schrecklich aufgeregt«, flüstere ich Jim zu, als wir das Fotostudio betreten.

Ein riesiger Loft in einer ehemaligen Fabrik im Herzen von Altona. Entlang der Decke verlaufen mächtige Rohre und der Boden ist mit grauem Linoleum überzogen. Schwarze Vorhänge trennen einzelne Bereiche ab, hinter denen sich Papierrollen und jede Menge Dekomaterial verbergen.

»Mach dir keine Sorgen. Du wirst sehen, alles wird gut.« Jim lächelt mir aufmunternd zu. Er sieht wie immer fantastisch aus in seinen Jeans und dem weißen Hemd.

»Wahnsinn!«, haucht Melanie, die neben uns geht.

»Ich muss aufs Klo«, jammere ich.

»Schon wieder?«, fragt Melanie.

»Das passiert mir immer, wenn ich aufgeregt bin«, erkläre ich.

Meine Blase ist ein sicherer Indikator meines Seelenzustandes. Je aufgeregter ich bin, umso öfter muss ich aufs Klo.

Ein großer Mann mit leichtem Bauchansatz kommt auf uns zu.

»Guten Tag. Sie müssen die Damen von der Werbeagentur Rausch sein.«

»Hallo, ich bin Sara Wegner.« Ich reiche ihm die Hand »Und das ist meine Kollegin Frau Womela. Und dieser gut aussehende Mann ist unser Model Jim.« In diesem Moment fällt mir auf, dass ich Jim nie nach seinem Familiennamen gefragt habe.

»Sehr erfreut. Ich bin Dirk Hesse, der Fotograf. Schön, Sie kennenzulernen. Für gewöhnlich habe ich ja mit Susanne zu tun. Wie geht es ihr überhaupt? Ist sie noch im Krankenhaus?«

»So weit ich weiß, ja. Aber es geht ihr schon wieder besser und sie wird voraussichtlich bald entlassen«, antworte ich.

»Das freut mich zu hören«, nickt Dirk.

Jim tritt nach vorn und reicht dem Fotografen die Hand. »Es ist mir eine Ehre, den Meister der Fotografie kennenzulernen.«

Dirk hebt amüsiert die Augenbrauen. »So hat mich bisher niemand genannt.«

»Jim ist noch nicht so lange in Deutschland und hat ein wenig Probleme mit der deutschen Sprache«, erkläre ich hastig.

»Das macht überhaupt nichts.« Dirk schmunzelt und mustert Jim mit fachmännischem Blick. »Ich sehe, Sie haben eine ausgezeichnete Wahl getroffen. Ein perfekteres Model für unseren Piraten könnte ich mir nicht vorstellen.«

»Prima, da bin ich froh«, sage ich erleichtert.

»Für welche Agentur arbeitest du?«, fragt er Jim.

»Agentur? Ich gehöre zu Sara«, erklärt Jim freimütig. Ich kann nur hoffen, dass Dirk mir die Sache mit den Sprachproblemen abgekauft hat.

»Okay. Eine echte Entdeckung sozusagen.« Er wirft mir einen bewundernden Blick zu.

»Jim ist mein Mitbewohner, und als wir das Model gesucht haben, kam mir die Idee, ihn dafür zu nehmen.«

»Eine ganz hervorragende Idee«, bestätigt Dirk. »Gregor!«

Ein junger, sehr schlanker Mann kommt auf uns zugeeilt. Er hat einen Undercut und trägt dunkle Hosen und ein weißes T-Shirt, auf dem groß »Gay is sexy« steht. Na, das wird Jim freuen, einen Gleichgesinnten zu treffen.

»Dirk, Schätzelein, was kann ich für dich tun?«

»Das sind unsere Kundinnen Frau Wegner und Frau Womela.«

»Göttle, und ich dachte, Sie sind die Models.« Er grinst Jim breit an.

»Das ist sehr charmant von Ihnen«, lächele ich.

»Bitte nennen sie mich doch Gregor.« Er reicht mir seine butterweiche manikürte Hand, die jede Frau vor Neid erblassen lässt. »Ich bin der Visagist und Stylist.«

»Wunderbar, ich bin Sara.«

»Sara«, nickt Gregor, den Blick noch immer auf Jim gerichtet.

»Melanie.« Ich deute auf meine Freundin. »Und das ist Jim, unser Model.«

»Also doch! Dachte ich es mir gleich. Die Knochenstruktur und diese Augen.« Gregor macht ein spitzes Mündchen. Jim sieht irritiert zu mir rüber. Ich kann mir ein Grinsen nicht verkneifen.

»Gregor!«, ermahnt ihn Dirk.

»'Tschuldigung«, antwortet Gregor geziert. »Aber ich bin ganz hin und weg.« Er klimpert mit den Augendeckeln. Wenn jetzt gleich rosa Herzchen durch die Luft fliegen, würde es mich auch nicht wundern. »Diese Haare. Ein Traum!« Gregor spitzt die Lippen. »Ja, dann will ich gleich mal loslegen.«

So wie Gregor es sagt, klingt es, als ob er gleich über Jim herfallen möchte.

»Möchtet ihr einen Kaffee, bis Gregor mit Jim fertig ist?«, fragt mich Dirk.

»Gern, aber vorher muss ich dringend mal auf die Toilette«, antworte ich.

»Kein Thema. Einfach durch die Tür und dann scharf rechts«, deutet Dirk.

Auf dem Weg zur Toilette komme ich an Jim vorbei, der mit versteinerter Miene vor einem riesigen Spiegel sitzt. Auf dem Tisch vor ihm liegen unzählige Tübchen, Pinsel und Flaschen. Gregors Hände flattern in der Luft wie kleine Vögelchen. Gregors Gesichtsausdruck nach zu urteilen, hat er sich gerade Hals über Kopf in Jim verliebt. Seufz. Ich kann es ihm nicht verdenken.

Als ich das Studio wieder betrete, wartet bereits ein Kaffee auf mich. Melanie hat es sich in einem Stuhl gemütlich gemacht und betrachtet interessiert das geschäftige Treiben um sich herum.

»Hast du das gesehen?« Sie deutet auf die Kulisse vor uns. »Alles sieht so aus, wie wir es uns vorgestellt haben. Die Meerjungfrau ist auch schon da.«

Tatsächlich rekelt sich eine junge Frau mit langen blonden Haaren in einem Fischernetz, das über einem provisorischen Pool hängt, der das Meer darstellen soll. Ihr Gesicht ist mit silbrigem Puder überzogen und glitzert im Studiolicht. Als sie uns entdeckt, winkt sie uns fröhlich zu. Ich bin begeistert. Sogar die Fische im Netz sehen aus wie echt.

In diesem Moment kommt Gregor mit Jim um die Ecke und mir bleibt die Spucke weg.

Jim trägt ein weißes Hemd, das weit offen steht. Darüber eine braune Weste. Um die Hüfte hat er ein rotes Tuch gewickelt und seine Beine stecken in weiten braunen Hosen, die in derben dunklen Lederstiefeln enden. Aber das Beste ist sein Gesicht. Gregor versteht sein Handwerk, so viel ist sicher. Jims Augen sind dick mit schwarzem Kajal umrandet und sehen aus, als ob sie glühen. Um den Kopf hat ihm Gregor ein rotes Tuch gebunden, das einen starken Kontrast zu Jims schwarzen Haaren bildet.

Er sieht einfach perfekt aus. Ich kann mich nur mit Mühe beherrschen, ihn nicht hier und jetzt anzuspringen und zu küssen.

»Scheiß auf Johnny Depp«, haucht Melanie neben mir. »Jim sieht tausend Mal besser aus.«

Dirk scheint ähnlicher Meinung zu sein. Mit ausgebreiteten Armen geht er auf Jim zu.

»Na, das nenne ich mal einen perfekten Piraten.«

»Eure Vorstellung entspricht nur leider ganz und gar nicht der Wirklichkeit«, widerspricht ihm Jim. Er sieht überhaupt nicht begeistert aus.

»Wie meinst du das?«, stutzt Dirk.

»Die Piraten, die ich in meinem Leben getroffen habe, waren stinkende, ungehobelte Kerle mit schwarzen Zähnen.« Jims Augen glühen. »Ich hingegen sehe aus wie ein Clown.«

»Das mag sein, aber deine Vorstellung eines Piraten können wir schlecht unseren Kunden verkaufen. Unser Pirat steht als Symbol für frischen Fisch«, erkläre ich geduldig.

»Aber das bedeutet, dass ihr die Menschen wissentlich betrügt«, antwortet Jim.

Der Fotograf sieht erst ihn und dann mich an.

»Entschuldige uns für einen Moment, ich muss Jim mal kurz unter vier Augen sprechen.« Ich zerre ihn am Arm in den hinteren Teil des Studios, außer Hörweite der anderen.

»Jim, das, was wir hier machen, ist Werbung. Keiner nimmt die Sache so ernst wie du.«

»Aber du willst den Menschen doch etwas damit verkaufen«, beharrt Jim.

»Ja, aber so funktioniert das in der Werbung nun mal«, erkläre ich. »Wir denken uns etwas aus, damit die Menschen es gut finden und es kaufen. Es gibt ja schließlich auch keine Meerjungfrauen.«

»Aber warum bist du nicht einfach ehrlich zu ihnen?« Er verschränkt die Arme vor der Brust wie ein trotziger kleiner Junge.

»Wir sind doch ehrlich. Wir machen das Produkt, in diesem Fall den Fisch, nur schmackhafter.«

»Indem du sie anlügst!«

»Herrgott, Jim, jetzt mach doch nicht so ein Theater wegen ein paar nicht vorhandener fauler Zähne. Das sind alles erwachsene Menschen, die selbst entscheiden können, ob sie ein Produkt kaufen wollen oder nicht. Ich mache ihnen nur Appetit, ob sie es essen, ist immer noch die Entscheidung des Verbrauchers da draußen auf der Straße.« Jim schweigt. »Pass auf, wenn du es unbedingt willst, können wir dir ja ein bisschen Dreck ins Gesicht malen«, willige ich ein.

»Es geht nicht um den Dreck. Es geht ums Prinzip«, erklärt Jim. »Hast du den Fisch denn überhaupt schon mal probiert?«

»Nein«, gebe ich widerwillig zu. »Ich kann nicht alles probieren, wofür ich werbe.«

»Das solltest du aber!«

»Vielleicht, aber könntest du mir jetzt den Gefallen tun und dich vor die Kamera stellen, damit wir die Fotos in den Kasten bekommen? Das hier ist nämlich ziemlich teuer.« Ich deute mit der Hand auf die Kulisse vor uns.

»Ist das dein Wunsch?«

»Ja, genau das ist mein Wunsch«, seufze ich.

Jim nickt. »Dein Wunsch ist mir Befehl!«

So wie er es sagt, klingt es trotzig.

»Gut, dann lass uns jetzt zurückgehen. Die anderen warten schon auf uns.« Alle Augen sind auf uns gerichtet, als wir zurück ans Set kommen. »Alles in Ordnung!«, sage ich betont locker.

»Gut«, nickt Dirk sichtlich erleichtert. »Jim, dann stell dich bitte auf die Plattform. Gregor zeigt dir, wie du dort hochkommst.«

Freudig nimmt Gregor Jim bei der Hand. Keine zwei Minuten später steht Jim auf dem Deck des Schiffes und sieht grimmig zu uns rüber.

»So, dann mal recht freundlich«, ruft Dirk und drückt den Auslöser der Kamera.

Die Meerjungfrau wedelt fröhlich mit ihrem Fischschwanz. Jims Augen funkeln dunkel.

Gregor stellt sich neben uns.

»Was für ein toller Mann«, näselt er mir zu. »Schade, dass er nicht schwul ist.«

»Waaas?« Ich starre zuerst zu Gregor und dann zu Jim. »Aber natürlich ist Jim schwul. Sehr schwul sogar«, versichere ich ihm.

»Schätzelein, wenn sich einer mit Schwulen auskennt, dann bin ich das. Und dieser absolut göttliche Mann da oben ist eines nicht – und zwar schwul!«

»Anna!«, kreische ich und stürme an ihr vorbei in die Wohnung. »Ich habe ein Problem, und zwar ein mächtiges!«

Anna steht in Sportklamotten vor mir. Auf dem Boden ist eine Yogamatte ausgerollt. Es riecht nach Räucherstäbchen.

»Was ist denn mit dir los? Du bist ja völlig hysterisch!«

»Jim ist nicht schwul!«, schreie ich.

»Was?« Anna sieht mich erstaunt an.

»Du hast richtig gehört. Jim ist nicht schwul. Der Kerl ist so unschwul wie du und ich.«

Ich lasse mich erschöpft auf Annas Sofa fallen.

»Das ist kein Grund zur Panik. Das ist doch gut, oder nicht?«

»Spinnst du? Wieso soll das gut sein? Das ist absolut schrecklich, grauenvoll, furchtbar. Ich weiß nicht, was ich machen soll.«

Anna mustert mich mit ihrem Röntgenblick. Wenn sie mich so ansieht, bin ich jedes Mal kurz davor, ihr alle meine Jugendsünden zu beichten.

»Aber warum? Ich meine, bisher hat es doch auch gut zwischen euch geklappt.«

»Bisher vielleicht, aber dann haben wir uns geküsst.«

»Ihr habt was?«

Anna lässt sich neben mich aufs Sofa plumpsen.

Mir wird heiß und kalt. »Ich habe Jim geküsst!«, piepse ich.

»Sag mal, hast du sie noch alle?«

Jetzt bin ich überrascht. Von meiner besten Freundin hätte ich etwas mehr Verständnis erwartet.

»Ich war betrunken und dann ist es einfach passiert.«

Ich knabbere nervös an meiner Unterlippe.

»Mann, Saraswati Sandana Elisabeth, da hast du dich aber schön in die Scheiße geritten.«

Anna schüttelt fassungslos den Kopf. Wenn Anna mich mit meinem ganzen Namen anspricht, bedeutet das nichts Gutes. Ich nicke. In meinem Hals steckt ein großer Kloß, und so sehr ich es auch versuche, er lässt sich nicht runterschlucken.

»Bist du denn in Jim verliebt?«

Anna sieht mich mit ihrem Grundschullehrerinnenblick an. Ihre Augen scheinen mich zu durchbohren. Dabei habe ich das ungute Gefühl, dass Anna meine Gedanken lesen kann.

»Nein, ich glaube nicht.«

Ich senke meinen Kopf und starre auf meine Fußspitzen.

»Du glaubst?«, lässt Anna nicht locker.

»Ich bin mir nicht sicher.«

Ich schlage die Hände vors Gesicht. Tränen bahnen sich ihren Weg nach oben. Anna schlingt die Arme um mich.

»Sara, solange ich dich kenne, hast du alle wichtigen Entscheidungen mit deinem Verstand gelöst. Du hast die Universität aus rein zukunftsorientierten Erwägungen ausgesucht. Deine Elektrogeräte kaufst du nach den Beurteilungen von Stiftung Warentest. Selbst deine Kleider suchst du nach praktischen Gesichtspunkten aus. Mit Florian bist du zusammen, weil er dir Sicherheit und Alltag bietet. Warum hast du so Angst, auf dein Herz zu hören?«

»Weil ich nicht enttäuscht werden möchte«, schluchze ich.

»Aber du wirst im Leben nie eine Garantie dafür bekommen, dass du die richtige Entscheidung getroffen hast. Das Leben ist voller Überraschungen und niemand auf der Welt kann dich davor schützen. Sieh mich an! Ich rutsche von einer Männerkatastrophe in die nächste. Aber trotzdem gebe ich nicht auf! Sei mutig, nur dieses eine Mal, und hör auf dein Herz.« Anna legt die Hand unter mein Kinn, so dass ich ihr ins Gesicht sehen muss. »Sara, du bist der liebste Mensch, den ich kenne. Vertrau auf dein Gefühl – nur dieses eine Mal.«

Dicke Tränen kullern über mein Gesicht. Ich bin völlig durch den Wind. Alles, an was ich glaube, wird auf einmal in Frage gestellt.

»Ich weiß nicht, was ich machen soll. Ich kann Jim nicht mehr unter die Augen treten.«

»Wieso? Was hat Jim denn gesagt, als er dich geküsst hat?«

»Dass es ihm leid tut und er mich nicht küssen könne.«

»Eigenartig!« Anna schüttelt den Kopf. »Hat er auch gesagt, warum?«

Ich schüttele den Kopf.

»Nur, dass er seine Meisterin nicht küssen dürfe.«

»Glaubt er immer noch, dass er ein Flaschengeist ist?« Ich nicke. Anna kratzt sich am Kopf. »Das ist allerdings ein Problem.«

»Genau genommen weiß ich gar nichts über ihn. Ich weiß nur, dass er aus einem kleinen Ort namens Hala-Balama stammt. Warum und weshalb er in Deutschland ist, hat er nie verraten. Ich weiß nicht einmal seinen Nachnamen, geschweige denn sein Alter. ich weiß eigentlich gar nichts über ihn, außer dass er die schönsten Augen auf der Welt hat und küssen kann wie ein junger Gott.«

»Ehrlich? Küsst Jim wirklich so gut?«

»Unglaublich gut.« Ich lache unter Tränen. »Das war der beste Kuss meines Lebens.«

»Ich finde, das verrät auch schon einiges über einen Menschen. Ist es denn so wichtig, zu wissen, woher er kommt? Reicht es nicht, zu wissen, dass er für dich da ist?«, philosophiert Anna.

»Ich bin noch nie einem Menschen wie Jim begegnet. Er ist so selbstlos und verständnisvoll. Er ist so ...« Mir fehlen die Worte. »Einzigartig!«

»Wie meinst du das?«

»Ich stehe vor einem Rätsel. Wenn er mich mit seinen braunen Augen ansieht, bekomme ich weiche Knie und will ihn nur noch küssen. Meine Gefühle fahren Achterbahn, seit ich Jim getroffen habe. Und dann ist da das ganze Gerede von wegen ›Meisterin‹ und ›Dein Wunsch ist mir Befehl‹. Manchmal bin ich fast versucht, ihm diesen ganzen Quatsch, dass er ein Flaschengeist ist, zu glauben. Das ist doch absurd!« Ich verfalle in dumpfes Schweigen.

»Wo ist Jim jetzt?«, fragt Anna und sieht mich nachdenklich an.

»In unserer Wohnung. Er ist ziemlich sauer wegen des Fotoshootings heute.«

»Sauer? Warum?« Anna holt eine Mineralwasserflasche aus dem Schrank und stellt sie auf den Tisch. »Möchtest du auch einen Schluck?«

Ich nicke. »Jim findet die Werbung, die ich mache, unehrlich.«

»Womit er nicht ganz unrecht hat. Ich meine, dieser Fisch schmeckt nach nichts, und frisch ist der schon mal gar nicht.«

»Vielleicht, aber schließlich lebe ich davon. Werbung ist mein Geschäft. Ich verkaufe den Menschen etwas, von dem sie bisher nicht wussten, dass sie es brauchen oder mögen.«

Anna sieht mich mit nachdenklicher Miene an. »Weißt du noch, als wir Abitur gemacht haben?«

Ich seufze. Mit einem Mal komme ich mir uralt vor.

»Wir hatten große Pläne. Wir wollten die Welt bereisen, fremde Kulturen entdecken und ...«

»... die große Liebe finden«, beende ich ihren Satz.

Anna zuckt mit den Schultern. »Vielleicht wird es Zeit, sich auf unsere Pläne zu besinnen.«

Als ich zurück in die Wohnung komme, ist es ungewöhnlich ruhig. Keine Helene Fischer, die fröhlich trällert. Auf Zehenspitzen schleiche ich mich zu Jims Zimmer und lausche an seiner Tür. Mein Herz klopft so laut, dass ich fürchte, dass er es hören kann. Auch hier Totenstille. Wahrscheinlich ist Jim unterwegs. Da er noch immer kein Handy hat, kann ich ihn auch nicht erreichen, selbst wenn ich wollte. Vielleicht ist es auch ganz gut so. Ich bin völlig durcheinander und fühle mich emotional ausgelaugt.

Ich schlüpfe in meine Lieblings-Kuschel-Jogging-Hose und knalle mich ausgerüstet mit einer Tüte Chips vor den Fernseher.

Heute Abend ist »Bachelorabend«. Normalerweise sehen Anna und ich uns dieses Fernsehspektakel des Grauens zusammen an, aber die hat leider einen Nachtdienst aufs Auge gedrückt bekommen und so muss ich mir die heutige Folge allein zu Gemüte führen. In meinem Zustand genau das Richtige. Zu mehr bin ich heute eh nicht mehr fähig.

Anna und ich sind bereits bekennende Fans seit der ersten Staffel, wo diese Hamburger Hohlbirne der begehrte Junggeselle war.

Eigentlich funktioniert die Serie immer nach dem gleichen Prinzip. Ein möglichst gut aussehender Schleimbeutel, der sich selbst unwiderstehlich findet und die Herzen der einsamen Zuschauerinnen höherschlagen lässt, wird als der »Bachelor« ausgesucht. Der Fernsehsender mietet eine traumhafte Prunkvilla an irgendeinem schönen Fleck der Erde an, steckt den Bachelor, der sich ein solches Haus selbst niemals leisten könnte, da es sich bei dem Kandidaten zumeist um einen erfolglosen Trottel handelt, der hofft, durch die Sendung zu kurzem Ruhm und Geld zu kommen, dort zusammen mit seinen Kandidatinnen rein, in der Hoffnung, ein paar heiße Sexszenen filmen zu können. Anna und ich vermuten ja, dass sie vertraglich dazu verpflichtet sind.

Die Kandidatinnen lassen sich für gewöhnlich in drei Kategorien einteilen. Bei Typ 1 handelt es sich meist um den Typ »erfolgloses Model«, das hofft, seine Karriere durch den Auftritt beim Bachelor wieder ankurbeln zu können. Typ 2 ist zumeist das Mauerblümchen. Eine eher unscheinbare Frau Anfang dreißig, die bis jetzt keinen Mann abgekriegt hat. Typ 3 ist die Schlampe, die sich für nichts zu schade ist. Hauptsache, sie kommt ins Fernsehen oder besser in die Schlagzeilen.

Na ja, dann stopft man die Mädels zusammen in ein Haus, damit sie sich anzicken können. Hin und wieder meldet sich der Schleimbeutel alias Bachelor und holt eine der Frauen aus dem Gruppenlager für ein intimes Date mit dem ganzen Kamerateam.

Endlich geht es los. Aber vorher muss ich mir einen elendig langen Werbeblock anschauen, der nach den ersten fünf Minuten Sendung eingespielt wird. Danach bin ich auf dem neusten Stand, was die Konkurrenz in der Werbebranche so alles verbockt hat.

Plötzlich riecht es intensiv nach Zimt und Beeren. Jim! Ich drehe mich um. Hinter mir steht Jim und starrt mit kindlich leuchtenden Augen auf den Fernseher.

»Was macht du da?«

»Ich sehe mir den Bachelor an«, erkläre ich fröhlich und stopfe mir eine Handvoll Chips in den Mund.

»Was ist das für ein Ding?«

Jim deutet auf den Fernsehbildschirm.

»Äh, was meinst du jetzt genau?«

»Na das da!«

Er meint tatsächlich den Fernseher! Unglaublich! Es ist das erste Mal in meinem Leben, dass ich auf einen Menschen treffe, der noch weniger Ahnung als ich von technischen Geräten hat. Normalerweise bin ich es, die solche Fragen stellt. Technik und ich sind einfach nicht miteinander kompatibel. Florian behandelt mich deshalb immer wie ein Kind.

»Das ist ein Fernseher, mit dem du Filme schauen kannst«, gebe ich freimütig mein erworbenes Wissen weiter. »Also ganz viele

Bilder, die man so schnell hintereinander gereiht hat, dass sie sich bewegen.«

Jim stellt sich vor den Fernseher. Seine Hand berührt den Bildschirm, worauf es knistert. Erschrocken zieht er die Hand zurück.

»Statische Elektrizität«, trumpfe ich weiter mit Wissen auf, was selten genug der Fall ist. Ich kann mir ein Grinsen nicht verkneifen. »Ist nicht gefährlich.«

»Aber woher kommen die Bilder?« Er tastet mit der Hand die Wand entlang, an die der Fernseher angebracht ist. »Wo sind die Menschen? Wo ist das Theater?«

Oh Mann, das artet in eine Physikstunde aus, wenn es so weitergeht! Da das Fach Physik nie zu meinen Stärken zählte, halte ich meine Ausführungen lieber kurz.

»Das ist ziemlich kompliziert, weißt du«, fange ich an. »Im Prinzip werden Bilder mithilfe einer Kamera eingefangen und mit moderner Technik auf den Fernseher übertragen.«

Jim nickt. Er setzt sich neben mich, seine Augen kleben am Bildschirm. Irgendwie süß!

Der Bachelor schwimmt gerade, umringt von Frauen in neckischen Bikinis, im Pool.

»Der Mann muss sehr reich sein«, bemerkt Jim, »wenn er sich so viele Frauen für seinen Harem leisten kann.«

Ich kichere hysterisch.

»Nein, eher nicht. Der Mann ist da drinnen, weil er die Frauen gern näher kennenlernen möchte.«

»Du willst damit sagen, der Mann kennt die Frauen gar nicht?«

Ich schüttele amüsiert den Kopf.

»Weshalb sind die Frauen halb nackt?«

Ich finde Jims Frage angesichts der Bilder, die sich vor uns abspielen, durchaus berechtigt.

»Das liegt doch auf der Hand. Damit ihre Vorzüge besser zur Geltung kommen und der Zuschauer etwas zu sehen bekommt.«

Jim starrt mit ernster Miene auf den Fernseher. »Und warum siehst du dir das an?«

»Ich finde es ganz unterhaltsam.« Ich zucke mit den Schultern. »Außerdem ist es doch lustig, zu sehen, wie sich die Frauen anstrengen, um den Typen von sich zu überzeugen.«

»Ist das deine Vorstellung von der Liebe?«

»Nein«, antworte ich rau. »Meine Vorstellung von der Liebe ist eine andere. Das hier dient doch nur der Unterhaltung. Fernsehen ist Illusion.«

»Genau wie die Werbung?«

»Genau so.«

»Jetzt wird mir vieles klarer«, sagt Jim.

Das Lächeln ist aus seinem Gesicht verschwunden.

»Wieso? Was denn?« Ich sehe ihm in die Augen.

»Es erklärt, warum die Menschen hier so viele Probleme haben, die wahre Liebe zu finden.«

Er sagt es ohne Unterton oder Ironie in der Stimme.

»Okay?«

»Ja, woher sollen die Menschen wissen, was die Liebe ist, wenn man ihnen ständig etwas Falsches vorspielt?« Er nimmt meine Hand und legt sie sich auf die Brust, dorthin, wo sein Herz schlägt. Es fühlt sich einfach wundervoll an, von ihm berührt zu werden. Ein warmes Gefühl breitet sich in meinem Bauch aus und ich werde ganz ruhig, obwohl mein Puls rast.

»Hier drinnen musst du die Liebe spüren. Nur da und nirgendwo sonst.« Sein warmer Atem streift meine Wange. Zimt und Beeren. Seine Augen sprühen Funken. Ich spüre seinen Herzschlag unter meiner Hand.

Bumm.

Bumm.

Bumm.

Eine gefühlte Ewigkeit lang schlagen unsere Herzen im Takt. Es ist wunderschön. Ich fühle mich geborgen und die Anspannung des Tages fällt von mir ab.

»Ich sollte gehen.« Ohne Vorwarnung springt Jim plötzlich auf.

»Aber wieso ...«

Doch Jim ist schon verschwunden. Wenig später ertönt leise Helene Fischer aus seinem Zimmer.

Ich bin verliebt! Die Erkenntnis hat mich wie ein Blitz getroffen und raubt mir den Schlaf. Ich liege schon seit Stunden auf meinem Bett, die Arme hinter dem Kopf verschränkt, und starre an die Decke. Ich wollte es mir nicht eingestehen, aber jetzt, wo ich den Gedanken zugelassen habe, will er nicht mehr verschwinden. Immer wieder taucht Jims Gesicht vor meinen Augen auf und das macht alles noch viel, viel schlimmer. Zu wissen, dass er keine zehn Meter entfernt von mir in seinem Himmelbett liegt. Ob er genauso wach liegt wie ich?

Annas Worte kommen mir in den Sinn. Bin ich wirklich der Kopfmensch, der ich vorgebe zu sein? Wer bin ich? Was bin ich? Ich mache eine kleine Bestandsaufnahme.

Name: Saraswati Sandana Elisabeth. Den Namen wünsche ich nicht meinem schlimmsten Feind!

Alter: 29 Jahre, also im besten Alter. Wobei meine biologische Uhr schon zu ticken anfängt.

Beruf: Abschluss in Medien und Kommunikation. Wenigstens ein Erfolg, den ich aufweisen kann.

Familienstand: Ledig, und wie es aussieht, bleibt das auch noch eine Weile so.

Verliebt in zwei Männer. Oh mein Gott!

Aussehen: klein (1,65 m), mit einem Hang zu runden Hüften.

Blonde Haare. Mein einziger Pluspunkt nebst meinen Augen.

Körbchengröße 75B. Definitiv zu klein!

Blaue Augen.

Kinderlos, und wenn ich mir noch länger Zeit damit lasse, dann bleibt es wahrscheinlich auch so.

Die entscheidende Frage jedoch ist: Wann war ich eigentlich das letzte Mal richtig glücklich?

Als Jim mich geküsst hat, lautet mein erster Gedanke. In den letzten gemeinsamen Tagen mit ihm habe ich mich so befreit und glücklich gefühlt wie schon lange nicht mehr. Ich sehe Jims lachendes Gesicht, seine herrlichen bernsteinfarbenen Augen, die schön geschwungenen Lippen, die so herrlich küssen können.

Scheiße! Ich habe ein Problem.

Shopping mit Jim

Eigentlich wollten Anna und ich heute Nachmittag das Kleid für Melanies Hochzeit aussuchen, aber dummerweise geht in Hamburg gerade ein Magen-Darm-Virus rum und hat auch nicht vor Annas Kollegium Halt gemacht. Jetzt hat sie Dienst und ich muss allein losziehen. Manchmal könnte man fast den Eindruck haben, dass das Krankenhaus ohne Anna zusammenbrechen würde.

Frustriert gehe ich in die Küche und lasse mich seufzend auf den Küchenstuhl fallen. Jim, der gerade die Tageszeitung studiert, hebt den Kopf.

»Sara, was ist los?«

»Anna hat gerade abgesagt. Wir wollten heute eigentlich Ausschau nach einem passenden Kleid für Melanies Hochzeit halten und allein macht es keinen Spaß.«

»Wenn du willst, kann ich dich doch begleiten. Mir macht es Spaß, über den Basar zu schlendern.«

»Ich weiß nicht«, überlege ich zögerlich. Normalerweise gehe ich immer mit Anna meine Klamotten kaufen, wenn es drauf ankommt. Erstens hat Anna einen guten Geschmack und zweitens sind Männer in dieser Hinsicht keine große Hilfe.

Ich habe bereits mehrere Versuche mit Florian gestartet, wenn es darum ging, meinen Kleiderschrank mit neuen Teilen zu ergänzen, was jedes Mal in einem Streit endete. Er hat in solchen Dingen einfach keine Geduld und ich muss mir Fragen anhören wie: »Hast du nicht schon genau so ein Oberteil?« Oder ... »Ziehst du das auch wirklich an?« Und ... »Findest du das Kleid nicht ein bisschen zu kühl für diese Jahreszeit?«.

Als ich Florian bei unserem letzten gemeinsamen Ausflug in die Stadt stolz meinen Hosen-Favoriten präsentierte, legte er den Kopf schräg und sagte: »In der Jeans merkt man kaum, dass du breite

Hüften hast.« Ich habe die Hose sofort ausgezogen und zusammen mit meinem Selbstbewusstsein wieder weggelegt.

»Mein letzter Meister behauptete immer, ich hätte einen guten Geschmack.«

»Okay.« Ich zucke mit den Schultern. »Warum eigentlich nicht.«

»Du wirst es nicht bereuen«, zwinkert Jim mir mit seinen braunen Augen zu und ich bekomme schon wieder weiche Knie.

Wir schlendern gemütlich durch meinen Stadtteil. Eppendorf hat viele kleine Boutiquen und Geschäfte, die Markenware und angesagte Designer führen. Normalerweise kaufe ich meine Kleider ja bei den großen Modehäusern, aber zu einer Hochzeit darf es schon mal etwas Besonderes sein.

Wir bleiben vor dem *Salon* stehen. Der *Salon* ist eine exklusive Boutique, die sich auf edle Abendkleider spezialisiert hat.

»Na, willst du nicht mal reinschauen?«, fragt Jim. »Vielleicht findest du hier ein Kleid, das dir gefällt.«

Ich schüttele den Kopf. »Ich glaube nicht. Die Preise sprengen mit Sicherheit mein Budget.«

»Warum?« Er deutet auf das Schaufenster mit seinen wunderschönen Abendkleidern. »Das ist doch genau das, wonach wir suchen.«

»Ja, aber hast du mal die Preise gesehen?« Ich deute auf die kleine Tafel im Schaufenster. »Das Kleid kostet fast so viel, wie ich im ganzen Monat verdiene.«

»Na und«, winkt Jim ab. »Die haben bestimmt auch günstigere Kleider. Meine Großmutter, eine sehr weise Frau, pflegte in solchen Situationen zu sagen: Wer nicht wagt, der nicht gewinnt.« Er zwinkert mir aufmunternd zu.

»Na gut, aber wir schauen nur«, gebe ich klein bei.

Als wir das Geschäft betreten, klingelt ein Glöckchen. Es duftet leicht nach edlem Parfüm. Der Verkaufsraum ist geschmackvoll hergerichtet. Man merkt gleich, dass man keinen gewöhnlichen Laden betritt. Es würde mich nicht wundern, wenn gleich Sylvie

Meis um die Ecke gestöckelt käme. Die wohnt schließlich gleich hier um die Ecke.

Bereits auf den ersten Blick entdecke ich mindestens zwei Kleider, die mir auf Anhieb gefallen würden. Ich streiche andächtig mit den Fingerspitzen über die Stoffe und werfe einen kurzen Blick auf die Preisschilder. Schon bei dem Anblick der Summen bricht mir der kalte Schweiß aus.

»Jim«, zische ich leise. »Lass uns gehen. Das ist alles viel zu kostspielig für mich.«

Ich zupfe an seinem Arm, als eine blonde Verkäuferin mit einem freundlichen Gesicht auf uns zukommt.

»Entschuldigen Sie bitte, ich war kurz im Lager. Kann ich Ihnen behilflich sein?«, lächelt sie liebenswürdig.

»Nein danke«, sage ich entschlossen.

Die Verkäuferin hebt überrascht die Augenbrauen.

»Gern«, lächelt Jim. »Meine Frau sucht ein Hochzeitskleid.«

Ich drehe mich mit einem Ruck um und blicke Jim direkt ins Gesicht. »Meine Frau?«, flüstere ich lautlos. Jim zwinkert mir fröhlich zu, ohne ein Wort zu sagen.

Die Verkäuferin strahlt. »Wir haben gerade die neue Kollektion Hochzeitskleider reinbekommen. Wenn Sie mir folgen möchten, kann ich Ihnen die neuen Kleider gern einmal zeigen.«

»Ähm, hier liegt ein Missverständnis vor«, halte ich sie zurück. »Mein Freund hat sich versprochen. Ich suche kein Hochzeitskleid für mich, ich suche nur ein Abendkleid für die Hochzeit meiner Freundin.«

»Ach so«, sagt die Verkäuferin ein wenig enttäuscht. »Na, dann müssen wir mehr in diesem Bereich schauen.«

Ihr Blick gleitet wie ein Scanner über meine Figur. Sie deutet mit der Hand auf die gegenüberliegende Wand, wo eine Auswahl an Kleidern sorgfältig aufgereiht hängt. »Hatten Sie eher an ein Cocktailkleid oder an ein langes Abendkleid gedacht?«

»Eigentlich lang ...«

»Kurz«, fällt mir Jim ins Wort.

Der Blick der Verkäuferin wandert unsicher zwischen mir und Jim hin und her.

»Kurz«, nicke ich.

Jim grinst siegessicher.

»Und welche Farbe bevorzugen Sie?«

»Etwas Unauffälliges«, antworte ich.

Jim schweigt. Gott sei Dank. Die junge Frau führt uns zu einer Reihe wunderschöner Kleider.

»Jedes der Modelle ist ein Unikat.« Mit zielsicherem Blick greift sie nach einem puderfarbenen Kleid. »Wie gefällt Ihnen dieses Modell?«

»Sehr schön«, hauche ich ehrfurchtsvoll.

Das Kleid ist knielang und hat einen zarten Satingürtel um die Taille. Die Ärmel sind aus puderfarbenem Organzastoff. Das Kleid ist ein Traum, so viel ist sicher.

Die Verkäuferin mustert mich mit fachmännischem Blick. »Größe 42?« Ich nicke. »Dann ist das genau die richtige Größe. Möchten Sie es einmal anprobieren?«

Sie deutet auf die gegenüberliegende Seite, wo sich die Umkleidekabine befindet. Jetzt, wo ich das Kleid in der Hand habe, kann ich der Versuchung nicht widerstehen.

»Sehr gern. Vielen Dank«, nicke ich freundlich.

Ich will gerade in der Kabine verschwinden, als Jim um die Ecke kommt. Stolz präsentiert er mir ein rotes Cocktailkleid.

»Na, was meinst du?«

»Rot?«

Ich hebe erstaunt die Augenbrauen. Tatsächlich ist Rot meine Lieblingsfarbe, aber ich würde es nie wagen, etwas so Auffälliges in der Öffentlichkeit anzuziehen. Das Kleid ist knielang und der Rock leicht ausgestellt. Der Rückenausschnitt sieht verboten tief aus. Selbst auf dem Bügel ist das Kleid ein absoluter Hingucker.

»Du wirst darin wunderschön aussehen«, schwärmt Jim.

»Ich weiß nicht«, sage ich zögerlich. »Findest du es nicht ein bisschen zu auffällig für mich?«

Die Verkäuferin eilt herbei.

»Wie finden Sie dieses Kleid?«, zieht Jim die Frau zu Rate.

»Eine tolle Wahl. Ich könnte mir vorstellen, dass Ihnen die Farbe ausgezeichnet steht und Ihr Gesicht zum Leuchten bringt.«

»Wirklich?«, frage ich skeptisch.

»Versuchen Sie es. Sie haben doch nichts zu verlieren.«

Das stimmt natürlich. Ich nicke und Jim reicht mir das Kleid. Ich verschwinde in der Umkleidekabine.

Normalerweise haben die Umkleidekabinen, die ich kenne, die Größe eines Schuhkartons, in dessen Mitte man eine Energiesparlampe aufgehängt hat. Und dazu hängen die meisten Geschäfte einen Spiegel auf, der einem die ganze grausame Wahrheit präsentiert. Dellen, von deren Existenz man bis zu diesem Zeitpunkt nichts ahnte, kommen zum Vorschein und lassen das bisschen Selbstbewusstsein, das man sich über die Jahre mühsam erarbeitet hat, auf null sinken. Kein Wunder also, dass selbst Frauen mit einem ansonsten gesunden Selbstbewusstsein auf Teppichhöhe und mit Minderwertigkeitskomplexen geplagt aus derlei Räumlichkeiten kriechen.

Als ich die Umkleidekabine vom *Salon* betrete, bin ich angenehm überrascht. Das Licht ist weich und der Raum so groß, dass ich mich bequem, ohne wilde Verrenkungen zu machen, umziehen kann. Ich greife als Erstes nach dem puderfarbenen Kleid. Meine Hände zittern, als ich den kostbaren Stoff überziehe.

Das Kleid sitzt ein wenig eng um die Hüfte, aber dafür obenherum perfekt! Ich fühle mich gut darin und trete nach draußen.

»Und?« Ich schaue fragend zu Jim, der es sich in einem Sessel gemütlich gemacht hat. »Gefällt es dir?«

Ich laufe vor ihm ein paar Schritte auf und ab, damit er das Kleid von allen Seiten bewundern kann. Der Stoff raschelt bei jedem Schritt und ich fühle mich wie ein Star. Jim verfolgt jeden meiner Schritte. Seine Augen leuchten wie dunkler Bernstein.

»Du siehst wunderschön aus«, kommt sein abschließendes Urteil. »Allerdings finde ich, dass dich die Farbe etwas blass macht.«

Ich trete vor den großen Spiegel im Showroom und betrachte mich kritisch. Das Kleid sitzt nicht perfekt, aber gut. Aber Jim hat recht. Hier im Tageslicht sehe ich darin tatsächlich ein bisschen blass aus. Nichts, was man nicht mit ein wenig Make-up beheben könnte. Ansonsten steht mir das Kleid ganz ausgezeichnet. Die Verkäuferin zupft ein bisschen an den Schultern.

»Wir müssten nur ein paar kleine Änderungen vornehmen, und das Kleid wäre wie für Sie gemacht.«

»Ja, ich finde es wirklich schön«, sage ich und drehe mich um die eigene Achse, weil mir das Raschel-Geräusch so gut gefällt.

Die Verkäuferin lächelt.

»Und jetzt das rote Kleid«, fordert mich Jim auf.

Ich nicke und verschwinde erneut in der Umkleide.

Der rote Seidenstoff fühlt sich kühl auf der Haut an, als ich ihn überziehe. Das Kleid sitzt auf Anhieb perfekt und der Reißverschluss lässt sich mühelos schließen. Selbst im gedämpften Licht der Umkleidekabine leuchtet das Rot. Skeptisch betrachte ich mich im Spiegel und kann nicht fassen, was ich da sehe. Das Kleid sitzt wie angegossen. Der Rückenausschnitt ist skandalös tief, aber auch sehr sexy. Mein Po ist auf einmal ein Popöchen und mein Busen wirkt größer, als er in Wirklichkeit ist. Meine Augen leuchten und meine Haare fallen wie eine goldene Matte über meine Schultern. Das Kleid ist eine echte Sensation.

Ich hole tief Luft und trete nach draußen.

»Wusste ich es doch!« Jim springt aus seinem Stuhl auf. »Du siehst aus wie die aufgehende Sonne.« Es ist das erste Mal, dass ich Jim derart aufgeregt erlebe.

»Sie sehen absolut phänomenal aus«, lächelt mich die Verkäuferin an. »Das ist genau Ihre Farbe.«

Ich baue mich vor dem Spiegel auf. Ich sehe aus wie ein Star! Mit dem Kleid könnte ich locker bei der Oscar-Verleihung auftreten. Saraswati Sandana Wegner, der neue Star am Sternchenhimmel! Ich drehe mich in alle Richtungen und bewundere den Stoff. Er schmiegt sich zart um meine Taille und schimmert bei jeder

Bewegung. Mein Busen wirkt üppig, meine Hüfte hingegen schmal. Ich komme mir in diesem Augenblick unglaublich sexy vor. Hinter mir im Spiegel steht Jim. Aus seinen Augen spricht pure Bewunderung. Ich schlucke. So hat mich noch nie ein Mann angesehen.

»Wunderschön. Das Kleid ist ein absoluter Traum«, sage ich schließlich. Ich drehe mich übermütig um die eigene Achse.

»Wir haben auch die passenden Schuhe dazu«, sagt die Verkäuferin und deutet auf ein Paar mit Satin überzogene Pumps. »Die müssen Sie einfach dazu anprobieren.«

»Nein danke«, winke ich angesichts der Preise ab.

»Probier sie doch einfach mal an«, drängt mich Jims Stimme.

»Welche Schuhgröße haben Sie?«

»Achtunddreißig«, gebe ich mich geschlagen.

Die Frau wuselt los, um zwei Minuten später wieder mit passenden Schuhen vor mir zu stehen.

Anstatt plumper Sandalen zieren nun rote Satinpumps meine Füße. Kein Drücken, kein Spannen, keine abgestorbenen Zehen – die Schuhe sitzen perfekt.

»Und?«, fragt die Verkäuferin.

»Die sind toll«, gestehe ich.

»Die sollten Sie unbedingt dazu tragen.«

»Du bist der leuchtendste Stern am Horizont. Strahlend schön«, schwärmt Jim.

Die Verkäuferin kichert. »Ich wünschte, mein Mann würde sich mal so über mich äußern. Sie sehen wirklich absolut fantastisch in dem Kleid aus.«

»Wie viel soll der rote Traum denn kosten?«, frage ich.

»Sechshundert Euro«, kommt es wie aus der Pistole geschossen.

Dieses Kleid kann ich mir definitiv nicht leisten, selbst wenn ich die nächsten Wochen sparen würde. Ich lächle tapfer, um meine Enttäuschung darüber zu verbergen.

»Oh«, sage ich bedauernd. »Aber so viel wollte ich eigentlich nicht ausgeben.«

Jim sitzt einfach in seinem Sessel und sagt nichts.

»Sind Sie sicher? Das Kleid können Sie bestimmt auch bei anderen Gelegenheiten anziehen«, sagte die Verkäuferin.

»Ja, damit haben Sie sicher recht, aber es ist trotzdem zu viel.«

Ich gehe zurück zur Umkleidekabine. Als ich in meine Jeans schlüpfe, komme ich mir vor wie Aschenputtel. Sehnsüchtig werfe ich einen letzten Blick auf das rote Kleid, dann nehme ich seufzend meine Sachen und gehe wieder nach draußen.

»Sind Sie sicher, dass Sie das Kleid nicht kaufen wollen?«, empfängt mich die Verkäuferin.

»Das Wollen ist nicht die Frage. Ich würde das Kleid sofort kaufen, wenn ich könnte.«

»Ich könnte Ihnen einen Nachlass von … sagen wir ...« Sie überlegt, »... zwanzig Prozent geben. Sie müssen das Kleid kaufen. Es ist wie für Sie gemacht.«

Für einen Moment bin ich versucht, aber dann siegt die Vernunft. »Das ist ganz lieb von Ihnen, aber ich brauche das Kleid nur für eine Hochzeit. Ich wüsste nicht, wann ich es sonst tragen sollte. Aber vielen Dank für Ihr nettes Angebot.«

Die Verkäuferin nickt. »Das ist wirklich schade. Sie sehen so schön damit aus. Ich an ihrer Stelle würde es mir noch einmal überlegen. So ein Kleid findet man nicht alle Tage.«

»Danke, aber nein«, sage ich bestimmt.

Jim steht auf und kommt an meine Seite.

»Ist das Kleid genau so, wie du es dir vorgestellt hast?«

»Ja, aber ich kann es mir leider nicht leisten«, flüstere ich mit gesenkter Stimme.

»Dann wünsch es dir doch!«

»Von wem?« Ich werfe der wartenden Verkäuferin einen entschuldigenden Blick zu.

»Ich bin ein Dschinn, schon vergessen?«

Seine Stimme ist nicht mehr als ein Flüstern.

Ich schüttele den Kopf. Wann hört er endlich mit diesem Blödsinn auf?

» Wiedersehen«, verabschiedet uns die Verkäuferin freundlich.

Heute ist der große Tag – mein großer Tag. Der Tag, auf den ich warte, seit ich bei der Agentur Rausch angefangen habe. Melanie und ich präsentieren heute vor den Augen der gesamten Riege das Endprodukt der *Frostglück*-Kampagne. Leider gibt es nur einen klitzekleinen Haken. Wir stehen mit leeren Händen da. Dirk wollte uns die Fotos bis gestern zukommen lassen, aber irgendwas ist passiert.

»Immer noch nichts!« Melanie kommt mit hochrotem Kopf um die Ecke geschossen.

»Keine Mail, kein Lebenszeichen von Dirk? Keine Fotos? Nichts?«

Melanie schüttelt den Kopf. »Oh Gott, was machen jetzt wir bloß?«

»Hinhalten«, erkläre ich. »Ich gehe da jetzt rein und erzähle denen etwas über unsere Idee, und du versuchst Dirk zu erreichen. Einverstanden?«

Melanie nickt.

»Toi! Toi! Toi!«, flüstert sie mir zu und rennt los.

Meine Hände sind schweißnass, als ich die Klinke zum Meetingraum herunterdrücke.

Alle sind da. Rainer sitzt wie ein eitler Gockel am Ende des langen Tisches. Neben ihm ein Mann Mitte vierzig mit grau meliertem Haar. Wahrscheinlich der Chef der Werbeabteilung von *Frostglück*.

»Da bist du ja, meine Liebe.« Rainer springt aus seinem Stuhl und begrüßt mich überschwänglich. »Das ist Saraswati Wegner, eine meiner fähigsten Mitarbeiterinnen und verantwortlich für das neue Konzept von *Frostglück*.«

Der Grauhaarige reicht mir die Hand. »Sehr erfreut, Sie kennenzulernen. Wolf von Bergau mein Name. Ich bin der verantwortlicher Leiter der PR-Abteilung von *Frostglück*. Ich bin schon sehr gespannt, was Sie uns zu bieten haben.«

Im Moment leider nichts, aber das behalte ich lieber für mich.

»Die Freude ist ganz meinerseits. Wir müssen uns allerdings einen kleinen Moment gedulden. Die Bilder sind noch in der Druckerpresse.«

Ich lache über meinen kleinen Witz. Leider lacht niemand außer mir. Rainer mustert mich missbilligend.

»Es tut mir leid, aber die Bilder müssten jeden Moment hier sein. Der Fotograf wollte kurzfristig zwei, drei Kleinigkeiten ändern und mir die Abzüge sofort mailen.«

Ein Schweißtropfen läuft mir kitzelnd den Ausschnitt zwischen meinen Brüsten runter. Wir setzen uns. Rainer trommelt ungeduldig mit den Fingern auf den Tisch.

»Möchten Sie solange einen Kaffee?«, frage ich.

»Danke, man hat mir bereits einen Kaffee angeboten.« Wolf von Bergau schaut bestimmt zum zehnten Mal, seit ich den Raum betreten habe, auf die Uhr. Ich streiche mir eine Strähne aus dem Gesicht. Wo bleibt nur Melanie?

In diesem Moment geht die Tür auf. Ich blinzele hektisch, in der Hoffnung, einer optischen Täuschung unterlegen zu sein.

»Susanne«, ruft Rainer erstaunt. »Was machst du denn hier?«

»Ich bin heute aus dem Krankenhaus entlassen worden und wollte nach dem Rechten schauen.« Susanne spitzt ihren Mund. »Wie ich sehe, keine Sekunde zu spät«, fügt sie mit schriller Stimme hinzu. Sie ist stark geschminkt. Auf ihrem Gesicht muss eine zwei Zentimeter dicke Make-up-Schicht liegen, anders kann ich mir das maskenhafte Aussehen nicht erklären. Ihr roter Lippenstift leuchtet wie ein unschöner Blutfleck. Fast tut sie mir leid.

»Liebe Susanne, keineswegs. Ich freue mich, dass du kommen konntest.« Rainer steht hastig auf und bietet ihr den freien Stuhl neben sich an. »Bitte setz dich doch.« Allerdings verzichtet er auf seinen üblichen Begrüßungskuss.

»Herr von Bergau.« Susanne drängt sich im Stechschritt an Rainer vorbei. »Welche Freude.« Sie reicht ihm die Hand. Wolf von Bergau zögert einen Moment, bevor er einschlägt. »Wie ich gehört habe, sind Sie hier, um sich die Entwürfe anzusehen.« Susanne wirft einen Blick auf die leere Leinwand.

»Tja, weißt du, es gab ein paar Veränderungen, während du im Krankenhaus warst«, beginnt Rainer. Die Schweißflecken unter seinen Armen werden mit jedem Atemzug größer.

»So? Was denn für Veränderungen?«

Susannes Blick gleitet durch den Raum, bis er schließlich auf mir haften bleibt. Könnten Blicke töten, dann würde ich mich jetzt im Todeskampf röchelnd auf dem Boden winden. Ich versuche so selbstbewusst wie möglich auszusehen.

»Ja, weißt du, meine Liebe, Herr von Bergau war von deiner Idee nicht ganz überzeugt, deshalb haben wir nach einem Alternativvorschlag gesucht«, erklärt Rainer und tupft sich mit dem Taschentuch die schweißnasse Stirn ab.

Susannes Augen verengen sich zu Schlitzen.

»Ist das so?« Ihre Stimme schneidet durch den Raum.

»Ja, Sara und Melanie aus deinem Team haben mir einen äußerst originellen Entwurf vorgelegt«, lächelt Rainer unsicher.

»Du hast einen Entwurf von diesen Dilettantinnen meiner Idee vorgezogen?«, scheppert Susannes Stimme durch den Raum.

»Susanne, Liebes, bitte beruhige dich «, bittet Rainer sie und hebt beschwichtigend die Hände. »Ich erkläre dir später alles.«

»Ich bin nicht dein Liebes. Das kannst du dir sparen! Es hat sich ausgeliebt!« Ihre Hände sind zu Fäusten geballt. »Du hast mich nicht einmal im Krankenhaus besucht. Einen läppischen Telefonanruf habe ich von dir erhalten, sonst nichts.«

Wolf von Bergau räuspert sich betreten. Im Raum ist es mucksmäuschenstill und man könnte eine Stecknadel fallen hören. Genau in diesem Moment geht die Tür auf und Melanie kommt mit wehenden Haaren hereingestürmt.

»Die Bilder sind da!«

Sie wedelt mit einem Umschlag in der Luft. Keiner sagt ein Wort. Melanie bleibt mit einem Ruck stehen und versucht die Situation zu erfassen. Ihr Blick fällt auf Susanne.

»Susanne?!«, flüstert sie leise.

»Allerdings, du kleine, fette Schlange«, zischt Susanne. »Das hätte ich mir ja gleich denken können, dass du mit der da ...«, sie deutet auf mich, »… unter einer Decke steckst.«

Melanie wirft einen panischen Blick in meine Richtung.

»Susanne, bitte!«

Rainer wedelt mit den Händen in der Luft.

»Ach, halt den Mund!«, zischt Susanne.

Rainer zuckt zusammen, als hätte man ihn geschlagen.

»Vielleicht sollte ich gehen«, schlägt Wolf von Bergau vor, »bis Sie Ihre internen Kommunikationsprobleme geklärt haben.«

Es ist ihm sichtlich unangenehm. Er schiebt die Unterlagen vor sich zurück in seine Aktentasche.

»Nein, bitte warten Sie!«, fleht Rainer. »Frau Müller steht noch immer unter großem emotionalen Stress.«

Mit einer Geschwindigkeit, die ich ihr nicht zugetraut hätte, ist Susanne bei Rainer.

»Du mieses Schwein«, schreit sie mit erhobener Hand.

Ehe Rainer sich versieht, versetzt ihm Susanne eine schallende Ohrfeige. Ein entsetztes Raunen geht durch den Raum.

»Das ist besser als jeder Thriller«, flüstert mir Melanie ins Ohr.

Ich kann nur mit Mühe ein Kichern unterdrücken.

»Und bevor du fragst, das war für den schlechten Sex!«

Dann dreht sie sich wortlos um. Auf Rainers Wange leuchtet der Abdruck von Susannes Hand feuerrot. Susanne geht schnurstracks auf Wolf von Bergau zu. Der arme Mann macht einen Schritt zurück. Sein Gesicht ist weiß wie die Wand. Susanne reicht ihm die Hand, dabei setzt sie ein Lächeln auf. Zumindest glaube ich, dass es sich um ein Lächeln handelt.

»Herr von Bergau, falls Sie eine neue Werbemanagerin suchen, können Sie sich gern an mich wenden.« Sie reicht ihm ihre Visitenkarte. »Hier ist meine Nummer. Es war schön, Sie wiederzusehen.« Dann macht sie auf dem Absatz kehrt und rauscht, ohne uns weiter eines Blickes zu würdigen, aus dem Raum.

Rainer sinkt erschöpft auf seinen Stuhl. Wolf von Bergau starrt Susanne mit offenem Mund hinterher.

Ich atme erleichtert aus.

»Nachdem das nun auch geklärt wäre, können wir ja anfangen.«

Eine Nacht mit Folgen

»Wahnsinn«, kichere ich glücklich. »Wir haben es tatsächlich geschafft! Wir sind die Helden.« Ich hebe die Hand und Melanie schlägt ein.

»Das ist der schönste Tag meines Lebens!«, gluckst sie. »Na ja, wenn man mal von meinem Hochzeitstag absieht.«

Ich lache befreit. »Das Gesicht von Rainer, als Susanne in den Raum geschneit kam, werde ich so schnell nicht vergessen.«

»Ich dachte, mich trifft der Schlag, als Susanne plötzlich vor mir stand«, pflichtet mir Melanie bei. »Ich muss sagen, ich an ihrer Stelle wäre lieber zu Hause geblieben, so wie die ausgesehen hat. Ich hatte richtig Angst.«

»Allerdings! Ich schätze, damit sind wir das Problem Susanne ein für alle Mal los ...«, gackere ich.

»Ich bin jedenfalls total erleichtert, dass dem Bergau die Fotos gefallen haben.«

»Gefallen ist kein Ausdruck, der Bergau war total begeistert!«, nicke ich. »Wenn man den so reden hört, könnte man meinen, Jim sei der neue Superstar unter den männlichen Models.«

»Ja, ich bin auch ein kleines bisschen neidisch auf dich, schließlich wohnst du mit diesem heißen Typen unter einem Dach.« Sie leckt sich mit der Zunge über die Lippen.

Ich spüre, wie ich rot werde. Hastig senke ich den Kopf, damit Melanie es nicht sieht.

Zu spät! »Du wirst ja rot!?«

»Ach was«, wiegele ich ab.

»Doch, du bist rot wie eine Tomate.« Ihre Augen mustern mich misstrauisch. »Sag mal, läuft da was zwischen dir und Jim?«

»Quatsch, was redest du da für einen Unsinn?« Mein Gesicht steht mittlerweile in Flammen.

»So wie Jim dich angesehen hat. Na, ich weiß nicht!?«

»Jim und ich sind nur gute Freunde.«

»Wirklich? Sieht das Jim genauso?« Melanie schüttelt ungläubig den Kopf. »Deswegen gehst du auch heute Abend mit ihm feiern?«

»Ja, schließlich wohnen wir zusammen und Florian ist noch immer in England.«

Wir gehen durch die Glasdrehtür am Eingang des Gebäudes.

»Sara!«

Ich mache eine Vollbremsung. Vor mir steht mein Freund in Anzug und Krawatte.

»Florian!«, rufe ich verdutzt. »Was machst du denn hier? Ich dachte, du kommst erst morgen?«

»Überraschung.« Florian nimmt mich in den Arm. »Freust du dich denn gar nicht?«

»Total«, ringe ich um Fassung. »Ich bin einfach nur so überwältigt vor Glück, dich zu sehen.« Das ist gelogen. Eigentlich habe ich mich auf einen Abend mit Jim gefreut.

Melanie wirft mir einen fragenden Blick zu, den ich mit einem unauffälligen Schulternzucken beantworte.

Florian mustert mich misstrauisch. Dieser Mann scheint eine Art Radar zu besitzen, wenn es darum geht, mich einer Lüge zu überführen. Unwohl tippele ich von einem Fuß auf den anderen.

»Hey, Florian«, kommt mir Melanie zur Hilfe. »Während du dich in London vergnügt hast, haben deine Freundin und ich hier den Laden gerockt.«

Florian wirft mir einen verständnislosen Blick zu.

»Vor dir stehen die neuen Shootingstars der Agentur Rausch«, erkläre ich mit unverhohlener Freude.

»Du hast den Job bekommen?« Wieder dieser skeptische Blick. Jetzt bin ich fast ein bisschen beleidigt. Eigentlich hätte ich erwartet, dass Florian sich freut.

»Ja. Allerdings! Melanie und ich betreuen ab sofort die Firma *Frostglück* in allen Angelegenheiten. Wir haben sie mit unserer kleinen Präsentation einfach vom Hocker gehauen. Aber das Beste ist – Susanne Müller ist nicht länger meine Chefin!«

Melanie und ich klatschen uns lachend in die Hände.

»Gratuliere. Das sind ja tolle Nachrichten.« Florian gibt mir einen Kuss. »Bäh!« Er wischt sich mit dem Handrücken über den Mund. »Du hast wieder diesen klebrigen Lipgloss benutzt. Du weißt doch, dass ich das Zeug nicht mag.«

»Entschuldige bitte, als ich den Gloss vorhin aufgetragen habe, konnte ich ja nicht wissen, dass du vor der Tür stehst«, entgegne ich spitz. Meine Freude ist mit einem Schlag verflogen und ich bin stattdessen verärgert. Manchmal kann Florian ein richtiger Idiot sein! Anstatt sich für mich zu freuen, diskutiert er über meinen Lipgloss. Das nervt!

»Tja, Leute, ich geh mal, meine Bahn fährt in drei Minuten«, sagt Melanie. »Und nicht vergessen, morgen ist die Anprobe für mein Brautkleid. Ich zähle auf dich.« Sie haucht mir einen Kuss auf die Wange und flüstert mir ins Ohr: »Und grüß Jim von mir.«

»Klar. Mache ich.«

»Tschüss, Florian.«

Melanie geht forschen Schrittes in Richtung Bahn.

»Hast du Lust auf Nudeln beim Italiener? Ich habe den ganzen Tag vor Aufregung keinen Bissen runterbekommen und mein Magen fühlt sich völlig leer an.«

Das *Lentini* ist ein kleines italienisches Restaurant direkt bei uns um die Ecke. Das Essen dort ist einfach, aber lecker, die Preise sind moderat, die Gäste sind es nicht. Ein illustres Publikum aus den höheren Kreisen Eppendorfs, C-Prominenz inklusive. An Donnerstagen ist der Laden immer brechend voll.

»Was bei dir ja eher einen Seltenheitswert hat.« Florians Augen bleiben auf meinen Hüften kleben.

»Danke schön. War das jetzt eine Anspielung auf mein Gewicht?«, frage ich angriffslustig.

»Entschuldige, das sollte ein Witz sein. Du weißt doch, dass ich deine weiblichen Formen mag.«

»Das war aber nicht witzig«, brumme ich.

»Ach komm, sei nicht böse. Eigentlich würde ich lieber zu mir nach Hause fahren, duschen und dann gemütlich vor dem Fernseher eine Kleinigkeit essen.«

»Hey, deine Freundin hat heute ihren ersten großen Auftrag an Land gezogen, da könntest du ruhig ein bisschen mit mir feiern gehen«, protestiere ich. »Flo, bitte! Gib dir einen Ruck.«

»Na ja, von mir aus. Aber unter einer Bedingung.«

»Und die wäre?«

»Du kommst hinterher noch mit zu mir.«

»Einverstanden«, sage ich. Aber eigentlich bin ich alles andere als einverstanden. Eigentlich will ich zu Jim.

Das *Lentini* ist wie erwartet voll. Der Wirt, ein netter Italiener, verspricht uns einen Platz in wenigen Minuten und bittet uns, kurz an der Bar Platz nehmen.

Ich bestelle mir einen Chardonnay und Florian ein Weizenbier.

Wir stoßen an.

»Auf deinen Erfolg.« Florian nimmt einen tiefen Schluck. »Ah, das tut gut nach dem ganzen englischen Bier.«

Die anfängliche Befangenheit zwischen uns ist verschwunden. Florian legt sein Handy vor sich auf den Tisch.

»Und wie war dein Trip nach London?«, frage ich.

»Sehr aufschlussreich. Deshalb wollte ich auch mit dir reden.« Florian nimmt einen weiteren Schluck aus seinem Glas.

»Ach ja? Warum?«

»Es hat sich da etwas sehr Interessantes ergeben.« Er lächelt geheimnisvoll.

»Jetzt mach es nicht so spannend.«

Florians Handy vibriert. »Entschuldige mich mal kurz.«

Ich nicke verärgert.

»Hallo, Harald. Warte einen Moment, ich bin gerade im *Lentini*. Augenblick.« Florian gibt mir ein Zeichen und schlängelt sich durch die stehenden Gäste im Restaurant nach draußen.

Ich nippe an meinem Weißwein. Draußen vor dem Fenster sehe ich Florian wild am Telefon gestikulieren. Ein Windzug fährt ihm durch die Haare. Mit einer genervten Handbewegung streicht er sie sich aus dem Gesicht. Unwillkürlich wandern meine Gedanken zu Jim. Was der wohl gerade macht? Ich hole mein Handy aus der Tasche, um ihn kurz über das Festnetz anzurufen.

»Sara!« Eine Hand legt sich auf meine Schulter. Ich drehe mich überrascht um. Hinter mir steht meine Schwester in Begleitung eines Mannes.

»Lorena, was machst du denn hier?«, frage ich erstaunt.

»Das Gleiche wie du«, lacht mir meine Schwester entgegen. »Darf ich dir vorstellen, das ist Oliver.«

Aha, der Kindsvater! Ich mustere meinen potenziellen Schwager so unauffällig wie möglich. Einen guten Geschmack hat meine Schwester, das muss man ihr lassen. Der Mann ist groß, gut gebaut, auch wenn sich unter dem Hemd ein kleiner Bauchansatz abzeichnet. Mit der schmalen Nase wirkt das Gesicht ein wenig aristokratisch. Er reicht mir die Hand.

»Hallo, es freut mich, Lorenas Schwester kennenzulernen.« Sein Blick bleibt auf meinem Ausschnitt haften.

»Ganz meinerseits.«

Ich reiche ihm ebenfalls die Hand. Oliver hat feuchte Hände! Sein Blick ruht immer noch auf meinem Dekolletee.

»Bist du allein hier?«, fragt Lorena direkt.

»Nein, Florian ist nur mal kurz telefonieren.«

Ihr Blick fällt auf mein Weinglas. »Was trinkst du?«

»Chardonnay. Damit ist es ja bei dir vorbei«, sage ich fröhlich.

»Leider«, seufzt Lorena und bestellt sich bei dem vorbeigehenden Kellner ein Glas Apfelschorle.

»Und sonst so?«, frage ich neugierig.

»Sonst läuft alles gut. Oliver und ich sind gerade auf der Suche nach einer geeigneten Wohnung für uns drei.«

Sie streicht mit der Hand über ihren flachen Bauch. Die alte Angeberin!

Na, das sind ja mal Neuigkeiten. Meine umtriebige Schwester wird sesshaft. Ich kann mir ein Lächeln nicht verkneifen.

Eine junge Frau drängt sich an uns vorbei in Richtung Toiletten. Oliver glotzt ihr hemmungslos auf den Po, als sie auf unserer Höhe ist. Mir ist der Mann irgendwie unsympathisch.

Ich meine, es ist ja okay, wenn man einen schönen Menschen sieht und das auch wahrnimmt. Aber die penetrante Art, mit der Oliver der Frau hinterherglotzt, ist geradezu abstoßend. Ich verstehe nicht, warum Lorena nichts sagt, der muss es doch auch aufgefallen sein. Das liegt bestimmt an den Hormonen, die gerade durch ihren Körper strömen. In diesem Moment kommt Florian zurück.

»Flo, ganz der Mann von Welt«, begrüßt ihn Lorena mit zuckersüßem Lächeln.

»Lorena, reizend wie immer«, grüßt Florian süffisant zurück. Er und meine Schwester mögen sich nicht sonderlich, was nicht verwunderlich ist, wenn man die Lebensstile der beiden kennt. Das ist einer der Gründe, warum ich Florian von Anfang an mochte. Er ist den Reizen meiner Schwester gegenüber völlig immun. Ganz im Gegensatz zu einigen meiner früheren Freunde.

»Das ist Oliver«, präsentiert Lorena ihren Zukünftigen.

Die beiden Männer schütteln sich die Hände.

Eine unangenehme Stille entsteht. Gott sei Dank kommt der Wirt und befreit uns aus der misslichen Lage.

»Der Tisch ist frei.« Er winkt uns zu und deutet auf einen freien Zweiertisch am Fenster.

»Tja dann.« Ein wenig erleichtert rutsche ich von meinem Stuhl. »Es war schön, dich kennengelernt zu haben.« Ich nicke Oliver zu. Seine grauen Augen mustern mich geradezu unverschämt. Ich bin froh, von diesem unangenehmen Mann wegzukommen.

»Bis bald«, winkt uns Lorena hinterher.

»Und?«, frage ich Florian.

Sein Handy summt erneut. Florian schaut auf das Display.

»Flo!«

»Was?«

»Du wolltest mir etwas sagen«, dränge ich leicht genervt.

»Ach so, das.« Florian legt das Handy beiseite. »Ich hatte ein sehr interessantes Gespräch mit dem CEO eines großen Unternehmens und er ...«

Das Display von Florians Handy leuchtet erneut auf.

»Es wäre schön, wenn du dich auf unser Gespräch konzentrieren könntest, anstatt auf dein Handy zu starren. Ich komme mir sonst langsam vor, als würde ich mich hier in einer Konferenzschaltung befinden«, schimpfe ich.

»Das ist wichtig«, antwortet Florian und beginnt eifrig auf sein Handy einzutippen.

»Na toll, und was bin ich für dich?«

»Bitte?« Florian hebt irritiert den Kopf. Womit mal wieder bewiesen wäre, dass Männer nicht in der Lage sind, zwei Dinge auf einmal zu tun. Sollte ein Mann doch dazu in der Lage sein, wird er Pilot. Was allerdings auch nicht zwingend eine Auszeichnung ist.

Anna und ich haben mal einen Piloten auf einer Party kennengelernt. Der Typ war ein Idiot und so von sich selbst überzeugt, dass einem schlecht werden konnte. Da fällt mir der Witz von Claudia ein: Woran erkennt man einen Piloten? Gar nicht! Er sagt es dir!

Ich seufze genervt und nehme einen Schluck aus meinem Glas. Die Stimmung ist sowieso im Eimer.

»Wo war ich stehengeblieben?« Florian legt das Handy beiseite.

»Ist doch egal«, brumme ich.

»Schnuppelchen, du könntest ruhig etwas mehr Verständnis für meine Arbeit zeigen«, sagt Florian mit strafendem Blick.

»Würde ich ja, wenn du wenigstens einen zusammenhängenden Satz mit mir reden würdest«, kontere ich.

»Ach, ihr Frauen seid immer so schrecklich emotional.«

»Ich bin doch nicht emotional, nur weil ich es doof finde, dass du die ganze Zeit an deinem Handy herumspielst.«

»Könntest du bitte etwas leiser reden?« Florian sieht peinlich berührt zur Seite. »Die Leute gucken schon zu uns rüber. Außerdem spiele ich nicht, sondern führe wichtige Telefonate.«

»Ich rede so laut ich will«, sage ich und verschränke die Arme vor der Brust.

Florian seufzt. Er sieht aus, als hätte man einen Kübel Eiswasser über ihm ausgegossen. »Komm, sei lieb zu mir.«

»Wenn du nicht so blöde Sprüche machst, dann würde es mir deutlich leichter fallen«, lenke ich ein, aber nur weil ich endlich wissen möchte, was es mit Florians Neuigkeit auf sich hat. »Was wolltest du mir also erzählen?«

»Ich habe einen großen Job in Aussicht«, rückt Florian endlich mit der Sprache raus.

»In England?«, frage ich verblüfft, damit beschäftigt, das Gehörte zu verarbeiten.

»Ja, aber ich kann das Meiste von Hamburg aus regeln.«

»Aber dann sehen wir uns ja noch weniger als ohnehin schon.«

»Aber Schnuppelchen, das ist nur für eine begrenzte Zeit«, erklärt Florian mit der Nachsicht eines Vaters, der sein Kind erzieht.

In diesem Moment kommt unser Essen und wir verschieben das Gespräch auf später.

»Ich bin froh, dass du doch mit zu mir gekommen bist«, sagt Florian und reicht mir ein frisch gefülltes Weinglas.

Gott sei Dank hat sich die Stimmung im Laufe des Abends gebessert und entgegen meiner anfänglichen Laune habe ich mich überreden lassen bei Florian zu übernachten.

Er nimmt mich in den Arm.

»Endlich habe ich dich für mich allein.«

Ich kuschele mich an seine Brust. Sofort habe ich den vertrauten Geruch von seinem Eau de Toilette in der Nase. Florians Hand wandert über meinen Rücken, bis sie auf meinem Po liegen bleibt.

Dabei liegt ein breites Grinsen auf seinem Gesicht. »Findest du nicht, wir sollten meine Rückkehr gebührend feiern?«

Ich schweige, denn ich muss die ganze Zeit an Jim denken.

Anscheinend wertet Florian mein Schweigen als Zustimmung, denn er beginnt mich zu küssen. Ich schließe die Augen und sofort tauch Jims Gesicht hinter meinen geschlossenen Lidern auf. Ich zucke zusammen.

»Ist was?« Florian sieht mich überrascht an.

»Nein, ich hatte nur einen Wadenkrampf«, entgegne ich rasch. Meine Wangen glühen.

»Komm her!« Florian zieht mich am Arm und ich folge ihm ins Schlafzimmer. Wir setzen uns aufs Bett und Florian macht sich an meiner Bluse zu schaffen.

»Du siehst zum Anbeißen aus, Schnuppelchen!« Er streift mir die Bluse über die Schulter. Wir küssen uns und ich denke an lange schwarze Haare, an bernsteinfarbene Augen und an sinnlich geschwungene Lippen.

Verdammt! Ich verscheuche Jims Bild aus meinem Kopf, indem ich die Augen aufmache. Was ist nur los mit mir? Hier liege ich, in den Armen des Mannes, mit dem ich mein Leben verbringen möchte, und denke an einen anderen Mann. Ich schließe meine Augen und mache weiter, wo ich aufgehört habe.

Florians Hand wandert nach unten, um sogleich in mein Höschen zu tauchen. Fast zeitgleich klingelt mein Handy.

»Wer kann denn das jetzt sein?«, knurrt Florian.

»Das sagt der Richtige!«

Es klingelt erneut.

»Geh nicht ran.« Florian saugt an meinem Hals wie ein Vampir am Hungertuch.

»Nachher ist was mit meinen Eltern.« Ich stehe auf und wühle in meiner Tasche nach dem Handy.

»Hallo?«

»Sara. Hier ist Jim.«

»Jim?«

»Was will denn der Kerl schon wieder von dir?«, blafft Florian aus dem Hintergrund.

»Entschuldigt bitte, dass ich euch störe, aber ich habe gerade dieses Ding eingeschaltet, das du als Toaster bezeichnest, und dann ging dieser Alarm los.«

Im Hintergrund ist lautes Pfeifen zu hören, das zweifellos von den Rauchmeldern stammt, die der Vermieter letztes Jahr in allen Räumen hat an bringen lassen.

»Waaas?«, kreische ich panisch. »Der Feuerlöscher ist in der Küche an der Wand befestigt, direkt hinter der Tür. Ich bin gleich bei dir!«

»In Ordnung.«

Klick. Jim hat aufgelegt.

»Ich muss sofort los. Zu Hause ist Land unter!«

Ich haste zum Bett, werfe mir die Bluse über.

»Das meinst du nicht ernst, oder?«

Florian liegt mit zerzausten Haaren vor mir auf dem Bett. Die Wölbung in seiner Hose zeugt von seinen eindeutigen Absichten.

»Das ist ein Notfall.«

Ich drücke meinem Freund einen Kuss auf die Stirn.

»Sara, kommst du anschließend wieder?«

»Ich weiß noch nicht. Ich muss morgen früh raus.« Ich schließe den letzten Knopf meiner Bluse. »Ich glaube nicht.«

Dann gehe ich. Wenn ich ehrlich bin, bin ich ein klein wenig erleichtert.

Als ich zu Hause ankomme, ist alles in bester Ordnung. Kein Rauchgeruch. Kein Pfeifen. Jim empfängt mich mit einem breiten Lächeln, das Steine zum Schmelzen bringen könnte. Ich bekomme sofort weiche Knie.

»Was ist denn mit dem Toaster?«, frage ich und sehe mich panisch um.

»Alles wieder in bester Ordnung.«

»Aber als du angerufen hast, dachte ich, die Wohnung brennt.« Ich schiele hinter Jims Rücken.

»Ich hatte ein wenig Probleme mit der modernen Technik«, gesteht er.

Ich schnuppere misstrauisch. »Riecht gar nicht nach Rauch.«

»Ich habe gut gelüftet.«

»Das ging aber schnell.« Ich lege meine Sachen ab und sehe ihn an. »Du hast ja deine Haare geschnitten«, rufe ich verblüfft. Ich habe ja mit allem gerechnet, aber nicht damit!

»Gefällt es dir?« Er dreht sich einmal um die eigene Achse, damit ich ihn begutachten kann. Ich betrachte die Haare mit einer Mischung aus Bedauern und Bewunderung. Normalerweise stehe ich ja auf Männer mit kurzen Haaren. Jim bildet da eher eine Ausnahme. Wer auch immer seine Haare geschnitten hat, hat seine Arbeit gut gemacht. Die dunklen Haare sind deutlich kürzer und in Stufen geschnitten. Dadurch kommt das markante Gesicht noch mehr zur Geltung.

»Sieht klasse aus«, sage ich anerkennend.

»Ich hatte schon Angst, es könnte dir nicht gefallen.« Er wirkt erleichtert.

»Florian war ganz schön sauer«, sage ich.

»Warum?« Jims Mundwinkel zucken verdächtig.

»Na, weil du mich hergerufen hast. Eigentlich wollten er und ich ...« Ich spüre, wie ich rot werde, und sehe verschämt zur Seite.

»Ich dachte, wir könnten deinen Erfolg feiern?«

»Woher weißt du von meinem Erfolg?«

Ich hebe überrascht den Kopf.

»Ich bin ein Dschinn, schon vergessen?«, sagt Jim mit fester Stimme.

Entweder hat er einen sautrockenen Humor oder bei ihm ist wirklich eine Schraube locker.

»Jim, jetzt lass uns endlich mit dem Quatsch aufhören!«, bitte ich ihn.

»Du glaubst immer noch nicht, dass ich der bin, der ich behaupte zu sein?«

»Nein.«

»Wünsch dir irgendetwas, das dir gerade in den Sinn kommt.«

Er sieht mich mit ernster Miene an. Das Lächeln ist aus seinem Gesicht verschwunden.

»Ach, das ist doch albern«, winke ich ab.

»Sara, ich meine es ernst. Wünsch dir jetzt was!«

Jim nimmt meine Hände. Sofort breitet sich ein angenehmes Prickeln aus, dort, wo er mich berührt. Sein Duft sickert in meine Poren. Ich streiche ihm mit der Hand über das dichte Haar.

»Küss mich«, hauche ich.

Ohne zu zögern, beugt sich Jim zu mir herunter. Einen Wimpernschlag später liegt sein Mund auf meinem. Ein angenehmer Schauer läuft mir den Rücken herunter, als seine Zunge meine Lippen teilt und in meinen Mund gleitet. Die Welt um mich herum scheint zu versinken. Es gibt nur noch ihn und mich. Minutenlang stehen wir so eng umschlungen. Ich vergrabe meine Hände in seinem dichten Haar. Kralle mich darin fest und ziehe seinen Körper ganz nah an mich heran. Ein heiseres Stöhnen entweicht meiner Kehle. Ich will mehr. Ich will diesen Mann – hier und jetzt.

Als ob er meinen Wunsch gehört hat, spüre ich plötzlich, wie mich seine starken Arme anheben, ohne den Kuss zu unterbrechen. Oh Gott, was mache ich hier?

Als ich die Augen wieder öffne, liege ich auf Jims Bett. Das Zimmer ist in Kerzenlicht getaucht. Die Gier in seinen Augen lässt mich erschauern. Er begehrt mich genauso, wie ich ihn begehre.

»Willst du das wirklich?« Seine Stimme klingt heiser.

»Ja. Ich will dich spüren.«

Sein Mund senkt sich erneut auf meinen. Wir küssen uns. Seine Zunge fühlt sich weich und rau zugleich an. Er schmeckt köstlich und ich sauge dabei seinen Geruch nach Beeren und Zimt ein.

»Du bist wunderschön«, haucht mir seine Stimme ins Ohr. Er nimmt meine Haare und legt sie zurück, so dass mein Nacken frei liegt. Er fängt an, die zarte Haut zu küssen und daran zu saugen. Ich zittere vor Lust. Bin Wachs in seinen Händen.

»Ich wusste vom ersten Moment, als ich dich sah, dass ich dir gehöre«, flüstert er leise.

Mir ist schwindelig vor Glück. Ich befinde mich in einem nicht gekannten Rauschzustand. Jims Hand gleitet unter den Saum meiner Bluse. Als er meine nackte Haut berührt, stöhne ich laut auf. Er umfasst meine feste Brust und beginnt sie zu massieren. Ermutigt durch ihn ziehe ich sein T-Shirt hoch und streiche über seine glatte Haut. Die Hitze, die von ihm ausgeht, ist unglaublich und ich habe Angst, mich zu versengen.

Gekonnt öffnet er die Knöpfe meiner Bluse. Der zarte Stoff fällt zur Seite und gibt den Blick auf meine nackten Brüste frei. Ich stöhne leise auf, als er meine Brustwarzen mit seinen Lippen umschließt und vorsichtig daran zu saugen beginnt. Seine Hände wandern meinen Rücken entlang nach unten. Überall, wo er mich berührt, fühle ich kleine elektrisierende Schläge. Ich habe das Gefühl, als ob glühende Lava durch meine Adern fließt. Noch nie bin ich mir so lebendig vorgekommen. Es ist, als ob das Leben durch mich hindurchpulsiert.

Als ich die Augen öffne, verschlägt es mir fast den Atem. Mein Gott, ist dieser Mann schön! Nicht, dass ich Jim noch nie mit freiem Oberkörper gesehen hätte, aber noch nie so nah! Seine Haut glänzt golden im Kerzenlicht. Jeder Muskel und jede Sehne zeichnet sich auf seinem Oberkörper ab. Meine Güte, Jim ist das reinste Anatomiemodel. Meine Hormone sind in heller Aufregung.

Jim knöpft seine Hose auf, langsam, einen Knopf nach dem anderen. Ich schlucke trocken, als der dunkle Flaum zum Vorschein kommt, und mein Puls schnellt in ungeahnte Höhen. Ich kann keinen klaren Gedanken mehr fassen. Wenn es so weitergeht, kann er mich gleich an die Herz-Lungen-Maschine anschließen, noch bevor die Hose vollständig ausgezogen ist.

Mit einem leisen Geräusch gleitet der schwere Stoff zu Boden. Die schwarzen Boxershorts liegen eng auf seiner Hüfte und lassen der Fantasie kaum noch Raum. Ich stöhne leise bei dem Anblick von so viel geballter männlicher Erotik. Jims Bewegungen sind geschmeidig wie die einer Katze. Sein Kuss wird fordernd. Mein Körper wölbt sich ihm entgegen. Ich will ihn spüren.

»Soll ich aufhören?«, flüstert er mit rauer Stimme.

Ich öffne die Augen und suche die seinen. Niemals zuvor in meinem ganzen Leben habe ich eine solche Lust verspürt.

»Untersteh dich«, ist alles, was ich sage. Dann versinkt die Welt um mich herum, wie ich sie kannte, und es gibt nur mich und ihn.

Ich liege auf dem Rücken. Jim liegt neben mir und sieht mich an. Seine Hand streichelt in sanften Kreisen meinen Bauch.

»Du bist die schönste Frau, die ich in meinem ganzen Leben gesehen habe«, flüstert er. Seine Augen gleiten begehrlich über meinen Körper. Es ist das erste Mal, dass ich nicht das Bedürfnis habe, mich zu bedecken. Alles fühlt sich so natürlich und richtig an. Er streichelt mir sanft über das Gesicht. Ich schließe die Augen und genieße seine zarten Berührungen.

»Hattest du schon viele Frauen?«, frage ich.

»Es gab ein paar Frauen in meinem Leben«, lautet die Antwort. Ich verspüre einen Stich in der Magengegend.

»Ich bin kein Eunuch. Ich bin ein Dschinn«, sagt Jim mit belegter Stimme, als ob er meine Gedanken lesen kann.

»Du hast mir Glück gebracht, weißt du das?«, flüstere ich. »Seit du in mein Leben getreten bist, ist alles so anders. Alles, wovon ich geträumt habe, scheint in Erfüllung zu gehen.«

»Ich habe dir doch gesagt, dass ich dir jeden Wunsch erfüllen werde.«

Ich schließe die Augen und lausche seinem Atem.

Plötzlich beschleicht mich ein unschöner Gedanke. Was hat Jim gesagt, bevor er mich geküsst hat? Ich soll mir etwas wünschen. Oh nein! Nicht, dass er nur mit mir geschlafen hat, weil ich es mir gewünscht habe. Aber das ist doch absurd.

Mein Handy klingelt leise im Hintergrund. Mit einem Schlag bin ich wieder hellwach.

»Was ist, mein Glücksstern?« Jims Gesicht schwebt über mir.

»Das Handy«, krächze ich. »Das ist bestimmt Florian.«

Jims Miene verdüstert sich augenblicklich.

»Ich glaube, ich sollte rangehen.« Mein Puls rast, als ich aufs Display schaue und mir Florians Gesicht entgegenlacht.

»Hallo!«, melde ich mich.

»Schnuppelchen, alles okay mit dir?« Er klingt besorgt.

»Ja, alles prima«, lüge ich.

Ich knabbere nervös an meiner Unterlippe.

»Ich habe die ganze Zeit auf deinen Anruf gewartet.«

»Entschuldige, ich war ...«

»Ist was mit dir? Du klingst so eigenartig«, unterbricht mich Florian. »Ist wirklich alles in Ordnung oder soll ich kommen?«

»Nein«, sage ich lauter, als mir lieb ist. »Nein«, wiederhole ich mit gesenkter Stimme. »Es ist wirklich alles okay. Jim hat den Toaster falsch benutzt und der Feuermelder ist angegangen.«

»Der Typ scheint mir nicht gerade der Hellste zu sein.«

»Jim kommt eben vom Land.«

»Selbst in Afrika benutzen sie Toaster. Kommst du heute noch vorbei?«

Eine rhetorische Frage angesichts der Uhrzeit. Es ist kurz vor Mitternacht. Außerdem kann ich Florian jetzt nicht unter die Augen treten. Ich kann mir ja selbst kaum in die Augen schauen.

»Nein, ich bin müde.«

»Okay. Dann lass ich dich mal schlafen. Ich bin nur froh, dass mit deiner Wohnung alles so weit in Ordnung ist«, sagt Florian.

»Mhm.«

Mein schlechtes Gewissen wächst gerade ins Unermessliche bei so viel Verständnis.

Jim taucht im Türrahmen auf. Er sieht mich an. Ich drehe mich zur Seite, um ihm nicht ins Gesicht schauen zu müssen. Ich komme mir schlecht vor.

»Schlaf gut, meine Süße.«

»Du auch.« Meine Stimme klingt brüchig.

»Ich hab dich lieb.«

»Ich dich auch«, flüstere ich.

Wie in Zeitlupe lege ich das Handy beiseite. Tränen bahnen sich ihren Weg und ehe ich sie aufhalten kann, sind sie da. Ein ganzes Meer von Tränen. Schluchzend schlage ich die Hände vors Gesicht und weine.

»Sara!« Jims Hand streichelt mir sanft über den Kopf. »Sieh mich an.«

Ich schüttele den Kopf.

»Ich kann nicht, Jim.«

»Bitte«, fleht er mich an.

»Ich habe alles falsch gemacht«, schluchze ich. »Ich bin ein schlechter Mensch.« Die Worte sprudeln aus mir heraus. »Ich habe meinen Freund betrogen, mit dem ich schon seit zwei Jahren zusammen bin und den ich liebe. Es tut mir so leid. Ich hätte das nicht tun dürfen.«

»Du liebst Florian?«, fragt Jim gepresst.

»Er ist mein Freund. Wir wollen heiraten und Kinder kriegen.«

Ich fange erneut an zu weinen. »In meinem Kopf dreht sich alles. Das mit dir, das war so nicht geplant. Ich weiß überhaupt nicht mehr, was ich denken soll. Ich bin nicht für dieses Durcheinander gemacht.« Tränen kullern mir übers Gesicht. Eben war ich der glücklichste Mensch auf der Welt und jetzt würde ich am liebsten in ein Erdloch kriechen und nie wieder herauskommen.

Jims streicht mir eine Strähne aus dem Gesicht. Ich zucke zurück. Jim lässt seine Hand sinken.

»Ich weiß, was ich zu tun habe. Ich werde deinem Glück nicht länger im Wege stehen.«

»Was?«, schluchze ich.

»Du wirst sehen, alles wird gut! Saraswati Sandana, du bist mein Glücksstern. Du hast mir das Licht gezeigt und ich werde dein Lachen immer in meinem Herzen tragen. Wenn du mich brauchst, wirst du mich finden.«

Seine Finger berühren mein Gesicht, zart wie die Flügel eines Schmetterlings gleiten sie über meinem Mund. Seine Augen sehen mich an, als würde er alles in sich aufsaugen. Jeden Millimeter von mir. Dann steht Jim auf und verschwindet.

Ich bleibe zurück wie ein Häufchen Elend.

Liebeskummer

Ich fühle mich so durchgeschüttelt, als hätte ich die Nacht in einer Schneekugel verbracht. Die ganze Zeit habe ich wach gelegen und überlegt, was ich tun soll. Zu wissen, dass Jim nebenan schläft, hat die Sache nicht gerade vereinfacht. Am liebsten wäre ich zu ihm rübergegangen und hätte mich an ihn gekuschelt. Aber das geht nicht. Was ich jetzt brauche, sind Trost und Beistand, also rufe ich Anna an.

»Du siehst grauenvoll aus«, stellt Anna trocken fest, als sie zu mir in die Küche kommt.

»Danke. Ich fühle mich auch so.«

»Hast du überhaupt schon etwas gegessen?«

Sie schürzt die Lippen.

»Liebeskummer Phase zwei!«

Das ist Annas und mein Codewort, wenn es uns richtig schlecht geht. Phase eins bedeutet: Es geht mir nicht gut und ich brauche viel Alkohol. Phase zwei: Ich bin in tiefer Trauer und brauche Beistand. Und genau das ist jetzt bei mir der Fall. Tatsächlich fühlt sich mein Magen an, als wäre er zugeschnürt.

»Florian hat mich angerufen und gefragt, ob ich wüsste, was mit dir los sei.«

Anna mustert mich mit ihrem Super-Nanny-Blick, einer von der Sorte, den man schwer erziehbaren Jugendlichen zuwirft. Würde ich sie nicht kennen, bekäme ich es mit der Angst zu tun.

»Und was hast du geantwortet?«, piepse ich unsicher.

»Dass er diese Frage dir und nicht mir stellen sollte.«

»Und was hat er geantwortet?«

»Dass er es lieber nicht tut, weil er Angst vor der Antwort hat.«

»Willst du wissen, was los ist?« Ich schlucke trocken. Anna nickt. »Ich habe Florian betrogen.«

»Du hast was?«

»Ich habe mit Jim geschlafen.«

»Du Glückliche. Wie war es?«

»Anna, das steht hier nicht zur Diskussion.« Manchmal verstehe ich nicht, wie Anna die Dinge so nüchtern sehen kann.

»Für mich schon. Wenn man seinen Freund betrügt, dann soll es sich wenigstens gelohnt haben. Oder nicht? Ich meine, sonst muss man sich den Vorwurf machen, dass man sich den ganzen Ärger hätte sparen können, den man jetzt hat.«

Ich seufze bei so viel Logik. »Ich kann Florian nie mehr in die Augen schauen. Das hat er nicht verdient. Aber was viel schlimmer ist: Ich kann mir nicht mehr in die Augen schauen.«

»Ach Süße!«

Anna kommt auf mich zu und nimmt mich in den Arm.

»Ich bin so unglücklich«, schluchze ich.

»Weiß er davon?«

»Wer?«

»Florian.«

»Du meinst von der Sache zwischen Jim und mir?«

»Nein, von deiner Affäre mit Brad Pitt – natürlich von dir und Jim«, schnaubt Anna.

»Nein, Florian denkt noch immer, dass Jim schwul ist.«

»Na, dann ist doch alles klar.«

Über Annas Gesicht huscht ein Lächeln.

»Wieso?« Ich verstehe nur Bahnhof.

»Du hast sozusagen den Idealfall einer Affäre. Der Mann, in diesem Fall Florian, hält deinen Lover für schwul und schöpft somit keinen Verdacht. Besser kann es doch nicht für dich laufen! Du hast also keinen Grund, mir das T-Shirt nass zu weinen.«

»Aber ich will Florian gar nicht mehr.«

»Nicht dein Ernst!«

Sie schnappt sich einen Apfel aus dem Korb und beißt hinein. Das ist eine von Annas Eigenschaften. Wenn Anna etwas nicht versteht oder Kummer hat, fängt sie an zu essen.

»Ich glaube, ich bin in Jim verliebt.«

»Wirklich?« Anna schluckt den Bissen herunter.

Ich nicke. »Ich bin sogar bis über beide Ohren in ihn verliebt. Ich habe so etwas noch nie erlebt. Jim ist der tollste Mann, dem ich jemals in meinem Leben begegnet bin.«

»Und wie ist der Sex? Ich will jedes schmutzige Detail wissen.«

»Unbeschreiblich, und mehr werde ich dazu nicht sagen.«

»Spielverderber.« Anna beißt geräuschvoll in den Apfel.

»Ich habe meinen Freund betrogen, das ist es, worüber wir uns unterhalten sollten.«

»Du weißt doch, im Krieg und in der Liebe ist alles erlaubt! Ich dachte schon, du würdest dich nie wirklich verlieben, sondern dein Leben mit diesem Langweiler Florian fristen.«

»Wenn das die Liebe ist, kann ich gern darauf verzichten«, schmunzele ich unter Tränen. »Ich fühle mich beschissen.«

»Sara. Süße.« Anna nimmt mich in den Arm. »Niemand hat behauptet, dass es einfach sein würde. War es denn schön?«

Ich sehe sie mit großen Augen an.

»Ach komm. Hab dich nicht so und sag mir, wie der Sex war.«

»Es war einfach ...« Ich suche nach Worten, um zu beschreiben, was ich gefühlt habe. »Unglaublich. Fantastisch. Einzigartig. Es hat mir das Hirn weggeblasen.« Ich schließe für einen Moment meine Augen. »Ich hatte niemals zuvor so gigantischen Sex.«

»Verdammt! Anstatt hier Trübsal zu blasen, solltest du vor Freude auf und ab springen. Ich wünschte, ich würde einen Mann treffen, der so aussieht wie Jim, der sich in mich verliebt wie Jim in dich und der dann auch noch gut im Bett ist. Der Typ ist eine Supernova. Ist dir das eigentlich klar?«

Ich nicke.

»Ja, was gibt es da zu überlegen?« Anna beißt in ihren Apfel. Wenn man sie dabei beobachtet, könnte man meinen, wir befänden uns in einem Zahnpasta -Werbespot. »Schnapp dir den Kerl und halte ihn fest, so lange du kannst.«

»Und Florian? Immerhin sind wir seit zwei Jahren zusammen.«

»Pah. Der alte Langweiler. Um den würde ich mir nicht zu große Sorgen machen, der findet bestimmt schnell eine Neue. Außerdem hat er bisher keine wirklichen Anstalten gemacht, was eure Beziehung anbelangt. Ich habe bei ihm immer das Gefühl, dass ihm der Job wichtiger ist als du.«

»Mhm. Vielleicht.«

»Sag mal, wo steckt Jim eigentlich?«

»Keine Ahnung. Als ich heute Morgen aufgewacht bin, war er bereits weg. Vielleicht einkaufen oder spazieren.«

»Komisch.« Anna zieht die Augenbrauen nach oben. »Und wie sieht dein Plan aus? Was willst du jetzt unternehmen, um die Sache zu klären?«

»Mit Florian reden«, antworte ich und stehe auf.

»Was willst du ihm sagen?«

»Dass es vorbei ist.«

Es ist das erste Mal in meinem Leben, dass ich mich von einem Mann trenne. Normalerweise war es immer umgekehrt.

Meine erste Liebe hieß Thomas. Ein gut gebauter junger Mann mit unreiner Gesichtshaut. Wir hatten uns während des Studiums kennengelernt. Es war sozusagen Liebe auf den zweiten Blick. Als Thomas mich das erste Mal nach einer Psychologie-Vorlesung ansprach, fand ich ihn ganz nett, mehr nicht. Erst nach einigen Treffen und mittelmäßigem Sex hatte mich Thomas dann so weit, dass ich mit ihm zusammen in eine kleine Studentenbude in Hamm zog. Ich weiß nicht, ob es an seinem Studiengang lag, aber Thomas war der verständnisvollste Mensch, den ich jemals kennengelernt habe. Thomas bekochte mich, sah sich mit mir Liebesschnulzen an und brachte mir Aspirin ans Bett, wenn ich verkatert in der Früh vom Feiern nach Hause kam.

Es war Thomas' Idee, eine Schultafel in unserer Küche aufzuhängen, um uns mit Kreide Botschaften darauf hinterlassen zu können. Thomas schrieb mir Nachrichten wie »Du bist die tollste Frau der Welt« oder »Ich habe dir eine Kleinigkeit zu essen gekocht. Rotwein steht auf dem Tisch.« Ich schrieb Dinge wie »Du musst noch für das Wochenende einkaufen« oder »Könntest du meine Wäsche bitte mit waschen?«. Umso überraschter war ich, als ich eines Tages aus der Uni nach Hause kam und folgende Botschaft vorfand: »Ich ziehe noch heute mit Jessica zusammen. Es war schön mit dir. Thomas.« Ich brauchte Wochen, um über den Verlust hinwegzukommen.

Mein nächster Freund war Stefan. Ein knuffiger Typ, der durch seinen intelligenten Witz begeisterte und die Aufmerksamkeit von Frauen auf sich zog. Es störte mich auch nicht, dass er ein kleines Bäuchlein vor sich her trug. So ein Bauch kann in meinen Augen durchaus etwas Gemütliches haben, wenn man sich abends daran kuschelt und zusammen fernsieht. Stefan und ich schienen wie füreinander gemacht zu sein. Wir hatten die gleichen Hobbys, einen gemeinsamen Bekanntenkreis und einen ähnlichen Kleidergeschmack. Alles lief harmonisch – bis Stefan mir per SMS mitteilte, dass er sich durch mich eingeengt fühle und die Beziehung lieber beenden wolle. Danach hatte ich mit Männern vorerst abgeschlossen, bis Florian kam und mich mit seiner ruhigen, sachlichen Art von sich überzeugte.

Ich drücke die Klingel zu Florians Appartement.

»Hallo.«

»Flo, ich bin's, Sara.«

»Sara!«

Florian klingt überrascht.

Der Summer ertönt und die Tür springt auf. Mit klopfendem Herzen und feuchten Händen gehe ich die Stufen nach oben zu Florians Appartement.

»Hallo«, begrüßt er mich, die Hände in die Hosentaschen gesteckt.

»Darf ich reinkommen?«, frage ich zaghaft.

Florian nickt. »Bitte.«

Wir stehen uns wie zwei Fremde gegenüber.

»Ich muss mit dir reden«, breche ich das Schweigen.

Florians Augen verengen sich zu Schlitzen. Die kleine Ader auf seiner Schläfe pocht. Das ist immer das Zeichen dafür, dass Florian nervös ist.

»Ich hatte mir sowas gedacht. Möchtest du einen Kaffee?«

»Gern.«

Wir gehen ins Wohnzimmer. Das heißt, ich gehe ins Wohnzimmer, Florian geht in die Küche, um sein Prachtexemplar von einer Jura-Kaffeemaschine anzuwerfen. Er liebt diese Maschine, mir hingegen ist es bis heute ein Rätsel, wie man sich eine Kaffeemaschine kaufen kann, für die man eine mehrseitige Bedienungsanleitung braucht. Ich lehne Bedienungsanleitungen prinzipiell ab. Ich finde, ein Gerät muss sich dem Benutzer intuitiv erschließen. Wobei ich, was elektrische Geräte anbelangt, nicht unbedingt ein glückliches Händchen habe. Maschinen, egal welcher Bauart, verweigern in meiner Gegenwart oft ihren Dienst. Während meines Praktikums habe ich die komplette IT-Abteilung der Werbeagentur Storchenglück lahmgelegt und wurde später auch nicht übernommen. Auch wenn man mir versicherte, dass das nicht der Grund gewesen wäre, bin ich bis heute überzeugt davon.

Florian kommt mit zwei Gläsern Latte macchiato zurück ins Wohnzimmer.

»Worüber möchtest du mit mir reden?«

»Über uns.«

Meine Hände zittern, als ich den Becher entgegennehme. Ich trinke einen Schluck. Florian beobachtet jede meiner Bewegungen, was mich noch nervöser macht, als ich ohnehin schon bin.

»Halt!«, unterbricht mich Florian. »Bevor du weitermachst: Darf ich zuerst etwas sagen?«

Das ist wieder mal typisch Florian – er muss immer das erste und das letzte Wort haben. Das scheint so eine Art Berufskrankheit unter Anwälten zu sein, denn alle seine Freunde sind genauso. Was zur Folge hat, dass es sich bei einem Treffen von Anwälten immer so anhört, als würden sie sich streiten.

»Bitte!«

Florian holt tief Luft. Plötzlich ist er ganz der Anwalt. Ruhig, mit konzentriertem Blick.

»Sara, wir sind jetzt seit zwei Jahren ein Paar.« Er macht eine bedeutungsvolle Pause. »Ich finde, wir sind in unserer Beziehung in einer Sackgasse angelangt.«

Waas? Ich traue meinen Ohren nicht! Da will ich das erste Mal in meinem Leben mit einem Kerl Schluss machen und schon fängt der an, mir die Show zu stehlen.

»Deshalb denke ich, ist es das Beste, wenn wir einen Schlussstrich unter unsere Beziehung ziehen.«

Tatsache! Florian macht Schluss mit mir.

»Das hört sich ganz prima an«, sage ich erleichtert und nehme einen großen Schluck aus meinem Becher. »Der Kaffee ist wirklich ganz ausgezeichnet.«

Florian starrt mich mit offenem Mund an. »Ist das alles, was du dazu zu sagen hast?«

»Ich finde einfach, es gibt nicht mehr dazu zu sagen. Wir hatten eine schöne Zeit miteinander. Nun ist sie vorbei.« Ich stelle den Becher wieder auf den Tisch. Das Zittern meiner Hände hat aufgehört. Es ist, als ob ein zentnerschwerer Stein von meinen Schultern gefallen ist. Ich fühle mich mit einem Mal frei.

»Und was hast du jetzt vor?«

»Ich habe die Stelle in England angenommen.«

»Das dachte ich mir. Gratuliere!«

»Danke, Sara.« Er macht eine kurze Pause. »Weißt du, du überraschst mich. Ich hätte gedacht, du würdest so ein emotionales Theater abziehen.«

Damit macht er alles kaputt.

»Ich geh dann mal!«, sage ich schnippig und stehe auf. Er folgt mir schweigend.

»Hier!«, sagt er zum Abschied und reicht mir einen Zettel.

»Was ist das?«, frage ich erstaunt.

»Deine Zyklustabelle. Die brauche ich ja nun nicht mehr.«

»Was? Du hast dir meinen Zyklus notiert?«

Florian nickt.

»Als Mann kann man nicht vorsichtig genug sein.«

Wenn ich eben noch einen Funken Zweifel in mir getragen habe, dann ist er jetzt verflogen.

»Du bist ein richtiger Arsch!«, fauche ich ihn an.

Florian seufzt.

»Wusste ich doch, dass du ein Drama machen würdest.«

Ich hole aus und versetze ihm eine ordentliche Ohrfeige.

»Und das, mein Lieber, ist kein Drama, sondern ein Akt der Befreiung.«

Ich mache auf dem Absatz kehrt und gehe davon.

Als ich vor meiner Wohnung ankomme, bin ich völlig außer Atem. Ich bin den ganzen Weg nach Hause gerannt. Jetzt, wo ich endlich frei bin, kann ich es gar nicht mehr abwarten, Jim zu sagen, dass ich ihn liebe.

Ich liebe Jim! Mit jedem Schritt habe ich mehr und mehr Gewissheit. Ich will diesen verrückten, liebenswerten Mann, und es ist mir egal, ob er sich für einen Flaschengeist hält oder nicht. Seit ich Jim kenne, ist mein Leben so anders, so aufregend schön wie noch nie. Und dazu dieser unglaubliche Sex!

Ich stürme die Treppen zu meiner Wohnung nach oben. Meine Hände zittern, als ich den Schlüssel ins Schloss stecke. Mit einem Ruck drücke ich die Tür auf und stürme in unsere Wohnung. Keine Helene Fischer! Ein schlechtes Zeichen.

»Jim!«, rufe ich. Stille. »Jim, ich bin wieder da!« Ich renne durch das Wohnzimmer. Keine Antwort. »Jim?«

Ich bleibe vor seiner Zimmertür stehen und lausche. Alles, was ich höre, ist mein eigenes Herz, das wie verrückt schlägt. Ich hole tief Luft, dann drücke ich die Türklinke zu Jims Zimmer herunter.

Als ich es betrete, habe ich das Gefühl, in ein Vakuum zu fallen. Um mich herum wird alles schwarz. Der Boden unter meinen Füßen fängt an zu schwanken. Ich stütze mich im Türrahmen ab, um nicht hinzufallen. Fassungslos und außer Atem nehme ich die

Einzelheiten wahr und versuche sie in meinem Kopf zu einem Bild zusammenzufügen.

Jim ist weg. Er ist verschwunden, mitsamt seinen Sachen. Nicht ein Möbelstück hat er zurückgelassen. Sein Zimmer sieht aus, als habe nie jemand darin gewohnt. Ich starre mit brennenden Augen auf die kahlen Wände. Ich lasse mich auf den Boden fallen, sacke vornüber und weine um meine verlorene Liebe.

Jemand hämmert an die Wohnungstür. Ich weiß nicht, wie lange ich in dem dunklen Zimmer gesessen habe.

Mühsam rappele ich mich hoch und schleppe meinen tonnenschweren Körper an die Tür. Es ist Anna.

»Mein Gott, was ist passiert? Ich versuche dich seit Stunden über das Handy zu erreichen.«

Ich breche erneut in Tränen aus. Anna nimmt mich in den Arm.

»War es so schlimm mit Florian?«

Ich schüttele den Kopf.

»Florian ist mir egal. Jim ist weg!«, schluchze ich. »Er hat alles mitgenommen.«

»Was?!«

»Er ist weg und hat alles mitgenommen. Anna, ich habe solche Angst, dass ich ihn nie wiedersehe.«

»Das kann ich mir nicht vorstellen. Das ist nicht der Jim, wie ich ihn kennengelernt habe.«

Anna wiegt mich in ihren Armen.

»Ich weiß nicht, was ich tun soll«, schluchze ich verzweifelt.

»Hat er denn keine Nachricht hinterlassen?«, fragt Anna in ihrer sachlichen Art, nachdem ich mich etwas beruhigt habe.

»Keine Ahnung. Ich habe nicht nachgeschaut«, gestehe ich. Ein kleiner Hoffnungsschimmer keimt in mir auf.

»Komm, wir gehen mal zusammen auf die Suche«, schlägt Anna vor und hakt sich bei mir unter. »Vielleicht finden wir ja einen Hinweis darauf, was das Ganze soll.« Manchmal könnte ich Anna für ihre Art heiraten.

Gemeinsam gehen wir zu Jims Zimmer. Die Tür steht offen. Alles ist unverändert. Wir suchen jeden Quadratzentimeter seines Zimmers ab. Leider ohne Erfolg. Es ist, als ob Jim niemals existiert habe. Als wäre er ein Geist!

In meinem Kopf geht es zu wie in einer Achterbahn. Meine Gedanken überschlagen sich. Warum ist er verschwunden? Wo kann er sein? Er kann sich doch nicht einfach in Luft auflösen. Jim hat nie über irgendwelche Freunde oder Verwandte gesprochen. Innerlich verfluche ich mich für meine Unwissenheit.

Plötzlich habe ich eine Idee. Eine ziemlich verrückte Idee.

»Meinst du, es könnte doch sein, dass Jim nicht gelogen hat?«

»Wie meinst du das?«

»Na, dass er ein Flaschengeist ist.«

»Du merkst selbst, was du da gerade sagst«, schimpft Anna und zeigt mir einen Vogel.

»Ich habe ja noch seine Flasche«, rufe ich aufgeregt.

»Welche Flasche?« Anna schüttelt verständnislos den Kopf.

»Die, von der Jim behauptet hat, dass er darin gefangen war.«

»Die kleine rote?«

»Ja, genau! Vielleicht ist er ja in der Flasche?«

»Das ist doch absurd.« Anna schüttelet entrüstet den Kopf.

»Ja, ich weiß. Aber denk doch nur mal an die letzten Tage«, gebe ich zu bedenken. »Genau an dem Tag, als Jim bei mir einzieht, gewinne ich eine *Kaffeetraum*-Maschine, meine Chefin bekommt die Beulenpest und kurz darauf werde ich die neue Leiterin der *Frostglück*-Kampagne.«

»Zufall!«

»Ganz schön viele Zufälle, findest du nicht?!« Ich laufe in die Küche. Anna folgt mir.

»Sara, was hast du vor?«

»Jims Flasche suchen.« Ich reiße den Küchenschrank auf.

»Nicht dein Ernst. Du glaubst den Mist wirklich.« Anna lässt sich fassungslos auf einen Stuhl fallen.

»Jim hat immer steif und fest behauptet, ein Dschinn zu sein.«

»Spinnerei. Die Psychiatrie ist voll mit Leuten, die behaupten, sie seien der wiedergeborene Jesus.« Anna sieht mich traurig an.

»Nein, du warst nicht dabei, wie er zurück in die Flasche wollte, um mir zu beweisen, dass er ein Dschinn ist.«

»Das überzeugt mich nicht. Vielleicht meldet er sich bei dir im Laufe der nächsten Tage. Könnte doch sein, dass er sich einfach eine Auszeit genommen hat.«

»Nein.« Ich schüttele den Kopf. »Dann hätte er eine Nachricht hinterlassen und nicht gleich alles mitgenommen.« Ich spüre mit jeder Faser meines Körpers, dass er gegangen ist. Für immer!

»Ich frage mich nur, wie er das ganze Zeug so schnell rausge-schafft hat.« Anna deutet auf das leer geräumte Zimmer.

»Siehst du, das ist noch so eine komische Sache. Kein Mensch räumt eine Wohnung einfach so ohne Hilfe aus.«

»Vielleicht haben ihm Freunde geholfen. Das wäre möglich.«

Manchmal hasse ich Anna für ihre analytische Art zu denken.

»Keine Ahnung. Jim hat nie von Freunden geredet.«

Mir wird bewusst, wie wenig ich von dem Mann weiß, mit dem ich die letzten Wochen zusammen unter einem Dach gelebt habe.

»Eine gute Freundin hat mir mal gesagt, das beste Mittel gegen Liebeskummer sei Alkohol«, sagt Anna. »Ich finde, jetzt ist ein guter Zeitpunkt. Was meinst du?«

Alkohol? Alkohol! Ich springe auf.

»Anna, du bist ein Schatz! Das ist die Lösung!«

»Was ist die Lösung?« Sie sieht mich besorgt an. »Du machst mir Angst.«

»Ich muss sofort in die Schanze.« Ich renne in mein Zimmer.

Anna läuft hinter mir her. »Sara, würdest du mir bitte erklären, was in dich gefahren ist?«

»Das liegt doch auf der Hand«, rufe ich freudig, während ich mir ein frisches T-Shirt überziehe. »Alles hat in Hassans Dönerbu-de angefangen. Verstehst du, Hassan ist das einzige Bindeglied, das es zwischen mir und Jim gibt. Wenn ich also Jim finden will, muss ich zu Hassan.«

»Und wie kommst du jetzt ausgerechnet auf Hassan?« Anna sieht mich mit verständnislosem Blick an.

»Als wir in der Nacht mit den Mädels dort gelandet sind, hat uns Hassan diesen Likör zu trinken gegeben. Die Flasche sah genauso aus wie die, die Jim bei sich hatte.«

Anna verzieht das Gesicht. »Ja und?«

»Vielleicht hat Jim ja die Wahrheit gesagt und er ist wirklich ein Flaschengeist.«

»Ja, genau, und ich bin übrigens Tinker Bell, wenn ich nicht gerade als Ärztin im Krankenhaus arbeite.«

»Das ist mir egal. Ich muss jede auch noch so winzige Möglichkeit in Betracht ziehen. Vielleicht ist er wirklich zurück in seine Flasche gekrochen und wartet jetzt in Hassans Laden darauf, dass ein neuer Meister ihn findet und befreit. Ich weiß, das klingt total verrückt, aber es gibt so viele Dinge, die der Mensch nicht erklären kann, vielleicht ist Jim eines davon.« Ich sehe meine Freundin flehend an. »Ich liebe Jim. Ich würde alles dafür geben, um ihn wiederzubekommen.«

»Meine Güte, also dich muss es ja erwischt haben. So habe ich dich ja noch nie erlebt. Also pack deine Sachen und dann los!«

»Danke, Anna. Ich wusste, dass ich mich auf dich verlassen kann.« Ich falle ihr um den Hals und gebe ihr einen Kuss.

»Hey, heb dir das lieber für Jim auf«, lacht Anna. »Und jetzt los, bevor ich es mir anders überlege.«

Zwanzig Minuten später stehen wir vor Hassans Laden in der Schanze. Es herrscht Hochbetrieb. Mehrere Grüppchen Jugendlicher haben auf den Bänken vor dem Schaufenster Platz genommen. Es wird geredet und gelacht. Selbst in dem kleinen Laden ist jeder Platz besetzt.

Anna und ich drängeln uns an den Wartenden vorbei.

»Hey, Schwester, pass doch mal auf«, motzt mich ein junger Mann an, als ich mich an ihm vorbeidrücke.

»Entschuldigung. Ich muss nur mal durch.«

»Ey, wir wollen alle nur einen Döner, also stell dich mal lieber hinten an.«

Ein Moralapostel!

»Pass mal auf. Erstens bin ich nicht deine Schwester«, stelle ich die Sachlage klar. »Und zweitens will ich keinen Döner, sondern einen Likör, wofür du definitiv zu jung bist.«

Mit diesen Worten lasse ich ihn stehen.

Als ich vor dem Regal stehe, schnappe ich laut nach Luft. Es ist, als ob sich alles gegen mich verbündet hätte. Das Regal ist leer.

»Sie sind alle weg«, sage ich atemlos zu Anna. »Kein einziges Fläschchen mehr da.« Tränen steigen mir in die Augen.

»Warte mal!« Anna legt die Finger vor den Mund. »Das lässt sich schnell klären.«

Ein schriller, markerschütternder Pfiff lässt die Leute zusammenzucken. Anna grinst, als ich sie fragend ansehe.

»So etwas lernt man, wenn man das einzige Mädchen in der Familie ist.«

Es herrscht Totenstille. Alle Augen ruhen auf uns.

»Hassan«, ertönt Annas Schlachtruf.

»Hier!«

Ein Lächeln huscht über sein Gesicht, als er uns entdeckt.

»Hast du noch was von dem Likör?«

Anna deutet mit dem Zeigefinger auf das Regal.

»Alles verkauft.« Hassan schüttelt bedauernd den Kopf. »Musst warten, bis Mutter kommt zurück aus Türkei.«

»Hat jemand zufällig ein kleines rotes Fläschchen bei dir abgegeben?«, starte ich einen weiteren verzweifelten Versuch, vielleicht doch noch Jim und das Fläschchen zu finden.

»Niemand.« Hassans Goldzähne blitzen.

»Hey, Schwester, du hast den Chef gehört. Wenn du was zu trinken haben willst, kauf dir 'ne Flasche im Supermarkt nebenan«, grölt der Typ von eben erneut.

Anna zeigt ihm den Stinkefinger.

»Komm, hier gibt es nichts mehr für uns zu tun.«

Mutlos lasse ich die Schultern sinken. Das war's dann wohl. Tränen laufen mir heiß über das Gesicht. Wenn das so weitergeht, werde ich zur Heulsuse des Jahres ernannt.

»Sara, warte doch.«

Anna kommt mir hinterher. Ich gehe weiter, kann nicht anhalten. Ich will einfach weg von hier. Ich fange an zu laufen. Schneller. Immer schneller. Ich nehme nichts um mich herum wahr.

Ich laufe und laufe. Irgendwann bleibe ich stehen. Ich habe das Gefühl, keine Luft mehr zu bekommen. Es ist, als würde mein Herz in tausend Stücke springen.

Arme halten mich fest. Anna. Ich spüre, wie ihr Herz klopft. So bleiben wir stehen, bis meine Tränen versiegen und ich mich etwas beruhigt habe.

»Saraswati! Seit wann bist du unter die Marathonläufer gegangen?«, fragt Anna und ich muss unter Tränen lachen.

Allein, allein ...

Eine Woche ohne Jim. Sieben Tage und sieben Nächte. Ich fühle mich so einsam wie nie in meinem Leben zuvor. Florian hat einmal angerufen, um mir mitzuteilen, dass er meine Sachen zusammengepackt habe und sie abholbereit für mich in dem kleinen Nebenraum liegen. Im Gegenzug soll ich ihm seinen Schlüssel zurückgeben. Der Idiot!

Die Leute sagen immer, die Zeit heile alle Wunden. Ich weiß nicht, wann der Heilungsprozess beginnt, bei mir jedenfalls tut es noch immer verdammt weh!

Ich stehe im Schlafzimmer und betrachte mich in dem großen Spiegel. Ich trage das Cocktailkleid, das ich mir vor zwei Jahren aus einer Laune heraus für den sechzigsten Geburtstag meiner Mutter gekauft habe. Dank Annas Hilfe, jeder Menge Haarspray und einem Lockenstab fallen meine Haare in weichen Wellen über meine Schultern.

Anna steht ausgehfertig neben mir und mustert sich kritisch. Sie trägt ein schwarzes knielanges Kleid, in dem sie äußerst elegant aussieht. Dazu hochhackige schwarze Pumps und um den Hals eine schlichte Goldkette. Ihre Haare hat sie locker nach hinten geflochten und zu einem Knoten am Hinterkopf gebunden.

»Du siehst einfach umwerfend aus«, sage ich aufrichtig und zwinge mich zu einem Lächeln.

»Das Kompliment kann ich nur zurückgeben«, lächelt Anna zufrieden. »Das Kleid ist wirklich hübsch.«

»Hübsch langweilig. Aber das ist jetzt auch egal«, sage ich ein wenig traurig. »Wenigstens habe ich mir neue Schuhe besorgt, wenn ich schon kein neues Kleid habe.«

Wehmütig denke ich an das wunderschöne rote Kleid, das ich zusammen mit Jim entdeckt hatte.

Ich gehe zu meinem Bett und ziehe den Schuhkarton darunter hervor. Aus einer melancholischen Laune heraus war ich gestern tatsächlich im *Salon*. Ich weiß auch nicht, warum, aber irgendwie hatte ich gehofft, das rote Kleid würde noch dort hängen. Leider Fehlanzeige! Ich muss sagen, die Tatsache, dass nun eine andere Frau mein Kleid trägt, hat mir einen Stich versetzt. Deshalb habe ich mir auch die roten Schuhe gekauft. Sie erinnern mich an einen wunderschönen Nachmittag mit Jim.

»Tatata!«

Ich präsentiere meine neue Errungenschaft.

»Wow. Die sehen absolut toll aus.«

Wir betrachten uns beide im Spiegel.

»Was sind wir nur für ein hübsches Paar«, lacht Anna.

Es klingelt an der Tür.

»Huch! Das Taxi sollte doch erst in zehn Minuten kommen.«

Ich schaue irritiert auf meine kleine goldene Uhr. Ein Erbstück meiner Oma, das mir bisher immer Glück gebracht hat.

»Ich geh schon«, ruft Anna und eilt zur Tür.

Ich begutachte mich im Spiegel. Mit den roten Schuhen komme ich mir vor wie Dorothy in »Der Zauberer von OZ«.

»Sara!« Anna stürmt ins Schlafzimmer. »Jetzt sieh dir das mal an!« Sie präsentiert mir einen Karton von geradezu gigantischem Ausmaß. »Wurde gerade für dich abgegeben. Der Fahrer hat sich entschuldigt, dass er erst so spät gekommen ist, aber er hätte im Stau gesteckt.«

Fassungslos starre ich auf den zarten violetten Schriftzug darauf. *Salon.*

Sofort schlägt mein Herz einen Takt schneller.

»Los, mach es auf!«, fordert mich Anna gespannt auf.

Mit zitternden Fingern löse ich die Verpackung und hebe den Deckel an. Ich blinzele ungläubig. Das kann doch nicht sein?! Aber wie ist das möglich? Vor mir, in weißes Papier gehüllt, liegt das rote Seidenkleid.

»Ist das das Kleid, von dem du erzählt hast?«

Anna sieht mich fragend an. Ich nicke stumm. Zu mehr bin ich in diesem Moment nicht fähig. Wie betäubt streiche ich mit der Hand über den kühlen, glatten Stoff. Ich bücke mich und befreie es aus seiner Verpackung. Es ist federleicht und noch schöner, als ich es in Erinnerung hatte. Die rote Seide schimmert leuchtend im Licht. Ich drücke den kostbaren Stoff gegen meinen Körper. Etwas Weißes segelt zu Boden.

»Da ist eine Karte herausgefallen.«

Anna deutet auf einen kleinen Umschlag vor meinen Füßen. Mit kraftvoller Schrift steht darauf mein Name geschrieben.

Saraswati Sandana Elisabeth

Mit einem Mal ist mir klar, wer mir das Kleid geschickt hat.

Jim!

Ich schnuppere an dem Stoff. Tatsächlich nehme ich einen Hauch von Beeren und Zimt wahr.

Jim!

Jim hat das Kleid in den Händen gehalten. Anna reicht mir die Karte. Ich öffne den Umschlag. Tränen brennen in meinen Augen, als ich die Worte lese.

Mein Glücksstern,

du wirst darin wunderschön aussehen. Bitte trag es für mich.

Ich liebe dich.
Dschinn Aabidah

Es ist das erste Mal, dass ich seine Handschrift sehe. Er hat mit seinem vollen Namen unterschrieben.

Eine Träne kullert mir über die Wange und tropft auf das blütenweiße Papier. Als ich mit dem Finger darüberwische, verschmiert die blaue Tinte. Fassungslos starre ich darauf. Woher wusste er, dass ich genau um diese Zeit hier bin? Warum jetzt und nicht früher? Er kann unmöglich wissen, dass Anna und ich ...?

Plötzlich habe ich die wahnwitzige Idee, dass Jim irgendwo da draußen auf mich wartet. Ich renne zum Fenster, das Kleid und die Karte in der Hand haltend. Ich presse mein Gesicht gegen das kühle Glas, in der Hoffnung, da draußen sein Gesicht zu finden. Aber alles, was ich sehe, ist, wie der grauhaarige Paketbote in sein Auto steigt und davonfährt. Ich lasse die Schultern sinken.

»Oh Gott, Anna, ich kann da nicht hingehen«, sage ich und meine Stimme zittert. Der ganze Kummer kommt wieder hoch. Der Boden unter meinen Füßen wankt.

»Du musst. Für ihn. Hörst du?« Anna nimmt mich in den Arm. »Er hat gewollt, dass du zu der Hochzeit gehst und das Kleid trägst. Es ist sein Abschiedsgeschenk an dich.«

Ich nicke. Eine einzelne Träne tropft auf die Karte. Jim! Warum tust du mir das an?

»Komm. Tu es für mich und für ihn«, bittet Anna.

»Ich würde so gern wissen, wo er jetzt ist. Das Schlimmste ist die Ungewissheit«, schniefe ich. »Weißt du, ich habe ihm nie gesagt, dass ich ihn liebe.«

»Ich bin mir sicher, er weiß, was du für ihn fühlst.«

Ich schüttele energisch den Kopf. Eine Haarsträhne löst sich und fällt mir vors Gesicht. »Nein, ich habe gesagt, dass ich mit Florian zusammen sein will.«

»Bitte hör auf, dich zu quälen. Das macht keinen Sinn und bringt dich keinen Schritt weiter. Es ist Zeit, dass du nach vorn schaust und dein Leben wieder in den Griff bekommst.« Anna wirft einen Blick auf ihre Armbanduhr. »Wenn wir uns nicht beeilen, kommen wir zu spät.«

Ich starre wie gebannt auf die Karte in meinen Händen. Jim hat gewollt, dass ich dort hingehe. Mein Jim.

»Okay. Ich mache es«, sage ich entschlossen. »Hilfst du mir beim Anziehen?.«

»Das ist mein Mädchen!« Anna nickt und drückt mich stumm.

Dank der letzten Tage Liebeskummer habe ich mein Idealgewicht vom Abitur wieder.

Mein Gesicht ist schmal, meine Taille ebenfalls. Dafür wirken meine Augen unnatürlich groß.

Wenige Minuten später stehe ich, in rote Seide gehüllt, wieder vor dem Spiegel.

»Du siehst einfach traumhaft schön aus«, flüstert Anna ehrfürchtig. »Kein Wunder, dass Jim wollte, dass du das Kleid trägst. Es ist wie für dich gemacht.«

Mein Spiegelbild versucht zu lächeln. »Ich wünschte, Jim wäre hier und könnte mich sehen.«

»Er ist immer bei dir.« Anna deutet auf mein Herz. »Er weiß auch so, wie du aussiehst, sonst hätte er es dir nicht geschenkt.«

Draußen hupt das Taxi.

»Los, es wird Zeit, dass wir unsere Kleider ausführen«, lächelt Anna mir aufmunternd zu. »Schließlich habe ich nicht umsonst eine Stunde lang deine Haare geglättet.«

Ich lache gequält. »Showtime!«

Als wir die Kirche betreten, geht ein Raunen durch die Gruppe der bereits anwesenden Gäste.

»Siehst du, wie sie dich alle ansehen«, flüstert Anna. »Ich glaube, jede anwesende Frau ist auf dich neidisch.«

Ein Fotograf, den Melanie engagiert hat, macht professionelle Bilder von allen Gästen. Ich komme mir vor wie eine Königin, wie ich so in meinem roten Seidenkleid über den Teppich schreite. Wir sitzen ganz vorn in der ersten Reihe. Das hat den Vorteil, dass wir einen direkten Blick auf das Brautpaar haben. Ohne Anna an meiner Seite würde ich mir zwischen den ganzen glücklichen Pärchen und Familien allerdings ziemlich verlassen vorkommen. Der Vorteil meines neu gewonnenen Single-Daseins ist, dass ich ganzen Tag ungeschminkt in Jogginghosen durch die Wohnung laufen kann, ohne dass sich daran jemand stört. Ich lasse das dreckige Geschirr einfach stehen, bis es von selbst wegläuft. Nachts habe ich nicht das Gefühl, neben einer Herde grunzender und schnarchender Schweine zu liegen. Ich kann ungestört Liebesfilme schauen, ohne dass ich mir einen doofen Kommentar anhören wie »Siehst du dir immer noch diesen Schmalz an?«, anhören muss.

Während ich mit Florian zusammen war, habe ich mich gelegentlich dabei erwischt, wie ich darüber nachgedacht habe, wie schön es wäre, allein und unabhängig zu sein. Aber jetzt, wo ich es bin, fühle ich mich einfach nur verloren.

Die letzten Gäste sind endlich eingetrudelt und nehmen auf den Bänken hinter uns Platz. Jede Reihe ist mit Blumengirlanden verziert. Das Sonnenlicht fällt durch die bunten Kirchenfenster und wirft farbige Flecken auf die Wand, was einen hübschen Kontrast zu der ansonsten eher tristen grauen Wandbemalung bildet. Der Altar ist ebenfalls festlich hergerichtet.

Ich muss sagen, Melanie sieht einfach fantastisch aus, wie sie da so über den Steinboden in Richtung Altar schreitet.

»Melanie ist ja so schlank. Irgendwie hatte ich sie etwas fülliger in Erinnerung«, flüstert Anna mir zu.

»Schlankstütz-Unterwäsche«, wispere ich zurück. »Die reinste Geheimwaffe für Frauen wie sie und mich.«

»Diese hässlichen hautfarbenen Dinger?«, fragt Anna ungläubig. »Die hat meine Oma immer getragen.«

Ich nicke unauffällig. »Mittlerweile sehen die Teile echt schick aus. Trotzdem bin ich froh, wenn Melanie endlich unter der Haube ist und sie mich nicht länger mit ihrem Gewicht und ihrer schlechten Laune aufgrund ihrer Unterzuckerung nervt.«

Anna verzieht den Mund zu einem Grinsen.

Ich muss sagen, Melanie sieht wunderschön aus in ihrem weißen Kleid. Genauso so wie sie es sich gewünscht hat. Die Haare sind an den Seiten geflochten und laufen zu einem Knoten am Hinterkopf zusammen, woran der bodenlange Schleier befestigt ist. Ihr Gesicht leuchtet vor Glück und ich kann mich nicht daran erinnern, Melanie jemals so strahlen gesehen zu haben. Vergessen sind alle Bedenken. Ich seufze beim Anblick von so viel Glück.

Das Brautpaar kniet und der Pfarrer fängt mit seiner Traurede an. Ich schalte gedanklich auf Durchzug.

Ich bin schon vor Jahren aus der Kirche ausgetreten. Nicht, weil ich nicht gläubig bin, sondern weil mich die Tatsache nervt, dass mich die Kirche zwingt, Kirchensteuer zu zahlen, ganz so, als würde ich einen Clubbeitrag entrichten.

Nachdem ich ausgetreten bin, habe ich nie wieder etwas von meiner Kirchengemeinde gehört. Wenn das nicht die Bestätigung meiner Theorie ist, dann weiß ich auch nicht. Glauben kann ich auch so.

Aber sollte ich in diesem Leben jemals heiraten, soll es auch in der Kirche sein. Welche Frau wünscht sich nicht, in einem traumhaften Kleid über den Teppich zu schreiten und sich dabei wie eine Prinzessin zu fühlen. Ich wollte schon als kleines Mädchen heiraten und eine Familie haben.

Die Orgel fängt an zu spielen und alle Gäste erheben sich von ihren Plätzen.

Meine Güte, warum müssen die Kirchenbänke immer so hart sein? Die sollten lieber weniger Geld für den ganzen Glitterkram und Kreuze ausgeben und dafür etwas mehr Geld in gemütliche Bänke investieren. Ich bin mir sicher, dass dann auch mehr Leute kommen würden. So hart, wie die Bänke jetzt sind, ist die Trauung eine Tortur für die Bandscheiben und die Knie. Gott sei Dank! Wir dürfen uns wieder setzen.

Melancholische Orgelklänge verkünden das Ende der Trauung. Der Pfarrer, ein betagter Mann in den besten Jahren, spricht den Segen. Melanie strahlt und mein Herz explodiert vor Kummer.

Ich weine um meine verflossene Liebe zu Florian. Ich weine um meinen Traum vom Heiraten, der jetzt wohl nicht mehr wahr werden wird, und ganz besonders weine ich um Jim.

Es tut mir weh, wenn ich nur an seinen Namen denke. Jim.

Das Schlimme ist, dass einem erst bewusst wird, was man verloren hat, wenn es nicht mehr da ist.

»Sie dürfen die Braut jetzt küssen ...«

Ein Raunen geht durch die Kirche.

»Endlich«, seufzt Anna.

Andreas küsst Melanie minutenlang wie in einem schlechten Hollywoodfilm. Der Fotograf springt vor zum Altar und hält diesen denkwürdigen Moment fest. Blitzlichtgewitter vom Feinsten.

»Mein Gott, der will sie wohl auffressen«, kichert Anna.

Schnell senke ich den Kopf, damit sie nicht sieht, dass ich schon wieder geweint habe. Beifallsrufe mischen sich mit dem Schluchzen der anwesenden Frauen. So falle ich wenigstens nicht auf.

»Ach, Hochzeiten machen mich immer so schrecklich sentimental«, schnieft Anna neben mir.

»Geht mir genauso«, lache ich zum zweiten Mal am heutigen Tag unter Tränen.

Nachdem wir gefühlte zwei Stunden lang einen Fotomarathon zusammen mit dem Brautpaar hinter uns gebracht haben, werden wir endlich zum Champagnerempfang entlassen, der in unserem Lieblingsrestaurant in der Schanze stattfindet. Das Brautpaar steigt in den eigens dafür gemieteten Porsche.

Ich stoße Anna in die Rippen.

»Früher einen forschen Pimmel, heute einen Porschefimmel.«

Anna und ich brechen in schallendes Gelächter aus, was uns sofort böse Blicke von der vertrockneten Verwandtschaft einbringt. Daraufhin ergreifen wir die Flucht und schnappen uns eines der wartenden Taxis.

Der Jahreszeit entsprechend findet der Sektempfang drinnen statt. Anna hat das dringende Bedürfnis, zu rauchen, und so nehmen wir unser Gläser und verkrümeln uns nach draußen. Gott sei Dank stehen im Hof ein paar Heizpilze, die eigens für die Raucher aufgestellt wurden und die eine wohlige Wärme trotz der kalten Temperaturen abgeben.

Draußen herrscht die typische Schanzenviertel-Idylle. Rechts, keine fünfhundert Meter entfernt, kann man die Rückseite der U-Bahn-Station Sternschanze bewundern, ein Neubau mit viel Metall und Glas, was ihn auch nicht gerade schöner macht. Autos donnern an uns vorbei. Fußgänger, die sich lautstark unterhalten, Pärchen schlendern Händchen haltend von einem Geschäft zum nächsten. Gegenüber auf der anderen Straßenseite liegt *Omas Apotheke*, eine uralte eingesessene Kneipe, in der man leckere deftige Gerichte essen kann. Bei derart schönem Wetter ist jeder Platz an den Tischen draußen besetzt.

Ein junger Mann packt direkt neben den Trinkenden sein Didgeridoo aus und beginnt darauf zu spielen. Dabei bläst er seine Backen wie ein quakender Frosch auf. Die ersten Passanten bleiben stehen und lauschen den Klängen. Ich nehme einen Schluck aus meinem Glas.

»Mhm, lecker.« Ich lecke mir über die Lippen. »Daran könnte ich mich glatt gewöhnen.«

»Ich finde, wir feiern ab sofort jedes Wochenende Hochzeit«, kichert Anna und nimmt einen tiefen Zug.

»Darauf stoßen wir an«, stimme ich zu.

Melanie kommt zu uns rübergeschwebt. Sie lässt sich neben uns auf das kleine Mäuerchen fallen.

»Meine Füße tun jetzt schon weh und ich habe noch den ganzen Abend vor mir«, jammert sie.

»Dafür siehst du absolut traumhaft schön aus«, sage ich.

»Danke. Ich fühle mich auch wie eine Prinzessin.« Sie winkt einen der Kellner herbei, der gerade ein Tablett mit kleinen Häppchen an uns vorbeiträgt.

»Schönes Plätzchen habt ihr euch hier ausgesucht.« Sie versenkt einen Shrimp samt Dekoration in ihrem Mund. »Ah, endlisch etwasch zu esschsen. Ich habe dasch Gefühl zu verhungern.«

»Das liegt vielleicht daran, dass du die letzten Tage nichts gegessen hast«, bemerke ich.

»Ja, aber die Quälerei hat sich gelohnt«, kichert Melanie.

»Du hast Salat zwischen den Zähnen«, deutet Anna.

»Oh Gott!«, sagt Melanie und trinkt hastig an ihrem Champagnerglas, um sich damit den Mund zu spülen.

»So kann man es auch machen«, bemerke ich.

»Ist es weg?«, fragt Melanie und zeigt uns ihre Beißerchen.

Anna legt den Kopf leicht schräg und starrt auf Melanies Mund.

»So gut wie neu, und die Mandeln sehen auch unauffällig aus.«

Wir prusten laut los.

»Meli, kommst du?«, ruft Andreas und winkt zu uns rüber.

Melanie hüpft von dem Mäuerchen.

»Die Pflicht ruft. Bis später!«

»Meinst du, ich soll ihr sagen, dass sie auf ihrem Kleid einen Abdruck von der Mauer hat?«, fragt Anna, als Melanie uns den Rücken zuwendet. Tatsächlich prangt ein riesiger brauner Fleck auf Melanies schneeweißem Brautkleid.

»Lieber nicht. Ich glaube, das könnte eine größere Krise bei ihr hervorrufen.«

»Na dann!«

Ein flachsblonder Lockenschopf drängt sich durch die Fußgängerzone. An der Hand ein dunkelhaariger Mann.

»Da hinten ist meine Schwester, zusammen mit dem Kindsvater«, bemerke ich und deute auf sie.

»Lorena«, rufe ich, aber meine Schwester geht unbeirrt weiter.

Anna wird kreidebleich. »Scheiße. Das ist Oliver!«

»Wo?« Ich glaube mich verhört zu haben.

»Das ist Oliver«, sagt Anna mit heiserer Stimme.

»Aber das ist Lorenas Freund. Bist du sicher?«

»Sara, ich weiß genau, dass das Oliver ist. Schließlich bin ich mehr als einmal mit dem Arsch im Bett gelandet.«

Oh mein Gott! Auf den Schreck nehme ich erst einmal einen kräftigen Schluck. Das erklärt einiges! Allerdings hätte ich nicht erwartet, dass Anna auf einen solchen Idioten, wie es dieser Oliver ist, reinfällt. Normalerweise ist meine Freundin, was die Auswahl ihrer Sexualpartner anbelangt, mit gutem Geschmack gesegnet. Aber schließlich kann sich jeder mal irren!

»Jetzt weiß ich wenigstens, für wen mich der Depp verlassen hat.« Sie presst die Lippen aufeinander.

»Anna, das tut mir echt leid.« Ich nehme betroffen ihre Hand.

»Ich brauche dir nicht leidzutun.« Sie kichert hysterisch.

Ich lege ihr die Hand auf die Stirn.

»Sag mal, hast du Fieber?«

»Lass das!« Anna schiebt meine Hand zur Seite. »Ich freue mich nur.«

»Bist du sicher, dass du nicht unter Schock stehst?«

Ich seh Anna entsetzt an.

»Nein, ganz und gar nicht. Ich meine, im Grunde genommen tut mir Lorena sogar leid. Schließlich bekommt sie von dem Idioten ein Kind, nicht ich.« Anna trinkt ihr Glas mit einem Zug leer. »Ich sage nur: einmal Fremdgeher, immer Fremdgeher.«

Annas Logik ist wie immer bestechend.

»Ich bin froh, dass du die Sache so leicht nimmst.«

Anna nickt. »Bist du jetzt sauer?«

»Auf dich? Wieso?«

»Na, weil Lorena doch deine Schwester ist ...«

Ich überlege für einen kurzen Moment.

»Weißt du was? Wenn ich es mir genau überlege, finde ich, dass die beiden sich ehrlich verdient haben.«

Jetzt fange ich an zu grinsen. Anna sieht mich verdutzt an und bricht dann in wieherndes Gelächter aus. Meine Schwester und Oliver verschwinden in der Menge.

»Auf einen schönen Abend!«, prostet mir Anna zu.

»Auf die ausgleichende Gerechtigkeit des Universums!«

Ich hebe mein Glas.

Der Abend wird dann noch ziemlich lustig. Das Essen ist köstlich und die Stimmung gut. Nachdem der offizielle Teil vorbei ist, alle Reden gehalten wurden, beginnt endlich der unterhaltsame Teil der Hochzeitsparty. Ein DJ baut seine Anlage auf und beginnt Musik aufzulegen. Die ersten Takte von Aviccis neustem Song ertönen.

»Das ist unser Lied«, kreischt Anna und zieht mich auf die Tanzfläche. Ich schließe meine Augen und gebe mich ganz dem Takt der Musik hin.

Jemand schreit mir ins Ohr. »Na, Schönheit, so allein?«

Ich blinzele irritiert.

Vor mir hat sich ein mittelmäßig aussehender, leicht untersetzter Mittdreißiger aufgebaut. Dabei schwingt er seine Hüften, als ob er sich einen Hula-Hoop-Reifen umgebunden hätte.

»Lieber allein, als unglücklich zu zweit«, brülle ich ihm ins Ohr.

Wahrscheinlich hat er jetzt zu einem angeknacksten Selbstbewusstsein auch noch einen Hörschaden. Jedenfalls schwingt er seine speckige Hüfte kopfschüttelnd davon.

Das Lied endet gerade. Eine Freundin von Melanie kommt zu uns auf die Tanzfläche gestürmt.

»Mädels, es wird Zeit.«

»Zeit wofür?«

Anna und ich sehen uns fragend an.

»Die Brautentführung!«

»Aha«, sage ich.

Ich habe keine Ahnung, wovon Lotte spricht.

»Du gehst wohl nicht so oft auf Hochzeiten?«

Ich schüttele den Kopf. Ehrlich gesagt ist das die zweite Hochzeit, auf der ich eingeladen bin. Die erste Hochzeit, der ich beigewohnt habe, war die meiner Freundin Claudia, wo mir ein geradezu verstörendes Bild von deutschen Hochzeitsritualen vermittelt wurde. Spätestens als man den Schlüpfertanz ankündigte, hätte ich die Flucht ergreifen sollen, aber im Nachhinein ist man bekanntlich immer schlauer. Jeder noch anwesende Gast inklusive des Brautpaars (einige schlaue Gäste hatten sich auf die Toilette oder den Parkplatz verdrückt) musste sich Unterhosen in Übergröße anziehen und dann damit tanzen. Sobald die Musik aufhörte zu spielen, musste man die Unterhose ausziehen und mit der Unterhose des Tanzpartners tauschen. Wer am längsten für diesen fliegenden Wechsel brauchte, hatte verloren. So war es nicht weiter verwunderlich, dass die meisten Teilnehmer bis auf wenige Ehrgeizlinge den Wechsel in Zeitlupe zelebrierten. Ein Albtraum, der noch durch Spiele mit dem Namen »Die Glocken von Rom«, »Wadentasten« oder »Babyfüttern« getoppt wurde.

Es ist unnötig, zu erwähnen, dass ich seit dieser einschlägigen Erfahrung kein großer Freund mehr von neckischen Hochzeitspielchen bin.

»Also«, fängt Lotte an und grinst. »Wir müssen die Braut möglichst unauffällig entführen.«

»Und wo ist der Haken an der Sache?«, frage ich misstrauisch.

»Kein Haken. Wir Mädels entführen Meli in irgendeine nette Bar, trinken auf Kosten des Bräutigams, bis er uns gefunden hat.«

»Klingt gar nicht so übel«, sagt Anna. »Da bin ich dabei. Du auch?« Sie sieht zu mir.

Da ich keinen ersichtlichen Nachteil für mich entdecken kann, sage ich schließlich: »Wenn das alles ist, mache ich mit.«

»Gut!« Lotte nickt mit verschwörerischer Miene. »Dann lasst uns die Braut schnappen.«

»Und wohin?«

»Ihr seid die Singles hier und kennt euch aus!«, sagt Lotte erwartungsvoll. »Das letzte Mal, dass ich auf Piste war, ist eine gefühlte Ewigkeit her. Schließlich bin ich seit zwei Jahren Mutter, und heute ist der erste Abend seit der Geburt, an dem ich Ausgang habe. Noch Fragen?«

»Nein.«

Anna und ich schütteln den Kopf.

»Was hältst du vom *13. Stock*? Da läuft meistens megageniale Musik«, schlage ich vor.

»Manchmal bist du echt brillant«, sagt Anna begeistert. »Die Idee hätte von mir stammen können, so gut, wie sie ist.«

»Das klingt aber mächtig nach Eigenlob«, grinse ich.

»Blöde Kuh«, lacht Anna, und damit ist es beschlossene Sache.

Melanie läuft uns quasi auf dem Weg zur Toilette in die Arme. Kurz entschlossen haken sich Anna und ich bei ihr unter.

»Hey, was habt ihr vor?«, protestiert Melanie, als wir sie Richtung Ausgang ziehen.

»Wart's ab«, grinse ich.

»Brautentführung!«, sagt Anna.

Melanie rollt mit den Augen.

»Bitte tut mir einen Gefallen.«

»Kommt darauf an, was es ist«, sage ich.

»Bringt mich irgendwo hin, wo es nett ist und man tanzen kann. Nicht in einen düsteren Schuppen, wo ich mir das Kleid ruiniere.«

»Kein Problem.«

Anna und ich tauschen verschwörerische Blicke. Anscheinend hat sich noch keiner der anwesenden Gäste erbarmt und Melanie über den gigantischen Fleck auf ihrem Po aufgeklärt.

Als wir nach draußen kommen, schlägt uns die kühle Abendluft entgegen. Der Mond hängt wie eine Laterne malerisch am sternenklaren Himmel. Melanies Freundin erwartet uns bereits mit drei weiteren Freundinnen.

»Taxi?«

»Taxi!«, nicke ich.

Wir bugsieren Melanie kopfüber in das Taxi, dann geht es los. Die Fahrt zum *13. Stock* dauert nur wenige Minuten, was den Taxifahrer sichtlich zu ärgern scheint.

Ich habe zu Taxifahrern im Laufe der Jahre ein recht gestörtes Verhältnis entwickelt. Sie sind in meinen Augen grundsätzlich schlecht gelaunt und erwecken bei dem Fahrgast häufig den Eindruck, dass man sie unter vorgehaltener Waffe gezwungen hat, diesen Beruf auszuüben. Nennt man dann eine Zieladresse, die unter zwanzig Kilometern Entfernung liegt, kann man davon ausgehen, dass man sich einen blöden Spruch einfängt. Der letzte Fahrer wies mich darauf hin, dass die U-Bahnen fahren würden, als ich ihm meine Adresse in Eppendorf nannte. Dieser Taxifahrer hier unterscheidet sich jedenfalls nicht von seinen Artgenossen und fährt uns mit verdrossener Miene zum genannten Ziel.

Der *13. Stock* ist wie immer gut besucht. Eine lange Schlange Wartender hat sich bereits vor dem Eingang gebildet. Anna, ich, Melanie und die restlichen Mädels drängeln uns vorbei, was uns prompt böse Blicke einbringt.

Der Türsteher, ein massiger Mann mit unzähligen Tattoos auf den Armen, mustert uns mit zusammengezogenen Augenbrauen.

»Was wollt ihr denn hier?«

»Brautentführung!«, erkläre ich fröhlich. Melanie klimpert mit den Wimpern und legt ihr herzallerliebstes Lächeln auf. Man sieht förmlich, wie das mechanische Hirn des Türstehers arbeitet.

»Komm schon«, unterbricht Anna vorzeitig den Denkprozess. »Wir sind sieben hübsche Mädels, die den Laden ein wenig aufmischen wollen. Was gibt es da noch zu überlegen?!«

Das scheint den Kerl zu überzeugen, jedenfalls winkt er uns rein. Hinter uns protestiert die Meute, aber das ist uns egal.

Der Club ist zum Bersten voll. Bewaffnet mit einem Drink arbeiten wir uns vor bis zur Dachterrasse. Der Ausblick ist legendär!

»Ich bin ja ein bisschen froh«, trällert Melanie.

»Worüber?«, frage ich ahnungslos.

»Hier zu sein. Ich hatte keine Lust mehr auf Unterhosenspiele und langweilige Gespräche mit Verwandten. Ich will endlich tanzen. Ich will Spaß haben.«

Sie wirft einem vorbeigehenden jungen Mann einen schmachtenden Blick zu. Die Tatsache, dass Andreas nicht dabei ist, scheint sie nicht sonderlich zu stören.

»Hey, du bist jetzt eine verheiratete Frau. Also benimm dich!«, sage ich.

Melanie zieht einen Schmollmund.

»Man wird doch noch ein bisschen Spaß haben dürfen.«

Eine halbe Stunde später sind die Drinks leer. Melanie ist mittlerweile ganz schön betrunken und hüpft kreischend zusammen mit den anderen Mädels auf der Tanzfläche wie ein weißer Flummi auf und ab. Sie macht nicht den Eindruck, als ob sie Andreas sonderlich vermissen würde. Ich habe einen leichten Schwips und bin auf Wasser umgestiegen, um keinen Kontrollverlust zu erleiden.

Aus dem Augenwinkel nehme ich eine Gruppe Männer wahr, die den Club betritt.

»Da ist der Bräutigam!«

Ich deute auf Andreas, der gerade auf eine der Barfrauen zugeht. Seinem Gesichtsausdruck nach zu urteilen, ist er nicht sonderlich begeistert von der ganzen Situation.

Mit vereinten Kräften zerren wir Melanie weg von der Tanzfläche. Keine Sekunde zu spät.

»Ihr scheit echt Spielverderber«, nuschelt sie und zieht einen Flunsch.

»Glaub mir, morgen wirst du mir dankbar dafür sein«, schreie ich ihr gegen den Lärm ins Ohr.

»Hier bist du!« Andreas steht mit gerötetem Gesicht vor uns. »Ich bin durch die halbe Stadt gefahren.«

Er wirft mir und Anna einen bösen Blick zu, als ob das unsere Schuld wäre!

»Wie siehst du überhaupt aus?«, brüllt Andreas gegen die wummernden Bässe im Club an.

»Wiescho?«

Melanie schwankt verdächtig. Ihre Haare haben sich in ein Krähennest mit Blumen darin verwandelt. Ihr Lippenstift ist verschmiert und ich möchte gar nicht wissen, wie es dazu kam.

Andreas schweigt mit verbissener Miene. Die anderen Hochzeitsgäste warten bereits am Ausgang. Als wir nach draußen gehen, herrscht dicke Luft zwischen den frisch getrauten Eheleuten.

»Aber isch liebe disch doch«, murmelt Melanie und folgt Andreas wie ein räudiges Hündchen ins Taxi.

Ohne sich weiter um uns zu kümmern, fahren alle los.

»Ich glaube, die Hochzeitsnacht fällt aus.«

Wir schauen dem Taxi hinterher.

»Ich denke, damit könntest du recht haben«, grinst Anna über das ganze Gesicht. »Und was machen wir zwei Hübschen jetzt?«

»Was hältst du von einem kleinen Spaziergang?«

Kleine Atemwölkchen bilden sich vor meinem Mund. Der Himmel ist mittlerweile bedeckt und nur gelegentlich blitzt ein Stern durch.

»In der Kälte?«

Anna schaut mich zweifelnd an. Tatsächlich ist es ziemlich frisch und mit unseren dünnen Kleidern sind wir definitiv nicht optimal angezogen. Ich bin froh, dass ich zumindest meinen Mantel übergezogen habe. Anna hat sich auch in einen dicken Wintermantel gehüllt.

»Wir müssen ja nicht lange gehen. Nur ein bisschen, um frische Luft zu schnappen. Oder möchtest du zurück zur Hochzeit?«

»Ich glaube nicht, dass da noch groß gefeiert wird. Also gut.« Sie hakt sich bei mir unter. »Gehen wir.«

Es ist relativ ruhig. Die Restaurants haben alle geschlossen. Nur aus den Club dröhnen leise die Bässe.

»Eins weiß ich sicher«, sagt Anna nachdenklich, während wir die Straße entlang in Richtung U-Bahn schlendern.

»Was denn?«

»Also so wie Melanie möchte ich auf keinen Fall heiraten.«

»Ich auch nicht«, kichere ich. »Und vor allem möchte ich unter keinen Umständen, dass auf meiner Feier diese schrecklichen Spiele gespielt werden. Das ist so peinlich.«

»Stimmt.«

»Wenn ich mal heiraten sollte, dann möchte ich am Strand irgendwo in der Wärme getraut werden. So richtig romantisch«, schwärme ich. »Mit Kerzen, Blumen, einem einfachen weißen Kleid und barfuß im Sand.«

Eine Schneeflocke segelt vor meinen Augen zu Boden.

»Anna, schau mal. Es schneit.«

Wir sehen nach oben. Tatsächlich fallen weiße Flocken leicht wie Federn vom Himmel. Der erste Schnee des Jahres.

Ich breite meine Arme aus und drehe mich langsam im Kreis. Anna folgt meinem Beispiel. Wir strecken die Zunge raus und fangen Schneeflocken damit.

»Herrlich.«

Ich schaue nach oben zum Nachthimmel und muss unwillkürlich an Jim denken. Ob er schon mal Schnee gesehen hat? Wahrscheinlich nicht. Wo er wohl gerade ist? Mein Herz wird schwer bei dem Gedanken an ihn.

»Ich weiß etwas, das noch besser als Schneeflocken schmeckt«, kichert Anna. Sie fummelt in ihrer Tasche rum und zieht ein Piccolofläschchen hervor.

»Wo hast du das denn her?«

»Gemopst.« Anna dreht den Verschluss auf.

»Du schlimmes Ding, du«, lache ich.

»Das sagt die Richtige«, kichert Anna. »Schließlich hast du deinen spießigen und überaus langweiligen, aber respektablen Freund wegen eines Flaschengeistes verlassen.«

»Witzig, dass du das gerade sagst. Ich musste eben an Jim denken«, pflichte ich ihr bei.

»Ach ja.« Der Korken fliegt mit einem Knall aus der Flasche. »Und wie geht es dir dabei?«

»Ich vermisse ihn.«

»Ich auch.«

»Auf Jim.«

Anna hebt den Piccolo hoch in die Luft. »Auf Jim.«

Wir nehmen jeder einen Schluck und gehen gemütlich schlendernd weiter. Der Schneefall hat zugenommen. Mittlerweile fallen dicke Flocken und legen sich auf alles. Im Licht der Laternen glitzern die Bäume bereits weiß.

»Sieh es doch mal so«, fängt Anna an. »Durch Jim hast du erkannt, dass die Sache mit Florian ein riesiger Fehler war. Nun bist du frei und wer weiß, was das Jahr dir so bringt.«

»Ja, aber ich wünschte mir, Jim wäre hier.«

Wir gehen schweigend weiter, bis wir vor Hassans Dönerladen stehen. Eine Gruppe Nachtschwärmer hat sich dort versammelt.

»Döner?«, fragt Anna, als sie meinen Blick auffängt.

»Ne. Ich bin pappsatt. Außerdem kann ich mir in dem Kleid kein Gramm mehr leisten.«

Ich schüttele den Kopf. Eine Haarsträhne hat sich gelöst. Ich schiebe sie mit der Hand hinters Ohr.

Wir gehen am Schaufenster vorbei. Für einen Moment bleibe ich stehen und werfe einen Blick durch das Glas ins Innere des Ladens.

»Na, wirst du doch schwach?«

Anna steht hinter mir.

»Nein, ich wollte nur mal schauen.«

Ein wenig wehmütig betrachte ich das Treiben hinter der Scheibe. Hassan ist wie immer hinter der Theke und schneidet das saftige Fleisch vom Spieß. Als er hochsieht, treffen sich unsere Blicke. Ein Lächeln huscht über das Gesicht des Türken und seine Goldzähne blitzen. Hassan deutet uns, in den Laden zu kommen. Ich schüttele traurig den Kopf.

»Da vorn ist ein Taxi. Wollen wir das nehmen?«, fragt Anna hinter mir. »Ich spüre meine Füße schon nicht mehr vor Kälte.«

»Ja, ich bin auch völlig durchgefroren.«

Der Kloß in meinem Hals ist wieder da. Hassan ist verschwunden. Seufzend wende ich mich ab und folge Anna auf die gegenüberliegende Straßenseite, wo das Taxi bereits auf uns wartet. Anna öffnet die Fahrgasttür und nennt dem Fahrer unsere Adresse.

Ich steige ein.

»Halt!«

Habe ich mich verhört oder hat da jemand gerufen? Ich schaue aus dem Fenster. Der Schneefall ist so stark, dass ich kaum etwas erkennen kann.

»Fräulein!«, ruft es erneut.

»War das Hassan?«

Ich sehe Anna fragend an. Sie zuckt nur mit den Schultern.

»Warte, ich schau nur mal kurz, was da los ist«, sage ich zu Anna und steige aus.

Der kalte Wind schlägt mir entgegen und ich ziehe meinen Mantel enger. Tatsächlich entdecke ich Hassan auf der gegenüberliegenden Straßenseite. Als er mich sieht, wedelt er hektisch mit den Armen in der Luft.

»Anna, da drüben ist Hassan.«

Sie ist ebenfalls wieder aus dem Taxi gestiegen.

Hassan winkt wie verrückt.

»Du, ich glaube, der will was von dir.«

»Warte, ich laufe kurz rüber.«

Vorsichtig gehe ich auf Zehnspitzen über die Straße, um meine wundervollen Schuhe nicht zu ruinieren.

»Hassan«, rufe ich erstaunt.

Der stämmige Türke kommt mir mit rotem Kopf entgegen.

»Habe ich etwas für Fräulein«, keucht der Arme und bückt sich nach vorn, um nach Luft zu schnappen.

Mein Puls schnellt nach oben und ich werde von einer seltsamen Unruhe erfasst. Hassan hat immer noch Schnappatmung und streckt die Hand nach mir aus. Ich traue meinen Augen nicht!

»Hier.«

In seiner Prankenhand liegt eine rote Flasche. Der Boden unter meinen Füßen schwankt. Meine Hände zittern und mein Herz rast derart, dass ich befürchte, jeden Moment ohnmächtig zu werden.

»Hassan hat mit Mutter telefoniert und Flasche Ask Iksiri gefunden. Ist alt und nicht besonders schön, aber Mutter meint, ist, wonach du gesucht hast. Geschenk von Mutter an dich.« Ein breites Grinsen zieht über Hassans Gesicht. »Sag, du weißt, warum.«

Ich kann mein Glück gar nicht fassen. Als er mir das Fläschchen in die Hand drückt, fühlt es sich warm an. Sofort fangen meine Fingerspitzen an zu kribbeln.

»Muss ich wieder los. Kundschaft wartet«, entschuldigt sich Hassan. »Junge Frau sieht wunderschön aus.«

»Danke«, hauche ich und blinzele eine einzelne Träne weg.

Unfähig, mich zu bewegen, inspiziere ich das Fläschchen in meiner Hand. Ein Aufschrei entweicht meiner Kehle, als ich die feinen Risse im Glas entdecke. Kann es sein? Ist es möglich?

Vorsichtig drehe ich das Fläschen zwischen meinen Fingern. Es sieht genauso aus wie das Fläschchen von Jim. Das, von dem Jim behauptet hat, er wäre darin gefangen gewesen. Wie in aller Welt ist es in den Besitz von Hassans Mutter gekommen?

»Alles okay?«, ruft Anna von der anderen Straßenseite.

Sie hat die Hände wie ein Sprachrohr vor den Mund gelegt.

Ich nicke, da ich eine spontane Stimmbandlähmung habe. Jedenfalls bekomme ich keine Silbe heraus. Stattdessen hebe ich das Fläschchen in die Luft, so dass Anna es sehen kann. Sie stößt einen schrillen Schrei aus. Ich lasse meine Arme sinken und starre wie paralysiert auf das Fläschchen. Auf dem Korken ist ein rotes Wachssiegel angebracht. Die Flasche wurde also noch nicht geöffnet. Ich runzele die Stirn. Was hat das zu bedeuten? Vielleicht hat mich das Schicksal genau heute Abend hierhergeführt? Kismet? Jim war fest davon überzeugt, dass es keine Zufälle im Leben gibt.

Ein geradezu unglaublicher Gedanke drängt sich mir auf. Könnte es sein, dass Jim wusste, dass ich heute hier vorbeikommen würde? Genau wie er die Sache mit dem Kleid vorhergesehen hat? Ich schüttele den Kopf, als könne ich den Gedanken verscheuchen.

Jims Worte kommen mir in den Sinn.

Du hast mich aus der Flasche befreit.

Ob ich? Ich schaue Hilfe suchend zu Anna, aber die steht unverändert auf der anderen Straßenseite.

Ich hole tief Luft. Jetzt oder nie! Die Stunde der Wahrheit ist gekommen. Ohne zu überlegen, breche ich das Siegel auf und ziehe den Korken mit sanfter Gewalt aus der Flasche.

Es macht »Plöpp« und ich halte den Korken in der Hand. Und nun? Mit angehaltenem Atem starre ich auf den Flaschenhals. Aber nichts passiert.

Es schneit wie verrückt. Schneeflocken bedecken mittlerweile meinen Mantel und meine Haare. Meine Hände sind eiskalt.

Du bist ein echter Trottel, schimpfe ich mich selbst. Für einen winzigen Moment habe ich wirklich ernsthaft geglaubt, dass Jim aus der Flasche gesprungen kommt und mich in seine muskulösen Arme schließt. Ich arme Irre!

Tränen verschleiern mir die Sicht. Ich schaue zur gegenüberliegenden Straßenseite, wo das Taxi noch immer wartet. Anna steht davor und gibt mir ein Zeichen, dass sie zu mir kommt.

Eine zarte Rauchfahne zieht zu mir hoch. Irritiert schaue ich nach unten und lasse die Flasche fast vor Schreck fallen.

Weißer Rauch steigt aus dem Flaschenhals empor. Die Luft riecht plötzlich intensiv nach Beeren und Zimt.

Anna kreischt hysterisch. Gefolgt von quietschenden Reifen und lautem Hupen. Erschrocken reiße ich den Kopf hoch und schaue auf die Straße. Es dauert ein paar Sekunden, bis mein Hirn die Situation erfasst hat. Ich schätze, das ist eine Folge der Schockstarre, in der ich mich befinde.

Anna steht mitten auf der Straße. Vor ihr, keine zwei Zentimeter entfernt, ist ein Auto zum Stehen gekommen. Der Fahrer gestikuliert wild aus dem Fenster heraus mit ihr. Anna sieht zu mir rüber. Ihre Augen sind weit aufgerissen und ihr Mund steht offen.

Genau in diesem Augenblick fährt der Nachtbus vorbei und versperrt mir die Sicht. Mein Mantel springt auf. Der kalte Wind bläst mir ins Gesicht und treibt mir die Tränen in die Augen. Irgendwie ist alles milchig, rauchig um mich herum. Ich werde von einem Schwindel erfasst und kann mich nur mit Mühe auf den Beinen halten. Als ich mich wieder gefangen habe, steht keine Handbreit vor mir eine große Gestalt und mein Herz hört auf zu schlagen.

Jim!

Er ist halb nackt, nur mit einer Jeans bekleidet und barfuß. Sein Oberkörper schimmert selbst in der Dunkelheit golden und er sieht aus wie gemeißelt.

Unsere Augen treffen sich. Meine Unterlippe zittert und mein Körper kribbelt bis in die Zehenspitzen.

»Jim!«, hauche ich fassungslos.

Tränen laufen mir über die Wangen. Ungläubig strecke ich die Hand aus und berühre sein Gesicht.

»Bist du es wirklich?«, keuche ich atemlos. Mein Herz schlägt so schnell, dass es zu zerspringen droht.

»Saraswati Sandana Elisabeth.« Er nimmt meine Hand und führt sie an seinen Mund. Seine Augen gleiten über mich hinweg.. Ein Lächeln umspielt seine Lippen. »Du trägst mein Kleid.«

Ich nicke stumm. Wenn die Welt jetzt unterginge, wäre es mir auch egal. Meine Augen hängen an seinen Lippen. Mein ganzer Körper fühlt sich taub an.

»Du bist die Erfüllung all meiner Träume«, flüstert er mit rauer Stimme.

Er beugt sich zu mir herab. Ich halte die Luft an.

Sein Geruch ist mir so vertraut. Ich vergrabe meine Hände in seinen feuchten Haaren. Seine Lippen legen sich auf meine. Sie fühlen sich herrlich weich und fest zugleich an. Sein Mund schmeckt wie Honig. Ich schmiege mich an seinen nackten Oberkörper, von dem eine unglaubliche Wärme ausgeht. Seine Berührungen sind sanft, fordernd zugleich. Er küsst mich mit einer solchen Intensität, dass mir schwindelig wird. Die Welt um uns herum scheint zu versinken. Mein ganzer Körper kribbelt. Er lässt sich Zeit, küsst und küsst. Wahrscheinlich feiern meine Hormone gerade Karneval.

Als sich unsere Lippen voneinander lösen, kullern mir Tränen über das Gesicht.

»Das Salz der Liebe«, sagt Jim mit rauer Stimme und küsst mir die Tränen weg.

Um seinen Mund spielt ein träumerisches Lächeln.

»Jim«, flüstere ich.

Mein ganzer Körper bebt. Meine Hände umklammern seine. Ich habe Angst, diesen wundervollen Mann erneut zu verlieren.

»Ich liebe dich.«

Endlich habe ich es gesagt!

»Ich liebe dich auch, Saraswati Sandana Elisabeth«, antwortet Jim. Aus seinen Augen spricht so viel Liebe, dass es mir die Luft nimmt. Ich habe das Gefühl, vor Glück zu platzen. Er küsst mich erneut.

»Wusstest du, dass dein Name in meiner Sprache *Glücksstern* heißt?« Er streicht mir sanft eine Strähne aus dem Gesicht.

»Hey, ihr zwei!« Anna steht völlig aufgelöst hinter uns. »Könnt ihr mich bitte aufklären, was hier los ist?« Ihre Haare stehen zu allen Seiten ab. Ihre Wangen sind gerötet. Ihr Blick fällt auf Jim. »Wo kommst du denn so plötzlich her?«

»Aus der Flasche«, antwortet er wie selbstverständlich. »Sara hat mich befreit.«

»Na, dann ist ja alles klar«, nickt Anna und schaut auf die rote Flasche in meiner Hand.

»Wie praktisch für dich, dann kannst du ihn immer zurück in die Flasche stopfen, wenn er nicht lieb zu dir ist.«

»Niemals!«, rufe ich und werfe die Flasche im hohen Bogen in die Luft.

Ende

Danksagung

Die Geschichte um den sexy Flaschengeist Jim hat mir viel Spaß gemacht und der Gedanke, einen Flaschengeist als Freund zu haben, erschien mir ziemlich reizvoll. Je länger ich daran saß, umso mehr habe ich Jim in mein Herz geschlossen. Ich hoffe, dass er euch genauso viel Freude bereitet wie mir.

Großen Applaus für ihre Sorgfalt und ihre zuverlässige Arbeit verdient meine Korrektorin Martina König.

Ich danke meiner unbezahlbar genialen Coverdesignerin Catrin Sommer, die es immer wieder schafft, zauberhafte Cover für meine Bücher zu kreieren.

Meinen Testleserinnen Ulla, Anja, Anja, Gudrun, Andrea, Claudia, Julia, Christa und Christiane für ihre Hilfe und ihre Begeisterung. Ihr habt mir geholfen mein Buch noch besser zu machen. Danke!

Meinem Mann, der immer für mich da ist und sich meine Ideen anhört auch wenn er nicht der typische Liebesromanleser ist, und mir hilft, sie auszuarbeiten. Du bist mein Leben.

Liebe kommt im Schottenrock –
Portobello Girls Band 1

Die Klatschreporterin Cassie Devinmoore hat ihr Leben im Griff. Zusammen mit ihren Freundinnen Emily, Taylor und Olive lebt sie in einer schicken WG im angesagten Londoner Viertel Portobello. Als sie jedoch den Shootingstar der Serie "Highlander Kisses" interviewen soll, ist sie nicht sonderlich erfreut, denn der gutaussehende Sam MacLeod verkörpert alles, was Cassie nicht mag: Schottland und Schauspieler.

Missmutig bricht sie nach Applecross, einem kleinen Dorf im Norden Schottlands, auf. Dummerweise ist Sam Mac-Leod ebenfalls nicht begeistert darüber, dass ausgerechnet die Reporterin ein Interview mit ihm führen soll, die ihn in ihrer Kolumne vor knapp einem Jahr bereits bloßgestellt hat.

Doch dann läuft Cassie ein Schaf über den Weg und plötzlich kommt alles anders als geplant ...

"Liebe im Schottenrock" ist der Auftakt der "Portobello Girls-Reihe". Alle Bücher können unabhängig voneinander gelesen werden und sind in sich abgeschlossen.

Liebe stand nicht im Vertrag – Portobello Girls Band 2

Die chaotische Taylor Young ist eine angesehene Nanny des berühmten Norland College und betreut die Kinder reicher Londoner Familien. Zusammen mit ihren Freundinnen Holly, Emily und Olive wohnt sie im angesagten Portobello in einer schicken kleinen WG. Die neue Anstellung in der Familie von Professor Johnson stellt eine echte Heraus-forderung für die toughe Nanny dar. Die Mutter der Kinder ist vor einem Jahr gestorben und hat einen ziemlichen Scherbenhaufen hinterlassen. Die zickige Tante macht die Sache nicht leichter, und dann taucht auch noch der attraktive Vater der Kinder auf. Er wirbelt Taylors Gefühlswelt ganz schön durcheinander! Aber Taylor hält an der goldenen Regel des Norland College fest: Verliebe dich nie in deinen Boss!

Als die Familie in den Weihnachtsferien nach Haworth abreist, ist Taylor erleichtert. Endlich hat sie Zeit, ihre Gefühlswelt wieder in Ordnung zu bringen.

Doch dann wird die Tante der Kinder überraschend krank, und Professor Johnson bittet Taylor, ihm zu helfen – ausgerechnet an Weihnachten!

Und plötzlich ist alles anders …

Liebe stand nicht im Vertrag ist der zweite Band der Portobello Girls Reihe. Alle Bücher können unabhängig voneinander gelesen werden und sind in sich abgeschlossen.

Jetlag oder Liebe
Portobello Girls Band 3

Die Flugbegleiterin Emily Walters ist attraktiv, selbstbewusst und Single. Zusammen mit ihren Freundinnen Olive, Abby und Holly lebt sie in einem Apartment im Herzen von Portobello-London.

Als sie dem smarten Unternehmer Ethan Morris das erste Mal begegnet, fliegen die Fetzen. Trotzdem ist Ethan ziemlich schnell klar, dass er Emily näher kennenlernen möchte. Doch Emily weist ihn ab und beginnt stattdessen eine heiße Affäre mit seinem Bruder Jacob.

Der Zufall bringt eine Wahrheit zu Tage, welche Emilys ganzes Leben verändert und plötzlich erscheinen Jacob und Ethan in einem ganz anderen Licht. Hat Emily sich in den beiden Männern getäuscht?

Holunderküsschen

Die 29 jährige Julia steckt mitten in den Hochzeits-vorbereitungen, als sie ihren Verlobten Johann im Bett mit einer Kollegin erwischt. Völlig am Boden zerstört, betrinkt sich Julia und beschließt Hals über Kopf zu ihrer Freundin Katja nach Hamburg zu flüchten. Im Nachtzug nach Ham-burg lernt sie Benni kennen, dem sie sturzbe-trunken all ihre kleinen und großen Geheimnisse anvertraut, während sie sich ein Abteil im Schlafwagen teilen. Am nächsten Morgen in Hamburg sind nicht nur ihre Erinnerungen weg, sondern auch Benni! Ein Neuanfang muss her! Ein neuer Job, eine neue Wohnung und keine Männer. Zu dumm nur, dass ausgerechnet Benni erneut in ihr Leben platzt und Julias Gefühlswelt durchei-nander wirbelt. Ein Katz-und-Maus-Spiel beginnt. Als dann noch Johann auftaucht, scheint die Katastrophe unausweichlich …

Ein Buch über die Suche nach der großen Liebe und dem Glück …

Champagnerküsschen

Die unabhängige Fortsetzung des Bestsellers "Holunderküsschen".

Eigentlich müsste Julia glücklich sein. Seit knapp einem Jahr sind sie und Traummann Benni nun ein Paar. Wäre da nicht Bennis Job und seine Mutter. Julia fühlt sich vernachlässigt. Ist Benni doch nicht der Traummann, für den sie ihn gehalten hat?

Parallel wirbelt ein Jobangebot innerhalb des Verlages Julias Zukunftspläne durcheinander und beschert ihr einen Fernsehauftritt. Dort lernt sie Andreas Neumann, den attrak-tiven Fernsehmoderator kennen. Julias Zweifel an Bennis Liebe zu ihr werden größer. Besonders als ihr Benni bei ihrem romantischen Essen verkündet, dass er beruflich nach München ziehen muss. Es kommt zu einem Streit mit Fol-gen. Zwischen Benni und Julia herrscht Funkstille. Und dann taucht plötzlich eine neue Frau an Bennis Seite auf. Julias beste Freundin Katja, ist auch keine Hilfe, denn die verhält sich in letzter Zeit so komisch. Und Harald, Julias schwuler Freund tummelt sich auf Internetplattformen um einen neuen Freund zu finden, anstatt sich um Julia zu kümmern. Also muss Julia alleine eine Entscheidung treffen. Ein Spiel mit dem Feuer beginnt. Hat die Liebe zwischen Benni und Julia noch eine Chance?

Ein Roman über die Liebe und die Wege, die sie manchmal geht ...

Liebe auf Reisen

Was, wenn das Leben nicht mehr nach Plan läuft und alles aus den Fugen gerät?

Die Karrierefrau Kate Miller hat ihr Leben fest im Griff. Dazu gehören ein schickes Apartment im Herzen von New York, ihr Job als Maklerin und Kollege Greg, mit dem sie ein Verhältnis hat. Als sie dann auch noch befördert wird, schwebt Kate endgültig im 7. Maklerhimmel.

Doch als ihr Chef alle Mitarbeiter zu einer exklusiven Feier einlädt und dort gleichzeitig die Verlobung seiner Tochter Laura bekannt gibt, stürzt Kates bisher so wohlge-ordnetes Leben wie ein Kartenhaus zusammen: Der zukünf-tige Bräutigam ist kein Geringerer als Greg.

Gerade als Kate denkt, dass es nicht mehr schlimmer kommen kann, sorgt Greg mit einer infamen Lüge dafür, dass ihr Leben endgültig aus den Fugen gerät. Vollkommen überstürzt nimmt sie ein Jobangebot in England an.

Ausgerechnet ein einfaches Bed&Breakfast bringt eine unerwartete Wendung in das Leben der erfolgs-verwöhnten Kate …

Eine Liebeserklärung an das Leben und die Überraschungen des Lebens, die auf jeden von uns warten.

Liebeswind – Sehnsucht nach dir

Was, wenn das Leben dir übel mitspielt und du gezwungen bist, neue Wege zu gehen?

Das Leben der erfolgreichen Londoner Galeristin Lily Rose Bloom ist nahezu perfekt, bis zu dem Tag, an dem ihr Verlobter Andrew ihren Glauben an die Liebe in einer Nacht zerstört. Lily flüchtet von London in den verschlafenen Küstenort Little Haven, um dort in Rose Garden Cottage, dem Haus ihrer verstorbenen Großmutter, einen Neuanfang zu starten.

Drei Jahre später. Lily hat sich mittlerweile in dem kleinen Küstenort eingelebt und den Schrecken von damals über-wunden. Als der attraktive Amerikaner Ian in Little Haven mit seinem Segelboot vor Anker geht, kommt es zu einer schicksalhaften Begegnung zwischen den beiden, die Lilys Leben erneut durcheinanderwirbelt ...

Eine zufällige Liebe

Was, wenn das Schicksal dir eine zweite Chance gibt?

Die junge Tess Parker lebt zusammen mit ihrer Tochter Hazel in Brooklyn, wo sie in einer kleinen Bäckerei arbeitet.

Das Leben der alleinerziehenden Mutter ist nicht leicht und Geldsorgen bestimmen ihren Alltag. Doch mit der Unterstützung ihrer besten Freundinnen, ihrer Mutter und ihrer heimlichen Leidenschaft für Macarons macht sie das Beste aus ihrem Leben.

Als sie völlig überraschend in einem Kreuzworträtsel eine Reise nach Paris gewinnt, kann sie ihr Glück kaum fassen.

Voller Hoffnung und mit sieben Briefen von ihren Freundinnen im Gepäck begibt sich Tess auf die Reise. Ihr Plan: eine Woche lang ihre Sorgen hinter sich lassen und das Leben in vollen Zügen genießen!

Als sie den charmanten Franzosen Léon kennenlernt, scheint ihr Glück zunächst perfekt. Doch dann passiert etwas, das ihr Leben erneut von Grund auf verändert.

"Wer weiß, welche Überraschungen das Schicksal noch für dich bereithält."

"Ich glaube nicht an Schicksal. Das Einzige, woran ich glaube, sind Zufälle."

.

Seesterne küssen nicht –
Sieben Sommersünden 2

Im Leben von Mia läuft alles perfekt. Mit ihrer Hochzeit in Neapel geht ein langgehegter Traum in Erfüllung. Als sie je-doch ihren Verlobten einen Tag vor der Hochzeit im Bett mit ihrer besten Freundin erwischt, läuft Mia davon.

Im Hafen trifft sie auf einen Offizier, dessen Kreuzfahrt-schiff gerade in Neapel vor Anker liegt, und betrinkt sich mit ihm in einer Bar.

Der Abend nimmt eine unerwartete Wendung. Als Mia am nächsten Morgen aufwacht, befindet sie sich auf hoher See auf dem Kreuzfahrtschiff Sonnenglück – als blinder Passagier, und kein Hafen ist in Sicht ...

"Wenn ich schon sündige, dann aber richtig und ohne schlechtes Gewissen.

Eine heitere Liebeskomödie über eine unfreiwillige Kreuz-fahrt und die Suche nach der großen Liebe vor der maler-ischen Kulisse des Mittelmeers.

"Seesterne küssen nicht" ist Band 2 der Buchreihe "Sieben Som-mersünden". Jedes Buch ist jedoch in sich abge-schlossen und kann unabhängig voneinander gelesen werden.

Alles nur (k)ein Mann

Alles nur kein Mann - das ist der feste Vorsatz, mit dem Greta und Marie eine Nachmieterin für das freigewordene WG Zimmer suchen.

Diesen Vorsatz werfen sie allerdings schnell wieder über Bord, als plötzlich Tim vor der Tür steht.

Tim ist gutaussehend, witzig, ein begnadeter Koch und ... schwul. Der ideale Mitbewohner also. Er darf einziehen und bringt schnell frischen Wind in die WG. Bald sind die drei ein eingespieltes Team.

Aber dann passiert etwas, das die Wohngemeinschaft völlig durcheinander wirbelt und die Frauenfreundschaft auf eine harte Probe stellt. Plötzlich ist nichts mehr so wie es scheint ...

"Alles nur (k)ein Mann" ist der erste gemeinsame Liebes-roman des Autorenduos Martina Gercke und Katja Schneidt.

Dünenglück

Mia ist frustriert! Anstatt die Bestsellerlisten zu stürmen, verdient sie ihr Geld mit dem Schreiben von Groschen-romanen. Auch auf der Suche nach Mister Right erlebt sie einen Reinfall nach dem anderen. Als ihr dann bei einem Familientreffen eine unbedachte Äußerung rausrutscht, die für einige Tränen sorgt, packt sie kurz-entschlossen ihren Koffer. Auf Sylt in einer kleinen Pension mit dem malerischen Namen *Dünen-glück* will Mia ihr Leben neu ordnen und endlich ihren Erfolgsroman schreiben.

Als Lena erfährt, dass ihr Mann sie wegen einer anderen Frau verlässt, bricht für die Hausfrau und zweifache Mutter eine Welt zusammen. Keinen Mann und keine Aussicht auf einen Job. Wie soll es mit ihrem Leben nun weitergehen? Lenas Freundinnen schenken ihr kurzerhand einen Traumurlaub auf Sylt. Lena findet sich in der kleinen Pension *Dünenglück* wieder.

Die Pensionswirtin Henriette Hansen hat alle Hände voll zu tun, ihren Alltag mit Baby Jonathan und die Leitung der Pension *Dü-nenglück* zu meistern. Was als Lebenstraum gedacht war, entwickelt sich seit dem Tod ihres Mannes zu einem anstrengenden Vollzeitjob.

Als die drei unterschiedlichen Frauen im *Dünenglück* aufeinander-treffen, sieht es zunächst nicht so aus, als ob sich zwischen ihnen eine Freundschaft entwickeln würde. Aber dann überschlagen sich die Ereignisse und plötzlich ist nichts mehr, wie es war …

Dünenglück ist ein Roman über einen Neuanfang und den Beginn einer großen Freundschaft.
     Zwei Autorinnen, eine Geschichte …

Küss mich, Kaktus

Der attraktive Tim Benkelberg ist ein notorischer Frauen-held, der seine Unabhängigkeit liebt. An seinem fünfund-dreißigsten Geburtstag beschließt Tim, sein Leben zu ändern und endlich sesshaft zu werden. Aber vorher will er es auf seiner Geburtstagsparty noch einmal richtig krachen lassen.

Greta Marquardt ist intelligent, hübsch und sehr sexy. Ihr Leben ist nahezu perfekt, wäre da nicht der klitzekleine Fehler, dass sie noch immer Single ist. Ihr zur Seite stehen ihre besten Freunde Nick und Jeanette. Als Nicks alter Freund Tim Benkelberg eine Geburtstagsparty gibt, nehmen die beiden Freunde Greta einfach mit.

Greta und der attraktive Frauenheld treffen aufeinander. Es funkt gewaltig zwischen beiden, wäre da nicht die hübsche Brünette, die sich Tim an den Hals wirft und vor Gretas Augen leidenschaftlich küsst ...

Ein Roman um das erste Date und die Liebe ...

"Küss mich, Kaktus" ist der erste gemeinsame Roman des Autorenduos Martina Gercke und Simon Winters.